W0241539

ars vivendi®

Seppo Jokinen

Gefallene Engel

Kriminalroman

Aus dem Finnischen von Gabriele Schrey-Vasara

ars vivendi

Die Übersetzung wurde gefördert vom
FILI – Finnish Literature Exchange.

FILI
FINNISH LITERATURE EXCHANGE

Titel der Originalausgabe: »Hukan enkelit«
First published by Karisto in Finland, 2001

Deutsche Erstausgabe
1. Auflage August 2014

www.arsvivendi.com

Lektorat: Stefan Imhof
Umschlaggestaltung: Philipp Starke, Hamburg
Druck: CPI Ebner & Spiegel, Ulm
Gedruckt auf holzfreiem Werkdruckpapier der Papierfabrik Schleipen.
Das eingesetzte Material stammt aus ökologisch und sozial verantwortungsvoller Forstwirtschaft.
Printed in Germany

ISBN 978-3-86913-468-0

Gefallene Engel

Für Leena

Prolog

Zwei Motorräder wirbelten auf einem Dorfweg im Norden der Provinz Häme Staub auf. Auf jedem saßen zwei junge Leute, vorn ein Junge und hinten ein Mädchen, die Arme fest um die Taille des Jungen geschlungen. Es war Juni 1986.

Sie hatten die Stadt vor einer halben Stunde verlassen. Die Mädchen wären gern schon früher losgefahren, aber die Jungen hatten die Übertragung des Fußballspiels sehen wollen. Maradona hatte im Abstand von wenigen Minuten zwei Tore gegen England geschossen. Nach Ansicht der Jungen hatte er beim ersten Treffer den Ball mit der Hand berührt. Dennoch war er gegeben worden. Sie konnten damals nicht wissen, dass man noch vierzehn Jahre später von der Hand Gottes sprechen würde. Es gab vieles, was sie noch nicht wussten. Aber die Hand Gottes würde ihnen beiden später zu denken geben.

An einem roten Schuppen bogen die Motorräder in den Wald ein, holperten ein kurzes Stück über einen schmalen Pfad und hielten schließlich vor einer grün gestrichenen Ferienhütte. Der Fahrer des hinteren Motorrads lief ans Ufer und riss sich schon im Laufen die Kleider vom Leib. Auf dem Steg nahm er noch einen kräftigen Anlauf, dann sprang er hoch, machte einen prächtigen Hechtsprung und tauchte mit dem Kopf voran ins Wasser.

Er bekam noch mit, dass er mit dem Kopf aufschlug, und spürte einen kurzen, brennenden Schmerz vom Scheitel zum Nacken laufen.

Dann wurde es dunkel.

1

Dienstag, der 26. 9. 2000, war gerade angebrochen. Eine Minute nach Mitternacht gähnte Siukola zum ersten Mal.

Sopanen ärgerte sich darüber. Er fuhr seit mehr als zwanzig Jahren Nachtschicht und hatte dabei noch nie gegähnt, nicht einmal in den stillen Stunden vor Tagesanbruch. Diese gerade erst ausgeschlüpften Polizistenküken dagegen konnten nicht einmal richtig wach bleiben. Doch Sopanen hielt den Mund. Es war schließlich nicht seine Sache, Halbwüchsige herumzukommandieren.

Siukola wusste genau, wie sehr das Gähnen seinen Streifenkollegen fuchste. Deshalb riss er den Mund manchmal bloß zum Spaß auf, obwohl er gar nicht müde war. Ihr Streifenwagen hatte die Nummer 341, und ihr Einsatzgebiet war Hervanta, der einwohnerstärkste Vorort der Stadt Tampere.

Die Nacht von Montag auf Dienstag war erfahrungsgemäß eine der ruhigsten der Woche. In dieser Schicht war nicht allzu viel Arbeit zu erwarten. Wenn das halbe Dutzend Kneipen in Hervanta schloss, gab es eventuell einige Einsätze, bei denen es galt, ein Familienmitglied, in der Regel den Vater oder einen erwachsenen Sohn, ins Polizeigebäude im Stadtteil Sorinahde, kurz Sori, zu verfrachten, damit es in der Ausnüchterungszelle zur Ruhe kam.

Sopanen bog an der Kreuzung bei der Shell-Tankstelle nach Osten in Richtung Industriegebiet ab und sprach immer noch nicht. Siukola spürte die Gereiztheit seines Partners. Er schluckte das nächste Gähnen herunter und blickte verstohlen zur Seite. Sopanens hageres Gesicht war verkniffen, und die schwarze Igelfrisur schien seine mürrische Miene zu betonen. Allerdings hatte Siukola bereits einige Tricks gelernt, mit denen er die Stimmung seines älteren Kollegen aufhellen konnte.

»Um diese nächtliche Zeit merkt man erst, dass der Mondeo eine richtig leise Karre ist.«

Siukola spürte einen leichten Ruck im Nacken, als Sopanen plötzlich Gas gab. Spätestens daran erkannte er, dass die miese Laune seines Kollegen vorübergehend verschwand.

»Jedenfalls ist er besser als der olle Saab. Bei dem musste man sich mit beiden Händen ans Lenkrad klammern, wenn man bloß ein bisschen schneller fuhr.«

Sopanen legte eine kurze Pause ein, und Siukola wusste, dass nun eine andächtige Erinnerung und ein Loblied auf das alte Schlachtross anstanden.

»Aber eigentlich war der Saab ein toller Ofen«, redete sich Sopanen warm. »Der hat einen nie im Stich gelassen.«

Siukola überlegte, welche Geschichte diesmal an der Reihe sein würde. Er hatte schon Dutzende gehört, jede davon mehrmals.

Sopanen wählte die gute alte Fisch-Story. Sie hatte sich irgendwann Anfang der Achtziger zugetragen, doch er schilderte sie so detailliert, als wäre sie gestern passiert. Es war Ende September gewesen, so wie jetzt, und er hatte sich gerade angeschickt, mit seinem damaligen Streifenkollegen die Nachtschicht zu beenden. Sie kamen von Nekala und fuhren in Richtung Sori. Beim Kreisverkehr in Viinikka hielten sie an der Ampel. Sopanen bemerkte den Lieferwagen, der von Süden her in wilden Schlangenlinien auf der Lempääläntie heranbrauste, als Erster. Im Kreisverkehr fuhr der Wagen im Uhrzeigersinn und drehte eine überzählige Runde, bevor er die Ausfahrt Richtung Stadtmitte fand. Sopanen schaltete das Blaulicht ein und nahm die Verfolgung auf. Der Fahrer kam der Aufforderung zum Anhalten jedoch nicht nach, sondern raste davon. Die Jagd führte durch die erwachende Stadt bis in den Vorort Pispala. Dort schlingerte der Wagen mit der Seite voran auf die Fernstraße nach Nokia, wobei die Fliehkraft die Hecktüren aufriss. Als er erneut beschleunigte, verteilte sich die ganze Ladung auf der Straße, direkt vor den Saab der Polizei.

»Es war ein Fischer aus Rymättylä«, erzählte Sopanen mit Feuereifer. »Die verflixten Heringe machten die Straße glitschiger als das glatteste Eis. Aber unser Saab hat sich prima gehalten. Wir haben in dem Fischmatsch ein paar Pirouetten gedreht und sind eine ziemliche Strecke geschleudert, mal mit der einen Seite voran, mal mit der anderen. Trotzdem schafften wir es, den Lieferwagen an den Straßenrand zu drängen. Dann haben wir den Fahrer eingesackt und zur Blutprobe gebracht. Er hatte hübsche zwei Promille im Blut. Angeblich hatte er am Abend, als er seine Netze entwirrte, bloß zwei Bier getrunken, bevor er losfuhr, um den Fisch in die Markthalle zu liefern.«

Sopanen beendete seine Geschichte mit einem traurigen Kopfschütteln. Erst vor ein paar Monaten war der Saab am Ende seines Weges angelangt und ins Depot gebracht worden. Wehmütig seufzte er: »Ach ja, das war eine tolle Kutsche.«

Das Industriegebiet Rusko war ein Dickicht aus kleinen Fabriken, Lagerhallen und Reparaturwerkstätten, das am Rand von Hervanta wucherte. In der dunklen Herbstnacht wirkte es noch abweisender als gewöhnlich. Die Wischblätter schoben mit schläfrigen Bewegungen den Nieselregen von der Scheibe. Der Asphalt glänzte im matten Licht der Straßenlampen, und der Wind ließ gelbe Birkenblätter über den Bürgersteig tanzen.

Vor dem weißen Backsteingebäude der Bäckerei bewegte sich etwas. Eine dunkle Gestalt huschte an der Mauer entlang, dann leuchteten Autoscheinwerfer auf. Sopanen verlangsamte das Tempo, und auch Siukola spähte gespannt aus, in der Hoffnung, einen Kuchendieb zu erwischen. Doch der schwarze Golf, der vom Hof kam und in Richtung Hervanta abbog, trug das Hunde-Logo einer Wachgesellschaft. Der Fahrer hob grüßend die Hand, als wäre er ein Kollege.

Die Streifenbeamten erwiderten den Gruß nicht. Sopanen drehte noch eine Runde auf dem Hof des TÜV und sah auf die Uhr.

»Bald kommt der letzte Bus. Schauen wir uns den an?«

Siukola sparte sich die Antwort. Sopanen fuhr auf der Hepolanninkatu zurück nach Westen. Der Mondeo rollte langsam über die leere Straße. Sopanen lenkte ihn auf den Parkplatz der Tankstelle und hielt mit der Vorderseite zur Fernstraße. Das war die perfekte Stelle, um auf den letzten Bus aus der Innenstadt zu warten, der werktags um zehn Minuten nach Mitternacht im Zentrum abfuhr.

Das Hamburgerrestaurant der Tankstelle schloss gerade. Siukola beobachtete im Rückspiegel ein Mädchen, das mit flinken Bewegungen den Tisch abwischte, wobei ihr Pferdeschwanz unter der Schirmmütze kräftig schaukelte. Plötzlich verspürte Siukola Hunger. Es war jedoch noch zu früh. Wenn er jetzt schon einen Hamburger verdrückte, würde ihm die Zeit bis zum Morgen lang werden. Er hatte die Angewohnheit, erst gegen drei Uhr an der Wurstbude in Hervanta etwas zu essen, kurz bevor sie zumachte. Er wählte dann entweder eine regionale Hamburgerversion mit Spiegelei, die sich »Parkano-Burger« nannte, oder ein Gericht namens »Technikers Traum«. Letzteres enthielt sämtliches Grillgut, das man sich nur vorstellen konnte, dazu eine doppelte Portion Gewürzgurken und Pommes. Sopanen dagegen überstand die Nacht mit einer Thermoskanne Kaffee und den Broten, die seine Frau für ihn schmierte. Sie belegte sie mit Knoblauchkäse, und nach der Essenspause stank das ganze Auto mindestens zwei Stunden lang.

Der Bus würde frühestens in fünf Minuten kommen. Sopanen öffnete die Vordertür, streckte das linke Bein nach draußen und zündete sich eine Zigarette an. Er blies den Rauch gen Himmel und sagte, ohne den Kopf zu drehen: »Mal sehen, wie Tappara sich am Donnerstag gegen TPS hält.«

»Ja«, brummte Siukola ausweichend, doch Sopanen war in Gesprächslaune.

»Mit der Defensivtaktik, die sie sich gestern gegen die Blues geleistet haben, gehen sie garantiert baden. Die Kerle sahen aus wie Linedancer mit Holzbeinen. Die Offensivreihe stand rum wie eine Torte im Pantoffel, und nicht mal Ojanen hat es fertiggebracht, rückwärts zu laufen.«

Siukola hätte sich am liebsten die Ohren zugehalten. Noch vor einigen Jahren hatte er selbst als Verteidiger in der Eishockey-Profimannschaft Tappara gespielt, eine Zeit lang sogar als Partner von Jutila. Der Höhepunkt seiner Laufbahn war eine Einladung ins Auswahllager der Nationalmannschaft gewesen, weiter war er nicht gekommen. Das war der schmale Grat: Einige Länderspiele, dann in die NHL, nach Schweden oder Mitteleuropa, und er hätte für den Rest seines Lebens ausgesorgt gehabt. Ein paar kleine Missgeschicke im Auswahllager hatten die Trainer der Nationalmannschaft jedoch dazu bewogen, Siukola zu übergehen. Und deshalb musste er sich für ein mickriges Gehalt die Nächte um die Ohren schlagen und die schlafenden Bürger vor Ganoven und Randalierern schützen. Kein Wunder, dass Eishockey ihn nicht mehr interessierte.

Die 23 rettete ihn vor Sopanens Spielbericht. Der Bus überquerte bereits die Brücke, bog an der Ampel nach links und fuhr an ihnen vorbei. Er war fast leer. Dennoch schnippte Sopanen seine Kippe auf den nassen Rasen, schlug die Tür zu und ließ den Motor an. Sie folgten dem Bus in einigem Abstand. Erst in der Opiskelijankatu hielt er zum ersten Mal. Eine junge Asiatin stieg aus und lief mit gesenktem Kopf durch den immer heftigeren Regen.

Der Bus entließ hier und da einen Fahrgast. Die Leute in Hervanta hatten gerade erst das Wochenende hinter sich, die Nacht von Montag auf Dienstag lockte sie nicht zum Schwofen. Ein Mann, der auf der Ahvenisjärventie joggte, weckte Siukolas Aufmerksamkeit. Er trug einen grünen Windanzug und eine schwarze Schirmmütze, kämpfte leicht vorgebeugt gegen Wind und Regen an und schien den Streifenwagen nicht zu bemerken.

»He!«, rief Siukola. Er drehte sich um und blickte dem Läufer nach. »Hast du gesehen, wer das war?«

»Ein A-Einser?« Sopanen nahm den Fuß vom Gas. »Sammeln wir ihn auf?«

»Nein, das war Koskinen.«

»Wer zum Teufel ist Koskinen?«

»Der Kommissar vom Gewaltdezernat.«

»Ach, der«, lachte Sopanen. »Was macht der denn hier draußen bei diesem beschissenen Wetter und so spät in der Nacht?«

»Scheint zu joggen.«

Sopanen bog in die Arkkitehdinkatu ab und preschte dem Bus nach, der schon einigen Vorsprung gewonnen hatte. Dabei schnaubte er: »Verrückter Kerl.«

Auch Siukola fand das nächtliche Joggen seltsam, zog es aber vor, den Mund zu halten. Von Tag zu Tag oder, genauer gesagt, von Nacht zu Nacht sah er sein Ziel deutlicher vor sich. Eines Tages würde er in Koskinens Team arbeiten. Sobald er genug Polizeischulkurse abgeleistet hatte, würde er sich um eine Stelle im Gewaltdezernat unter Kommissar Koskinen bewerben. Er würde seine Zukunft nicht damit verplempern, sich Nacht für Nacht die Eishockeygeschichten seines nach Zigaretten und Knoblauch stinkenden Kollegen anzuhören.

An der nächsten Haltestelle stieg ein hochgewachsener, bärtiger Mann aus. Er machte ein paar Hüpfschritte, und das

Gewicht der großen Tasche, die ihm über der rechten Schulter hing, schien ihn zu Boden zu ziehen. Er hielt sich jedoch auf den Beinen und bog schwankend, aber zielstrebig, in die Tohtorinkatu ein. Sopanen machte sich nicht die Mühe, ihm nachzufahren – in diesem Zustand würde er schon nach Hause finden.

Der Nachtbus setzte seine Fahrt auf der Näyttelijänkatu fort. Es lohnte sich nicht, ihm länger zu folgen, deshalb bog Sopanen an der Kreuzung nach links ab, um ins Zentrum von Hervanta zurückzukehren. Sie konnten vielleicht eine Weile beim *Cupola* Wache halten, denn die TH-Studenten feierten auch montags.

Er hatte kaum Gas gegeben, als Siukola rief: »Halt mal an!«

»Was ist denn?«

»Da im Gebüsch liegt irgendein Dingsbums.«

Sopanen warf seinem Partner einen ungläubigen Blick zu. »Ein Dingsbums? Was für ein verdammtes Dingsbums?«

»Es glänzt und hat Räder.« Siukola kratzte sich unsicher im Nacken. »Wie ein Rollstuhl oder so.«

»Warum nicht gleich ein Schaukelstuhl«, lachte Sopanen. Siukola geriet in Fahrt.

»Machen wir kehrt und sehen nach.«

»Lohnt sich nicht.« Sopanen schüttelte verdrossen den Kopf. »Das war bestimmt ein geklauter Einkaufswagen. Die Kids fahren mit den Dingern durch die Gegend, wenn sie sich mit Bier zugedröhnt haben.«

Sie stritten sich noch eine Weile, bis Sopanen mit demonstrativer Herablassung seufzte: »Na schön, gucken wir nach, damit du morgen ruhig schlafen kannst.«

Er nahm den Fuß vom Gas und blickte in den Rückspiegel. »Ich wende, sobald das Motorrad vorbei ist.«

Auch Siukola sah das Motorrad im Seitenspiegel. Es verringerte das Tempo im gleichen Maß wie Sopanen, wurde aber plötzlich herumgerissen und raste in die Gegenrichtung davon.

»Oho, will der sich auch deine mysteriöse Bierkutsche angucken?«, lachte Sopanen. Die Reifen heulten, als er auf dem nassen Asphalt eine Kehrtwende hinlegte.

Siukola machte sich nicht die Mühe, auf Sopanens Frotzelei zu antworten. Mürrisch beobachtete er das Motorrad und schätzte es auf fünfhundert Kubik. Im nächsten Moment beschleunigte die Maschine abrupt, und Sopanen vergaß seine Wichtigtuerei.

»Wieso hat's der Bursche auf einmal so eilig?«

»Woher weißt du, dass es ein Mann ist?« Siukola war immer noch vergrätzt. »Unter dem Helm kann geradeso gut ein Mädchenkopf stecken.«

»Es ist ein Kerl. Das kannst du mir …« Sopanen brach mitten im Satz ab, als das Motorrad in die Arkkitehdinkatu einbog. Der Fahrer beugte sich über den Lenker und gab Gas. »Der Satansbraten versucht zu fliehen«, rief Sopanen und beugte sich ebenfalls vor. »Das kann er sich abschminken.«

Siukolas Rücken wurde gegen die Lehne gepresst, als der Mondeo gierig die Verfolgung aufnahm. Sopanen schaltete das Leuchtfeuer auf dem Dach ein, und das Blaulicht funkelte in den Fenstern der Häuser beidseits der Straße.

»Als wir vorhin langsamer gefahren sind, hat der Kerl bestimmt gedacht, wir wollten ihn kontrollieren.« Er umklammerte das Lenkrad und fauchte: »Und genau das tun wir jetzt. Mal sehen, was er auf dem Kerbholz hat.«

Da die Straße leer war, wagte er es, das Tempo auf mehr als hundert Stundenkilometer zu steigern. Dennoch blinkte das Rücklicht des Motorrads bereits am Ende der Straße und verschwand nach rechts.

»Das ist kein traniges Opa-Mofa!«, dröhnte Sopanen. »Wir brauchen Verstärkung, und zwar dalli, sonst entkommt er uns.«

Siukola griff nach dem Mikrofon und informierte die Zentrale über den flüchtigen Motorradfahrer. Bald steigerte sich der Funkverkehr zu einem knatternden Wortwechsel, und zwei Streifenwagen aus der Innenstadt machten sich auf den Weg nach Hervanta.

Als das Motorrad am Ende der Ahvenisjärventie nach rechts bog, gab Siukola über Funk die neuen Koordinaten durch. Aus den Augenwinkeln bemerkte er den im Regen joggenden Mann und wunderte sich, dass Koskinen es schon bis hierher geschafft hatte. Er vergaß den Gedanken aber gleich wieder, denn ein Vorderreifen streifte die Bordsteinkante, und der Wagen schlingerte bedrohlich. Sopanen war in die Opiskelijankatu gekurvt, ohne den Fuß vom Gas zu nehmen. Siukola wusste, dass es sinnlos war, seinen Partner zur Vernunft zu mahnen. Sopanen war vom Jagdinstinkt gepackt wie ein Windhund, der dem Köder nachsetzt und für jeden Zuruf taub ist.

Der Mondeo hatte die Straße erst halb zurückgelegt, als das Motorrad bereits die Kreuzung an der Insinöörinkatu erreichte. Dann ging alles sekundenschnell, und der Moment grub sich in das Bewusstsein der Männer ein wie ein Bild für Bild ablaufender Film.

Ein aus der Stadt kommendes, weißes Taxi erreichte die Kreuzung zur selben Zeit wie das Motorrad. Sopanen und Siukola konnten den Aufprall in ihrem Wagen nicht hören, aber beide sahen, wie der Motorradfahrer mit weit von sich gestreckten Gliedern über den Mercedes hinweg in die Luft geschleudert wurde. Den Aufprall auf der Straße sahen sie nicht mehr. Siukola kniff instinktiv die Augen zu. Sopanen wandte den Blick ab und nahm den Fuß vom Gas.

2

Koskinen hörte den Aufprall aus einem Kilometer Entfernung. Er war bereits fünfzig Minuten gelaufen, und sein Joggingrausch näherte sich dem Höhepunkt. Seine Beine bewegten sich wie von selbst, und der immer stärker werdende Regen störte ihn kein bisschen, sondern erschien ihm wie eine süße Glasur auf seiner Masochismustorte.

Er hatte bemerkt, dass der Streifenwagen das Tempo gedrosselt hatte, als dieser an ihm vorbeifuhr. Vermutlich hielt die Besatzung ihn für durchgeknallt. Egal! Es ging keinen etwas an, um welche Uhrzeit er joggte. Kurz darauf war die Streife erneut vorbeigekommen, diesmal in der anderen Richtung. Sie hatte ein Motorrad verfolgt, das irrsinnig raste. Beide Fahrzeuge hatten das Ende der Straße in wenigen Sekunden erreicht, danach flackerte das gespenstische Blaulicht noch eine Weile hinter der Straßenecke. Das Martinshorn hatten die Polizisten nicht eingeschaltet. Es wäre auch verrückt gewesen, die ganze Umgebung aus dem Nachtschlaf zu reißen.

Koskinen bog in die Opiskelijankatu ein und sah, dass der Mondeo am anderen Ende der Straße stand. Das Blaulicht blinkte immer noch, aber mehr war aus der Entfernung nicht zu erkennen. Er fühlte sich versucht, hinzulaufen und nachzusehen, was passiert war. Doch übertriebener Diensteifer machte einen nur zum Gespött der Kollegen. Also bog er an der nächsten Ecke nach links ab, zog das Tempo ein wenig an und beschloss, noch eine Runde um den Wasserturm zu drehen.

Ein später Gassigeher musterte den einsamen Läufer im schattigen Park. Koskinen wusste genau, wie irre es wirkte, durch die regnerische Nacht zu laufen. Doch montags standen zehn Kilometer auf seinem Trainingsplan, von dem er nicht abweichen wollte. Da der Volkshochschulkurs über Schifffahrt in den Schären auf denselben Abend fiel, hatte er den Lauf erst tief in der Nacht antreten können.

Koskinen legte noch einen Endspurt hin. Er kam gerade an den Skaterrampen in Ahvenisjärvi vorbei, als er die Sirene des Krankenwagens hörte. Das Sirenengeheul entfernte sich rasch von der Insinöörinkatu in Richtung Schnellstraße. Offenbar ging es um Leben und Tod, sonst hätte der Fahrer nicht mitten in der Nacht einen solchen Lärm gemacht.

Das Gebäude in der Kemianraitti acht war ein sechsstöckiges Wohnhaus. Der Fernsehfilm am Montagabend war längst zu Ende und kein einziges Fenster mehr erleuchtet. Koskinen wollte die Stille nicht durch das Brummen des Aufzugs stören. Er nahm zwei Stufen auf einmal, bis in den fünften Stock. In seinen Oberschenkeln sammelte sich Milchsäure an, und er musste einen Moment keuchend stehen bleiben, bevor er die Tür aufschloss.

Er zog sich schon im Flur aus, ging nackt auf den Balkon und hängte seine Sportkleidung zum Trocknen auf. Im Bad drehte er den Hahn betont langsam auf, als würde das Rauschen dadurch leiser. Er schnitt der Wand eine Grimasse, als er sich unter die Dusche stellte. Bestimmt würde sich wieder jemand über die Ruhestörung beschweren. Früher, in seinem eigenen Haus, hatte er bis zum frühen Morgen in der Sauna sitzen können, wenn ihm danach war. Andererseits war das äußerst selten vorgekommen, er hatte damals nicht einmal gejoggt.

Während des Duschens war eine Nachricht auf seinem Anrufbeantworter eingegangen. Koskinen wickelte sich ein Handtuch um die Hüften und wanderte durch die dunkle Zweizimmerwohnung, während er die Nachricht abhörte.

Die Stimme klang so leise wie immer.

»Pekki hier, n'Abend. Du rennst offenbar wieder durch die Nacht. Ich ruf bloß an, weil in Peltolammi ein Kadaver gefunden wurde, vor anderthalb Stunden oder, genauer, um zwanzig vor zwölf. Du hast ja gesagt, wir könnten dich jederzeit anrufen, wenn ein merkwürdiger Fall anliegt. Und das ist einer. Wir haben keine Ahnung, wer der Mann ist. Er hat überhaupt keine Papiere in den Taschen, absolut nichts. Aber lass uns das morgen früh bekakeln, falls du bis dahin von deinen Läufen zurück bist.«

Ende der Durchsage. Pekki hatte mit keinem Wort erwähnt, ob es sich um einen Unfall oder eventuell um ein Verbrechen handelte. Koskinen spielte mit dem Gedanken, zurückzurufen. Aber er war durstig vom Laufen und ging lieber zum Kühlschrank. Die Einzelheiten würde er am Morgen erfahren, das war früh genug.

3

Koskinen mochte die trockenen, frischen Septembermorgen, und diesmal rollte sein Fahrrad noch leichter als sonst. Die Beinmuskeln taten ihre Arbeit, und nicht einmal bergauf machte sich der gestrige Lauf bemerkbar.

Er nahm jeden Tag eine andere Route. Diesmal hatte er den Kiesweg von Hervanta nach Hallila gewählt, der durch den Wald verlief. Der Verkehrslärm verstummte bald, und aus den Fichten kam das fröhliche Gezwitscher der Meisen. Der Weg führte weiter über Korkinmäki und Nekala ins Zentrum. Koskinen fuhr durch verschlafene Eigenheimsiedlungen und bewunderte die herbstlich bunte Umgebung, die rostbraunen Hecken und die blutroten Beeren an den Ebereschen.

Auch seine Gedanken rollten mühelos im Takt des Strampelns. Während der halbstündigen Fahrt zur Arbeit legte er sich den Zeitplan für den Tag zurecht. Gleich nach der Morgenbesprechung würde er die Einsatzmeldungen der letzten vierundzwanzig Stunden durchsehen; danach waren die Vorermittlungsprotokolle fertigzustellen, und wenn es dabei keine größeren Unklarheiten gab, blieb ihm vor der Mittagspause noch Zeit, sich in die obligatorischen Komiteegutachten, Arbeitsgruppenberichte, Anweisungen und Fragebögen zu vertiefen, die tagtäglich von der Polizeiabteilung des Innenministeriums herüberströmten.

Es war nicht das erste Mal, dass Koskinen seinen Zeitplan in den Papierkorb werfen musste.

Er war erst auf der Jokipohjantie, als es in der Tasche seines Anoraks klingelte. Mit der linken Hand umklammerte er den Lenker, während er mit der rechten das Handy herausholte. Es beim Fahren ans Ohr zu halten war schwierig, zumal eine stark befahrene Kreuzung vor ihm lag und er von einem langen Gelenkbus überholt wurde. Das Handy wäre ihm beinahe aus der Hand gefallen, und er musste balancieren wie ein Zirkusakrobat, um sein Rad über die Bordsteinkante auf den Fußweg zu lenken.

»Hallo!«, rief er. »Ist noch jemand dran?«

Pekkis gespielt verärgerte Stimme drang an sein Ohr.

»Das war knapp. Ich wollte gerade frischen Kaffee aufsetzen, weil der alte beim Warten kalt geworden ist.«

»Was gibt's?«

»Brüll nicht so, ich bin nicht taub.«

»Nun sag schon, was los ist! Ich steh mit meinem Drahtesel mitten auf dem Bürgersteig.«

»Okay«, antwortete Pekki hastig. »Tanse hat angeordnet, die Morgenbesprechung vorzuverlegen. Keine Eile, aber in einer Viertelstunde musst du im Gruppenraum Zwoi sein.«

Damit war das Gespräch beendet. Koskinen steckte das Handy ein und stieg wieder in den Sattel. Zehn Minuten! Er trat kräftig in die Pedale und ließ seinen Ärger über die Störung an Hauptmeister Pekki aus. Dessen Redeweise fuchste ihn noch mehr als üblich, das blöde »zwoi« brachte ihn auf die Palme. War es wirklich so schwierig, »zwei« zu sagen?

Er begriff, wie kindisch seine Wut war, und steigerte das Tempo. An ein paar Ampeln fuhr er bei Rot über die Kreuzung, und an einigen Ecken schlängelte er sich zwischen den Autos hindurch, obwohl neben der Straße ein Fahrradweg lag. Das letzte Stück, den steilen Hügel an der Sorinkatu, bewältigte er im Stehen. Um Punkt acht Uhr schloss er sein Rad direkt am Polizeigebäude ab.

Die Eingangshalle hatte sich bereits gefüllt. Während der Nacht war wieder allerlei Eigentum verschwunden, von Autos und Fahrrädern bis zu Außenbordmotoren und Satellitenschüsseln. Fast jede Nacht kam irgendwem der Ehegatte abhanden, und alltäglich waren auch diverse Anzeigen wegen mutwilliger Zerstörung, von eingeschlagenen Fenstern bis zu durchstochenen Reifen. Im Vorbeigehen blickte Koskinen zum Schalter hinüber, um zu schauen, ob Polizeimeister Tikko die Anzeigen entgegennahm. Im Allgemeinen schaffte Tikko es, mit seiner empathischen Gelassenheit selbst das hysterischste Verbrechensopfer zu beruhigen. Tikko war jedoch nicht zu sehen, hinter dem Schalter stand ein nervös wirkender, junger Polizist. Koskinen vermutete, dass dem unerfahrenen Mann ein langer, aufreibender Tag bevorstand. Aber er hatte seinen Beruf ja freiwillig gewählt.

Koskinen wartete nicht auf den Lift. Er stürmte die Treppe in den zweiten Stock hinauf und schlüpfte in sein Dienstzimmer. Normalerweise begann er seinen Arbeitstag, indem er im Fitnessraum duschte, doch dafür blieb ihm an diesem Morgen keine Zeit. Im Kleiderschrank hingen eine dunkelgraue Baumwollhose, ein klein kariertes Hemd und ein schwarzes Jackett.

Auf dem oberen Schrankbrett lag ein Stapel Papierhandtücher, den Koskinen aus der Toilette stibitzt hatte. Er trocknete sich rasch die Achselhöhlen und zog sich an. Vor dem Spiegel blieb er kurz stehen, um sich zu kämmen. Schweißnass, wie sie waren, wirkten seine Haare noch spärlicher als sonst, die Kopfhaut schimmerte rosa zwischen ihnen hindurch.

Der Gruppenraum Zwei befand sich eine Etage tiefer. Sobald Koskinen den Flur betrat, hörte er das Stimmengewirr durch die offene Tür. Er verlangsamte seine Schritte und trat gemächlich ein, als hätte er keinen Grund zur Eile. Dabei ließ er den Blick durch den Raum schweifen. Vier Kriminalermittler waren anwesend: Hauptmeister Risto Pekki und seine Kernmannschaft Markku Kaatio, Ulla Lundelin und Antti Luttinen. Der Fünfte in der Runde war Kriminaltechniker Jalonen.

Niemand hatte sich auf den Stuhl am Ende des länglichen Tischs gewagt. Er war für Tauno Niiranen reserviert, den Leiter der Kriminalpolizei, der von allen nur »Tanse« genannt wurde.

Koskinen setzte sich neben Ulla und fragte: »Wo steckt Tanse?«

Pekki antwortete für alle: »Darüber haben wir uns auch schon gewundert. Er kommt doch sonst immer als Erster und guckt auf die Uhr. Jetzt ist es schon zehn nach acht.«

»Was haben wir als Erstes?«

»Die Leiche in Peltolammi«, kam Ulla Pekki zuvor. »Von der wissen wir noch gar nichts, nicht mal die Todesursache.«

»Wir können nicht den ganzen Morgen auf Tanse warten«, konstatierte Pekki. »Lauf mal los, Luti, und hol ihn. Mach ihn zur Schnecke und erklär ihm, was wir von Zuspätkommern halten. Du als Exoffizier kannst das doch.«

Luttinen saß ganz am Rand, ein wenig abseits von den anderen. Er sah Pekki unsicher an und versuchte zu erraten, ob die Aufforderung ernst gemeint war. Pekki richtete den Blick jedoch auf Koskinen und grinste.

»Du hast dich ganz umsonst abgestrampelt. Offenbar haben wir keine Eile.«

»Sakari hält sich fit.« Ulla stupste Koskinen in die Seite. »Er rennt wie ein Fohlen auf der Weide.«

Koskinen fühlte sich unbehaglich. Der Schweiß stieg ihm auf die Stirn, obwohl ihm nicht mehr heiß war. Dass alle ihre Aufmerksamkeit auf ihn konzentrierten, ließ ihm den Schweiß von der Stirn über die Schläfen rinnen. Selbst der Kriminaltechniker Risto P. Jalonen rieb sich grinsend die große Nase.

Pekki sank auf seinem Stuhl nach unten, als wollte er seine Worte durch die schlappe Haltung unterstreichen.

»Ist doch krankhaft, sich derart zu schinden. Man sollte meinen, du hättest neuerdings Besseres zu tun.«

Koskinen wollte gerade fragen, was Pekki mit »neuerdings« meinte, die Unabhängigkeit eines geschiedenen Mannes oder die Freiheiten, die ihm der Kommissarposten bescherte. Er kam jedoch nicht dazu, denn Kaatio mischte sich ein.

»In deinem Alter sollte man ein bisschen vorsichtiger mit dem Training anfangen.«

Koskinen sah Kaatio entgeistert an. Dieser dehnte mit abgewinkelten Ellbogen seine Schulterblätter, sodass der neben ihm sitzende Pekki ausweichen musste. Das war der Tropfen, der Koskinens schweißgefülltes Fass zum Überlaufen brachte.

»Was zum Teufel faselst du von meinem Alter? Wir haben beide gleich viele Jahre auf dem Buckel und …«

Pekki unterbrach ihn begütigend.

»Kaatio meint bloß, du hättest nicht gleich voll loslegen sollen. Du hättest zum Beispiel mit leichtem Hüpfen beginnen können. Anfangs zwei Sprünge pro Tag, später das Gleiche mit Gewichten – eine Bierflasche in der linken Tasche, und bei steigender Kondition eine zweite in der rechten.«

Der Tag fängt ja gut an, dachte Koskinen und versuchte zu scherzen.

»Ihr scheint bloß die Kiemen zu trainieren. Aber am nächsten Sonntag werden wir ja sehen, wer fit ist und wer nur das Maul aufreißt.«

Er zeigte abwechselnd auf Pekki und Kaatio und sagte ernster als beabsichtigt: »Ich fordere euch zum Pirkka-Lauf heraus.«

Pekki und Kaatio starrten ihn verdutzt an. Koskinen wischte sich die Stirn. Auf seinem Jackettärmel bildete sich ein länglicher, feuchter Fleck.

»Der findet am Sonntag statt. Schlappe dreiunddreißig Kilometer. Der Start ist um Punkt neun in Valkeakoski, und das Ziel …«

»Weiß ich doch«, winkte Pekki ab. »Und zwar so gut, dass es mir nicht im Traum einfallen würde, da mitzumachen.«

»Auf keinen Fall«, meinte auch Kaatio. »Lieber werde ich Fakir und tanze auf glühenden Kohlen, als mit einer Nummer vor der Brust durch den Wald zu keuchen.«

Offenbar hatte Ulla Koskinens heikle Lage erkannt. Sie holte ein Erfrischungstuch aus der Handtasche, riss die geblümte Folie auf, legte das Tuch ausgebreitet auf die Hand und streckte den Arm aus, um Koskinens Stirn abzuwischen.

Das Tuch fühlte sich angenehm kühl an, und der Apfelduft, der von ihm ausging, ließ Koskinen seufzen. Er streckte die Beine aus und hing bald so schlaff auf seinem Stuhl wie Pekki.

»Lass die Kerle reden«, flüsterte Ulla. »Die sind doch bloß neidisch.«

Sie stopfte das zerknitterte Tuch in die Folie und steckte diese in Koskinens Jackentasche. Seine Stirn trocknete rasch, doch die angenehme Kühle blieb, und es bildete sich auch kein neuer Schweiß.

Ullas plötzliche Fürsorglichkeit schien Pekki und Kaatio zu ärgern. Als wären sie eifersüchtig, weil der Kommissar von ihrer Kollegin verhätschelt wurde.

»Welche Pigmentstörung im Gehirn bringt jemanden zum Joggen?«, fragte Pekki kopfschüttelnd. »Man sollte Jogging als gemeingefährliche Krankheit klassifizieren.«

Kaatio unterbrach seine Schulterblattgymnastik.

»Vor einiger Zeit stand in der Zeitung ein Bericht über einen deutschen Arzt, der eine Dissertation über Jogger geschrieben hat. Es ist ein genetischer Defekt, der die Leute zum Laufen bringt. Der Mangel an irgendeinem Eiweiß verschafft ihnen größeren Genuss an dem Endorphin, das beim Laufen ausgeschüttet wird.«

»Das habe ich auch gelesen!«, pflichtete Pekki ihm bei. »Bei Tierversuchen sind Ratten, denen dieses Eiweiß fehlt, wie die Verrückten in ihrem Käfig rumgerannt, von morgens bis abends.«

Kaatio nahm seine Muskelentspannung wieder auf.

»Jogger sind genauso beknackt wie Alkoholiker. Den einen müsste man die Laufschuhe am Fußboden festnageln, wie man vor den anderen die Flasche versteckt.«

Koskinen sah, dass Ulla bei der Bemerkung über Alkoholiker verlegen wurde. Sie senkte den Blick, und ihr Gesicht flammte rot auf. Koskinen streckte unter dem Tisch ein Bein aus und stieß Kaatio mit der Schuhspitze gegen den Knöchel. Doch Kaatio schien nicht zu begreifen, worum es ging.

»Was soll die Treterei, verdammt?«

Da marschierte Tanse herein, gefolgt von Hauptmeister Lepola. Koskinen und Kaatio funkelten sich immer noch an, setzten sich aber gerade. Luttinen fiel es schwer, sitzen zu bleiben. Es hatte den Anschein, als wollten seine Reflexe ihn zwingen, aufzuspringen und Haltung anzunehmen.

»Ich habe mich verspätet«, sagte Tanse. »Lepola und ich mussten überraschend eine Sache besprechen, die keinen Aufschub duldete.«

Er schaltete sein Handy aus und legte es auf den Tisch. Erst dann nahm er Platz und sah jeden der Anwesenden der Reihe nach an. Bei Koskinen machte sein Blick Halt, und seine Nasenflügel zitterten leicht. Koskinen fluchte innerlich. Natürlich roch er nach Ullas Erfrischungstuch.

Mit einer schnellen Bewegung zog Tanse seinen Schlips gerade. Die Geste entsprang eher einem im Rückenmark gespeicherten Verhalten als einer Notwendigkeit.

»Kommen wir zur Sache!«, polterte er und wandte sich Pekki zu. »Du hast offenbar die Unterlagen zu dem Fall vor dir.«

Pekki schlug seine Mappe auf. Sie enthielt nur einen einzigen Bogen, den er mit bedeutungsschwangerer Miene in die Hand nahm. Koskinen, der ihm gegenübersaß, spürte seine leise Nervosität. Er erinnerte sich gut an die unzähligen Situationen, in denen er einen aktuellen Fall hatte präsentieren müssen, weil er zum fraglichen Zeitpunkt gerade Bereitschaftsdienst gehabt hatte und deshalb zum Hauptermittler geworden war. Man hatte kaum Vorbereitungszeit und musste dennoch aus den spärlichen Informationen ein einigermaßen überzeugendes Bild konstruieren, damit die anderen nicht an der Kompetenz des Ermittlers zweifelten.

»Vorige Nacht wurde auf dem Säästäjäntori in Peltolammi die Leiche eines Mannes gefunden. Sie lag zwischen zwei auf dem Parkplatz abgestellten Containern, wo sie ein Maurer namens Rosberg entdeckte. Rosberg hatte um dreiundzwanzig Uhr eine nahe gelegene Kneipe verlassen. Die Kneipe befindet sich unmittelbar neben dem Fundort, sie heißt *Peltolammi-Saloon*. Rosberg leidet unter chronischer Blasenschwäche und wollte sich zwischen den Containern erleichtern. Während dieser Prozedur sah er die Leiche und nässte seiner Aussage nach vor Schreck seine Schuhe.«

Pekki holte Luft und blickte auf das Papier in seiner Hand, als ob es noch viele weitere Informationen enthielte.

»Rosberg lief zurück in den *Saloon* und schlug von dort aus Alarm. Die Polizeistreife traf innerhalb von zehn Minuten ein und sperrte das Gebiet unverzüglich ab. Der Nachtschichtler der Technik, Extra-Pe … ich meine Risto P. Jalonen, erreichte den Fundort eine Viertelstunde später, also um null Uhr fünf. Er kann wohl mehr über den Fall berichten.«

Alle sahen Jalonen an. Er rieb sich verlegen die Nase und schien Pekkis Ausrutscher alles andere als lustig zu finden.

»Viel habe ich nicht zu berichten. Bei dem Toten handelt es sich um einen etwa vierzigjährigen Mann. Keine äußerlichen

Anzeichen von Gewaltanwendung, auch in der Umgebung keine Kampfspuren. Im Dunkeln war es schwierig, genauere Beobachtungen zu machen, aber Mäkitalo ist heute früh um sechs direkt von zu Hause an den Fundort gefahren, um weiterzuarbeiten. Außerdem sind zwei Polizeistreifen dort geblieben, um Neugierige fernzuhalten.«

»Hast du die Fotos schon fertig?«, fragte Pekki. Jalonen öffnete seine Mappe.

»Hier sind einige erste Aufnahmen«, sagte er mit übernächtigter Stimme. »Mäkitalo wird bei Tageslicht weitere machen.«

Er teilte den Stapel in zwei Hälften, die er über Ulla und Luttinen im Kreis herumgehen ließ.

Tanse warf einen Blick auf seine Uhr und fragte fordernd: »Was meint ihr dazu?«

Auf Anhieb wusste niemand etwas zu sagen. Koskinen merkte, wie alle am Tisch sich strafften wie Schüler, die der Rektor ins Gebet nimmt, und wunderte sich wieder einmal über Tanses Autorität. Sie war im Lauf der Jahre kein bisschen schwächer geworden. Im Gegenteil, je grauer sich Tanses Schläfen färbten, desto mehr Gewicht hatten seine Worte.

Lepola von der Schutzpolizei fühlte sich als Gaststar verpflichtet, als Erster das Wort zu ergreifen.

»Leider wissen meine Männer auch nicht mehr über die Sache.«

Pekki starrte Lepola mit säuerlicher Miene an. Es war klar, was er dachte: Das wäre ja noch schöner, wenn die Schupoheinis mehr wüssten als die Männer vom Gewaltdezernat.

Lepola ignorierte Pekkis Grimasse. Er strich sich mit gespreizten Fingern durch seinen dichten Elvis-Schopf und fuhr mit fester Stimme fort: »Wir hatten letzte Nacht ohnehin Trubel. Die 341 in Hervanta war in einen bedauerlichen Zwischenfall verwickelt. Die Streife bemerkte gegen Mitternacht in der

Insinöörinkatu ein verdächtiges Motorrad. Sie wollte es anhalten, woraufhin der Fahrer Gas gab und zu fliehen versuchte. Die Verfolgungsjagd führte durch ganz Hervanta und endete an der Kreuzung der Opiskelijankatu und der Insinöörinkatu, wo das Motorrad gegen ein aus der Innenstadt kommendes Taxi prallte.«

Koskinen dachte an das Motorrad und die Polizeistreife, die bei seinem nächtlichen Lauf an ihm vorbeigerast waren. Nun verstand er auch, warum Tanse zu spät zur Sitzung gekommen war. Höchstwahrscheinlich hatte er mit Lepola besprochen, wie der Fall gegenüber den Medien dargestellt werden sollte. Verfolgungsjagden waren unangenehm und problematisch. Sie wurden immer der Polizei angekreidet, vor allem, wenn sie mit einer schweren Verletzung oder dem Tod des Flüchtigen endeten.

Lepolas Stimme hatte tatsächlich einen leicht verlegenen Klang.

»Der Taxifahrer und die Fahrgäste haben die Kollision unbeschadet überstanden. Aber der Motorradfahrer wurde bewusstlos in die Uniklinik gebracht. Ein neunzehnjähriger Junge.«

»Kommen wir auf den Fall in Peltolammi zurück«, unterbrach ihn Tanse ungeduldig. »Sind die Personalien des Opfers inzwischen bekannt?«

Pekki blickte auf seinen Papierbogen und schüttelte den Kopf. »Nein.«

»Ist jemand als vermisst gemeldet?«

»Nein. Ich habe gerade nachgesehen.«

Ein Räuspern am anderen Tischende ließ alle Köpfe herumfahren. Luttinen sagte militärisch abgehackt: »Wurden alle offenen Vermisstenmeldungen überprüft? Die in der letzten Nacht gefundene Leiche könnte zu einem alten Vermisstenfall passen.«

Pekki seufzte so tief wie der Finanzminister im *Aktuellen Studio*.

»Gut beobachtet, Luti. Sehr gut. Nur ist die Leiche so frisch wie Käse von gestern.«

Luttinen erkannte seinen Denkfehler. Sein Gesicht färbte sich tiefrot, und er presste den Mund so fest zusammen, dass man ihn nicht einmal mit dem Stemmeisen aufbekommen hätte.

»Na dann.« Tanse räusperte sich. »An die Arbeit! Koskinen leitet die Voruntersuchung, und Pekki ist Hauptermittler. Und vergesst nicht, dass Tarus neue Vertretung heute ihren Dienst antritt.«

Er ging hinaus und warf die Tür fester zu als nötig. Drückendes Schweigen senkte sich über den Raum.

Ulla unterbrach es schließlich. Sie dehnte die Arme, gähnte und schlug vor: »Holen wir uns noch eine Tasse Kaffee.«

4

Lepola von der Schupo hatte sich kurz nach Tanses Abgang verabschiedet und etwas von Eile gemurmelt. Jalonen, der die lange Nachtschicht hinter sich hatte, war zum Schlafen nach Hause gegangen, und auch die anderen hatte es nicht lange im Gruppenraum gehalten. Nun drängten sich alle in Koskinens Dienstzimmer. Pekki und Kaatio saßen auf den Besucherstühlen, Luttinen stand wie ein Wachtposten an der Tür, Ulla hatte sich halb auf Koskinens Schreibtisch gesetzt und pustete in ihren zu heißen Kaffee.

Koskinen genoss die Situation. Sie erinnerte ihn an die Zeit vor seiner Beförderung zum Kommissar. Seine Kollegen waren damals aus diesem oder jenem Grund in sein Zimmer gekommen, um ihre Sorgen und Freuden mit ihm zu teilen, sowohl in dienstlichen als auch in privaten Angelegenheiten. Auf die Beförderung war eine lange Eiszeit gefolgt. Doch sie war allmählich vorübergegangen, und inzwischen hatte Koskinen mitunter das Gefühl, dass niemand mehr an seine Vorgesetztenstellung dachte.

Er breitete die Fotos auf dem Tisch aus und überlegte laut: »Auf diesen Bildern ist irgendetwas merkwürdig.«

Ulla lächelte belustigt.

»Sind Fotos von Toten nicht immer merkwürdig?«

Zerstreut betrachtete Koskinen das symmetrisch gerundete Knie vor seinen Augen. Ullas rechter Fuß stand auf dem Boden, sie saß mit der linken Pobacke auf dem Tisch. Der Saum ihres dunkelrot gestreiften Rocks war zehn Zentimeter über das Knie hochgerutscht, und Koskinen hörte eine seltsame Sehnsucht in seiner Stimme, als er sagte: »Nichts auf diesen Bildern verrät, wie der Mann getötet wurde.«

»Wir wissen doch noch gar nicht, ob es sich überhaupt um ein Gewaltverbrechen handelt«, wandte Pekki ein. »Es könnte auch ein Krankheitsanfall gewesen sein, der Mann ist durch den Park spaziert und zusammengebrochen.«

»In einer so dünnen Trainingshose geht in einer Herbstnacht niemand freiwillig nach draußen.« Kaatio zeigte auf eins der Bilder. »Außer einem gewissen Trottel, der dem Jogging verfallen ist.«

Koskinen überging Kaatios letzte Bemerkung und stimmte der ersten zu: »Und er hat nicht mal Schuhe an. Das riecht doch sehr nach einem Gewaltverbrechen.«

»Ebenso die Stellung des Mannes«, meinte Ulla. »In dieser Haltung sterben die wenigsten von allein.«

Die Fotos waren schwarz-weiß, scharf und präzise, und der Mann, den sie zeigten, lag da wie eine Stoffpuppe. Als hätte man ihn durch die Luft gewirbelt und dann auf die Erde geschleudert. Die Arme standen ab, und das linke Bein lag seltsam verdreht unter dem rechten Oberschenkel. Dennoch waren keine Spuren von Gewaltanwendung zu sehen. Die Augen waren geöffnet, ihr Blick war leer.

Koskinen nahm ein Vergrößerungsglas aus der Schreibtischschublade und machte sich auf sarkastische Bemerkungen über sein Alter gefasst, die jedoch ausblieben. Er betrachtete das Gesicht des Mannes lange und gründlich.

»Er ist erstickt worden.«

Pekki reagierte sofort.

»Du bist ja der reinste Wahrsager. Woran willst du das einfach so erkennen?«

»Das Gesicht ist irgendwie seltsam«, sagte Koskinen nachdenklich. »Und die Augen ebenfalls. Es sieht aus, als wären die Pupillen erweitert ...«

Er konnte nicht weiterreden, da die anderen im Chor widersprachen.

»Das ist doch reine Spekulation. Er kann auf tausend andere Arten gestorben sein.«

»Und wieso hätte er im Park erstickt sein sollen? Da gibt es doch genug frische Luft.«

»Er wurde woanders getötet und dann an den Fundort gebracht«, beharrte Koskinen. »Darauf deutet auch seine Stellung hin.«

Der Widerstand der Zweifler war damit jedoch noch nicht gebrochen.

»Wenn man versucht, jemanden durch Ersticken zu töten, wehrt dieser sich mit aller Kraft. Jalonen hat aber vorhin gesagt, dass an der Leiche keine Kampfspuren zu sehen sind.«

»Warum ist er nicht einfach weggerannt?«

Koskinen schob die Fotos zusammen.

»Das herauszufinden ist eure Aufgabe. Durch Gequassel klären wir den Fall nicht auf. Also, macht euch ans Werk!«

Pekki und Kaatio sahen den Kommissar gleichgültig an und rührten sich nicht. Ulla drohte ihnen mit dem Finger.

»Im *Neuen Katechismus* steht: ›Du sollst deinen Vorgesetzten ehren.‹«

Pekki nahm die Brille ab und rieb sich die Augen.

»Tja, wir müssen wohl an die Arbeit. Kaatio, fahr du nach Peltolammi und sieh nach, ob Mäkitalo etwas gefunden hat.«

»Kann ich machen.«

»In der feuchten Erde sind bestimmt Fußspuren zurückgeblieben, und alle Reifenabdrücke müssen ebenfalls gesichert werden, für den Fall, dass die Leiche tatsächlich mit einem Auto hingebracht wurde.«

Pekki kam allmählich in Schwung, und Koskinen dirigierte ihn unauffällig.

»Es wäre gut, seine Identität möglichst schnell zu klären, sonst kommen wir kaum voran.«

»Dafür ist Luti der passende Laufbursche«, sagte Pekki und wandte sich an Luttinen. »Du rufst zuerst alle hiesigen Rundfunkstationen an, und dann gibst du die Personenbeschreibung an die Redaktion von *Aamulehti* durch. Vergiss nicht, darauf hinzuweisen, dass wir die Meldung stornieren, wenn die Identität des Mannes geklärt wird, bevor die Zeitung in Druck geht.«

»Verstanden«, sagte Luttinen zackig, doch das reichte Pekki nicht.

»Was stehst du da noch rum? Mach dich an die Arbeit, hopphopp!«

Luttinen verschwand. Kaatio verschränkte die Hände im Nacken und schob die Ellbogen nach hinten.

»Bist du sicher, dass Luti das schafft? Womöglich gibt er aus Versehen seine eigenen Merkmale an.«

»Wofür wäre er sonst zu gebrauchen«, sagte Pekki und wandte sich an Ulla.

»Geh du am Computer die Register durch. Wer weiß, vielleicht passen die persönlichen Daten auf einen unserer Kunden.«

»Warum muss ich immer Innendienst machen?« Ulla rümpfte die Nase. »Gibt es nichts anderes …«

»Schön, dann tauschen wir eben«, fiel ihr Pekki ins Wort. »Du kannst zur Obduktion gehen. Hokka ist heute in Tampere und hat versprochen, die Leiche sofort zu öffnen. Also los, beeil dich.«

Ein liebenswürdiges Lächeln legte sich auf Ullas Gesicht, und Koskinen ahnte, was folgen würde. Tatsächlich neigte sie den Kopf zur Seite und sagte katzenfreundlich: »Geh du nur. Und sieh zu, dass du zur Mittagspause wieder hier bist. In der Kantine gibt es heute Nieren, glaube ich … oder war es Leber …?«

Pekki schob den Stuhl zurück; aus seinem dumpfen Gemurmel waren nur zwei Worte herauszuhören: »Blutwurst« und

»Marktbude«. Mit gekrümmtem Nacken stürmte er aus dem Zimmer, und Kaatio folgte ihm.

Koskinen blieb mit Ulla allein zurück. Dennoch setzte sie sich nicht auf einen der frei gewordenen Stühle, sondern blieb, wo sie war. Sie zeichnete mit der Fingerspitze unsichtbare Muster auf die Tischplatte, und Koskinen erriet, dass sie etwas auf dem Herzen hatte.

»Ich muss dich was fragen.«

»Was denn?« Koskinen wartete gespannt.

Ulla stützte die Hände auf den Tisch und beugte sich vor. Das Vorderteil ihrer Bluse wölbte sich verlockend, die dichten blonden Haare fielen ihr ins Gesicht.

Koskinen spürte einen warmen Hauch auf der Stirn, als Ulla wisperte: »Kann ich mir morgen freinehmen?«

»Frei?«, wiederholte Koskinen enttäuscht und fragte sich, was er denn eigentlich erwartet hatte.

Offenbar verstand Ulla die Miene ihres Vorgesetzten falsch, denn sie richtete sich auf und erklärte: »Ich habe jede Menge Überstunden angesammelt.«

»So war das nicht gemeint, natürlich kannst du den Tag freihaben.«

»Danke«, lächelte Ulla, wurde aber gleich darauf wieder ernst.

Koskinen fragte: »Warum?«

»Warum was?«

»Warum nimmst du dir frei?«

Ulla beugte sich erneut vor und flüsterte: »Muss ich dir das sagen?«

»Natürlich nicht.«

Doch sie tat es trotzdem.

»Ich gehe zum Arzt.«

»Ach so … bist du krank?«

»Eigentlich nicht, das ist bloß so eine Untersuchung.«

»Dafür brauchst du doch keinen ganzen Tag.«

»Doch, es kann ein bisschen länger dauern.«

Koskinen war besorgt. Wenn ein ganzer Tag für die Untersuchung draufging, konnte es sich nicht um eine harmlose Kleinigkeit handeln. Und je mehr sein Mitgefühl wuchs, desto schneller entschwanden ihm die Worte, wieder einmal. Das Einzige, das ihm einfiel, war die belanglose Floskel *Das wird schon wieder.* Aber sie kannten sich. Sie arbeiteten seit vielen Jahren zusammen und hatten gelernt, die Gedanken des anderen zu lesen.

»Du brauchst nichts zu sagen, Sakari.«

Sie sahen sich schweigend an. Die Fältchen um Ullas Augen waren tiefer geworden, machten sie jedoch um keinen Tag älter, das Blau ihrer lächelnden Augen war dunkler, und es fiel Koskinen leicht, sie anzuschauen. Er fühlte sich nicht gedrängt, den Blick abzuwenden.

Ulla hob überraschend die Hand und strich Koskinen über die Wange. »Wie geht es dir?«

Ullas Frage und die Betonung des Wortes »dir« verwirrten Koskinen.

»Mir … tja, wie geht es mir … Ganz gut. Ich fühle mich so fit wie nie. Zwanzig Kilometer Joggen ist ein Kinderspiel.«

»Das merkt man.«

»Tatsächlich?«, freute sich Koskinen.

Ullas Miene blieb jedoch ernst, und sie sprach tadelnd wie zu einem Kind: »Hör endlich auf, abzunehmen. Die Kleider schlottern dir am Leib, und du hast schon ganz hohle Wangen.«

Koskinen wusste nicht, ob er Ullas Bemerkung als Kompliment oder als Kritik auffassen sollte. Ihre nächsten Worte verscheuchten jeden Zweifel.

»Du brauchst dich wegen deiner Scheidung nicht zu bestrafen. Es war nicht allein deine Schuld. Dein Masochismus ist völlig unsinnig. Du schaust bald aus wie ein KZ-Häftling.«

Koskinen sah Ulla konsterniert an. Von Polizisten wurde zwar gute Menschenkenntnis gefordert, aber Ulla war trotzdem in der falschen Branche tätig. Als Hellseherin hätte sie besser verdient.

Sie legte den Kopf schräg und sagte: »Du hast nicht schlecht ausgesehen, als du ein bisschen rundlicher warst.«

Koskinens Verwirrung hätte sogar ein Farbenblinder bemerkt, und Ulla knuffte ihn freundlich in den Arm.

»Ich meinte nicht deine Kondition, als ich dich gefragt habe, wie es dir geht.«

»Was hast du denn gemeint?«

»Wie es dir sonst geht.«

Koskinen wusste nicht mehr, wie er sich verhalten oder was er sagen sollte. Er fühlte sich noch verlegener als zuvor, und dass Ulla die Hand auf seinen Arm legte, machte die Sache nicht leichter.

»Ich meine deine zwischenmenschlichen Beziehungen …« Nun fiel es auch Ulla schwer, die richtigen Worte zu finden. »Hast du jemanden?«

»Jemanden?«

»Ja. Du verstehst schon. Es ist nicht gut, allzu lange allein zu sein.«

Koskinen begriff erst jetzt, worauf Ulla hinauswollte. Er lachte verwundert auf.

»Ich habe niemanden. Wie sollte ich so plötzlich jemanden finden?«

»Plötzlich?« Ulla zog die Augenbrauen hoch. »Seit der Trennung von Raija sind fast zwei Jahre vergangen.«

»Ja, aber ich stamme aus Häme, wir sind ja bekanntlich langsam«, versuchte Koskinen zu scherzen. »Grübeln ist die halbe Miete.«

Ulla ließ sich nicht beirren.

»Du hast noch ein langes Leben vor dir, viele gute Jahre. Lohnt es sich, die allein zu verbringen? Das wäre doch Verschwendung.«

Darauf wusste Koskinen nichts zu sagen. Auch Ulla schwieg; an ihrem konzentrierten, fast grimmigen Blick war zu erkennen, dass sie intensiv nachdachte.

»Ich habe schon seit Langem etwas im Sinn, aber ich weiß nicht recht, wie ich es dir sagen soll.«

Koskinen zuckte zusammen. In der Sekunde, bevor Ulla weitersprach, überlegte er, wie er auf ihre nächsten Worte reagieren sollte. Was sollte er ihr antworten? Ulla war, soweit er das als Außenstehender beurteilen konnte, glücklich verheiratet, und …

»Kennst du Ursula Katajisto von unserer Gesundheitsfürsorge?«

Koskinen zog den Arm aus Ullas Griff. Nun tappte er völlig im Dunkeln.

»Ursula Katajisto? Natürlich kenne ich sie. Flüchtig. Ist die nicht Seelenklempnerin?«

»So ähnlich«, lächelte Ulla. »Ursula ist Betriebspsychiaterin.«

Koskinen war nicht nach Lächeln zumute. Wollte Ulla ihn zum Psychiater schicken? Die Wut stieg ihm durch das Rückenmark in den Kopf, und er hielt sie für vollkommen berechtigt.

Doch er lag wieder einmal falsch.

»Ursula und ich sind gute Freundinnen«, erzählte Ulla. »Erst letzten Freitag haben wir beim Kaffee über dieses und jenes geplaudert.«

Koskinen begriff immer noch nicht, worum es ging. An Ursula Katajisto erinnerte er sich durchaus. Sie hatte gelegentlich bei der Täterprofilierung und bei der Vernehmung besonders schwer zugänglicher Personen geholfen. Der Groschen fiel erst, als Ulla mit verschmitztem Grinsen fragte: »Wusstest du, dass Ursula auch Single ist?«

Koskinen schüttelte ungläubig den Kopf, während Ulla fortfuhr: »Als wir uns die Hefeteilchen aussuchten, kam das Gespräch irgendwie auf dich. Und Ursula meinte, es wäre nett, den bärenhaften Kommissar näher kennenzulernen.«

»Du meinst doch nicht …«

»Doch, das meine ich. Ich habe ihr versprochen, dich zu fragen, ob du vielleicht mal mit ihr essen gehen möchtest.«

Koskinen starrte auf Ullas violetten Amethystring und versuchte sich an Ursula Katajistos Aussehen zu erinnern. Die dunkel glänzenden Haare und die schmale, gerade Nase waren ihm jedenfalls im Gedächtnis geblieben. Und bei genauerem Nachdenken erinnerte er sich, dass ihm ihre langen Beine aufgefallen waren. Tatsächlich hatte es ihm bei einigen Besprechungen Schwierigkeiten bereitet, die Augen von ihnen abzuwenden.

Aber trotzdem!

Eine Psychiaterin von der betrieblichen Gesundheitsfürsorge. Daraus konnte nichts werden.

»Probiert es aus!« Ulla unterbrach Koskinens Gedanken. »Ihr braucht euch ja nur einmal zu treffen. Dann seht ihr, wie es läuft. Geht eine Pizza essen und trinkt ein Bier miteinander.«

»Na ja …«

Ursula fasste die zögernden Worte wohl als Zustimmung auf, denn sie legte die Hand wieder auf Koskinens Arm.

»Es kann ganz nett werden.«

Koskinen blieb keine Zeit, darüber nachzudenken, was Ulla unter »ganz nett« verstand. Jemand drückte auf den Summer an seiner Tür.

Die Taste für die Türampel lag irgendwo unter den Papierstapeln. Koskinen rief: »Herein!«

Die Tür ging auf, und eine junge Frau wieselte herein. Ulla nahm langsam die Hand von Koskinens Arm, beide musterten die Frau. Sie war ziemlich klein, hatte ein rundes Gesicht und große Augen. Auf ihrem Kopf saß eine seltsame Mütze, deren fest gestrickte, schmale Spitze hochragte wie eine Antenne.

Ihre Stimme war mädchenhaft hell.

»Hi, ich bin Milla.«

Koskinen und Ulla starrten die Frau immer noch verwundert an, nickten grüßend, brachten aber kein Wort heraus. Milla schwenkte die Arme und klopfte sich auf die Oberschenkel.

»Tauno Niiranen hat gesagt, ich soll mich bei Kommissar Koskinen melden. Ich fang heute mein Praktikum hier an und bin gleichzeitig die Mutterschaftsvertretung für Taru Luttinen. Niiranen hat gemeint: ›Koskinen erklärt dir, was du tun sollst.‹« Sie holte tief Luft und fügte hinzu: »Da bin ich also.«

Ulla glitt vom Tisch. Sie lächelte Koskinen zu und flüsterte: »Ich geh dann mal. Du hast jetzt Wichtigeres zu tun.«

Ulla verschwand, bevor Koskinen etwas erwidern konnte. Er stand auf und hielt der Neuen die Hand hin.

»Ja, ich bin Koskinen, aber du kannst mich ›Sakari‹ nennen.«

»Milla.«

Die Hand war klein, aber ihr Druck vertrauensvoll und fest. Milla setzte sich auf einen Stuhl, sah sich eine Weile um und verkündete, als handle es sich um etwas Selbstverständliches: »Um das mal gleich klarzustellen: Ich lass mir keine sexuelle Belästigung gefallen. Ich hab in der Zeitung gelesen, dass so was bei der Polizei wahnsinnig oft vorkommt.«

Koskinen sah Milla verblüfft und belustigt an und überlegte, was sie wohl als sexuelle Belästigung empfinden mochte. Sie ging jedoch nicht weiter auf das Thema ein, sondern zeigte auf die Tür.

»War das deine Vorherige?«

»Wer?«

»Die auf dem Tisch gesessen hat. War das deine vorherige Sekretärin?«

»Nein.« Koskinen musste lachen. »Das war Kriminalmeisterin Ulla Lundelin.«

Milla legte die Hände an ihre runden Wangen und seufzte: »Mann, Kriminalpolizistin zu sein, das wär echt cool.«

Genau wie ihre Vorgängerin, dachte Koskinen belustigt. Auch Taru hatte davon geträumt, Polizistin zu werden. Sie hatte sogar den Kurs für Ermittlungssekretärinnen besucht und polizeiliche Routineaufgaben übernehmen dürfen. Doch ihr eigentliches Ziel hatte sie bisher nicht erreicht. Am nächsten war sie ihm gekommen, indem sie einen Polizisten heiratete.

Plötzlich verdüsterte sich Koskinens Stimmung, und er sagte ein wenig zu kühl: »Taru Luttinen ist schon seit Längerem in Elternzeit. Ihre erste Vertreterin hat eine feste Stelle bei der Stadtverwaltung bekommen. Du bist also sozusagen die zweite Thronfolgerin.«

Sein kleiner Scherz schien Milla nicht zu amüsieren. Sie rutschte ungeduldig auf ihrem Stuhl herum.

»Sag mir, was ich machen soll.«

Bevor Koskinen antworten konnte, zeigte Milla auf seinen Tisch.

»Als Erstes könnte ich mal deinen Schreibtisch aufräumen. Der sieht aus wie ein Frachthafen.«

»Das tue ich lieber selbst.«

»Das Zimmer muss sowieso mal in Ordnung gebracht werden.« Milla schwenkte die Hand in weitem Bogen und richtete sie dann auf Koskinens Computer. »Dein Bildschirm steht total falsch. Der darf nicht direkt vorm Fenster sein. Wir schieben ihn da in die Ecke.«

Koskinen wurde nervös.

»Wir verschieben gar nichts. Außerdem arbeitest du in Tarus Zimmer. Das ist näher am Lift, ich zeig's dir gleich.«

»Das Fisch-Bild hängt auch schief.«

Koskinen war sich nicht sicher, ob die Frau ihm überhaupt zuhörte. Er musterte ihre Antennenmütze und wurde von bösen Vorahnungen beschlichen.

»Ich hab auch den Computerführerschein.«

Auch das noch, dachte Koskinen verzweifelt. Er sagte barscher als beabsichtigt: »Ich habe viel zu tun und bin in Eile. Lassen wir das Geschwätz, kommen wir zur Sache.«

»Jaja, ich wollte bloß helfen.«

Koskinen informierte Milla über ihre Aufgaben. Er erklärte ihr den Ablauf einer Voruntersuchung und beschrieb die ganze damit verbundene Bürokratie, die Berichte und den obligatorischen Papierkrieg. Er zählte auf, welche Unterlagen an die Staatsanwaltschaft weitergeleitet und welche archiviert wurden. Besonders nachdrücklich betonte er die Bedeutung der Vernehmungsprotokolle, die an die Verteidiger gingen. Die Juristen stürzten sich auf jeden kleinen Tippfehler. Schließlich wies er noch darauf hin, dass Angaben von Informanten, die den Protokollen beigefügt waren, auf keinen Fall weitergegeben werden durften.

Dafür ging der ganze Vormittag drauf. Es war schon halb eins, als Koskinen frohgemut seinen vom Sitzen steif gewordenen Rücken dehnte. Bald würde er endlich seine Ruhe haben.

»Ich geh dann mal essen.«

Millas Antennenmütze wackelte.

»Prima, gehen wir! Ich hab einen Bärenhunger.«

Koskinen seufzte. Ihm war klar, dass er die Frau nicht abschütteln konnte, der Versuch war zwecklos. Sie gingen über den Flur und fuhren mit dem Aufzug ins Erdgeschoss. Es gab Wurstsoße, und Koskinens Verärgerung legte sich bei dem schadenfrohen Gedanken, dass dieses Gericht Pekkis Lieblingsspeise war. Er stand mit seinem Tablett an der Theke und ließ den Blick durch die Kantine schweifen. An keinem der größeren Tische waren zwei Plätze frei. Seine schlimmste Befürchtung wurde wahr: Sie mussten sich an einen Zweiertisch in der Nähe der Tür setzen.

Anders als Koskinen erwartet hatte, machte sich Milla mit gutem Appetit über die Würstchen her. Er hätte darauf gewettet, dass sie Vegetarierin war, so seltsam wie sie sich benahm.

Milla zeigte mit der Gabel auf Koskinens Hand.

»Du bist nicht verheiratet?«

»Nein.«

»Junggeselle, Witwer oder geschieden?«

Koskinen lud Kartoffelbrei auf seine Gabel und antwortete peinlich berührt: »Geschieden.«

»Warum?«

»Das möchte ich eigentlich nicht näher erklären«, sagte Koskinen und überlegte, ob er dazu überhaupt fähig wäre. Mitunter hatte er das Gefühl, dass der Grund auch ihm selbst immer noch unklar war.

»Hast du Kinder?«

»Einen Sohn.«

»Tatsächlich?« Milla blickte interessiert auf. »Wie alt?«

»Anfang zwanzig.«

»Aha. Studiert der?«

»Nein.«

»Was macht er denn? Ist er bei der Armee oder was?«

Koskinen fühlte sich immer unbehaglicher. Er nahm sich vor, zu verschwinden, sobald sein Teller leer war. Er hatte keine Lust, irgendwem Auskunft über seine familiären Verhältnisse zu geben. Schon gar nicht einer antennenmützigen Quasselstrippe, die er erst seit zwei Stunden kannte!

Dennoch beantwortete er Millas Frage: »Er leistet Zivildienst.«

»Ein Zivi! Klasse! Mein Bruder ist zur Armee gegangen, obwohl ich versucht hab, ihn aufzuklären. Jetzt arbeitet er bei der Post. Das hat Vater auch gemacht, aber er ist im Januar in Rente gegangen. Mutter war Tippse bei Soraseula.«

Koskinen überlegte, ob nun er an der Reihe war, sich eine Familiengeschichte anzuhören. Er warf einen Blick auf die Uhr und versuchte es mit einem Ausweichmanöver.

»Schon ein Uhr.«

Milla hatte als Beilage eine Scheibe Knäckebrot genommen. Als sie davon abbiss, zitterte ihre Antenne.

»Mein Boyfriend war auch Zivi.«

»Aha.«

»Er studiert Verfahrenstechnik, weißt du, was das ist?«

»Ungefähr«, murmelte Koskinen und rechnete aus, dass er die Gabel nur noch fünf Mal zum Mund führen musste, bevor er sich verdrücken konnte. Auf den Nachtisch würde er diesmal verzichten.

»Mahlzeit, Kossu!«

Koskinen spürte ein Klopfen auf der Schulter und drehte sich um. Am Tisch stand Harri Kangas, ein etwa dreißigjähriger Schupo. Er beugte sich zu Koskinen hinunter und sagte laut und vernehmlich: »Ich habe von Kaatio gehört, dass du heute früh Leute zum Pirkka-Lauf herausgefordert hast.« Kangas strich die Beine seines Polizeioveralls glatt, dann grinste er: »Aatos Havakainen und ich nehmen die Herausforderung an.«

Koskinen blickte sich rasch um. Von den Nachbartischen flogen neugierige Blicke zu ihnen herüber. Kangas' Bass war weithin zu hören: »Einigen wir uns darauf, dass der Letzte von uns dreien die beiden anderen den ganzen Abend freihält.«

Der Griff der Gabel bog sich, als Koskinen die Hand zur Faust ballte. Kaatio, das Plappermaul, konnte sich auf etwas gefasst machen.

Auf die Schnelle fiel ihm kein Vorwand ein, die Wette abzulehnen. Kangas schlug ihm auf die Schulter.

»Wir sehen uns am Sonntag früh in Valkeakoski.«

Milla wartete, bis der Polizist außer Hörweite war, dann fragte sie mit schräg gelegtem Kopf: »Darf ich dich Kossu nennen?«

»Was?«, knurrte Koskinen. Milla zeigte mit der Gabel über seine Schulter.

»Der hat dich doch auch so genannt. Ein cooler Name.«

»Nein!«

Das Klingeln des Handys unterbrach ihren Wortwechsel. Koskinen legte die Gabel weg und holte das Telefon aus der Brusttasche.

Pekki meldete sich.

»Die Leiche ist jetzt aufgeschnippelt.«

»Aha«, sagte Koskinen und schob den Teller zur Seite. Ein Klacks Kartoffelbrei war noch übrig, die Würstchen hatte er zum Glück schon gegessen.

Pekki fuhr heiser, aber eifrig fort: »Mit der Todesursache hatten wir recht. Das Opfer ist tatsächlich erstickt.«

Koskinen erinnerte sich deutlich, dass er der einzige Anhänger der Erstickungstheorie gewesen war, ließ Pekki aber weiterreden.

»Er wurde mit einem Kissen getötet.«

»Oho.«

»Hokka hat im Mund und in den Atemwegen Flusen gefunden, die aller Wahrscheinlichkeit nach von Baumwollstoff stammen.«

»Wir haben es also mit Mord zu tun«, sagte Koskinen nachdenklich und entwarf in Gedanken bereits einen Arbeitsplan.

Als Erstes mussten sie die Identität des Opfers klären, diese Information würde sie zu seiner Wohnung führen, wo sie vielleicht das als Mordwaffe verwendete Kissen finden würden, und …

Pekki unterbrach ihn bei seiner Denkarbeit.

»Es hat sich noch mehr geklärt. Rate mal, warum der Typ sich nicht gewehrt hat und nicht weggerannt ist.« Er verstummte und wartete auf Antwort. Als sie ausblieb, berichtete er: »Hokka sagt, der Mann hätte seine Beine seit mindestens zehn Jahren nicht mehr bewegt.«

5

Der Fahrradweg nach Hervanta war für ihn die perfekte Strecke, um seine Tagesform zu testen. Die letzten drei Kilometer führten bergan, und Koskinen hatte die Angewohnheit, auszuprobieren, wie lange er das Tempo halten konnte, ohne dass Oberschenkel und Lunge schlappmachten. Inzwischen hielt er schon bis zur Orivedenkatu durch. Und das war immerhin der höchste Punkt im hügeligen Stadtteil Hervanta.

Diesmal ließ es Koskinen ruhiger angehen, nicht aus Mangel an Kondition, sondern weil die Ereignisse des Tages ihm unablässig im Kopf herumkreisten. Sie gaben ihm wie von selbst einen gleichmäßigen, monotonen Rhythmus vor. Der in Peltolammi gefundene Mann war, wie die Obduktion ergeben hatte, querschnittsgelähmt, und diese Information hatte im Polizeigebäude für Geschäftigkeit gesorgt. Man hatte alle Behindertenwohnheime angerufen. An die Medien war eine neue Pressemitteilung gegangen, und alle denkbaren Spitzel waren befragt worden. Das alles hatte jedoch zu nichts geführt. Der Name des gehbehinderten, erstickten Mannes war immer noch unbekannt.

Bei einer raschen Besprechung gegen fünf Uhr hatte das Ermittlerteam entschieden, dass Überstunden vorläufig nicht nötig waren. Zumal sie nicht bezahlt wurden und kaum jemand die Möglichkeit hatte, sie abzufeiern.

Riipinen, ein erfahrener Kriminalermittler, war für die Nachtschicht eingeteilt worden. Koskinen würde abwarten, was die Techniker aus den wenigen Spuren am Fundort der Leiche herausholten. Mäkitalo, Jalonen und Palo-oja schafften es mitunter, aus winzigen Einzelheiten persönliche Daten hervorzuzaubern, die fast zur Visitenkarte taugten.

Koskinen merkte plötzlich, dass er sich beeilen musste. Antti wollte ihn besuchen, und vorher musste er noch einkaufen. Tief über den Lenker gebeugt, strampelte er den letzten Hügel hinauf und raste auf der anderen Seite hinunter, direkt vor die Ladentür. In Hervanta lief jeder Zweite im Windanzug herum, folglich genierte Koskinen sich nicht, in seiner Radlerkluft einzukaufen.

Er brauchte nicht lange, um Lasagne, Brot und Milch in den Einkaufswagen zu legen. An den Kassen herrschte jedoch Andrang, da um diese Zeit viele auf dem Heimweg von der Arbeit einkauften. Koskinen reihte sich in die Schlange ein und wischte sich den Schweiß von der Stirn. Als er im Zeitungsständer das neue Heft eines Freizeitbootmagazins entdeckte, legte er es spontan in seinen Wagen. Frischer Stoff für seine Träume.

Es war schon einige Minuten nach sechs, als er die Einkaufstüte an den Lenker hängte und seine Fahrt fortsetzte. Er nahm die Abkürzung zwischen der Bibliothek und dem kommunalen Ärztezentrum und überlegte, ob Raija wohl Abendschicht hatte. Seit der Scheidung hatte er keinen Fuß mehr in die Bibliothek gesetzt. Er wusste selbst, wie albern diese Trotzreaktion war.

Der Fußweg am Ahvenisjärvisee war so belebt wie an jedem Abend unter der Woche. Hundebesitzer führten ihre Tiere aus, die sich ihr Geschäft den ganzen Tag über verkneifen mussten, erschöpfte Mütter schoben ihre Kinder im Buggy von der Kita nach Hause, und Schuljungen suchten beim Skaten Inspiration für ihre Hausaufgaben. Koskinen musste Slalom fahren. Erst kurz vor der Kemianraitti leerte sich der Weg, und er konnte einen Schlussspurt hinlegen. Er ließ sein Kuwahara wagemutig auf dem Hof stehen und fuhr mit dem Lift in den fünften Stock.

Antti saß wartend auf dem Treppenabsatz.

»Ich bin spät dran, tut mir leid«, entschuldigte sich Koskinen. »Wir haben heute früh einen schwierigen Fall auf den Tisch bekommen und tappen immer noch im Dunkeln.«

Antti fragte nicht einmal, was passiert war. Er hatte schon als Kind gelernt, dass er ohnehin keine Antwort erhielt. Er stand auf und wischte die Erklärung seines Vaters beiseite.

»Macht nichts, ich bin auch gerade erst gekommen. Vorher habe ich noch bei Mutter in der Bibliothek vorbeigeschaut.«

»Aha.« Koskinen fischte den Schlüssel aus der Tasche. »Wie geht's Raija denn?«

»Ganz gut.« Antti zuckte die Achseln und folgte seinem Vater in die Wohnung.

Koskinen schob die Lasagne in den Ofen und ging duschen. Die Arbeit ließ ihn auch dabei nicht in Ruhe. Er verteilte Shampoo in den Haaren und sah vor seinen zusammengekniffenen Augen ein Schwarz-Weiß-Foto. Ein Mann lag in unnatürlich verrenkter Haltung auf der Erde, Arme und Beine von sich gestreckt. Dafür gab es inzwischen eine Erklärung. Dennoch irritierte das Bild den Kommissar. Irgendetwas passte nicht hinein oder fehlte – und er ahnte, dass es sich um etwas Entscheidendes handelte.

Die Frage beschäftigte ihn noch beim Essen. Lustlos kaute er auf seiner Lasagne. Er hatte sie zu früh aus dem Ofen genommen, und sie schmeckte nach altem Kaugummi. Das Kartoffelbrot, das er am Samstag gekauft hatte, war trocken geworden, und die Margarine roch leicht ranzig. In einem Einmannhaushalt kam es unweigerlich zu Haltbarkeitsproblemen.

Antti dagegen ließ es sich munden. Koskinen beobachtete zufrieden, wie sein Sohn sich Lasagne – seit jeher sein Lieblingsgericht – in den Mund schaufelte. Auch die Milch schüttete er in sich hinein, leerte die ganze Literpackung, die Koskinen mitgebracht hatte.

»Wie läuft's bei der Arbeit?«, knüpfte Koskinen ein Gespräch an.

»Ganz gut.«

»Du hast also noch nicht die Nase voll von den Kindern?«

»Mit den Kids komme ich schon klar«, lachte Antti und wischte sich einen Tropfen Milch aus dem Flaum über der Lippe. »Wenn nur die Tanten nicht wären.«

»Die Tanten?«

»Da sind ein paar Matronen, die absolut kein Verständnis für Zivildienst haben. Die kapieren einfach nicht, dass nicht jeder mit Waffen rumfuchteln will. Jeden Tag erzählen sie von ihren Müttern, die im Krieg Fronthelferinnen waren und unser Land mit ihrem Herzblut verteidigt haben.«

Antti schien der Appetit vergangen zu sein, und Koskinen bereute, dass er das Thema angeschnitten hatte. Er versuchte seinen Sohn zu trösten.

»So was sollte man gar nicht ernst nehmen.«

»Stimmt«, nickte Antti und aß weiter. »Aber es fuchst mich, dass sie mir die mistigsten Arbeiten aufhalsen.«

»Popos abwischen?«

»Um Himmels willen, nein. So viel Vertrauen haben sie zu einem Zivi nicht, ich könnte ja pädophil sein.«

»Was denn dann?«

»Regenanzüge schrubben, Hosen waschen und dergleichen.«

Antti leerte sein Milchglas in einem Zug, sein Adamsapfel fuhr auf und ab, und den krönenden Abschluss bildete ein ungenierter Rülpser.

»In der Bibliothek hätte ich es bestimmt leichter gehabt.«

Koskinen musste lächeln. Raija hatte bereits einen Ziviplatz in der Bibliothek von Hervanta organisiert gehabt, aber Antti hatte nicht unter dem Kommando seiner Mutter arbeiten wollen, sondern sich bei einer Kindertagesstätte in Rahola beworben. Eigentlich wäre ihm eine Stelle bei der Polizei am liebsten gewesen, aber dort wurden keine Zivildienstleistenden beschäftigt. Koskinen musste an die Vertretung der Ermittlungssekretärin denken. Antti hätte den Job sicher nicht schlechter erledigt als Milla. Und er hätte weniger gequasselt. Tarus neue Vertreterin kam ständig an und fragte ihn nach den belanglosesten Dingen. Koskinen war es herzlich gleichgültig, ob die Datenträger mit den Sicherheitskopien in Tarus Schreibtischschublade oder im feuersicheren Kellergewölbe aufbewahrt wurden.

»Worüber lächelst du?«

»Ach, nichts.« Koskinen schwenkte die Gabel und wechselte das Thema. »Hast du vor, in der Kinderbetreuung zu bleiben?«

»Nein«, antwortete Antti knapp. »Ich denke, ich versuche einen Studienplatz im Kuru zu bekommen.«

»Im Institut für Forstwirtschaft?«

»Ja. Vielleicht kann ich auf diese Weise irgendwas gegen die irrsinnige Abholzung unternehmen.«

Koskinen nickte zustimmend, räumte das Geschirr ab und stellte Teetassen auf den Tisch. Im Schrank fand er eine ungeöffnete Teepackung.

»Wie …«, begann er, merkte aber gerade noch rechtzeitig, dass er den Namen vergessen hatte. »Wie geht's deiner Freundin?«

»Ganz gut.« Antti schwenkte einen Teebeutel im Wasser. »Sie hat morgen Prüfung.«

Koskinen, in dessen Kopf schon wieder dienstliche Dinge Karussell fuhren, fragte zerstreut: »In Verfahrenstechnik?«

Antti sah seinen Vater verwundert an.

»Silja studiert doch Literaturwissenschaft.«

»Ach ja, natürlich.« Koskinen lachte verlegen auf. »Wie deine Mutter.«

Antti nahm einen Schokokeks und sagte: »Silja will ihre Magisterarbeit über Leo Tolstois Asketismus schreiben, anhand seines Romans *Auferstehung*.«

Koskinen nickte nachdenklich. Das Wort »Auferstehung« hatte einen Gedanken geweckt, der in einem Winkel seines Gedächtnisses geschlummert hatte und nun plötzlich deutlich Gestalt annahm. Er stellte seine Teetasse ab.

»Warte einen Moment, ich muss kurz telefonieren.«

Er ging ins Schlafzimmer und wählte Pekkis Nummer.

»Na?«, meldete sich Pekki nach dem ersten Klingeln.

»Weißt du, was wir komplett vergessen haben?«

»Wenn ich es wüsste, hätten wir es bestimmt nicht vergessen.«

Pekkis Frotzelei konnte Koskinens Eifer nicht dämpfen: »Den Rollstuhl.«

»Hä?«

»Ist doch logisch! Der Mann war beidbeinig gelähmt. Selbst wenn man ihn im Auto oder sonstwie nach Peltolammi geschafft hat, muss sein Rollstuhl irgendwo sein.«

Pekki ächzte heiser: »Wieso ist uns das nicht früher eingefallen?«

»Heute war so viel los.«

»Ich ruf Riipinen gleich an. Der soll sich mal umhören. Irgendwo muss das Ding ja stecken.«

Koskinen wollte gerade auflegen, als Pekki hinzufügte: »Gut, dass du angerufen hast.«

An Pekkis erleichterten Worten erkannte Koskinen, dass die bisher erfolglosen Ermittlungen seinen Kollegen genauso sehr stressten wie ihn selbst.

Antti stand im Flur und zog sich die Schuhe an.

»Willst du schon gehen?«, fragte Koskinen verblüfft. »Es ist doch noch früh.«

»Du hast sicher zu tun.«

»Nee, hab ich nicht. Nur das eine Telefonat.«

»Ich muss trotzdem los. Es wird bald dunkel, und ich hab kein Licht am Fahrrad.«

»Das ist doch nicht so schlimm.«

Antti sah seinen Vater verwundert an und richtete sich zu seiner vollen Länge auf. Koskinen musste zugeben, dass sein Sohn ihm über den Kopf wuchs, obwohl er im Spaß immer das Gegenteil behauptet hatte. Antti hatte die kräftigen blonden Haare zum Pferdeschwanz gebunden, sein Bart lief spitz zu wie bei einem jungen Ziegenbock.

»Warum bist du nicht mit dem Volvo gekommen?«

»Der startet nicht richtig. Wahrscheinlich ist die Zündspule im Eimer.«

Koskinen nickte mitfühlend und war froh, dass er sich nicht mehr mit Reparaturen abzuplagen brauchte. Andererseits hatte er ein schlechtes Gewissen, weil er Antti sein altes Auto aufgehalst hatte.

Er wühlte in den Taschen seiner Jacke.

»Ich könnte dir einen Schlüssel geben.«

»Wozu?«

»Zu meiner Wohnung.«

»Was soll ich damit?«

»Dann brauchst du nicht im Treppenhaus zu warten wie vorhin. Ich habe genug Reserveschlüssel.«

»Nicht nötig. Ich ruf an, wenn ich komme«, sagte Antti und warf sich den Rucksack über die Schulter. »Tschüss.«

»Tschüss.«

Koskinen starrte auf die geschlossene Tür. Er stand lange im Flur, den Schlüssel in der Hand.

Schließlich kehrte er in die Küche zurück. Die Kekse waren aufgegessen, der Tee war kalt geworden. Koskinen setzte sich an den Tisch, stützte das Kinn auf die Hand und überlegte, ob er nach Sori fahren und Riipinen helfen sollte. Doch das war eine absurde Idee. Wobei brauchte Riipinen seine Hilfe? Er starrte lange aus dem Fenster. Eine graue Wolkenschicht schwebte über den Dächern, es dämmerte. Er grübelte, ob Antti es vor Anbruch der Dunkelheit nach Hause schaffte. Würde Silja überrascht sein, dass er so früh zurückkam?

Koskinen beschloss zu joggen. Bis neun Uhr konnte er die Runde am Ufer dreimal laufen. Um neun kam ein alter Hitchcock im Fernsehen. Eigentlich hatte er ihn mit Antti ansehen wollen.

Fünf Minuten später lief er bereits in Richtung Suolijärvi, so schnell, als wäre ihm jemand auf den Fersen.

6

Der Mann war alt und krank und konnte nicht mehr schlafen. Die Krankheit, die in seinen Eingeweiden wühlte, gab dem Schlaf keine Chance.

Der brennende Schmerz hatte ihn aus dem Bett getrieben, er hatte sich in die Küche geschleppt und die schweißnasse Stirn an die kühle Fensterscheibe gepresst. Obwohl ihm die Qual die Augen trübte, hatte er im Garten eine Bewegung wahrgenommen. Jemand lauerte hinter dem Raben. Die Wut hatte ihm momentane Erleichterung verschafft, seinen gebrechlichen Körper aufgerüttelt, das tobende Feuer in seinem Magen für einige Sekunden gelöscht. Er durfte keine Zeit verlieren, und so war er, sich an den Türrahmen stützend, nach draußen gewankt.

Der Rabe musste beschützt werden.

Der Mann wusste, dass er bald von seinem Leid erlöst werden würde. Im Krankenhaus wären die letzten Tage leichter gewesen, doch er wollte zu Hause sterben, bei seinem Raben. Nur der Rabe war ihm treu geblieben. Seine Frau hatte Gott zu sich geholt, und sein Sohn hatte ihn seit Jahren nicht mehr besucht.

Der Rabe hatte drohend die Flügel ausgebreitet, doch die menschliche Gestalt hinter ihm schien sich nicht zu fürchten. Der Mann kämpfte sich mit letzter Kraft vorwärts, *flieg weg*, keuchte er, *bring dich in Sicherheit und nimm mich mit.* Er sah, wie sich der Rabe bewegte, und hatte noch Zeit, ihm zu danken.

Vogel, mein einziger Getreuer, auf dich kann ich mich verlassen.

Der Rabe hackte dem Mann mit dem Schnabel auf den Kopf, und mit dem Bewusstsein verschwand auch der Schmerz.

7

Koskinens Frühstück war einfach, aber reich an Ballaststoffen. Er mischte Haferflocken und Preiselbeeren mit fettarmer Milch, verrührte das Ganze zu einer rötlichen Pampe und gab eine Prise Zucker dazu. Die Portion hielt den Hunger bis mittags fern.

Er breitete die Morgenzeitung auf dem Esstisch aus. Die Nachricht stand auf Seite acht. Darin ging es um den Unbekannten, dessen Leiche auf dem Säästäjäntori in Peltolammi gefunden worden war. Die Polizei vermute ein Tötungsdelikt und bitte um Hinweise, hieß es. Das Äußere des Mannes wurde ziemlich vage beschrieben, doch seine Behinderung war ohnehin das wichtigste Merkmal.

Koskinen blätterte um, stellte aber fest, dass er für die Nahostverhandlungen kein rechtes Interesse aufbrachte. Seine Gedanken kreisten immer noch um die Lokalnachricht. Wenn keine Hinweise eingingen, würde es schwierig werden.

Unter der Zeitung klingelte es. Koskinen tastete nach dem Handy und erkannte den Anrufer an der Nummer.

»So früh bei der Arbeit?«, fragte er, ohne einen guten Morgen zu wünschen.

»Niininen hat mich schon um halb fünf angerufen«, antwortete Pekki heiser. »Wir haben gleich noch einen Einser.«

Koskinen lief es kalt den Rücken herunter.

»Von der gleichen Art?«, fragte er.

»Nicht ganz. Dieser ist so gerade noch am Leben.«

»Gibt es irgendwelche Übereinstimmungen?«

»Kaum. Er wurde mit etwas traktiert, das härter war als ein Kissen. Sein Schädel ist praktisch in Stücken.«

Obwohl Koskinen es nicht sehen konnte, wusste er, dass Pekki in seinem Notizbuch blätterte.

»Ein einundsiebzigjähriger Mann. Er wurde vor seinem Haus in Ikuri gefunden.«

»Von wem?«

»Vom Zeitungszusteller.«

»Und kein Hinweis auf den Täter?«

»Nicht der geringste«, brummte Pekki. »Riipinen hat eben vom Tatort angerufen. Der Mann lebte allein, und die Nachbarn haben nichts gehört und gesehen.«

»Natürlich nicht«, seufzte Koskinen. »Schick die Technik hin. Ich komme gleich ...«

»Das ist noch nicht alles«, unterbrach ihn Pekki. »Zu dem Fall von vorgestern Nacht ist der erste Tipp gekommen.«

»Tatsächlich?« Koskinen straffte sich. »Woher?«

»Aus irgendeinem Wohnheim für Invaliden.«

»Die haben wir doch gestern Nachmittag alle durchtelefoniert.«

»Ja, aber jetzt hat jemand anderes von dort angerufen und behauptet, die Merkmale passten auf einen der Bewohner.«

»Schick jemanden hin.«

»Das ist ja gerade das Beschissene an der Sache. Ich muss nach Ikuri, um Riipinen abzulösen.«

»Und Kaatio oder Luttinen?«

»Die sind noch nicht da, und Ulla kommt heute ja nicht.«

»Wo ist sie denn?«

»Beim Arzt«, sagte Pekki verdrossen. »Du hast ihr doch selbst freigegeben.«

»Ach ja, richtig.« Koskinens Besorgnis meldete sich wieder. »Weißt du übrigens, weshalb sie zum Arzt muss?«

»Das wollte sie nicht verraten. Wahrscheinlich eins von diesen Frauenleiden.«

Aus irgendeinem Grund ärgerte sich Koskinen über Pekkis Antwort. Er fauchte: »Dann fahre ich eben zu diesem Wohnheim. Gib mir die Adresse.«

Offenbar bemerkte Pekki Koskinens Verärgerung nicht.

»Es ist in der Sudenkatu in Kissanmaa«, sagte er erleichtert. »Das Heim heißt ›Wolfsstube‹.«

Koskinen faltete die Zeitung zusammen und spülte das Geschirr. Auf dem Kartoffelbrot hatte sich über Nacht Schimmel gebildet. Er warf es zur ranzigen Margarine in den Müllbeutel, den er beim Hinausgehen mitnahm.

Der Mittwoch versprach trocken und warm zu werden, ungewöhnlich schön für die letzte Septemberwoche. Und das Fahrrad war über Nacht nicht gestohlen worden. Koskinen strampelte gut gelaunt los und legte sich den Tagesplan zurecht. Bevor er einen Wagen aus der Polizeigarage holte und nach Kissanmaa fuhr, würde er Tarus Vertreterin ihre heutigen Aufgaben erklären müssen.

Der Gedanke machte seine gute Laune zunichte.

Er radelte ein paar Kilometer auf dem Fahrradweg neben der Fernstraße und überlegte sich, dass er eigentlich nicht unbedingt zum Polizeipräsidium fahren musste. Das Einzige, das er brauchte, war ein Foto aus Peltolammi. Eine retuschierte Kopie mit dem Gesicht des Opfers war an alle Ermittler verteilt worden. Koskinen hielt an, nahm den Rucksack ab, blickte hinein und pfiff zufrieden. Er hatte das Foto tatsächlich in sein Notizbuch gelegt, und dieses hatte er wie immer bei sich.

Er sprang wieder in den Sattel, bog aber nicht wie sonst an der Sotilaankatu nach Nekala ab, sondern fuhr weiter in Richtung Kissanmaa. Er nahm die Abkürzung über den Parkplatz an der Eishalle und erreichte die Sudenkatu um fünf vor acht.

Die Wolfsstube war leicht zu finden. Es handelte sich um ein längliches Holzgebäude, das an eine alte Dorfschule erinnerte. Der Hof sah allerdings nicht nach einem Schulhof aus, es gab weder Kinder noch Basketballkörbe oder Klettergerüste. Der linke Flügel des Hauses war einstöckig, der an einen flachen

Hang gebaute rechte Flügel teils zweistöckig. Unter einem Vordach in der Mitte befand sich der Eingang mit zwei Türen.

Koskinen stieg ab und schob sein Fahrrad auf den Hof. Neben der Tür saßen zwei Männer und rauchten. Sie musterten den Ankömmling neugierig, reagierten aber nicht auf seinen freundlichen Gruß. Beide fuhren ihren Rollstuhl ein wenig zur Seite und pafften schweigend weiter.

Die schwellenlose Tür führte in eine geräumige Halle, von der in beiden Richtungen lange Gänge abzweigten. Rechts in der Ecke war eine breite Aufzugtür, daneben führte eine Treppe nach unten. Die Wände waren in stumpfen Farben gestrichen, und die hellen Neonleuchten an der Decke unterstrichen die Anstaltsatmosphäre.

Die Rückwand der Halle durchbrach eine breite, zweiteilige Glastür, durch die gerade eine Frau in weißgrüner Arbeitskleidung trat. Sie schien jemanden zu erwarten, verlangsamte ihre Schritte jedoch und sah Koskinen in seinem Windanzug fragend an.

Koskinen nahm die Mütze vom Kopf und wischte sich die Hand daran ab.

»Kommissar Koskinen, Kriminalpolizei.«

Die Frau reichte ihm zögernd die Hand.

»Lea Kalenius.«

Koskinen entging der schüchterne Blick der Frau nicht. Sie musterte ihn von den Turnschuhen bis zu den schweißnassen Haaren, was ihn keineswegs wunderte.

Er machte sich jedoch nicht die Mühe, seine Dienstmarke zu zücken, sondern kam direkt zur Sache: »Sind Sie diejenige, die heute früh bei der Polizei angerufen hat?«

Die kastanienbraunen Augen weiteten sich erschrocken.

»Ja, die bin ich.«

Koskinen ließ den Rucksack von den Schultern gleiten und fragte: »Wo können wir uns unterhalten?«

»Gehen wir in den Tagesraum.«

Lea Kalenius hielt Koskinen die Glastür auf, durch die sie in die Halle gekommen war. Die Tür führte in einen geräumigen Saal. Die Morgensonne, die durch die hohen Fenster fiel, erhellte den Raum. An der Essenstheke gegenüber der Fensterwand arbeiteten zwei Frauen mit Schutzhauben. Im Saal standen gut zehn Tische, und fast alle, die sich um sie gruppiert hatten, saßen im Rollstuhl. Die meisten schienen allein essen zu können, doch einige brauchten Hilfe. Eine energisch wirkende Frau fütterte einen der Pflegebedürftigen mit dem Löffel, während drei weitere darauf warteten, an die Reihe zu kommen.

»Setzen wir uns hier an die Seite«, sagte Lea Kalenius und bot Koskinen einen Stuhl an einem Ecktisch an. »Hier können wir ungestört reden.«

Koskinen zog das Foto aus dem Rucksack und legte es auf den Tisch. Die Miene der Frau verriet ihm, dass sie das Opfer erkannte. Die Haut über den Backenknochen spannte sich, ihre Pupillen weiteten sich, sie atmete heftig. Koskinen holte einen Kugelschreiber aus dem Rucksack und ließ der Frau Zeit, sich zu fassen.

In einer rauchblauen Vase auf dem Tisch standen weiße Kamillen und Heidekraut. Lea Kalenius hob den Blick vom Foto zu den Blumen. Es dauerte lange, bis sie fähig war zu sprechen.

»Es ist Raimond.«

»Raimond?«

»Raimo Taavitsainen. Hier nennen ihn alle ›Raimond‹.«

Koskinen schrieb den Namen auf und fragte: »Wann haben Sie ihn zuletzt gesehen?«

Die Frau schien bereits darüber nachgedacht zu haben, denn sie antwortete ohne Zögern: »Vorgestern. Also am Montag. Er saß in seinem Rollstuhl vor dem Haus und fuhr bis an die Straße, als ich um halb vier Feierabend machte.«

»Wie wirkte er?«

Die Frau spitzte nachdenklich ihre vollen Lippen.

»Ganz normal. Er rief mir einen Scherz nach.«

»Was für einen?«

Offenbar hatte Lea Kalenius nicht mit dieser Rückfrage gerechnet, denn ihr Gesicht rötete sich.

»Irgendwas von der Abnutzung des Allerwertesten«, sagte sie verlegen und fügte rasch eine Erklärung hinzu: »Ich fahre auch mit dem Fahrrad.«

Koskinen unterdrückte ein Lächeln und fragte streng: »Warum haben Sie diesen Raimo Taavitsainen nicht als vermisst gemeldet?«

»Wir wussten nicht, dass er verschwunden ist«, gab die Frau ebenso streng zurück. »Die Wolfsstube ist zwar eine städtische Einrichtung, aber die Menschen wohnen hier so wie andere auch. Jeder hat eine Mietwohnung, ein Zimmer mit Kochnische. Die Bewohner können kommen und gehen, wie sie wollen, und gelegentlich ist auch mal jemand mehrere Tage abwesend.«

»War Taavitsainen oft weg?«

»Manchmal.«

»Wo?«

»Das weiß ich nicht.« Die Frau schüttelte den Kopf, ihre kräftigen, kupferfarbenen Haare schwangen hin und her. »Ab und zu hat er seine Schwester in Lempäälä besucht.«

Sie erriet Koskinens nächste Frage und kam ihr zuvor: »Andere Angehörige hatte er meines Wissens nicht.«

»Müssen die Bewohner sich nicht abmelden, wenn sie wegfahren?«, fragte Koskinen mit gerunzelter Stirn. »Wegen des Essens oder aus ähnlichen Gründen?«

»Eigentlich ja, aber sie vergessen es oft. Außerdem …«

Lea Kalenius verstummte, und Koskinen drängte ungeduldig: »Außerdem?«

»Soweit ich mich erinnere, sagte irgendwer, Suokas hätte Raimond am Montag spätabends abgeholt.«

»Wer ist Suokas?«

»Er fährt ein Invataxi.«

Koskinen notierte sich den Namen. Dann blickte er die Frau grimmig an.

»Wir haben gestern bei allen Behindertenheimen in Tampere und in den Nachbarorten angerufen und um Überprüfung gebeten, ob alle Pfleglinge anwesend sind. Warum haben Sie das nicht sofort nachgeprüft?«

Die Frau legte den Kopf schräg und erklärte resolut: »Erstens haben wir hier keine Pfleglinge, sondern Bewohner. Und zweitens ist der Anruf offenbar erst nach drei Uhr gekommen. Wenn ich selbst hier gewesen wäre, hätte ich die Sache mit Sicherheit gründlich überprüft.«

»Wer war zu diesem Zeitpunkt im Dienst?«

Lea Kalenius schüttelte wütend den Kopf.

»Kaarina Kauppila. Die ist so zerstreut, dass sie vergessen würde, Bescheid zu sagen, wenn es in einer Ecke des Hauses brennt.«

»Aha«, sagte Koskinen nachdenklich und fügte seiner Liste einen weiteren Namen hinzu. Dann blickte er auf und fragte: »Sind Sie hier die Leiterin?«

Nun sah er Lea Kalenius zum ersten Mal lächeln.

»Nein, nein. Nur eine ganz normale Betreuerin.«

»Sie können mir bestimmt Genaueres über dieses Haus erzählen.«

»Aber sicher.« Die Frau lachte freudlos auf. »Wo soll ich anfangen?«

»Vielleicht beim Personal.«

»Hier arbeiten sieben Frauen, die Hälfte fest angestellt, die anderen mehr oder weniger befristet. Drei sind Betreuerinnen, zwei arbeiten in der Küche, und zwei sind für das Putzen zuständig. Wir Betreuerinnen arbeiten in zwei Schichten von sieben Uhr früh bis neun Uhr abends.«

»Gibt es keine Nachtschicht?«

»Dafür reicht das Geld schon seit Jahren nicht mehr.«

Koskinen klopfte mit dem Kugelschreiber auf sein Notizbuch.

»Das heißt also, wenn nachts jemand aus dem Haus will, ist niemand da, der aufpasst.«

»Genau. Diejenigen, die sich aus eigener Kraft bewegen können, kommen und gehen wie es ihnen gefällt.«

»War Taavitsainen dazu fähig?«

»So gerade. Nachts wegzugehen war natürlich schwierig für ihn.«

»Warum?«

»Es fiel ihm schwer, sich allein anzuziehen.«

Koskinen erinnerte sich an die Fotos von Taavitsainen. Sie hatten sich schon bei der ersten Besprechung darüber gewundert, dass der Mann barfuß und nur leicht bekleidet war.

»Wie konnte er die Tür öffnen?«

»Alle Türen haben elektrische Verriegelungen, die sich von innen per Knopfdruck oder mit einer speziellen Fernbedienung öffnen lassen. Die Tetraplegiker können mit einem Hilfsmittel, das sie zwischen den Lippen halten, auf den Knopf drücken.«

»War Taavitsainen Tetraplegiker?«

»Nicht wirklich.«

»Was soll das heißen?«

»In den ersten Jahren nach seiner Lähmung wurde er so klassifiziert. Aber dank intensiver Reha konnte er die Arme wieder einigermaßen bewegen.«

»Um noch einmal auf die Verriegelung zurückzukommen – wie funktioniert sie in der anderen Richtung? Kann mitten in der Nacht jemand ins Haus gelangen?«

»Die Haustüren werden abends um sechs geschlossen und morgens um sieben wieder geöffnet. In der Zwischenzeit kommt man nur mit der Schlüsselkarte hinein.«

»Wer hat eine?«

»Alle Bewohner, jedenfalls diejenigen, die sie benutzen können.«

»Sonst niemand?«

»Nein.« Lea Kalenius schüttelte den Kopf. Sie schlug die Beine übereinander und fügte hinzu: »Abgesehen vom Personal natürlich.«

Koskinen ließ den Blick durch den Saal wandern. Die Pflegerin, die beim Essen half, hatte den Mann im Rollstuhl fertig gefüttert, ging rasch zum Nächsten und begann von vorn.

»Wie viele Pfleg… Bewohner leben hier?«

Lea Kalenius lächelte über Koskinens Versprecher.

»Vierundzwanzig.«

Koskinen betrachtete die Frau gedankenverloren. Er schätzte, dass sie ein paar Jahre jünger war als er. Sie hatte einen langen und sehnigen Hals, hohe Wangenknochen, leicht auseinanderstehende Augen. Alles zusammen machte ihr Gesicht auf persönliche Weise schön.

Lea Kalenius fuhr sich ungeduldig durch die Haare, die im Sonnenlicht schimmerten.

»Ich bin ein wenig in Eile. Viele haben ihr Frühstück noch nicht bekommen, und es ist schon nach acht.«

»Gehen Sie ruhig«, sagte Koskinen. »Sie sind hier anzutreffen, falls es Fragen gibt?«

»Natürlich.« Die Frau stand auf. »Jedenfalls bis halb vier.«

Koskinen nahm das Handy aus dem Rucksack und rief bei seiner Dienststelle an. Er hatte seit Langem keine so grantige Stimme mehr gehört.

»Kriminalhauptmeister Pekki.«

»Die Wolfsstube ist ein Treffer«, kam Koskinen ohne Umschweife zur Sache. »Eine Angestellte hat den Mann auf dem Foto sofort erkannt.«

»Gut«, brummte Pekki. Es klang kein bisschen erleichtert. »Hast du die Personalien?«

»Raimo Taavitsainen, Spitzname Raimond. Seine einzige bekannte Angehörige ist eine in Lempäälä wohnende Schwester. Die restlichen Angaben findest du sicher im Melderegister.«

»Gut, dass du anrufst. Ich wollte gerade mit Kaatio und Luti nach Ikuri fahren.«

»Vielleicht solltest du lieber allein hinfahren.«

»Allein?«

»Hier gibt es vierundzwanzig Bewohner und sieben Mitarbeiterinnen. Insgesamt mehr als dreißig Personen, die alle befragt werden müssen. Bei zwei Männern macht das gut fünfzehn pro Nase.«

»Okay«, sagte Pekki widerstrebend. »Ich schick dir Luti als Helfer.«

»Ich brauche keinen Helfer. Ich habe nicht die Absicht, länger hierzubleiben.«

»Warum nicht?«

»Fällt nicht in meinen Aufgabenbereich. Auf meinem Schreibtisch häuft sich die Arbeit und ...«

»Du hast doch gestern eine neue Assistentin bekommen.«

Pekkis spöttische Bemerkung brachte Koskinen auf die Palme. »Assistentin, pah! Vorläufig ist das Mädchen eher eine Belastung als eine Hilfe.«

»Na schön, ich schicke Kaatio und Luti hin«, gab sich Pekki geschlagen, um gleich darauf loszudröhnen: »Und die Herren in Helsinki haben die Stirn, ein Outsourcing der Polizeiarbeit zu planen. Wenn mir der Minister bloß mal über den Weg liefe! Dem würde ich die Meinung geigen. Ich würde ihm vorschlagen, den

Fall in Ikuri irgendeinem Amateurdetektiv zu übertragen oder gleich den Pfadfindern. Wir haben nicht genug Leute und …«

Koskinen unterbrach Pekkis Redeschwall: »Schick auch wen von der Technik her. Taavitsainens Zimmer muss untersucht werden, und zum Abgleich brauchen wir die Fingerabdrücke aller Mitarbeiterinnen.«

Er war sich nicht sicher, ob Pekki ihm überhaupt zugehört hatte.

»Jetzt muss ich allein nach Ikuri. Was für ein Vergnügen, den ganzen Tag von Haus zu Haus zu gehen wie ein Losverkäufer und zu fragen, wer was über seinen Nachbarn weiß. Und ausgerechnet heute muss Ulla zum Doktor rennen.«

Die Sorge, die Koskinen den ganzen Morgen bedrückt hatte, brach sich Bahn. Er rief in den Hörer: »Deswegen brauchst du mich nicht anzumotzen!«

Viele im Saal drehten sich zu ihm um, und auch Lea Kalenius richtete sich verwundert auf. Sie war gerade dabei, einer alten Frau beim Essen zu helfen.

»Wen denn sonst?«, brüllte Pekki zurück. »Soll ich etwa bei der Telefonseelsorge anrufen?«

Koskinen atmete tief durch und versuchte seine Gefühle unter Kontrolle zu bringen.

»Bitte Meisalmi, dir jemanden aus seinem Team zu leihen. Sipari, zum Beispiel, oder Kaija Salonen.«

»Ich probier's«, stöhnte Pekki. »Kann allerdings schwierig werden. Meisalmi arbeitet noch an dem Fall der Kundenberaterin aus Turku, die im *Hotel Ilves* im Aufzug vergewaltigt wurde.«

»Sag ihm, ich hätte es angeordnet.«

»Na, dann ist ja alles in Butter.«

Damit legte Pekki auf, und Koskinen überlegte, wie er den letzten Satz auffassen sollte, als Seufzer der Erleichterung oder als reine Frotzelei.

Er stand auf und ging zu Lea Kalenius. Sie wischte gerade der an den Rollstuhl gebundenen alten Frau das Kinn ab. Der Kopf der Frau war unnatürlich weit zurückgebogen, und ihre Arme sahen aus wie verdorrte Flügelstümpfe.

»Entschuldigen Sie die Störung«, sagte Koskinen. »Aber ich muss noch einen Punkt überprüfen.«

»In Ordnung«, lächelte Lea Kalenius. »Wenn es sich hier erledigen lässt.«

»Das ist wohl möglich«, antwortete Koskinen. Im Beisein Außenstehender stellte er ungern Fragen zu einem Fall, aber die Zeit war knapp bemessen, wie so oft.

Er senkte die Stimme und fragte: »Wer hat behauptet, Raimo Taavitsainen sei vorgestern Nacht vom Invataxi abgeholt worden?«

Kalenius dachte nach. Die Frau im Rollstuhl versuchte etwas zu sagen, doch Koskinen wurde aus ihrem undeutlichen Lallen nicht schlau. Lea Kalenius offenbar auch nicht. Sie streichelte der Frau liebevoll die Wange, richtete sich auf und rief zum anderen Ende des Saals hinüber: »Anniina! Kommst du mal kurz?«

Eine große Frau mit wuscheligen Haaren kam zu ihnen. Sie trug die gleiche weißgrüne Arbeitskleidung wie Kalenius. Koskinen schätzte ihr Alter auf fünfunddreißig Jahre und ihre Größe auf eins fünfundachtzig.

»Das ist Anniina Salonen.«

Koskinen gab der Frau die Hand, und Lea Kalenius erzählte ihr, was Raimo Taavitsainen zugestoßen war.

»Oh nein!«, stöhnte Salonen und schlug die Hände vor das Gesicht. »Der arme Raimond.«

Koskinen ließ den Frauen Zeit, sich zu umarmen und zu trösten. Beiden standen Tränen in den Augen, und Koskinen zweifelte keine Sekunde an der Echtheit ihrer Trauer.

Schließlich räusperte er sich.

»Also, das Invataxi.«

Anniina Salonen schaute ihn fragend an.

Er erklärte: »Offenbar hat jemand gesagt, dass Taavitsainen am Montag spätabends vom Invataxi abgeholt wurde.«

»Ja«, bestätigte Anniina. »Taisto Toivakka.«

»Hat er es gesehen?«

»Ja. Er hatte sich im Bett aufgesetzt und die Rücklampen von Suokas' Wagen gesehen, als dieser abfuhr.«

»Woher wusste er, dass dieser Suokas Taavitsainen abgeholt hat und keinen anderen?«

»Er hatte kurz vorher Taavitsainens Tür knarren gehört.«

»Das ist aber eine ziemlich wacklige Aussage.«

Die alte Frau, die zwischen ihnen saß, versuchte erneut, mit ihrer kehligen Stimme etwas zu sagen. Lea Kalenius rieb ihr die Schultern, während sie Koskinen belehrte: »Das ist durchaus keine wacklige Aussage. Die Bewohner hier können allein am Geräusch erkennen, um welche Wohnungstür es sich handelt. Bei Menschen, die sich nicht frei bewegen können, registriert der Hörsinn bestimmte Geräusche wesentlich genauer als bei uns sogenannten Gesunden. Wir können das nicht begreifen, weil wir in einer Kakofonie von Geräuschen leben und bald nicht mehr fähig sein werden, eine Motorsäge von einem Moped zu unterscheiden.«

Koskinen glaubte zu verstehen.

»Wusste dieser Taisto Toivakka auch zu berichten, wann Taavitsainen abgeholt wurde?«

»Um Viertel vor elf. Taistos Wanduhr hat leuchtende Zeiger.«

Koskinen schrieb die Uhrzeit auf. Es musste nachgeprüft werden, wie genau Toivakkas Uhr ging.

»Gleich kommen zwei Männer von der Kriminalpolizei. Sie befragen alle Hausbewohner und das Personal.«

»In Ordnung«, sagte Lea Kalenius und klopfte der Frau im Rollstuhl auf die Schulter. »Allerdings haben einige schwere Probleme mit dem Sprechen. Wie unsere liebe Rauha hier.«

»Sie können auch schriftlich antworten.«

Kalenius lächelte resigniert.

»Das ist noch schwieriger.«

»Wenn jemand von Ihnen bei den schwierigsten Fällen hilft, wird es schon gehen.«

Die beiden Pflegerinnen nickten. Koskinen steckte sein Notizbuch ein und sagte: »Ich möchte noch einen Blick in die Wohnung von Raimo Taavitsainen werfen.«

Lea Kalenius wandte sich an ihre Kollegin.

»Kannst du den Kommissar hinführen?«

Anniina Salonen ging wortlos hinaus. Koskinen folgte ihr. Sie schritt den linken Flur entlang und blieb an der vorletzten Tür stehen.

»Hier ist Raimonds Zimmer.«

Koskinen blickte sich um. Durch das hohe Fenster an der Giebelwand flutete Licht in den Flur. Er trat näher heran und betrachtete die Fensterrahmen. Sie waren fest geschlossen, und das Fenster war sicherlich schwer zu öffnen. Hier war wohl niemand eingestiegen. Die Techniker mussten diesen Punkt dennoch überprüfen.

»Wo wohnt der Mann mit den spitzen Ohren? Der das Taxi gesehen und Taavitsainens Tür knarren gehört hat?«

Salonen zeigte in Richtung Eingangshalle.

»Taistos Tür ist gleich die erste.«

Koskinen schaute in die angegebene Richtung. Das Zimmer lag zur Straße, von dort mussten vorfahrende Wagen gut zu sehen sein.

»Dann werfen wir mal einen Blick in Taavitsainens Zimmer.«

Salonen holte eine Schlüsselkarte aus der Kitteltasche und

zog sie durch das Lesegerät. Als das Schloss aufsprang, ließ sie Koskinen den Vortritt.

Er blieb auf der Schwelle stehen und sagte über die Schulter: »Weiter gehen wir nicht hinein.« Nach einem schnellen Blick in das Zimmer fragte er: »Seit Montagabend ist also niemand hier gewesen?«

»Doch, natürlich«, antwortete Salonen. »Mit Taavitsainen ist vereinbart, dass die Wohnung jeden Morgen geputzt wird, ob er da ist oder nicht.«

Koskinen hätte am liebsten laut geflucht.

»Wie gründlich wird geputzt?«

»Wir nehmen es mit der Hygiene sehr genau. Die Sanitärräume, also Toilette und Dusche, werden geschrubbt, und in der ganzen Wohnung wird der Fußboden geputzt.«

»Dann brauchen wir also keine Rücksicht auf eventuelle Fußabdrücke zu nehmen«, sagte Koskinen und betrat den Raum. »Aber vorläufig fassen wir hier nichts an.«

Das Zimmer war überraschend geräumig, aber schmucklos. An der einen Wand stand ein Bett, an der anderen ein Tisch ohne Stühle, vor dem Fenster ein fast neuer Fernseher und darauf eine Vase mit künstlichen Blumen. Der kleinen Miniküche neben der Tür war anzusehen, dass sie seit Langem nicht mehr benutzt worden war. Weder auf dem Herd noch auf der Spüle oder im Abtropfschrank gab es Geschirr. Der einzige Gebrauchsgegenstand war ein Flaschenöffner mit Holzgriff, der an einem Wandhaken hing.

Koskinen spähte ins Bad. Es war groß und klinisch sauber. Zu beiden Seiten der Toilette befanden sich solide Armstützen, und unter der Dusche war ein Sitzrahmen aus Metall angebracht.

»Wir haben hier Bewohner mit unterschiedlich schweren Behinderungen«, erklärte Anniina Salonen. »Manche können mit diversen Hilfsmitteln allein auf die Toilette gehen oder duschen, wann immer sie wollen, selbst mitten in der Nacht.«

»Und die anderen?«

»Die bekommen für die Nacht eine Windel oder eine Bettpfanne, und morgens werden sie von der Pflegerin gewaschen.«

Koskinen ging rasch in das Zimmer zurück. Über dem Kopfende des Bettes hing eine Stange, die mit Ketten an der Decke befestigt war. An dieser Stange konnte man sich mit den Armen aus dem Bett hieven. Auf dem niedrigen Nachttisch standen ein Telefon ohne Hörer und ein Bilderrahmen aus Maserholz.

Koskinen bückte sich, um das Bild genauer zu betrachten. Es zeigte nicht etwa einen Angehörigen von Raimo Taavitsainen. Auf dem Foto jagte ein kleiner Mann mit stämmigen Beinen einem Ball nach, auf seinem weißen Hemd mit den blauen Längsstreifen stand in schwarz die Nummer Zehn. Quer über das Bild war in verschlungenen Buchstaben der Name »Diego Maradona« gekritzelt, und Koskinen überlegte, ob das Autogramm echt sein mochte.

Als er sich aufrichtete, stachen ihm die an die Wände geklebten Motorradbilder ins Auge, drei große Poster und ein halbes Dutzend Seiten aus einschlägigen Zeitschriften. Die Marken reichten von Triumph und Norton bis zu Harley-Davidson. Eins der Bilder war auf festen Karton geklebt und zeigte eine Royal Enfield, 350 Kubik. Der Benzintank und der wie ein Fischschwanz geformte Auspuff glänzten spiegelblank, und der Sattel war breit wie ein Traktorsitz. Koskinen erinnerte sich gut an die Marke. Die Royal Enfield war vor Jahren ein Elitemotorrad gewesen und hatte den Spitznamen »Schrottengel« getragen.

Anniina Salonen bemerkte Koskinens Interesse.

»Raimond war verrückt nach Motorrädern. Er liebte sie über alles.«

Plötzlich brach sie in hysterisches Gelächter aus.

»Manchmal hat er so getan, als ob sein Rollstuhl ein Motorrad wäre. Er ist im Flur auf und ab gerollt und hat mit den Lippen das Motorengeräusch nachgemacht.«

Koskinen drehte sich um und sah die Frau an. Ihre breiten Schultern zuckten vor Lachen. Sie hätte eine gute Diskuswerferin abgegeben. Ihr Körper war muskulös und kräftig, doch sie wirkte nicht übergewichtig. Ihre honigblonden Haare waren im Stil der Sechzigerjahre dauergewellt.

Salonen bemerkte Koskinens scharfen Blick und hörte schlagartig auf zu lachen. Sie wischte sich die Augen trocken und sagte: »Entschuldigung. Ich weiß nicht, was in mich gefahren ist.«

Eine typische Stressreaktion nach einem Schock, dachte Koskinen, der ähnliche Reaktionen in seinen mehr als zwanzig Berufsjahren oft genug erlebt hatte.

Die Geschichte von Taavitsainens Motorradsimulation rief Koskinen den verschwundenen Rollstuhl ins Gedächtnis. Er hatte diesen Aspekt, der ihn am Abend so sehr beschäftigt hatte, zwischenzeitlich völlig vergessen gehabt, nahm sich nun aber vor, die Suche einzuleiten, sobald er im Polizeipräsidium ankam. Der Verbleib des Rollstuhls musste dringend geklärt werden.

Salonen betrachtete Koskinens düstere Miene und fragte schüchtern: »Stimmt etwas nicht?«

»Ich überlege nur, wo Taavitsainens Rollstuhl sein mag.«

Die Pflegerin riss vor Schreck den Mund auf, schlug die Hand davor und fragte undeutlich: »Hat man ihn nicht gefunden?«

»Nein.« Koskinen schüttelte den Kopf. »Können Sie ihn mir beschreiben?«

»Ein Meyra mit Elektromotor. Raimond hatte nicht viel Kraft in den Armen. Er konnte seinen Stuhl nicht selbst bewegen.«

Koskinen sah sich um und fragte: »Wie lange hat Taavitsainen hier gewohnt?«

»Als ich vor zehn Jahren hier anfing, war er schon im Haus.«

»Sind die Leute nachts, wenn das Personal nicht da ist, völlig auf sich gestellt?«

»Natürlich nicht. Jeder hat sein eigenes Notruftelefon.«

»Wie funktioniert das?«

Salonen zeigte auf Taavitsainens Nachttisch.

»Mit dem Ding da kriegt man Verbindung zum Sicherheitsservice. Wenn sich an diesem Ende niemand meldet, kommt ein Nothelfer und sieht nach, was los ist.«

Koskinen betrachtete den Telefonapparat neben dem Maradona-Bild. Dieser hatte weder einen Hörer noch Nummerntasten. Mikrofon und Lautsprecher waren eingebaut, und an der Vorderseite blinkten zwei kleine Signallampen.

»Und wenn Taavitsainen zum Beispiel im Bad gestürzt wäre und es nicht geschafft hätte, sich zum Telefon zu schleppen?«

»Er hatte einen Alarmknopf am Handgelenk, auf den er nur zu drücken brauchte, um die Verbindung herzustellen. Das Gerät empfängt auch aus größerer Entfernung Geräusche.«

Koskinen führte sich die Fotos vom Fundort vor Augen. Taavitsainen hatte darauf kein Armband getragen, und es war auch in keinem anderen Zusammenhang erwähnt worden.

In Gedanken versunken zog er die Nachttischschublade auf. Dort lag ein breites Armband mit einem klobigen Plastikding, auf dem eine einzige Taste saß. Koskinen nahm einen Kugelschreiber aus der Brusttasche, drehte das Band um und sah, dass es an einer Seite gewaltsam aus der Halterung gelöst worden war. Es fiel ihm nicht schwer, sich die Situation auszumalen: Der Mörder hatte das Alarmgerät von Taavitsainens Arm gerissen und in die Schublade gesteckt, bevor er seinem Opfer das Kissen aufs Gesicht gepresst hatte.

Salonen, die das Gerät über Koskinens Schulter hinweg betrachtete, wirkte erschüttert. Sie fuhr sich ratlos durch die Haare und fragte leise: »Wissen Sie schon, was man Raimond angetan hat … wie er gestorben ist?«

Koskinen wollte sich gerade auf ermittlungstechnische Gründe berufen und die Auskunft verweigern, da erschien eine stämmige Frau in der weißen Kleidung der Köchinnen an der Tür.

»Sind Sie Kommissar Koskela?«

»Koskinen«, korrigierte der Kommissar. »Der bin ich.«

Die Frau deutete mit dem Daumen hinter sich.

»In der Halle sind drei Männer, die nach Ihnen fragen.«

»Ich komme«, sagte Koskinen und ließ den Blick rasch noch einmal durch das Zimmer schweifen. Er hatte das sichere Gefühl, dass sie hier nicht viel finden würden. Sie mussten anderswo nach den Spuren des Täters suchen, wenn sie ihn bald zur Verantwortung ziehen wollten.

Anniina Salonen schloss die Tür zu Taavitsainens Zimmer, das vorläufig – abgesehen von den Männern der kriminaltechnischen Untersuchung, die das Schloss versiegeln und zusätzlich blauweiße Absperrbänder kreuzweise über die Tür ziehen würden – niemand betreten durfte.

Sie machten sich auf den Weg zur Eingangshalle. Koskinen fand es seltsam, neben einer Frau zu gehen, die nur zehn Zentimeter kleiner war als er selbst. Der süßliche Geruch des Haarsprays ließ allerdings auch die hochgewachsene Pflegerin sehr weiblich wirken.

Kaatio und Luttinen standen wartend in der Eingangshalle, hinter ihnen saß Risto P. Jalonen auf seinem Metallkoffer. Der Kriminaltechniker sah erschöpft aus. Kein Wunder, denn er war schon seit dem vorigen Abend im Dienst.

Koskinen begann sofort, Anweisungen zu geben.

»Teilt alle im Haus, Bewohner und Personal, unter euch auf und fragt sie nach jeder Kleinigkeit, die sie euch über Taavitsainen erzählen können.«

»Jaja«, antwortete Kaatio ungeduldig, doch Koskinen war noch nicht fertig.

»Ein Bewohner namens Taisto Toivakka behauptet, Taavitsainen sei am Montagabend von einem Invataxi abgeholt worden. Überprüft bei ihm die genaue Uhrzeit und fragt die anderen Bewohner, was sie um diese Zeit gehört oder gesehen haben. Ich informiere mich über den Taxifahrer und bestelle ihn zur Vernehmung aufs Präsidium.«

Koskinen berichtete Jalonen von dem Armband mit dem Alarmknopf. Im besten Fall hatte die Person, die das Gerät abgerissen hatte, Fingerabdrücke darauf hinterlassen. Auch die gesamte Bettwäsche musste zur Faseruntersuchung ins Labor gebracht werden. Koskinen wollte wissen, ob die Flusen in Taavitsainens Atemwegen von dessen eigenem Kissenbezug stammten.

Zum Schluss deutete er auf die Frau, die neben ihm stand.

»Das hier ist Frau Salonen. Sie zeigt euch Taavitsainens Zimmer und hilft bei der Befragung der Bewohner, soweit nötig.«

»Fräulein«, korrigierte Anniina Salonen schüchtern. Neben ihr wirkten Kaatio und Luttinen wie kleine Jungen.

Koskinen holte seinen Rucksack aus dem Tagesraum und ging hinaus. Es war fast neun Uhr. Auf der anderen Seite der Straße erstreckte sich ein kleiner Park mit Birken. Die Sonne war bereits über die Baumwipfel gestiegen und ließ den Park golden leuchten. Vor der Wolfsstube saßen immer noch dieselben Männer wie bei Koskinens Ankunft. Als Koskinen sein Fahrrad aufschloss, sah er aus den Augenwinkeln, dass einer der beiden näherrollte. Er vermutete, dass der Mann ihm etwas sagen wollte, und blieb wartend stehen. Vielleicht war es wichtig.

Der Mann hielt ein paar Meter vor ihm an, spuckte aus und fauchte: »Spielst du hier den Marco Pantani mit deiner beschissenen Eierquetsche, oder was?«

Koskinen fuhr wortlos ab. Er wunderte sich über die plötzliche Feindseligkeit des Mannes und fragte sich, was sie ausgelöst hatte.

8

Koskinen konnte nicht langsam fahren. Diesmal lieferte er sich mit einem Stadtbus ein Wettrennen bis zur Ampel an der Itsenäisyydenkatu. Von dort nahm er eine Abkürzung durch die kleinen Straßen des Stadtteils Tulli zur Brücke nach Sori und raste im gleichen Tempo bis zum Polizeigebäude.

Es gelang ihm, durch die Eingangshalle ins Treppenhaus zu schlüpfen, ohne jemandem zu begegnen. Er eilte in den dritten Stock und hatte immer noch Glück: Auf dem Flur war niemand zu sehen. In seinem verschwitzten Zustand mit irgendwem plaudern zu müssen war das Letzte, wonach ihm der Sinn stand. Er würde sich ein Handtuch aus seinem Schrank holen und zum Duschen in den Fitnessraum gehen. Danach konnte er sich den Berichten auf seinem Schreibtisch und anderen Routinearbeiten widmen.

Er öffnete die Tür zu seinem Dienstzimmer und sah Milla an seinem Computer sitzen.

»Was zum Teufel tust du da?«

Milla sprang auf und drehte sich um. Der Schreck machte ihr Gesicht noch runder, und die Antenne an ihrer Mütze ragte hoch wie ein Ausrufezeichen.

»Mann, hab ich mich erschreckt!«

»Dazu hast du auch allen Grund«, knurrte Koskinen und wiederholte seine Frage: »Was hast du an meinem Rechner zu suchen?«

Milla blickte hilflos auf den Computer, schluckte zweimal und setzte zu einer Erklärung an: »Ich hab ein bisschen Ordnung gemacht …«

»Ordnung gemacht?« Koskinen schaffte es nicht, seine Stimme unter Kontrolle zu halten. Sie war sicher bis ins Erdgeschoss zu hören. Der Schweiß, der sich beim Radeln gebildet hatte, lief ihm an den Schläfen herunter, das feuchte Unterhemd kitzelte ihn am Rücken, und beides steigerte seine Wut.

»Verdammt noch mal, was bringst du an meinem Computer in Ordnung?«

»Das Dateiverwaltungsprogramm«, erklärte Milla verängstigt. »Deine ganzen Dateien waren durcheinander und …«

»Lass in Zukunft die Finger davon«, fiel ihr Koskinen ins Wort. »Der Computer funktioniert, und das reicht mir.«

Milla breitete verlegen die Arme aus.

»Ich wollte nur helfen.«

Koskinen deutete mit ausgestrecktem Zeigefinger auf die Tür. »Am besten hilfst du mir, indem du verschwindest und erst zurückkommst, wenn du gerufen wirst!«

Milla brauchte keine zweite Aufforderung. Sie schlüpfte hastig hinaus und knallte die Tür hinter sich zu. Koskinen holte Kleidung zum Wechseln aus dem Schrank, klemmte sie sich unter den Arm, warf das Handtuch über die Schulter und ging nach unten.

Erst unter der Dusche bereute er seinen Ausbruch. Das Mädchen hatte es nur gut gemeint. Und sie hätte an seinem Computer sicher nichts Schlimmes anrichten können. Alle brisanten Dateien waren durch Username und Passwort geschützt, zu denen Praktikantinnen und Mutterschaftsvertretungen keinen Zugang hatten.

Koskinen stand lange unter der dampfenden Dusche und überlegte, was in ihn gefahren war. Er verlor neuerdings immer schneller und wegen jeder Kleinigkeit die Beherrschung. Das bereitete ihm Sorgen.

Er drehte das Wasser ab und rieb sich mit festen, scheuernden Bewegungen trocken, als wollte er sich bestrafen. Doch auch das half ihm nicht. Im Gegenteil, seine Reue wuchs, und er stieg in die Kleider, bevor seine Haut richtig trocken war. Die Haare ordnete er erst vor dem Spiegel im Aufzug, dafür benötigte er nur die gespreizten Finger.

Der Lift hatte das Kellergeschoss kaum verlassen, als er auch schon wieder bremste. Die Türen schoben sich zischend auf. Tanse betrat die Kabine, und Koskinen fragte sich, warum er nie im Lotto gewann. Tanse trug einen rauchgrauen Anzug, dazu ein weißes Hemd und einen seidenblauen Schlips. Er starrte das Kleiderbündel und das Handtuch auf Koskinens Arm an, hob den Blick zu seinen nassen Haaren und sah erst dann auf die Uhr.

Es ist schon nach zehn, dachte Koskinen und ahnte die Frage seines Vorgesetzten voraus.

»Du kommst vom Duschen?«

Statt einer Antwort berichtete Koskinen: »Die Identität der vorgestern Nacht gefundenen Leiche ist geklärt. Der Mann hat in Kissanmaa in der Wolfsstube gewohnt, einer Einrichtung für betreutes Wohnen. Ich komme gerade von dort.«

»Mit einem Abstecher zur Dusche?«

Nun sagte Koskinen nichts mehr. Im dritten Stock stiefelte er aus dem Lift und ließ Tanse allein weiterfahren. Wenn der Chef noch mehr kluge und wichtige Fragen auf dem Herzen hatte, sollte er halt anrufen.

Koskinen hängte seine Fahrradkluft zum Trocknen in den Schrank und legte das Handtuch über die offene Schranktür. Dann machte er sich an die Arbeit. Als Erstes rief er Lepola von der Schutzpolizei an und bat ihn, alle Streifen über Taavitsainens Rollstuhl zu informieren. Jeder Schupobeamte sollte nach ihm Ausschau halten. Als Nächstes suchte er die Kontaktdaten des Invataxiunternehmers Ilmari Suokas heraus und rief ihn auf dem Handy an. Der Mann meldete sich sofort. Koskinen stellte sich vor und bat Suokas, am Nachmittag zur Befragung in das Polizeigebäude an der Sorinkatu zu kommen. Da er keine Antwort erhielt, fügte er bewusst trocken hinzu: »Melden Sie sich bei dem Beamten am Eingang, er wird Sie weiterleiten.«

Das brachte Suokas endlich zum Reden.

»Warum denn bloß? Was habe ich verbrochen?«

»Das klärt sich, wenn Sie hier sind. Sagen wir, um Punkt zwei. Vergessen Sie es nicht!«

Koskinen legte auf und beschloss, den obligatorischen Papierkrieg zu erledigen. Er ahnte, dass er in den nächsten Tagen anderweitig beschäftigt sein würde. An erfahrenen Kriminalermittlern herrschte Mangel, und so würde auch er sich trotz seines Kommissarsrangs an der Basisarbeit beteiligen müssen.

Und er hatte nichts dagegen.

Er sortierte die Papierstapel auf seinem Tisch. Größtenteils handelte es sich um bedeutungslose Gutachten und überflüssige Paragrafenreiterei. Er legte all das auf einen separaten Stapel, der zum Altpapier wandern sollte, und arbeitete sich durch die Voruntersuchungsprotokolle. Darüber vergingen fast zwei Stunden. Es fiel ihm schwer, sich zu konzentrieren, er verlor immer wieder den Faden und musste zum Anfang einer Seite oder eines Absatzes zurückkehren. Seine Gedanken kreisten um Milla und um die Frage, wie schlimm er sie beleidigt hatte. Es hätte ihm gerade noch gefehlt, dass sie am zweiten Arbeitstag kündigte oder, noch schlimmer, sich beim Arbeitsschutzbeauftragten über die ungerechte Behandlung beschwerte. Womöglich würde sie auf die Idee kommen, den Zwischenfall als sexuelle Belästigung hinzustellen, vor der sie Koskinen gleich zu Beginn gewarnt hatte.

Koskinen stand auf und trat ans Fenster. Auch das verschaffte ihm keine Erleichterung. Die Aussicht war rettungslos verdorben. Wo einst die alte Kesoil-Tankstelle gestanden hatte, ragte jetzt der vierstöckige Bürokoloss von Sonera auf, der den

Pyhäjärvisee und den Pyynikki-Hügel verdeckte. Früher hatte Koskinen den Blick auf dem See und dem Hügel ruhen lassen, wenn er nachdenken oder ein schwieriges Problem lösen musste. Nun sah man nur noch eine schmale Straßenschlucht und eine hässliche, fantasielose Wand.

Er setzte sich wieder hin und begann, eine statistische Umfrage des Rechtspolitischen Forschungsinstituts zu beantworten, wurde aber sofort unterbrochen. Milla wirbelte herein.

»Hey, untersuchen wir das da?«

Sie schwenkte eine Zeitung, die sie so gefaltet hatte, dass die Nachricht über den Leichenfund in Peltolammi obenauf lag.

Koskinen musste unwillkürlich über das »wir« lächeln und antwortete: »Ja. Den Fall untersuchen *wir*.«

»Cool!« Milla war hellauf begeistert, und Koskinen stellte fest, dass er sich grundlos Sorgen gemacht hatte. Seine morgendliche Strafpredigt schien vergeben und vergessen.

»Wie wurde er denn ermordet? Mit einem Messer oder einem Gewehr?«

»Weder noch.«

»Habt ihr den Mörder schon gefunden?«

»Es steht noch nicht einmal fest, ob es ein Mord war«, dämpfte Koskinen ihren Eifer. »Und auch sonst wissen wir noch nicht viel.«

Offenbar merkte Milla, dass Koskinen nicht über den Fall reden wollte. Sie rollte die Zeitung zusammen und fragte zaghaft: »Gehen wir bald essen? Es ist schon halb eins.«

»Geh du ruhig«, antwortete Koskinen so freundlich, wie er nur konnte. »Ich habe im Moment keine Zeit.«

Milla verschwand, und Koskinen machte weiter. Er konnte sich nur eine knappe Stunde in seine Arbeit vertiefen, dann ging die Tür erneut. Kaatio und Luttinen marschierten herein und nahmen wortlos Platz.

Koskinen warf einen Blick auf die Uhr und fragte: »Ihr wart fünf Stunden dort. Habt ihr etwas herausgefunden?«

»Nichts Besonderes.« Kaatio blätterte in seinem Notizbuch. »Dieser Taavitsainen oder Raimond, wie sie ihn dort nennen, scheint ziemlich umtriebig gewesen zu sein.«

Koskinen hob fragend die Augenbrauen, und Kaatio begann mit seinem Bericht: »Die Behinderung war kein Hindernis für ihn. Er war dauernd auf Achse, obwohl er seine Beine überhaupt nicht gebrauchen konnte, und seine Arme auch nicht so richtig.«

»Davon habe ich in der Wolfsstube gehört«, sagte Koskinen. »Taavitsainen hatte einen Rollstuhl mit Elektromotor.«

»Hat man dir auch erzählt, wohin er damit gekurvt ist?«

»Nein.«

»Raimond war fast jeden Abend in der *Miauenden Katze*.«

»Was ist das?«

»Ein Pub in Kissanmaa, knapp einen Kilometer von der Wolfsstube entfernt.«

»War er allein dort?«

»Nein, mit zwei Kumpels, ebenfalls aus der Wolfsstube.«

»Die sind also auch behindert?«

»Ja. Allerdings funktionieren bei den beiden die Arme etwas besser, sie rollen aus eigener Kraft zum Pub.«

»Wie heißen sie?«

Kaatio konsultierte sein Notizbuch.

»Tapani Harjus und Hannu Ketterä. Beide sind querschnittsgelähmt. Ich habe sie getrennt befragt. Das Ableben ihres Saufkumpans scheint sie nicht gerade traurig zu stimmen. Eher im Gegenteil.«

»Tatsächlich?«

»Die Typen haben kein Blatt vor den Mund genommen. Sie beschreiben Raimond als Verleumder und Intriganten, der andere nach seiner Pfeife tanzen ließ.«

»Harter Tobak von einem Schicksalsgefährten.«

Luttinen hatte schweigend zugehört. Jetzt räusperte er sich und begann zu sprechen: »Es gibt noch einen Umstand, der Beachtung verdient.«

Koskinen und Kaatio sahen ihn überrascht an.

»Was denn?«

»Alle Bewohner, die ich befragt habe, äußerten eine starke Antipathie gegen Raimo Taavitsainen.«

»Und weshalb?«

»Er hat oft das ganze Haus geweckt, wenn er nachts betrunken aus dem Pub kam.«

»Ist niemand eingeschritten?«

»Nachts sind keine Pflegerinnen da. Gelegentlich hat einer der Bewohner den in der Nähe lebenden Hausmeister angerufen, damit dieser Taavitsainen zur Ruhe bringt.«

»Den Hausmeister«, wiederholte Koskinen. »Hat er einen Schlüssel zu dem Gebäude?«

»Ja.«

»Das hat Lea Kalenius nicht erwähnt«, erinnerte sich Koskinen an seinen Besuch in der Wolfsstube. »Sie hat gesagt, nur das Personal und die Bewohner hätten Schlüssel.«

Er notierte sich diesen Punkt. Auch der Hausmeister musste befragt werden. Dann wandte er sich an Luttinen.

»Was du gerade berichtet hast, ist eine wichtige Beobachtung. Raimo Taavitsainen war in dem Heim unbeliebt. Das gibt uns immerhin einen Ausgangspunkt.«

Luttinen strahlte zufrieden und straffte sich. Kaatio dagegen schüttelte missmutig den Kopf.

»Ich würde nicht alles für bare Münze nehmen, was die Leute dort reden.«

»Warum nicht?«

»Manche Bewohner sind ziemlich daneben. Nicht nur in

physischer Hinsicht. Eine alte Oma zum Beispiel glaubte, ich wollte sie zum Tanz auffordern.«

»Im Ernst?«

»Jaja. Ich hatte kaum den Mund aufgemacht, als sie anfing: ›Kein Tanz, kein Tanz‹. Sie hat so wirr gebrabbelt, dass ich die Befragung abgebrochen habe.«

»Dass einige Bewohner nicht richtig sprechen können, wussten wir ja«, sagte Koskinen. »Du hättest eine der beiden Pflegerinnen bitten sollen, dir zu helfen.«

»Die große Blonde …«, Kaatio blickte in sein Notizbuch, »… Anniina Salonen, die war dabei, aber sie wurde aus dem Lallen auch nicht schlau.«

Koskinen dachte an seinen Besuch in der Wolfsstube zurück. Offenbar handelte es sich um die alte Frau, der Lea Kalenius beim Frühstück geholfen hatte. Sie hatte mehrmals versucht, etwas zu sagen. Koskinen hatte die Worte nicht verstanden und überlegte nun, ob sie auch ihm einen Korb gegeben hatte. Konnte lang anhaltende Bewegungsunfähigkeit Halluzinationen und eine neurotische Flucht aus der harten Wirklichkeit auslösen? Vielleicht lebte die alte Dame in der Erinnerung an ihre Jugend, als junge Männer sich darum gerissen hatten, sie im Takt einer Mazurka herumzuwirbeln.

Ein Klopfen holte ihn aus seinen Gedanken. Die Tür wurde gerade so weit geöffnet, dass Millas Augen und die Antenne an ihrer Mütze zu sehen waren.

»Hier ist ein ›Suokas‹. Er fragt nach Koskinen.«

Koskinen blickte auf die Uhr. Punkt zwei. Der Mann schien ungewöhnlich pünktlich zu sein.

»Bitte ihn, einen Moment zu warten«, sagte Koskinen, woraufhin die Antenne verschwand. Er berichtete Kaatio und Luttinen von seiner Absicht, den Fahrer des Invataxis zu vernehmen, und erkundigte sich: »Habt ihr mit dem Hausbewohner gesprochen, der erzählt hat, Suokas habe Raimo Taavitsainen in der Nacht mit dem Invataxi abgeholt?«

»Ja«, sagte Kaatio. »Ich habe mich mit ihm unterhalten.«

»Hat er das Nummernschild gesehen?«

»Nein, aber er behauptet, den Wagen dennoch erkannt zu haben.«

»Woran?«, hakte Koskinen nach. »Woran konnte er ihn im Dunkeln so genau erkennen? Etwa nur an den Rücklichtern?«

»Genau das habe ich ihn gefragt«, sagte Kaatio. »Eine der Pflegerinnen war zufällig dabei, und sie hat erklärt, dass Suokas' Karre das einzige altmodische Lieferwagenmodell ist, das die Wolfsstube bedient. Die anderen Invataxis erinnern eher an kleine Busse.«

Koskinen schüttelte unzufrieden den Kopf und fragte: »Wusste irgendwer etwas von Taavitsainens Rollstuhl?«

»Nein. Alle wunderten sich, wie er verschwinden konnte.«

»Das kann ich mir vorstellen«, lächelte Koskinen. »Taavitsainen wird ihn ja nicht selbst versteckt haben.«

»Kaum anzunehmen.«

»Habt ihr gefragt, wie sich Taavitsainen die Lähmung zugezogen hat?«

»Nein.« Kaatio schüttelte den Kopf. »Spielt das eine Rolle?«

Darüber dachte auch Koskinen nach. Bei einer Kriminalermittlung durfte man selbst das kleinste Detail nicht als bedeutungslos betrachten. Manchmal war ein Ereignis in der Vergangenheit des Opfers oder des Täters der entscheidende Schlüssel zu den Geschehnissen in der Gegenwart, zu ihren Ursachen und Folgen. Andererseits musste man bei Personalmangel und Zeitdruck alles Unwichtige ausgrenzen, um Ressourcen zu sparen. Die Grenzziehung war oft schwierig, und dabei konnte es zu Fehlern kommen, die nicht wiedergutzumachen waren.

Erneut ging die Tür. Pekki rauschte herein und wedelte mit dem Zeigefinger vor Luttinens Nase.

»Steh auf, Jüngelchen.«

Luttinen gehorchte, und Pekki ließ sich auf den freigewordenen Stuhl fallen. Er nahm die Brille ab und polierte sie an seinem Pullunder.

»Ein höllischer Vormittag im Wäscheleinendschungel von Ikuri«, leitete er seinen Bericht ein. »Es ist schon merkwürdig, wie wenig die Menschen über ihre Nachbarn wissen. Das Opfer heißt Kantola. Dieser Kantola wohnt schon vierzig Jahre in dem Haus, aber die Nachbarn konnten mir trotzdem kaum Auskunft über ihn geben. Immerhin habe ich erfahren, dass er seit fünf Jahren ganz allein dort haust. Damals ist ihm die Frau gestorben.«

Er setzte die Brille wieder auf und fuhr fort: »Adolf Kantola war Lehrer. Seit seiner Pensionierung im Jahre dreiundneunzig hat er ein Einsiedlerleben geführt. Nach Aussage der Nachbarn hat er nie Besuch bekommen.«

»Was ist diesem Kantola denn nun passiert?«

»Wenn man das wüsste«, seufzte Pekki. »Der Zeitungsbote hat ihn blutend auf dem Gartenweg entdeckt. Das war um zehn vor fünf.«

»Hast du eine Schlagwaffe gefunden?«

»Nein. Und auch keinerlei Motiv. Nach einem Raubüberfall sieht es jedenfalls nicht aus.«

»Woraus schließt du das?«

»Kantola hatte die Haustür offen gelassen, und das Haus ist voller Wertgegenstände. Vorläufig können wir zwar nicht ausschließen, dass doch was verschwunden ist, aber Gemälde, Uhren und Silberbesteck hat der Täter jedenfalls zurückgelassen.«

»Gibt es Spuren?«

»Im Haus nicht, aber im Garten sind jede Menge Fußabdrücke. Vor allem zwischen den Johannisbeersträuchern. Als hätte jemand den Mann von dort aus beobachtet.«

»Bist du sicher, dass sie nicht von Kantola selbst stammen?«

»Ja«, seufzte Pekki. »Es sind Abdrücke von zwei verschiedenen Paaren, aber beide haben diesen Nike-Kringel auf der Sohle. Im Haus gibt es überhaupt keine Sportschuhe, und Kantola trug Pantoffeln, als er gefunden wurde.«

Nach einem zaghaften Klopfen spähte Milla erneut herein.

»Dieser Suokas«, flüsterte sie so leise, dass es kaum zu hören war. »Der läuft allmählich heiß. Er hat es eilig.«

»Gleich«, winkte Koskinen ab, und die Tür schloss sich. Pekki seufzte erleichtert, als Koskinen ihm erklärte, worum es ging.

»Gut, dass du die Befragung übernimmst. Ich komme vorläufig nicht dazu. Ich muss Kantolas Verwandte aufspüren, er soll einen Sohn in der Helsinkier Gegend haben und zwei Brüder in Ostbottnien.«

Koskinen beschloss, die Besprechung zu beenden. Er lieferte Pekki eine kurze Zusammenfassung der Informationen, die sie in der Wolfsstube bekommen hatten, und betonte noch einmal, wie wichtig es war, Taavitsainens Rollstuhl so schnell wie möglich zu finden.

Luttinen hob die Hand und bat ums Wort.

»Vielleicht wurde er beraubt.«

»Wer?«, stießen Pekki und Kaatio gleichzeitig hervor.

»Raimo Taavitsainen. So ein motorisierter Rollstuhl ist bestimmt nicht ganz billig.«

Alle drei starrten Luttinen an, dem die Röte ins Gesicht stieg, als hätte man ihn in ein Kastenbad gesteckt.

»Beraubt?«, schnaubte Pekki. »Hör mir mal gut zu. Ich habe es schon mit allen möglichen Gaunern zu tun gehabt, die einer Oma die Handtasche gestohlen oder in der Kirche die Kollekte eingesackt haben, aber ich glaube nicht, dass irgendwer fähig wäre, einem Behinderten den Rollstuhl unter dem Hintern zu klauen.« Er schüttelte den Kopf und zeigte mit dem Finger auf Luttinen. »Das wäre fast so grausam, wie dir den Lutscher wegzunehmen.«

Luttinen blickte zu Boden, auf weiteren Hohn gefasst. Doch der Pori-Marsch, den Pekkis Handy dudelte, rettete ihn.

Während des zweiminütigen Gesprächs schwiegen alle. Auch Pekki brummte nur ab und zu zustimmend.

»Das war die Uniklinik«, sagte er, nachdem er aufgelegt hatte. »Kantola wird die Attacke überleben.«

Er machte eine Kunstpause, bevor er seufzte: »Aber er stirbt bald.«

»Was faselst du da?«

»Er hat Leberkrebs im fortgeschrittenen Stadium. Das wurde schon vor einigen Wochen festgestellt. Aber aus irgendeinem Grund hat er sich geweigert, ins Krankenhaus zu gehen.«

»Soso«, seufzte Koskinen. »Leberkrebs soll verdammt qualvoll sein.«

Pekki sprang wie elektrisiert auf. Er sah abwechselnd Koskinen und Kaatio an und verkündete pathetisch: »Wir haben eine schlimmere Beute zu jagen, als wir bisher ahnten.«

Er hob zwei Finger und fuhr fort: »Taavitsainen war schwerbehindert und hat sicher darunter gelitten. Kantola quälte sich mit einer unheilbaren Krebserkrankung herum. Glaubt mir, wir haben es mit einem Verrückten von der schlimmsten Sorte zu tun. Er hält sich für eine Art Engel, der leidende Menschlein aus dieser Stätte der Qual und Pein befreit.«

Koskinen, Kaatio und Luttinen waren sprachlos.

Pekki senkte die Stimme und sagte heiser: »Bei Taavitsainen hat der Irre Erfolg gehabt und bei Kantola beinahe auch. Aber wer ist das nächste Opfer des Sterbehelfers?«

9

Ilmari Suokas war wütend. Sein breites, gerötetes Gesicht glühte, und seine Nüstern bebten wie die eines Stiers.

»Warum musste ich mitten in der Arbeitszeit herkommen? Es macht verdammt viel Spaß, eine halbe Stunde lang auf dem Flur herumzusitzen! Als hätte ich sonst nichts zu tun.«

Koskinen betrachtete den Mann, der ihm gegenübersaß, schweigend. Das brachte Suokas noch mehr in Rage.

»Sie begreifen wohl nicht, dass ich Privatunternehmer bin. In Hatanpää wartet ein Kunde auf mich. Ich kann es mir nicht leisten, Kunden zu verlieren. Auch in unserer Branche ist die Konkurrenz hart.«

Koskinen schob Suokas sein Telefon hin. »Rufen Sie ihn an und vertrösten Sie ihn. Es kann länger dauern.«

Statt nach dem Telefon zu greifen, wandte Suokas den Blick ab und starrte finster auf die geschlossene Tür. Koskinen suchte zwischen seinen Papieren ein Schwarz-Weiß-Foto hervor und reichte es dem Taxiunternehmer.

»Kennen Sie diesen Mann?«

Suokas warf einen Blick auf das Foto.

»Natürlich kenne ich Taavitsainen. Er ist einer meiner Stammkunden.«

»Jetzt nicht mehr.«

»Wieso nicht?«, fragte Suokas erbost. »Was hat er schon wieder angestellt?«

»Er ist gestorben.«

In Suokas' Augen blitzte etwas auf. Trauer war es allerdings nicht.

»Daran muss man sich in dieser Branche gewöhnen. Mir sterben immer wieder Kunden weg.«

»Als Opfer von Gewaltverbrechen?«

Suokas brauchte eine Weile, um zu begreifen, was Koskinen meinte.

»Ist Taavitsainen etwa …«

»Ja.«

»Moment mal!« Suokas hob abwehrend die Hand. »Wenn Taavitsainen tatsächlich umgelegt wurde, habe ich nichts damit zu tun.«

Koskinen registrierte, dass sich an Suokas' Haaransatz Schweißperlen bildeten. Es gab nicht den geringsten Beweis gegen den Mann, nichts, was der Polizei das Recht gegeben hätte, ihn offiziell als Verdächtigen zu betrachten. Die Vernehmung war jedoch in Schwung gekommen, und Koskinen beschloss, die Schrauben fester anzuziehen.

»Wann haben Sie Taavitsainen zuletzt gefahren?«

»Am Samstag, soweit ich mich erinnere. Ich habe ihn nach Kaanaa gebracht, zum Speedwayrennen. Raimond war verrückt nach Motorrädern. Er hat mir die zweistündige Wartezeit bezahlt, und gegen fünf Uhr sind wir zur Wolfsstube zurückgefahren.«

»Und danach?«

»Danach … Danach habe ich ihn nicht mehr gesehen.«

»Ganz bestimmt nicht?«

»Verdammt noch mal!«, brauste Suokas auf. »Wenn ich sage, ich habe ihn nicht gesehen, dann habe ich ihn nicht gesehen.«

»Mir liegen andere Informationen vor.«

Suokas rutschte unruhig hin und her, bemühte sich aber um ein arrogantes Lächeln.

»Und was besagen die?«

»Laut Aussage eines zuverlässigen Augenzeugen haben Sie Raimo Taavitsainen am Montagabend um Viertel vor elf mit Ihrem Wagen in der Wolfsstube abgeholt.«

Suokas' Gesicht verfinsterte sich.

»Wer hat Ihnen denn diesen Scheiß erzählt?«

»Das tut nichts zur Sache. Wohin haben Sie Raimo Taavitsainen in der Nacht gebracht?«

»Nirgendwohin.« Suokas wurde lauter. »Nirgendwohin, zum Teufel. Ich habe ihn nach der Fahrt am Samstag nicht mehr gesehen.«

»Sind Sie sich ganz sicher, dass Ihre Erinnerung Sie nicht trügt?«

»Hol's der Teufel, natürlich bin ich mir sicher!«

»Wo waren Sie am Montagabend zwischen zehn und elf Uhr?«

»Ich habe geschlafen.«

»Wo?«

»Zu Hause natürlich!«

»Bei Ihrer Frau?«

»Ich habe keine Frau.«

»Und auch sonst niemanden?«

»Nein.« Suokas wischte sich den Schweiß von der Stirn. »Ich lebe allein.«

»So?«

»So! So!«, äffte Suokas den Kommissar nach. »Sagen Sie doch gleich, dass ich kein Alibi habe.«

Koskinen sagte gar nichts, und Suokas fiel es schwer, ruhig sitzen zu bleiben.

»Welchen Grund sollte ich haben ...«

Das Klingeln des Telefons unterbrach die Vernehmung im ungünstigsten Moment. Koskinen hatte vergessen, seinen Anschluss blockieren zu lassen. Er hielt das Aufnahmegerät an, nahm den Hörer ab und knurrte: »Koskinen.«

»Antti hier, hallo«, drang eine zögernde Stimme an sein Ohr. »Du hast es eilig?«

Koskinen wandte sich von Suokas ab und bemühte sich um einen unbeschwerten Ton.

»Überhaupt nicht. Schön, dass du anrufst.«

Offenbar glaubte Antti ihm nicht, denn er begann hastig zu erklären: »Also, wegen gestern … Weil ich so schnell gegangen bin … Ich hätte länger bleiben können, aber …«

»Macht nichts«, unterbrach ihn Koskinen. Er fühlte sich unbehaglich. Gerade jetzt wäre er gern allein gewesen und hätte sich in aller Ruhe mit seinem Sohn unterhalten. Er wusste, wie leicht Antti seinen Gemütszustand aus seinem Tonfall heraushörte.

»Das macht gar nichts«, wiederholte er. »Bring einfach beim nächsten Mal mehr Zeit mit.«

»Ich habe gestern nicht daran gedacht, aber das Boot muss wohl bald winterfest gemacht werden.«

»Da hast du recht.«

»Sollen wir bei der Gelegenheit zum Angeln rausfahren? Im Hervantasee beißen die Hechte noch an.«

»Gute Idee.«

Koskinen hoffte, dass Antti seine kurz angebundenen Antworten nicht falsch verstand. Vor fremden Ohren wollte er nicht über Familienangelegenheiten reden. Für Polizisten war es besonders wichtig, ihre Privatsphäre zu schützen.

Er tat, als blättere er im Kalender, und fragte: »Wann würde es dir passen?«

»Zum Beispiel am Samstag.«

»Um welche Uhrzeit?«

»Gleich nach Mittag.«

»Das passt prima. Wir sehen uns dann.«

»Gut. Ich bring das Angelzeug mit. Sorgst du für Proviant?«

»Mache ich. Bis dann.«

Koskinen hatte den Hörer kaum aufgelegt, als Suokas mit

höhnischem Lachen fragte: »Ein neuer Verdächtiger am Haken?«

Auch darauf gab Koskinen keine Antwort. Er betrachtete sein Gegenüber und stellte fest, dass Suokas während des Telefonats seine Selbstsicherheit wiedergewonnen hatte. Anttis Anruf war tatsächlich im ungünstigsten Moment gekommen.

»Also dann, zurück zur Sache.« Koskinen versuchte, seinen harten Ton wiederzufinden. »Zum Montagabend.«

»Von mir aus.« Suokas beugte sich vor. »Wie kann dieser Zeuge in der Wolfsstube sicher sein, dass er gerade *meinen* Wagen gesehen hat? Es gibt ja noch andere Invataxis in der Stadt.«

Koskinen überlegte. Tatsächlich hatte Taisto Toivakka nur die Rücklichter gesehen. Seine Beobachtung war ein Schwachpunkt, über den selbst der ernsteste Anwalt lachen würde. Das wollte er Suokas allerdings vorläufig nicht auf die Nase binden. Also wiederholte er, was er vor einer Weile von Kaatio gesagt bekommen hatte.

»Ihr Wagen ist leicht zu erkennen. Wie ich gehört habe, unterscheidet er sich grundlegend von allen anderen Taxis in dieser Stadt.«

Suokas legte die rechte Hand auf den Tisch und ballte sie zur Faust.

»Das ist bestimmt einer von der Bandidos-Clique. Die sehen alle möglichen Teufelchen.«

Koskinen hob fragend die Augenbrauen, was Suokas zu einer Erklärung bewog: »Sie nennen sich ›flügellahme Höllenengel‹. Führen sich mit ihren Rollstühlen auf wie eine Motorradgang, saufen und streiten sich. Wenn Taavitsainen tatsächlich tot ist, sind nur noch zwei übrig: Ketterä und Harjus.«

Koskinen erinnerte sich, dass Kaatio beide Namen erwähnt hatte.

»Waren es früher mehr?«

»Mindestens sechs. Einer ist vor einem Jahr an Knochenkrebs gestorben, einer hat zum Glauben gefunden, und einer wurde gezwungen, umzuziehen.«

»Warum?«

»Genau weiß ich es nicht. Darüber waren viele Geschichten im Umlauf.«

»Erzählen Sie mir wenigstens eine.«

»Irgendwer hat gesagt, er hätte versucht, eine Ferienaushilfe zu vergewaltigen.«

»Ein Behinderter?«

Suokas sah Koskinen abschätzig an.

»Sie scheinen genauso ein Glanzengelbild von denen zu haben wie alle anderen.«

»So habe ich es nicht gemeint, ich dachte an die physische Seite.«

»O je.« Suokas lachte trocken. »Die sind zu viel mehr fähig, als man glaubt.«

»Wie war das Verhältnis unter diesen flügellahmen Höllenengeln?«

»Genau wie bei ihren Vorbildern«, brummte Suokas und starrte das Fisch-Bild an.

Koskinen fragte ungeduldig: »Würden Sie das ein bisschen genauer erklären?«

»Sie waren immer dicke Freunde, wenn sie saufen gingen, aber wenn sie zurückkamen, waren sie streitsüchtige, krakeelende Arschlöcher. Manchmal herrschte geradezu Krieg, es regnete Morddrohungen.« Suokas schien Koskinens Interesse zu spüren, denn er fuhr bereitwillig fort: »Das weiß ich besser als jeder andere. Ich habe sie oft genug von ihren Sauftouren abholen müssen. Sie wollten dann nicht mal gemeinsam in den Wagen, ich musste jeden einzeln nach Hause karren, die ganze Nacht lang.«

»Die ganze Nacht?«

»Ja. Im Allgemeinen erst nach der Sperrstunde. Manchmal waren sie so blau, dass ich sie bis in ihr Zimmer bugsieren musste.«

»Ins Zimmer?«, wiederholte Koskinen. »Wie haben Sie sie denn ins Haus gebracht?«

»Durch die Tür.« Suokas sah Koskinen verwundert an. »Wie denn sonst?«

»Sie haben einen Schlüssel zur Wolfsstube?«

»Natürlich. Den habe ich bekommen, als die Nachtschicht gestrichen wurde. Nicht nur wegen dieser Saufbrüder, sondern weil ich manchmal auch Tetraplegiker kutschieren muss. Sie können den Schlüssel nicht benutzen und haben oft auch Schwierigkeiten mit der Fernbedienung.«

»Soso.« Koskinen rieb sich nachdenklich das Kinn. Es schienen viel mehr Schlüssel im Umlauf zu sein, als ihm Lea Kalenius gesagt hatte.

Suokas warf einen Blick auf die Uhr und sprang auf.

»Ich bin schon eine Stunde zu spät dran. Sie können mich nicht mit Gewalt hier festhalten.«

»Nein, das kann ich nicht«, erwiderte Koskinen und stand ebenfalls auf. »Ich begleite Sie nach unten.«

»Ich finde den Weg auch allein.«

»Das ist bei uns aber so üblich«, sagte Koskinen und stellte verärgert fest, dass er vergessen hatte, das Aufnahmegerät nach Anttis Anruf wieder einzuschalten.

Während der Fahrt im Aufzug maulte Suokas pausenlos vor sich hin.

»Wenn das so weitergeht, habe ich bald keine Kunden mehr. Die einen sterben, und die anderen holen sich den Service woanders. Die nehmen es verdammt genau mit der Zeit, über jede Verspätung meckern sie wochenlang. Als hätten sie es eilig, diese Nichtstuer.«

Die Worte des Taxiunternehmers, der mit dem Invalidenservice immerhin seinen Lebensunterhalt verdiente, erschienen Koskinen seltsam feindselig. Plötzlich kam ihm Pekkis Sterbehilfetheorie in den Sinn.

»Hatten Sie in letzter Zeit Kunden in Ikuri?«, fragte er beiläufig.

Suokas ließ keinerlei Verwirrung erkennen, sondern antwortete gelassen, als handelte es sich um eine alltägliche Frage: »Ich habe in der ganzen Stadt Kunden, und auch einige außerhalb.«

Koskinen begleitete Suokas bis auf die Straße und sah, dass der Taxiunternehmer im Halteverbot geparkt hatte. Offenbar verließ sich Suokas darauf, dass ein Invataxi keinen Strafzettel bekam.

Suokas zog den Schlüssel aus der Tasche und wandte sich noch einmal an Koskinen: »Wie wurde Taavitsainen eigentlich abgemurkst?«

Koskinen schüttelte den Kopf.

»Nun fahren Sie schon. Ihre Kunden warten.«

»Dann sollen sie warten, verdammt!«, fauchte Suokas. Er kletterte auf den Fahrersitz und zog die Tür unnötig fest zu. Sein Ford Transit hatte seine besten Jahre schon hinter sich. Das Taxischild auf dem Dach wies Sprünge auf, als hätte es jemand mit Steinen beworfen. Unter dem getrockneten Schlamm an den Seiten war bei genauem Hinsehen eine verschnörkelte Aufschrift zu erkennen: »Ilmari Suokas – Menschenfreundlicher Taxiservice rund um die Uhr«.

Der Wagen rollte die Sorinkatu hinunter, überquerte die Schnellstraße und bog nach links ab. Suokas scherte sich nicht um das Verkehrsschild, das nur Einsatzfahrzeugen das Abbiegen erlaubte. Vielleicht ordnete er seinen Transit in diese Kategorie ein. Jedenfalls kam er so auf direktem Weg zum Krankenhaus Hatanpää.

Koskinen machte kehrt und spazierte, die Hände in den Hosentaschen, in sein Zimmer. Dort setzte er sich nachdenklich an den Schreibtisch. Erst nach einer ganzen Weile bemerkte er den gelben Notizzettel. Darauf stand eine Telefonnummer, darunter die Aufforderung, sofort anzurufen.

Koskinen tippte die Nummer ein. Nach dem sechsten Tuten wollte er auflegen, doch dann meldete sich eine atemlose Frauenstimme: »Katajisto.«

Koskinens Gehirn lief leer, er brummte nur: »Kommissar Koskinen.«

»Ach, hallo! Ich dachte schon, Ulla Lundelin hätte mir die falsche Nummer gegeben, weil sich ein junges Mädchen gemeldet hat.«

»Das war Milla, die Vertretung der Sekretärin …«, stammelte Koskinen, der erst jetzt begriff, mit wem er sprach – mit Betriebspsychiaterin Ursula Katajisto.

»Nett, dass du gleich zurückrufst«, fuhr die Frau fort. »Ulla hat mir gestern erzählt, dass du mit mir essen gehen willst.«

Die verflixte Ulla! Koskinen fluchte innerlich. Seiner Erinnerung nach hatte er Ullas Vorschlag nicht eindeutig bejaht. In seiner Verwirrung fiel ihm nichts Vernünftigeres ein, als zu antworten: »Ja, das wäre nett.«

»Passt es dir am Freitagabend?«

»Warte mal, ich sehe im Kalender nach«, erwiderte Koskinen, obwohl er genau wusste, dass sein Kalender an allen Abenden gleichermaßen leer war.

»Ja«, sagte er gedehnt. »Ja, das geht.«

»Wo treffen wir uns?«

Bei mir oder bei dir, dachte Koskinen, kam aber glücklicherweise nicht dazu, den Mund aufzumachen, denn Ursula Katajisto war schneller: »Gehen wir essen oder trinken?«

»Warum nicht beides?«

»Prima! Sag nur, wo.«

»Sag du.«

»Du darfst das Lokal aussuchen«, gurrte Ursula Katajisto. »Das Treffen war doch deine Idee.«

Koskinen verzog das Gesicht. Was hatte Ulla wieder angerichtet? Er beherrschte sich jedoch und sagte: »Im Koski-Zentrum ist ein griechisches Restaurant. Da gibt es gutes Essen.«

»Prima. Treffen wir uns dort, sagen wir, um sieben Uhr?«

Koskinen versuchte sich zu erinnern, wie Ursula Katajisto aussah. Das Einzige, das ihm im Gedächtnis geblieben war, waren feuerwehrrote Lippen und gut geformte Beine.

»In Ordnung.«

»Prima! Bis dann also.«

Katajisto legte auf, und Koskinen stürmte auf den Flur. Er marschierte schnurstracks in das winzige Büro der Sekretärin.

»Hast du den auf meinen Tisch gelegt?«, fragte er und schwenkte den Zettel vor Millas verschreckten Augen.

»Ja. Sie hat angerufen und gebeten …«

»Das weiß ich«, fiel Koskinen ihr ins Wort und merkte, dass er sich wieder einmal über eine Kleinigkeit aufregte. Doch dagegen war er machtlos.

»Schreib beim nächsten Mal gefälligst den Namen dazu!«

»Warum?«

»Damit ich weiß, wen ich anrufe.«

Milla sah Koskinen forschend an, dann kramte sie in ihrer knallbunten, gehäkelten Schultertasche. Wieder einmal bereute Koskinen seine Heftigkeit. Wahrscheinlich suchte Milla nach ihrem Kündigungsschreiben, das sie wohl längst vorbereitet hatte.

»Hast du überhaupt Zeit gehabt, was zu essen?« Millas Frage brachte Koskinen aus der Fassung.

»Nein … noch nicht.«

»Dann nimm wenigstens den«, sagte Milla und reichte ihm den Schokoriegel, den sie in ihrer Tasche gesucht hatte.

Koskinen war so verdutzt, dass er sich nur bedankte und das Büro verließ. Mit dem Schokoriegel in der Hand ging er zu seinem Dienstzimmer und sah Hauptmeister Meisalmi an der Tür stehen.

»Was gibt's, Martti?«

»Ich hab dir was zu sagen.«

»Gehen wir rein.« Koskinen hielt Meisalmi die Tür auf. Doch der Hauptmeister hob abwehrend die Hand.

»Wir können es auch hier besprechen, ich bin ziemlich in Eile.«

»Na?«

Meisalmi blickte rasch den Flur auf und ab und sagte: »Ehrlich gesagt kotzt es mich an, und zwar gewaltig.«

Koskinen sah Meisalmi erstaunt an. Bisher hatte er ihn für einen ruhigen Mann gehalten, der seine Worte sorgfältig abwog.

»Was denn?«

»Dass du Kaija Palonen Pekki zugeteilt hast, als hätte mein Team nichts zu tun.«

»So war das nicht gemeint ...«, begann Koskinen, doch Meisalmi fiel ihm ins Wort.

»Wir haben eindeutige Verbindungen zwischen der Vergewaltigung im Hotelaufzug und dem Fall in Pori entdeckt, wo eine Frau unmittelbar vor Torschluss in der Sauna des Wellnessbads vergewaltigt wurde.«

Koskinen erinnerte sich an den Fall, der den Boulevardzeitungen tagelang reißerische Schlagzeilen geliefert hatte. Niemand konnte begreifen, wie der Täter unbemerkt aus der Badeanstalt hatte verschwinden können.

»Dir ist sicher klar, was das bedeutet.« Meisalmi blickte dem zwanzig Zentimeter größeren Kommissar trotzig in die Augen.

»Wie ich die Kollegen in Pori kenne, müssen wir mindestens neunzig Prozent der Ermittlungsarbeit leisten. Und jetzt bleiben mir nur noch zwei Männer. Außerdem ist Kaija die optimale Person für die Befragung der Vergewaltigungsopfer.«

Koskinen verstand sehr gut. Er kraulte sich nachdenklich den Bart und sagte: »Im Rauschgiftdezernat ist es im Moment ruhig, nachdem der Ecstasyshop in Ruovesi aufgeflogen ist. Leih dir jemanden von dort, Havia zum Beispiel oder Meresmaa.«

»Die können nichts weiter als Telefone abzuhören.«

»Na, dann soll Lehmus dir einen aus seinem Team abtreten. Die fahnden ja gerade nach dem Mann mit dem Druckluftnagler. Das wird nicht so eilig sein.«

»Das klappt bestimmt nicht.« Meisalmi schüttelte wütend den Kopf. »Lehmus hütet seine Leute wie ein alleinerziehender Wolf seine Jungen.«

»Doch, das klappt, wenn ich es anordne«, erwiderte Koskinen ohne eine Spur von Selbstgefälligkeit. »Ich rufe ihn an.«

»Okay«, sagte Meisalmi und zeigte auf den Schokoriegel in Koskinens Hand. »Ich kann dir zum Dank nicht mal ein Lakritzbonbon anbieten.«

Ohne auf eine Antwort zu warten, wandte er sich ab und ging mit eiligen Schritten davon.

Koskinen erledigte die Sache sofort. Lehmus sträubte sich, wie Meisalmi vermutet hatte, aber Koskinen blieb hart. Es war ohnehin gut, die Leute seiner Einheit ab und zu an die Befehlsgewalt und die übergeordnete Position des Kommissars zu erinnern.

Als Nächstes rief er Pekki an und berichtete ihm, was Ilmari Suokas über die Bandidos, die Sauftouren der Männer und deren Streitereien und Morddrohungen erzählt hatte.

»Nette Engel sind das«, brummte Pekki. »Sie müssen schleunigst befragt werden.«

Im nächsten Moment begann er zu jammern.

»Zum Henker, warum musste Ulla ausgerechnet heute zur Generalüberholung?«

Koskinen spürte kalte Wut, als hätte man ihm Schnee ins Hemd gekippt. Er riss sich zusammen, um die Beherrschung nicht zu verlieren.

»Du hast doch noch Kaatio und Luttinen.«

Er erinnerte sich an Meisalmis düstere Miene und fügte hinzu: »Und Kaija Palonen.«

»Die haben keine Zeit.«

»Dann musst du eben selbst hin.«

»Ich kann heute keine Überstunden machen.«

»Warum nicht?«

»Es geht nicht«, antwortete Pekki in einem Tonfall, der jede weitere Frage ausschloss.

»Na gut, dann fahre ich hin«, sagte Koskinen und knallte den Hörer auf. So viel zur übergeordneten Stellung des Kommissars. Er trommelte eine Weile auf den Tisch und aß dann Millas Schokoriegel. Während des Gesprächs mit Meisalmi war die Schokolade weich geworden. Dennoch schmeckte sie gut und verringerte seine Wut beträchtlich.

10

Es war erst halb sechs, doch der Eingang zur Wolfsstube war bereits geschlossen. Koskinen musste lange klingeln, bevor sich hinter der Glastür etwas rührte. In der Halle erschien eine junge, breithüftige Frau in der gleichen weiß-grünen Arbeitskleidung wie die Pflegerinnen, mit denen Koskinen am Morgen gesprochen hatte.

Die Frau glotzte Koskinen, seinen Windanzug und das ans Geländer gelehnte Fahrrad an. Schließlich öffnete sie die Tür einen Spaltbreit.

»Wir kaufen nichts.«

Koskinen riss ihr die Tür aus der Hand, und die Frau wich erschrocken zurück.

»Ich will Ihnen nichts verkaufen«, beruhigte Koskinen sie. »Ich bin von der Polizei.«

Er trat ein, nahm den Rucksack ab, holte seine Brieftasche heraus und zeigte der Frau seinen Dienstausweis.

Sie betrachtete ihn eingehend und fragte mit ernstem Gesicht: »Sie kommen wegen Raimond?«

»Im Prinzip, ja. Aber als Erstes würde ich gern mit zwei Bewohnern dieses Hauses sprechen.«

»Mit wem denn?«

»Mit Hannu Ketterä und Tapani Harjus.«

Die Frau kräuselte ihre breite Nase.

»Die sind um diese Zeit nie hier.«

»Sondern?«

»Beim Bier in der *Miauenden Katze*.«

Koskinen musterte die Frau. Ihr Gesicht war im Verhältnis zu ihrem zarten Körper ungewöhnlich breit, blonde Haarsträhnen lugten unter dem nachlässig gebundenen Kopftuch hervor, und an ihrem Kittel fehlte ein Knopf. Koskinen beschloss, die Situation auszunutzen.

»Und wer sind Sie?«

»Kaarina Kauppila«, antwortete die Frau bereitwillig. »Ich mache hier die Abendschicht.«

Koskinen erinnerte sich, dass Lea Kalenius einen Schusselkopf namens Kaarina erwähnt hatte.

»Können wir uns kurz unterhalten?«

»Ich habe es schrecklich eilig …«

»Es dauert nicht lange«, sagte Koskinen und spitzte die Ohren, als aus dem Saal das Lied *Würde gebührt auch uns in diesem schönen Land* als wirrer Chorgesang herüberschallte, in dem eine schrille Frauenstimme alle anderen übertönte.

Kaarina Kauppila warf einen Blick über die Schulter.

»Da steht gerade gemeinsames Singen auf dem Programm.«

»Haben Sie oft Veranstaltungen für die Bewohner?«

»Nur vor der Wahl«, antwortete Kauppila mit schiefem Lächeln. »Die Stadtratskandidaten tanzen der Reihe nach an und versprechen zusätzliche Mittel für die Behindertenbetreuung. Danach folgt dann wieder eine lange Zeit, in der niemand kommt, abgesehen vom Pfarrer, der einmal in der Woche die Abendandacht hält und die Kollekte einsammelt.«

Die Schirmmütze in der Hand, trat Koskinen einen Schritt näher.

»Hatten Sie auch gestern Abend Dienst?«

»Ja, von eins bis neun.«

»Gestern nach drei Uhr hat jemand von der Kriminalpolizei angerufen und darum gebeten, nachzusehen, ob eventuell ein männlicher Bewohner fehlt.«

Kaarina Kauppila nickte zögernd.

»Stimmt.«

»Haben Sie nachgesehen?«

»Ich wollte es tun, aber dann habe ich es vergessen. Ich hatte so wahnsinnige Eile. Wenn Sie wüssten, wie die Arbeit hier aussieht.«

»Sie haben es also nicht überprüft?«

»Nein, habe ich nicht«, ereiferte sich die Frau. »Ich hatte es vor, aber dann habe ich es vergessen.«

»Vergessen.« Koskinen schüttelte verärgert den Kopf. »Sie hätten uns eine Menge Arbeit erspart.«

Das hätte er nicht sagen sollen. Kaarina Kauppila verzog den Mund.

»Sie haben leicht reden! Wissen Sie überhaupt, was für eine Scheißarbeit das hier ist? Ich muss den ganzen Abend allein von einem Zimmer ins nächste rennen, Medikamente ausgeben und beim Umziehen helfen. Dem einen muss ich die Zehennägel schneiden, dem anderen die Ohren reinigen und den Dritten rasieren. Dann muss ich noch die Leute duschen, für die tagsüber die Zeit nicht gereicht hat. Das ist furchtbar anstrengend. Für Lea und Anniina ist es leichter, weil sie so groß sind, aber mir fehlt einfach die Kraft. Und obendrein auch noch die drei Bekloppten.«

»Bekloppten?«

»Das heißt, ohne Raimond sind es ja nur noch zwei.«

»Welche zwei?«

»Na, Harjus und Ketterä«, schniefte Kauppila und zog ein Taschentuch hervor. »Ich hab immer Angst, wenn ich sie waschen muss.«

»Warum?«

»Weil sie jedes Mal einen Ständer haben und versuchen, mich anzugrapschen.«

Koskinen wollte seinen Ohren nicht trauen.

»Aber das ist doch gegen alle Vorschriften. Haben Sie sich nicht beschwert?«

»Das bringt nichts.« Die Frau wischte sich eine Träne aus dem Augenwinkel. »Ich bin bloß befristet angestellt. Wenn ich Krach schlage, wird mein Vertrag nicht verlängert. Sie haben gerade im Sommer erst eine rausgeschmissen, ich habe ihre Stelle gekriegt.«

»Rausgeschmissen?«, fragte Koskinen interessiert. »Warum?«

»Das hat mir keiner verraten.«

»Wie heißt sie?«

»Sie wurde ›Pike‹ genannt.«

Koskinen prägte sich den Namen ein und setzte seine Befragung fort.

»Wie werden die anderen Pflegerinnen mit solchen Situationen fertig?«

»Für die ist es wohl auch nicht leicht. Lea war jedenfalls im Frühjahr drei Monate krankgeschrieben.«

»Warum?«

»Sie will nicht darüber reden, aber irgendwer hat gesagt, es wäre Burn-out gewesen.«

Plötzlich schreckte Kaarina Kauppila auf, als hätte man sie bei einer Missetat ertappt. Sie sah auf die Uhr, die ihr an einer Kette um den Hals hing, und sagte erschrocken: »Du lieber Himmel! Es wird knapp! Elisabeth Koloss muss noch gewaschen werden.«

»Elisabeth Koloss?«

»Eigentlich heißt sie Kolmonen. Die ist ein Riesentrumm, mindestens hundertfünfzig Kilo. Ich schaff das einfach nicht.«

Mit einem schrillen Klagelaut verschwand Kaarina in dem Flur, der zu den Zimmern führte. Koskinen setzte die Mütze auf und hörte im Weggehen noch, wie im Saal die Hymne der Provinz Häme erklang. Man war bereits bei der letzten Strophe angelangt: *So stattlich die Männer, voll Klugheit und Kraft, seht, was ein jeder anpackt und schafft.*

Mit dem Fahrrad brauchte man von der Wolfsstube zur *Miauenden Katze* nur ein paar Minuten. Im Rollstuhl dauerte die Fahrt sicher lange, obwohl die Sudenkatu gut asphaltiert war und es auf der Strecke keine größeren Hügel gab. Koskinen konnte nicht umhin, den hartnäckigen Lebenswillen zu bewundern, der Gelähmte dazu trieb, am Leben der gesunden Menschen teilzunehmen, statt sich von ihrer Behinderung fesseln zu lassen und über ihr Schicksal zu weinen.

Die Kissanmaankatu und die Sudenkatu kreuzten sich an einem großen offenen Platz, in dessen Mitte eine Würstchenbude stand und den verschiedene kleine Läden säumten, von zwei Friseursalons bis hin zu einer Fahrradwerkstatt und dem Büro eines Eishockeyclubs. Die *Miauende Katze* befand sich am östlichen Rand des Platzes. Koskinen stellte sein Rad im Fahrradständer neben der Tür ab. Er schob die Daumen in den Hosenbund und trat ein. In seinem Windanzug erregte er hier keine Aufmerksamkeit. Er blieb an der Tür stehen und ließ den Blick durch die verrauchte Kneipe wandern.

Tapani Harjus und Hannu Ketterä waren leicht zu identifizieren, denn sie waren die einzigen Rollstuhlfahrer in der bunt gemischten Gästeschar. Beide trugen eine schwarze Lederjacke; bei dem, der mit dem Rücken zur Tür saß, sah Koskinen hinten auf der Jacke die mit weißer Farbe aufgepinselten Buchstaben »H« und »E«.

Am selben Tisch saßen zwei weitere Männer in militärisch wirkenden Tarnjacken. Alle vier waren in ein heftiges Wortgefecht verwickelt. Koskinen holte sich an der Theke ein großes Bier und ging damit an den Tisch.

»Ist hier noch frei?«

Die Frage sorgte für Verwunderung, denn es gab leere Tische und viele freie Stühle. Die Männer sahen Koskinen misstrauisch an und sagten kein Wort.

Koskinen beschloss, ohne Umschweife zur Sache zu kommen: »Ich war gerade in der Wolfsstube und habe gehört, dass ihr hier seid.«

Das Misstrauen wuchs.

»Wer bist du, Schwuli?«

»Kommissar Koskinen von der Kriminalpolizei.«

Die Männer im Tarnanzug standen wortlos auf und gingen, als hätte Koskinen verkündet, er leide an hochgradig ansteckendem Schanker.

Er setzte sich auf einen der frei gewordenen Stühle und überlegte, wie er das Gespräch eröffnen sollte. Doch die Gegenseite kam ihm zuvor.

»Lass mich raten!«, sagte einer der Rollstuhlfahrer mit verschlagenem Grinsen. »Du bist hier, um Tappi und mich wegen des Mordes an Raimond zu verhaften.«

Koskinen vermutete, dass der Sprecher Hannu Ketterä war, denn der Spitzname »Tappi« deutete auf Tapani Harjus hin.

»Um Himmels willen, nein«, lächelte er und hob sein Bierglas. »Ich wollte nur ein bisschen plaudern.«

Harjus sah ihn feindselig an.

»Mit dir haben wir einen Scheiß zu plaudern.«

»Schön, dann reden wir eben Scheiß«, erwiderte Koskinen und hielt dem starren Blick des anderen stand.

Hannu Ketterä reagierte unbefangener als sein Kumpel.

»Stell ruhig deine Fragen! Wir sind zwar lahme Krüppel, aber einen Hirnschaden haben wir nicht. Ist doch klar, dass du nicht hier bist, um die Zeit totzuschlagen.«

»Stimmt«, sagte Koskinen und musterte die Männer prüfend.

Tapani Harjus war ein stämmiger, breitschultriger Athlet, der seinen Oberkörper allem Anschein nach intensiv trainierte. Er hatte einen feisten Nacken, und selbst sein kahler Schädel wirkte muskulös. Die dunklen Stoppeln auf der Kopfhaut verrieten, dass er nicht unter Haarausfall litt. Bei Hannu Ketterä bildeten die Haare eine zwei Zentimeter hohe, rötliche Bürste von der Stirn bis in den Nacken. Der schmale Schnurrbart unmittelbar unter der Nase und der lange Spitzbart waren ebenfalls karottenrot. Ketterä war ein kleiner Mann, im Vergleich zu seinem Kumpan wirkte er geradezu schmächtig.

Harjus wurde ungeduldig.

»Was ist? Hast du noch nie einen Krüppel gesehen?«

Koskinen nahm einen langen Zug aus seinem Glas. Nach dem Radfahren schmeckte das Bier herrlich. Er wischte sich den Mund ab und überging Harjus' Frage.

»Ihr habt Raimo Taavitsainen gekannt.«

»Nur zu gut«, lachte Harjus polternd, und Ketterä faltete ernst die Hände. »Friede seiner Seele, und möge er bäuchlings im Grab liegen.«

Koskinen erkannte, dass es sinnlos war, diesen Männern mit Geschwätz und vorsichtigen Andeutungen zu kommen.

»Wer hat Taavitsainen umgebracht?«

Selbst diese unverblümte Frage schien das Duo nicht zu erschüttern.

»Wenn wir das wüssten, würden wir dem Helden ein Bier spendieren.«

»Hatte er Feinde?«

»Halb Finnland.«

Koskinen leerte sein Glas und sah die beiden forschend an.

»Könnte es jemand aus der Wolfsstube gewesen sein?«

»Einer von uns?«, lachte Harjus und ließ seinen Rollstuhl hin- und herschaukeln. »Red keinen Quatsch.«

»Eine der Pflegerinnen?«

»Könnte schon sein.« Ketterä zupfte an seinem roten Spitzbart. »Jede von denen hat Raimond gehasst wie ein Geschwür in der Arschspalte.«

Auf der Karaokebühne hinten in der Kneipe schwenkte eine Frau in mittleren Jahren die Hüften und begann zu singen. Sie trug Lockenwickler unter ihrem Kopftuch und konnte das R nicht richtig aussprechen. Sie sang *Down by the River*, allerdings in der mit R gespickten finnischen Fassung *Varrella virran*, und lenkte Koskinen so weit ab, dass er nicht mitbekam, was Harjus sagte, der an der anderen Seite des Tisches saß.

»Stell dich nicht taub!«, rief Harjus daraufhin. »Hol uns noch ein Bier oder verpiss dich.«

Koskinen nahm die leeren Gläser und drängte sich an die Theke. Der Wirt stand gekrümmt da, offenbar hatte ihn die Arbeit am Zapfhahn gebeugt. Er füllte die Gläser und ließ seine nikotingelben Zähne aufblitzen.

»Haben die ›Gefallenen Engel‹ einen neuen Zahlemann gefunden?«

Koskinen zückte die Brieftasche und sah den Mann neugierig an. »Kennt man die beiden hier gut?«

»Mehr als gut. Früher waren sie zu dritt, aber einer ist über den Jordan gegangen. Wenn man das von einem Gelähmten sagen kann.«

»Offenbar trauert ihm auch hier keiner nach.«

»Bestimmt nicht. Raimond hat zwar gern mit Geld um sich geworfen und Bier ausgegeben, aber Freunde hat er hier kaum gehabt.«

»Warum nicht?«

»Spätestens nach dem fünften Bier hat er sich mit allen angelegt. Seine Beine funktionierten nicht, und die Arme auch nicht so ganz. Trotzdem hat er es geschafft, mit seinem Rollstuhl die Tische umzukippen, wenn er in der entsprechenden Laune war.«

»Kam das oft vor?«

»Fast jeden Abend, wegen irgendeiner blöden Kleinigkeit.«

»Zum Beispiel?«

»Wenn jemand Diego Maradona kritisierte, fing Raimond sofort an zu toben. Maradona war sein Abgott.«

»Warum haben Sie Raimond kein Lokalverbot erteilt?«, fragte Koskinen.

Der Mann wischte mit einem schmutzig-bunten Tuch über die Theke und schüttelte den Kopf.

»Ich habe es einmal versucht, aber da gab es einen Riesenzirkus. Gleich am nächsten Tag hat mich ein Reporter aus Helsinki angerufen und gefragt, ob das hier die Kneipe sei, in der Behinderte diskriminiert würden.«

Das Putztuch flog in hohem Bogen in das fünf Meter entfernte Spülbecken, und der Mann fuhr wütend fort: »Im nächsten Heft von *Hymy*, diesem Skandalblatt, stand dann ein Artikel mit zwei Fotos, eins von der Kneipe und eins von Raimond. Auf dem Bild sah er erbärmlich und bemitleidenswert aus, wie ein Kriegsheld, dem Unrecht geschehen ist. Der Artikel war eine an den Haaren herbeigezogene Story darüber, dass er nicht in ein Lokal eingelassen wurde, das er in seinem Rollstuhl mit letzter Kraft erreicht hatte. Und dann dauerte es gar nicht mehr lange, bis irgendeine verdammte Sozialtante vom Gleichstellungsamt anrief und damit drohte, mir die Schankerlaubnis zu entziehen, wenn die Diskriminierung nicht sofort aufhörte.«

Koskinen sah, dass die Hände des Mannes zu zittern begannen. In diesem Moment hätte er wohl keine Biergläser tragen können, ohne die Hälfte zu verschütten.

»Zum Glück sind wir den Scheißkerl los«, schimpfte der Wirt. »Wenn jetzt noch jemand die beiden zweitklassigen Stallones erledigen würde …«

Koskinen dachte, dass der Mann sich wohl vorsichtiger ausgedrückt hätte, wäre ihm klar gewesen, mit wem er sprach. Mit harmloser Miene fragte er: »Sind das auch solche Rabauken?«

»Nicht ganz so schlimm wie Raimond, aber für unsereins sind sie trotzdem eine Plage.«

»Haben Sie die Behörden nicht informiert?«

»Das bringt nichts. Einmal, als Harjus seinen Bierkrug an die Wand geworfen hat, habe ich die Polizei angerufen. Raten Sie mal, was die mir am Telefon gesagt haben.«

»Na?«

»›Ein Invalide kann doch nicht so gefährlich sein, dass die Amtsgewalt einschreiten muss.‹ So ist sie, unsere Polizei, verdammt noch mal.«

Koskinen nickte mitfühlend und ging mit den vollen Biergläsern zu Harjus und Ketterä zurück. Dort wurde er mit harschen Worten empfangen.

»Wieso hat das so beschissen lange gedauert?«

»Hast du dich bei Urpo festgeredet?«

»Wer ist Urpo?«, fragte Koskinen und setzte sich.

»Der Besitzer dieser Kaschemme und der oberste Bierzapfer«, erklärte Ketterä. »Urpo hat ein Kopfgeld auf uns ausgesetzt.«

Diese Worte lösten in Koskinens Kopf eine Serie von Fantasiebildern und Assoziationen aus. Er trank nachdenklich sein Bier und blickte sich um. In der Kneipe befanden sich, grob geschätzt, etwa zwanzig Gäste, vorwiegend Männer im Windanzug wie er selbst, dazu einige Frauen mit Reibeisenstimme. Neben der Tür rappelte ein Spielautomat, und die Frau mit dem R-Fehler sang bereits das dritte Lied.

»Woran denkt unser Bulle?«, rief Harjus über den Lärm hinweg und blies Koskinen den Rauch seiner Zigarette ins Gesicht.

Koskinen nahm sich vor, an diesem Abend nicht in Wut zu geraten. Betont ruhig sagte er: »Ich habe gehört, dass ihr oft Meinungsverschiedenheiten und Streit mit Taavitsainen hattet. Stimmt das?«

Harjus und Ketterä rissen den Mund auf wie Laiendarsteller, die den Unschuldigen mimen.

»Wer hat denn so etwas behauptet? Wir haben Raimond geliebt und sind gramgebeugt«, jammerte Harjus, und Ketterä stimmte ein: »Die Trauer hat uns geradezu umgeworfen.«

Koskinen wusste, dass es sinnlos war, die Männer in dieser Situation genauer zu befragen. Er tat besser daran, sie am nächsten Tag aufs Präsidium holen zu lassen und sie dort zum Reden zu bringen. Wenn Pekki und Kaatio sie in die Zange nahmen, würde ihre harte Schale bald zerbrechen.

Ein paar Fragen wollte er aber noch stellen.

»Trauert Pike um Raimond?«

Die gespielte Verwunderung der Männer verwandelte sich in echtes Staunen.

»Pirkko-Liisa hast du auch schon kennengelernt?«

Koskinen nickte und verschwieg, dass es sich nur um Informationen aus zweiter Hand handelte, also um das bisschen, das ihm die Abendschichtlerin in der Wolfsstube erzählt hatte.

»Warum wurde sie entlassen?«

Wenn Harjus' Gesicht bisher übellaunig und verdrossen gewesen war, so verriet es nun heftige Wut.

»Pike hat sich zu sehr um uns gekümmert. Irgendwer hat das als Dienstvergehen betrachtet, deshalb wurde sie gefeuert.«

»Sie hat sich zu sehr um euch gekümmert?«, wunderte sich Koskinen.

»Genau. Sie kam mit uns dreien zu gut aus. Sie blieb nach der Arbeit oft noch da und gab uns das Gefühl, richtige Menschen zu sein. Wir haben Wein getrunken, Musik gehört und getanzt.«

»Getanzt?«

Harjus sah Koskinen verächtlich an.

»Ein tanzender Krüppel, ist das nicht ein Wunder?« Seine hasserfüllte Stimme wurde plötzlich sehnsuchtsvoll, er schloss die Augen. »Pike hat sich gebückt und ihre Arme auf meine Schultern gelegt. Sie hat ihr duftendes Gesicht an meine Stirn gelehnt und langsam die Hüften kreisen lassen. Ich habe meinen Stuhl im gleichen Takt geschaukelt und mit der anderen Hand Pikes weichen Po gestreichelt. Du hättest bestimmt nicht besser getanzt als ich.«

Da magst du recht haben, dachte Koskinen und stellte die nächste Frage: »Kam Pike mit Taavitsainen zurecht?«

»Aber ja«, fauchte Harjus. »Geld regiert die Welt, für klimpernde Münzen kriegt sogar ein Krüppel Liebe.«

Der plötzliche Stimmungsumschwung entging Koskinen nicht. Der Hass der beiden Männer war unübersehbar, er sprühte ihnen geradezu aus den Augen. Koskinen versuchte nachzuhaken, hatte aber keinen Erfolg. Die Männer hielten wie in stummer Übereinkunft den Mund.

Harjus knallte sein leeres Glas auf den Tisch und rollte zur Karaokebühne, wo die Frau mit den Lockenwicklern ihren Auftritt gerade beendet hatte. Zwei Männer, die an der Theke gestanden hatten, eilten herbei und hoben Harjus mit seinem Stuhl auf die Bühne. Einer drückte ihm das Mikrofon in die Hand.

»Ich liebe das Leben, das am Morgen neu erblüht.«

Koskinen bekam Gänsehaut. Tapani Harjus konnte singen. An den Bass des Opernsängers Martti Talvela reichte seine Stimme nicht ganz heran, doch den anderen Karaokesolisten in der *Miauenden Katze* war Harjus haushoch überlegen. Das Stimmengewirr ebbte ab, und Koskinen sah, dass sich manche Gäste verstohlen eine Träne aus den Augen wischten.

Hannu Ketterä zeigte kein Interesse am Gesang seines Schicksalsgefährten. Er steckte sich die nächste Zigarette an und starrte trübe auf die Rauchfahne vor seinen Augen. Koskinen beschloss, die Gelegenheit zu nutzen.

»Erzähl mir mal von Raimond.«

»Was zum Beispiel?«

»Egal was. Hat er auch Karaoke gesungen?«

»Raimond konnte nur grölen. Er hatte eine höllisch laute Stimme, aber es fiel ihm schwer, klare Worte zu formulieren. Wahrscheinlich kam das auch von dem Aufprall.« Ketterä zog an seiner Zigarette und fuhr fort: »Ich mache mir allerdings auch nichts aus dem Geträllere. Aber Klavier spiel ich gern. Ich habe eins in meiner Bude. Das Modell Tapiola von Hellas, mit einem manuellen Fortepedal.«

Sekundenlang trat Wärme in Ketteräs schmale Augen. Offenbar war das Klavierspiel ein wichtiges Element in seinem äußerlich kargen Leben. Koskinen hatte jedoch keine Geduld für längere Ausführungen über das Musizieren. Ihn interessierte etwas ganz anderes.

»Was hast du mit ›Raimonds Aufprall‹ gemeint?«

Ketteräs Antwort kam wie aus der Pistole geschossen.

»Die übliche Geschichte. Raimond ist im Juni sechsundachtzig von einem ihm unvertrauten Steg ins Wasser gehechtet und mit dem Kopf gegen einen Stein geprallt.«

Koskinen überlegte, wie viele Fälle dieser Art ihm bei seiner Arbeit untergekommen waren. So viele, dass er sie nicht einmal mehr zählen konnte. Er starrte in sein Bierglas und seufzte: »Diese Unfälle sind so verdammt überflüssig.«

»Noch überflüssiger war es bei mir.«

Koskinen blickte auf, und Ketterä fuhr fort.

»Du hättest mich am Ende ja doch irgendwann gefragt, was mir zugestoßen ist. Da kann ich es dir auch gleich erzählen. Ich war an Heiligabend in Hervanta Skilaufen. Auf der beleuchteten Piste am Suolijärvisee hatte sich jemand einen kleinen Spaß erlaubt und am unteren Ende eines steilen Hügels eine weiße Nylonleine gespannt. Ich konnte nicht rechtzeitig bremsen und bin dann mit dem Kopf voran fünfzehn Meter weit geflogen.«

Ketterä zündete sich wieder eine Zigarette an und sagte mit geschlossenen Augen: »So sah also der Wendepunkt in meinem Leben aus. Ich war schon nach ein paar Minuten wieder bei Bewusstsein und wusste sofort, was passiert war. Meine Beine waren überhaupt nicht mehr zu spüren. Ich lag fast eine Stunde bei zehn Grad minus im Schnee, bevor ein Skiläufer vorbeikam. Es war ja Heiligabend, die Leute schmückten ihre Tannenbäume, manche packten vielleicht schon die Geschenke aus. Ich lag im Wald und dachte über meine Zukunft nach, ich wusste, dass ich nie mehr gehen würde, vom Skilaufen ganz zu schweigen.«

Koskinen erinnerte sich an den Fall. Er selbst war nicht für die Ermittlungen zuständig gewesen, aber das Ereignis hatte alle im Haus erschüttert. Sie hatten sich gefragt, wer eine so hinterhältige Falle stellen konnte. Ein Motiv war nicht zu finden gewesen. Die Ermittler hatten versucht, den Täter zu profilieren, hatten überlegt, ob es sich um einen gedankenlosen jungen Burschen handelte oder um einen krankhaften Sadisten. Koskinen rechnete in Gedanken zurück und rief verblüfft: »Aber das ist ja erst fünf Jahre her!«

Ketterä zupfte an seinem roten Bart und nickte.

»Ja, mehr nicht.«

Koskinen suchte nach anteilnehmenden Worten, doch in dieser Situation schien ihm jede Floskel banal. Und Ketterä wollte auch gar kein Mitleid.

»Weinen bringt nichts«, sagte er barsch und schwenkte sein Bierglas. »Ich bin ein hässlicher Krüppel, aber ich tanze Rumba und süffel.«

Harjus hatte unterdessen das nächste Lied angestimmt, *Keinen Tag möchte ich missen.* Koskinen deutete mit dem Daumen auf die Karaokebühne.

»Was ist ihm passiert?«

»Tappi ist auch gesprungen.«

»Auf einen Stein im Wasser?«

»Nee, auf die Straße.«

Ketterä nahm einen Schluck aus seinem Glas. In seinem Schnurrbart blieben Biertröpfchen hängen.

»Tappi ist vor neun Jahren vom Dach des *Olympia-Hotels* auf den Bürgersteig der Satakunnankatu gesprungen.«

»Ein Selbstmordversuch?«

»Er hat bestimmt nicht versucht, fliegen zu lernen.«

»Warum ist er gesprungen?«

»Darüber spricht er nicht. Das weiß keiner in der Wolfsstube.« Ketterä ließ den Kopf vor- und zurückschaukeln und lächelte vor sich hin. »Wir ›Gefallenen Engel‹, wir waren drei, ein Skiläufer und zwei Springer. Jetzt ist von den Springern bloß noch einer da.«

»›Gefallene Engel‹?«

»So heißt unsere Hell's-Angels-Clique. Anfangs waren wir sechs. Aber dann hat sich die Gang geteilt, und wir sind übrig geblieben. Raimond, Tappi und ich. Nun sind wir nur noch zwei.«

»Wohin ist die andere Hälfte gegangen?«

»Lindqvist ist an Knochenkrebs gestorben, Ruomala hat Gott gefunden und ist nach Ostbottnien gegangen, in ein freikirchliches Pflegeheim.«

Koskinen erinnerte sich an das, was ihm der Taxiunternehmer Suokas über die drei Männer erzählt hatte, die die Wolfsstube verlassen hatten. Er fragte neugierig: »Und der Dritte?«

»Das war Simo Supala.« Ketterä drückte seine Zigarette so heftig aus, dass Asche über den Tisch flog. »Simo wurde aus der Wolfsstube rausgeschmissen.«

»Warum?«

»Er hat versucht, eine Urlaubsaushilfe zu vergewaltigen, und zwei Wochen später hätte er beinahe Taavitsainen umgebracht.«

»Er hat versucht, ihn umzubringen?« Koskinens Interesse wuchs sprunghaft. »Wie denn?«

»Die Wolfsstube ist am einen Ende zweistöckig. Im Untergeschoss gibt es eine Sauna und einen behindertengerechten Fitnessraum mit Geräten zum Bankdrücken. Wir fahren mit dem Aufzug nach unten, aber es gibt auch eine Treppe. Simo hat Raimond diese Treppe von ganz oben runtergestoßen. Leider ist der Versuch fehlgeschlagen.«

»Hat sich Taavitsainen nicht mal verletzt?«

»Der Sturz hätte ihn gelähmt, wenn er es nicht schon gewesen wäre. Er hat acht Monate im Krankenhaus verbracht und ist erst zu Ostern rausgekommen.«

Koskinen rechnete sich aus, dass der Vorfall erst ein gutes Jahr zurücklag. In seiner Verblüffung fiel ihm nur eine einzige Frage ein: »Warum?«

»Simo und Raimond passten einfach nicht in dieselbe Clique. Beide wollten immer der Hahn auf dem Mist sein und das große Wort führen.«

Koskinen schüttelte ungläubig den Kopf. Die »Gefallenen Engel« schienen eine perfekte Kopie ihres Vorbilds zu sein. Beide Gangs hatten Fahrzeuge unter dem Hintern. Bei den einen waren es zweirädrige Harley-Davidsons, bei den anderen vierrädrige Kutschen, die etwas langsamer beschleunigten.

Harjus wurde von der Karaokebühne gehoben und rollte an den Tisch zurück.

»Wie hat es dir gefallen?«

Koskinen antwortete aufrichtig: »Fantastisch.«

»Na, dann hol uns Bier. Ich krähe nicht umsonst.«

Koskinen trug die leeren Gläser zur Theke und ließ sie auffüllen. Bald waren sie wieder geleert, und er musste erneut Nachschub holen. Er überlegte, ob er die Auslagen aus der Spitzelkasse bezahlen konnte. Die Informationen, die er bekommen hatte, waren das Geld jedenfalls wert. Er versuchte noch mehr zu erfahren, doch die beiden Männer waren inzwischen einigermaßen angetrunken und brachten keine vernünftigen Antworten mehr zustande. Koskinen interessierte sich für Raimonds finanzielle Lage, nachdem er von zwei verschiedenen Zeugen gehört hatte, wie sorglos Raimond Geld ausgegeben hatte. Harjus und Ketterä wussten jedoch nicht, woher Raimonds Reichtümer kamen – oder sie wollten es nicht verraten. Beide behaupteten, Raimond habe nie über sein Geld gesprochen. Er habe nur mit seiner dicken Brieftasche geprotzt und sich allerlei Bequemlichkeiten und Behandlungen gegönnt.

Nach dem vierten Glas stellte Koskinen fest, dass das Bier bei den beiden Männern unterschiedliche Wirkung hatte. Während Ketterä allmählich einschlummerte, wurde Harjus immer aggressiver.

Er stierte Koskinen unter seinen buschigen Augenbrauen an und fauchte plötzlich: »Scheißbulle! Warum verdirbst du uns die Luft, du Arsch!«

Ein seltsamer Dank für vier Gläser Freibier, dachte Koskinen und schwieg.

»Wartet draußen dein Streifenwagen auf dich?«

»Nein, mein Fahrrad.«

»Dein Rad?«

»Ja«, lächelte Koskinen freundlich. »Ich fahre immer mit dem Rad zur Arbeit.«

»Bist du ein Fitnessfanatiker oder was?«

»Könnte man so sagen.«

Harjus schlug mit der Faust auf den Tisch. Die Kippen flogen aus dem Aschenbecher, und sämtliche Gäste drehten sich zu ihnen um. »Ein fanatischer Radfahrer!«, brüllte er. »Der Bulle hat die Stirn, unsereins seine Sportlichkeit unter die Nase zu reiben.«

»Keineswegs«, beschwichtigte Koskinen, doch Harjus hörte ihn nicht.

Er schwang die Fäuste vor Koskinens Gesicht und dröhnte: »Ich brauch bloß mit den Fingern zu schnippen, und die Hälfte der Burschen in diesem Schuppen poliert dir die Fresse!«

Koskinen hatte allmählich genug. Er klopfte auf das Handy in seiner Tasche und ahmte Harjus nach: »Ich brauche bloß einmal zu telefonieren, und die Hälfte der Schupos von Tampere haut die ganze Kneipe in Stücke.«

Harjus betrachtete Koskinen prüfend und hielt eine Weile den Mund.

Ketterä war von dem Schlag wach geworden und hetzte Koskinen auf: »Tu das! Tappi ist immer so eine Landplage, wenn er mit dem falschen Fuß zuerst aufgestanden ist.«

»Der Arsch bringt mich nicht in die Zelle«, fing Harjus wieder an. »Groß ist er ja, aber ansonsten bloß ein Pappkamerad, von den Eiern bis zum Gehirn.«

Harjus' glatt geschorener Kopf leuchtete rot, und seine Mundwinkel zitterten. Koskinen begriff, dass den Mann eine plötzliche, unkontrollierbare Wut gepackt hatte, die sich nun rein zufällig gegen ihn richtete.

Da spürte er Nässe auf der Wange. Harjus hatte ihm ins Gesicht gespuckt.

Das war zu viel. Koskinen sprang vom Stuhl und trat drohend auf Harjus zu. Aus den Augenwinkeln sah er, dass hier und da Männer aufstanden und näher kamen. Offenbar waren sie bereit, Harjus und Ketterä in jeder Situation zu verteidigen. Der alte Frontgeist lebte auch hier. Einen Kameraden lässt man nicht im Stich, und einen Schwächeren verteidigt man bis zum letzten Biertropfen.

Koskinen konnte sich nur mühsam beherrschen. Erst als er die verrauchte Kneipenluft ein paarmal tief eingeatmet hatte, kühlten seine Gefühle so weit ab, dass er fähig war, an die Folgen zu denken. Die Story über die Diskriminierung, die damals in der Illustrierten gestanden hatte, wäre ein Klacks im Vergleich zur neuesten Schlagzeile: »Betrunkener Polizist verprügelt harmlosen Behinderten, der nur Karaoke singen wollte …«

Er wandte sich ab und ging hinaus. Erst im Fahrradsattel merkte er, dass auch er angetrunken war. Bei neunzig Kilo zeigten vier Glas Bier in der Regel keine Wirkung. Doch auf nüchternen Magen war das anders. Nach dem Preiselbeerbrei am Morgen hatte er außer Millas Schokoriegel nichts gegessen. Der Gedanke weckte einen unbändigen Hunger. Vor seinem inneren Auge tauchte ein Brot mit Mettwurst und Salzgurken auf, und ihm lief das Wasser im Mund zusammen, während er nach Hervanta strampelte.

11

Am Donnerstag ging es gleich morgens rund. Koskinen kam in seiner Fahrradkluft ins Polizeigebäude und versuchte, unbemerkt den Aufzug zu erreichen, was ihm jedoch nicht gelang.

»Koskinen!«, schallte es vom Empfangsschalter herüber. »Komm mal her!«

Koskinen drehte sich verdrossen um und nahm die nasse Kappe ab. Auf halber Strecke hatte Regen eingesetzt. Er holte ein Papierhandtuch aus der Tasche und trocknete sich das Gesicht. Doch der Bart blieb nass. Tropfen fielen auf den Schalter, als Koskinen sich vorbeugte, um zu hören, was Tiikko, der diensthabende Beamte, von ihm wollte.

»Sopanens Streife aus Hervanta hat gerade angerufen.« Tiikko sah auf die Uhr. »Vor nicht mal zwei Minuten. Sie wollten mit jemandem reden, der für den Peltolammi-Fall zuständig ist.«

»Ich bin der Ermittlungsleiter«, antwortete Koskinen ungeduldig. Er spürte, wie ihm das Wasser von den Nackenhaaren unter das Hemd lief.

»Sopanen hat gesagt, sie wären auf dem Weg hierher.«

»Dann gehe ich in die Garage und warte auf sie«, meinte Koskinen und wischte mit dem Ärmel über den Schalter, der davon jedoch noch nasser wurde.

So leicht ließ Tiikko ihn nicht davonkommen. Ein neugieriges Grinsen legte sich auf sein pockennarbiges Gesicht.

»Du hast das Fahrzeug gewechselt?«

Koskinen seufzte und überlegte, wieso er immer wieder Erklärungen ablegen musste. Als wäre Radfahren etwas Anstößiges.

»Wenn man mit dem Rad zur Arbeit fährt, verbindet man Nutzen und Vergnügen. Es ist ein praktisches Fortbewegungsmittel«, dozierte er wie ein Bewegungstherapeut.

»Auch bei diesem Wetter?«

»Es hat gerade erst angefangen zu regnen, ich war schon fast in Nekala, als ich den Guss abgekriegt habe.«

»Und die Kondition steigt?«

»Steil in die Höhe«, lächelte Koskinen und wandte sich ab. Tiikko hatte jedoch noch etwas auf dem Herzen.

»Es heißt, du nimmst am Pirkka-Lauf teil«, rief er Koskinen nach. »Und läufst mit Kangas und Havakainen um die Wette.«

Koskinen schloss die Augen, zählte langsam bis drei und drehte sich wieder um.

»Wer hat dir denn das erzählt?«

»Das ist in aller Munde.« Tiikko breitete die Arme aus. »In der Kantine werden Wetten auf den Sieger abgeschlossen.«

»Das ist nicht dein Ernst.«

»Doch, doch.« Tiikko dämpfte die Stimme, als verrate er ein Geheimnis. »Ob du es glaubst oder nicht, ich habe einen Fünfziger auf dich gesetzt.«

»Da bist du wohl der Einzige?«

»Wie hast du das erraten?«, grinste Tiikko. »Ohne Risiko darf man keinen großen Gewinn erwarten.«

»Danke für dein Vertrauen«, sagte Koskinen und wandte sich erneut zum Gehen, schaffte es aber auch diesmal nicht.

»Warte mal.« Tiikko beugte sich über den Schalter. »Ich hätte noch was.«

»Was denn?«

»Wie steht es um dein Liebesleben?«

Koskinen war sprachlos. Er wusste, dass Polizeimeister Tiikko eine der vertrauenswürdigsten Personen im Haus war, ein Mann, der nicht tratschte. Doch seine Frage streifte die Grenze zur Taktlosigkeit – falls es diese Grenze im Polizeipräsidium überhaupt gab.

»Ich meine bloß …«, setzte Tiikko zu einer Erklärung an.

»Die Schwester meiner Frau hat sich nämlich vor zwei Jahren scheiden lassen.«

Koskinen starrte immer noch wortlos in das freundliche, runde Gesicht des Polizisten, der eifrig fortfuhr.

»Irmeli ist nett und auch nicht ganz unvermögend. Sie hat einen Friseursalon an der Aleksanterinkatu.«

Tiikko blinzelte verschwörerisch.

»Wir könnten es so arrangieren, dass du mich besuchst, zur Sauna zum Beispiel, und meine Frau würde rein zufällig am selben Abend ihre Schwester einladen.«

Koskinen überlegte, wie er den Vorschlag ablehnen konnte, ohne Tiikko zu beleidigen. Bevor er den Mund aufbrachte, hörte er hinter sich ein Räuspern.

»Arbeitet hier nur einer?«

Koskinen wandte sich um. Ein Mann in einem grauen Bugatti-Trenchcoat trat ungeduldig von einem Fuß auf den anderen und wartete darauf, an die Reihe zu kommen.

»Ich denke darüber nach«, flüsterte Koskinen Tiikko zu und ging zum Lift.

Die Kabine war gerade im obersten Stock, und während Koskinen wartete, hörte er, wie Tiikkos neuer Klient sein Anliegen vorbrachte: »Ich muss heute in einer wichtigen geschäftlichen Angelegenheit nach Mänttä, aber mein BMW ist über Nacht vom Parkplatz verschwunden. Ich habe versucht, hier anzurufen, aber es war ständig besetzt. Also musste ich mit dem Taxi herfahren. Es ist unglaublich, dass man nicht einmal bei der Polizei anständigen Service bekommt.«

Mehr hörte Koskinen nicht. Er betrat den Aufzug und dachte an die neuesten Outsourcingpläne für polizeiliche Dienstleistungen. Würde sich der Service verbessern, wenn die Leute in Fällen wie diesem am Verkaufsschalter im Bahnhof, in der Lotto-Annahmestelle oder gar an einer Wurstbude auf dem Markt von Tammela Anzeige erstatten konnten?

Als er in die Garage kam, stiegen Sopanen und Siukola gerade aus ihrem Mondeo. Er ging ihnen entgegen und fragte schon von Weitem: »Ihr kommt wegen des Peltolammi-Falls?«

»Genau«, sagte Sopanen grimmig, und Koskinen hatte den Eindruck, dass der Schupomann lieber mit einem anderen Ermittler gesprochen hätte.

»Und?«

»Der Fahrstuhl, von dem im Tagesüberblick die Rede war …«

»Rollstuhl«, korrigierte Koskinen. »Den suchen wir seit fast drei Tagen.«

»Wir haben ihn wahrscheinlich gesehen.«

»Gut«, sagte Koskinen erfreut. »Wo?«

»In Hervanta. In der Nähe der Kreuzung Tohtorinkatu und Arkkitehdinkatu.«

»Ihr habt ihn sicher mitgebracht?«

Sopanen schaute seinen Streifenkollegen verlegen an, doch Siukola konzentrierte sich darauf, den Nagel an seinem linken Daumen zu betrachten.

»Na ja, es ist so …« Sopanen rieb sich den Nacken. »Wir haben den Stuhl am Montagabend gesehen, und als wir vorhin nachgeguckt haben, war er nicht mehr da.«

Koskinen starrte die Männer entgeistert an. Beide trugen Polizeioveralls und Schirmmützen. Am Gürtel hingen Pistolentasche und Handschellen.

»Nicht mehr da«, wiederholte er. »Wie ist das möglich?«

»Na ja, es war so, dass wir an dem Abend keine Zeit hatten, ihn zu überprüfen, und dann haben wir ihn vergessen und …«

»Vergessen!«, brüllte Koskinen. »Herrgottnochmal! Kapiert ihr nicht, wie wichtig er für uns gewesen wäre?«

Aus den Augenwinkeln sah er, dass Mikko Kuparinen, der für die Garage zuständige Beamte, aus seinem Schalterhäuschen gekommen war, um nachzuschauen, wer da so lärmte. Koskinen wusste nur zu gut, dass er sich gerade durch dieses Verhalten in den Ruf eines Widerlings brachte, aber er war unfähig, sich zu beherrschen.

»Ihr Strohköpfe hattet ihn praktisch schon in den Fingern, aber nein, ihr verliert ihn!«

Siukola betrachtete geniert seine Stiefel. Sein zwanzig Jahre älterer Kollege war dagegen nicht bereit, alles zu schlucken.

»Wenn du wüsstest, Koskinen, was das für eine höllische Nacht war, würdest du deine Kiemen nicht so weit aufreißen!«

»Erzähl's mir!«

»Wir wollten uns den Fahr…, also den Rollstuhl gerade ansehen, als ein Motorradfahrer hinter uns die Kurve zu kratzen versuchte, und da haben wir beschlossen, ihn zuerst zu überprüfen. Und dann kam es, wie es kam. Der Bursche ist abgehauen, und wir sind hinterher.«

Sopanen schaute seinen Partner an und forderte ihn mit einer Geste auf, zu übernehmen. Siukola zog die Mütze vom Kopf und knetete ihren Schirm.

»Wir haben gesehen, wie der Bursche gegen einen Mercedes geknallt ist. Er ist in die Luft geflogen wie Gagarin. So was vergisst man nicht so leicht.«

Siukolas letzte Worte klangen dumpf, er schluckte mehrmals. Nun sprach Sopanen weiter.

»Du müsstest das doch verstehen, Koskinen, immerhin hast du auch schon einiges gesehen. In der Zeitung hieß es dann auch noch, die Streife wäre schuld an dem Unfall.«

Koskinen verstand durchaus. In einer solchen Situation hätte er den Rollstuhl wahrscheinlich auch vergessen.

Dennoch wurmte es ihn. »Aber wieso habt ihr euch erst jetzt daran erinnert? Die Fahndung nach dem Rollstuhl steht doch schon lange in der Avac-Info.«

»Wir haben in dieser Woche die Mondscheinschicht«, verteidigte sich Sopanen. »Wie du weißt, liest die Nachtstreife die Avac erst abends. Am Dienstag war der Computer die ganze Nacht tot.«

Es war nicht das erste Mal, dass eine Installation oder ein Update eine Funktionsstörung im Datennetz verursacht hatte. Koskinen hatte es oft genug erlebt. Häufig sehnte er sich nach der guten alten Zeit, als noch Mitteilungen und Anweisungen auf DIN-A4-Bögen in die Fächer der Gruppenleiter gelegt wurden und man im Bereitschaftsdienst mit echten Kartenspielen die Zeit totschlug.

Er fragte ein wenig ruhiger: »Und gestern Abend?«

»Auch da gab es ein paar Stunden Störung, der Computer funktionierte erst um elf wieder, aber wir sind erst weit nach Mitternacht dazu gekommen, den Avac zu lesen«, erklärte Siukola resigniert, und Sopanen fügte hinzu: »Gleich zu Beginn hatten wir zwei Einsätze wegen häuslicher Gewalt. Beim ersten hatte ein asiatischer Vater die alten Traditionen seines Landes befolgt und seine Tochter mit einer fünf Millimeter dicken Bambusstange gezüchtigt, weil sie zwanzig Minuten zu spät nach Hause gekommen war. Du hättest die Striemen auf ihrem mageren Rücken sehen sollen, Koskinen – wie die dunklen Streifen eines Zebras.«

»Schon gut«, winkte Koskinen ab. »Bevor ihr Feierabend macht, geht ihr zu Lepola und erklärt ihm ganz genau, wo und wann ihr den Stuhl gesehen habt. Lepola soll die Leute von der Frühschicht die Wäldchen und Gärten in der Umgebung absuchen lassen. Sagt ihm, das hätte ich angeordnet.«

Er drehte sich um und ging zum Lift. Hinter seinem Rücken hörte er ein leises Murmeln.

»Persönlicher Befehl vom großen Koskinen.«

Die Wut, die sich vorübergehend gelegt hatte, brachte sein

Blut erneut in Wallung. Dennoch drehte er sich nicht um. Die Lage war ihm völlig klar: Er hatte keinerlei Befehlsgewalt gegenüber Lepola oder den Streifenbeamten.

Um sich im Aufzug nicht im Spiegel sehen zu müssen, schloss er die Augen und massierte sich die Schläfen, in denen die ersten Anzeichen von Kopfschmerzen spürbar wurden. Er hatte schlecht geschlafen. Während er von Kissanmaa nach Hause geradelt war, hatte sich der Hunger zu einer Gier nach Salzigem ausgewachsen, die ihn in der Kehle zwickte. Er hatte es gerade noch rechtzeitig in den Laden geschafft und sich dazu verleiten lassen, eine Doppelpackung Tiefkühlpizza zu kaufen. Die Pizzas waren im Ofen kaum aufgewärmt, als er sie auch schon verschlungen hatte, beide hintereinander weg. Das hatte ihm eine Nacht mit Sodbrennen und Albträumen beschert. Es war immer derselbe Traum gewesen: Seine Glieder gehorchten ihm nicht mehr. Er war in einem fremden Land, sein Fahrrad war verschwunden, und er hatte es eilig, den Hafen zu erreichen. Das Schiff tutete bereits zur Abfahrt, doch er konnte seine Beine nicht bewegen.

Diesmal stieg unterwegs niemand in den Aufzug, und Koskinen gelangte ungestört in den dritten Stock. Sein Wutausbruch vor den Streifenbeamten, die gerade die Nachtschicht hinter sich hatten, tat ihm leid. Es sollte für heute der letzte bleiben. Statt seine Energie mit Nörgeleien zu verschwenden, wollte er seine ganze Kraft auf die Arbeit konzentrieren.

Er marschierte geradewegs ins Büro der Sekretärin, wünschte einen guten Morgen und erteilte seine Befehle: »Ruf Pekki, Kaatio, Luttinen und Lundelin an, sie sollen um halb neun in mein Zimmer kommen.«

Milla trug wieder ihre Antennenmütze. Sie schaute Koskinen groß an und fragte: »Warum fährst du bei dem Regen mit dem Rad? Du schaust aus wie ein nasser Windhund.«

Koskinens Gelöbnis, sich nicht aufzuregen, hielt exakt sieben Sekunden. Er sah eine Schere auf dem Tisch und verspürte plötzlich den Drang, die Antenne abzuschneiden. Doch er wusste, welche Folgen das nach sich ziehen würde, seine Tat würde ausgiebig erörtert werden, und wahrscheinlich würde irgendwer sie sogar als sexuelle Belästigung deuten.

Deshalb begnügte er sich damit, zu knurren: »Hast du mir überhaupt zugehört?«

Milla legte die Hände an den Kopf und schwenkte sie wie Elefantenohren.

»Hab ich, hab ich! Pekki, Kaatio, Luttinen und Lundelin sofort in mein Zimmer.«

»Nein, sondern um halb neun«, korrigierte Koskinen. »Und zwar in *mein* Zimmer.«

Er stapfte grimmig in sein Dienstzimmer, nahm sich nicht einmal die Zeit, sich an seinen Schreibtisch zu setzen, sondern griff sofort zum Telefon. Nach dem sechsten Klingeln wurde in der Wolfsstube der Hörer abgenommen.

»Lea Kalenius.«

»Koskinen von der Kripo, guten Morgen. Warum haben Sie mir gestern nichts von einer Pflegerin namens ›Pike‹ gesagt, die im Sommer entlassen wurde?« Da er keine Antwort bekam, wollte Koskinen seine Frage wiederholen.

Doch gerade in diesem Moment seufzte Kalenius: »Das hab ich vergessen. Sie heißt Pirkko-Liisa Rinne. Wir hatten Unmengen von diesen Kurzzeitkräften, da kann ich mich nicht an jede erinnern.«

»Ich möchte eine Liste von allen, die in den letzten fünf Jahren in der Wolfsstube gearbeitet haben, selbst wenn das Arbeitsverhältnis nur einen halben Tag gedauert hat.«

Koskinen merkte, dass er wieder anfing zu kommandieren. Er schlug einen versöhnlicheren Ton an.

»Ich habe noch eine andere Frage.«

»Ja?«

»War Raimo Taavitsainen öfter in Hervanta unterwegs? Hatte er zum Beispiel Verwandte oder Bekannte in der Gegend?«

»Nicht, dass ich wüsste. Wieso?«

Koskinen berichtete, dass Taavitsainens Rollstuhl möglicherweise in Hervanta gesehen worden war. Nachdem er sich noch nach den Personalien von Pirkko-Liisa Rinne erkundigt hatte, legte er auf.

Dann nahm er Handtuch und Kleidung zum Wechseln aus dem Schrank und ging zum Duschen nach unten. Erst unter dem strömenden Wasser beruhigte er sich, sodass er fähig war, sich eine Art Arbeitsplan zurechtzulegen. Das Wichtigste war wohl, Harjus und Ketterä zur offiziellen Vernehmung zu holen. Sie hatten Raimo Taavitsainen besser gekannt als irgendwer sonst in der Wolfsstube. Auch Pirkko-Liisa Rinne musste befragt werden. Koskinen war neugierig darauf, zu erfahren, inwiefern Harjus' und Ketteräs Worte der Wirklichkeit entsprachen. Es konnte doch nicht sein, dass in einer Pflegeanstalt jemand entlassen wurde, weil er sich zu gut um die Bewohner kümmerte. Dahinter musste etwas ganz anderes stecken.

Der Kommissar trocknete sich hastig ab und lief in den dritten Stock hinauf. Die Dusche hatte seine Stimmung aufgehellt, und er nahm sich fest vor, den ganzen Tag nicht mehr aus der Haut zu fahren, ganz gleich, was geschah. Das war für alle im Team das Beste.

Ulla erwartete ihn bereits. Sie hatte eine Tasse Kaffee in der Hand und saß auf Koskinens Schreibtisch, obwohl die Stühle noch frei waren.

»Das hätte ich mir ja denken können!«, brauste Koskinen auf. »Die Kleine hat auch das wieder vermurkst. Ich hatte ihr extra gesagt, dass die Besprechung erst um halb neun beginnt.«

»Am frühen Morgen schon so fuchtig?«, lachte Ulla. »Milla hat uns ganz richtig informiert. Ich dachte nur, ich komme ein bisschen früher, dann haben wir Zeit, kurz zu plaudern.«

Dagegen hatte Koskinen nichts einzuwenden.

Er strich sich vor dem Schrankspiegel die Haare glatt, als Ulla fragte: »Habe ich gestern was verpasst?«

»Viel war nicht los«, meinte Koskinen. »Im Fall Taavitsainen sind wir kaum vorangekommen. Dafür haben wir jetzt noch einen zweiten Fall am Hals. In Ikuri wurde ein krebskranker alter Mann vor seinem Haus halb totgeschlagen, und Pekki hat den Verdacht, dass es sich in beiden Fällen um denselben Täter handelt.«

Ulla zeigte kein Interesse für den Bericht ihres Vorgesetzten. Sie trank von ihrem Kaffee und fragte unvermittelt: »Hat Ursula dich angerufen?«

Nun begriff Koskinen, dass Ulla nicht wegen dienstlicher Angelegenheiten früher erschienen war. Gleichzeitig erinnerte er sich wieder an Ursula Katajistos Anruf. Er hatte vorgehabt, Ulla kräftig den Kopf zu waschen, weil sie ihrer Freundin offenbar eingeredet hatte, Koskinen wolle sich unbedingt mit ihr treffen. Andererseits hatte er gerade erst einen anderen Beschluss gefasst: heute nicht mehr zu toben.

»Ja«, sagte er gespielt fröhlich. »Wir treffen uns am Freitagabend. Wir gehen essen, trinken ein Bier und … alles Weitere wird sich finden.«

»Aha.«

Koskinen wunderte sich über Ullas unwirsche Antwort. Sie erhob sich vom Tisch, ließ sich auf einen der Besucherstühle fallen und betrachtete ihre Handflächen. Koskinen überlegte, was los war. Vielleicht hatte Ulla bei ihrem gestrigen Arztbesuch schlechte Nachrichten erhalten.

Er zerbrach sich den Kopf, wie er taktvoll und indirekt danach fragen könnte, und fiel dann doch mit der Tür ins Haus: »Was hat der Arzt gesagt?«

»Was tut das zur Sache?« Ulla dehnte die Nackenmuskeln und starrte durch das Fenster auf die Fassade des Sonera-Gebäudes. Koskinen war ratlos. Er hatte Frauen nie so ganz verstanden, aber diesmal tappte er völlig im Dunkeln.

Als es klopfte, sah Koskinen auf die Uhr. Auf die Sekunde acht Uhr dreißig. Luttinen trat erst ein, nachdem Koskinen »Herein« gerufen hatte, und blieb an der Tür stehen, obwohl ein Stuhl frei war.

Ein paar Minuten später kamen Pekki und Kaatio herein, ohne anzuklopfen, und Koskinen eröffnete die Besprechung. Als Erstes berichtete er von der Streife, die am Montagabend den Rollstuhl gesehen hatte.

»Das sind mir vielleicht Brüder!«, ereiferte sich Pekki. »Wie kann man so blöd sein, dass man vergisst, so was nachzuprüfen? Zum Teufel mit den verdammten Arschlöchern!«

»Sprich nicht so unflätig!«, herrschte Ulla Pekki an. »Dein Atem stinkt ohnehin schon schlimm genug!«

»Scheißdonnerwetter, sag ich bloß!«

»So einfach ist die Sache nicht«, mischte sich Koskinen ein. »Es gibt gute Gründe.«

Gleich darauf merkte er, dass er Sopanen und Siukola lebhaft verteidigte.

»Die beiden sind unvermutet in eine Verfolgungsjagd geraten. Sie haben miterlebt, wie der Motorradfahrer gegen das Taxi prallte und kopfüber auf die Straße geschleudert wurde. Ich möchte behaupten, dass in dieser Situation jeder von uns alles andere vergessen hätte, selbst wenn er kurz zuvor die englischen Kronjuwelen im Straßengraben gesehen hätte.«

Pekki stierte Koskinen böse an, und auch Kaatio blickte finster drein.

»Ich habe Siukola im Frühjahr eingeladen, in der Betriebself mitzukicken«, berichtete er grimmig. »Ein Eishockeyspieler auf Profiniveau ist im Fußball allemal gut genug. Aber er hatte kein Interesse.«

»Na so was«, warf Ulla spöttisch ein. »Das sagt natürlich alles. Aus so einem wird nie ein ordentlicher Polizist.«

»Und obendrein hat Siukola bei Tappara gespielt«, schob Koskinen nach. Er wusste, dass die Zugehörigkeit zu dieser Mannschaft für Kaatio schlimmer war als Ketzertum, Rassenmischung und abweichende sexuelle Orientierung zusammen.

Offenbar merkte Kaatio, dass er in die Gefahrenzone geraten war, denn er drehte sein Fähnchen: »Koskinen hat schon recht. Wir dürfen Sopanen und Siukola keine Vorwürfe machen. Nach so einem Zwischenfall erinnert man sich nicht an jede Kleinigkeit.«

Kaatios Worte stimmten Koskinen nicht froh. Er dachte mit Entsetzen daran, wie sich im Lauf des Tages herumsprechen würde, dass der Kommissar vom Gewaltdezernat die Streifenbeamten zusammengestaucht hatte, und da sich die Geschichten, wenn sie von Mund zu Mund gingen, gewöhnlich aufblähten, würde man schon bald von einem irrsinnigen Tobsuchtsanfall reden.

Doch er schob den Gedanken in den Hintergrund und wandte sich an Pekki: »Wie geht es mit dem Ikuri-Fall voran?«

»Darauf wollte ich gerade kommen.« Pekki rückte die Brille zurecht. »Adolf Kantola kann immer noch nichts sagen. Er ist kaum bei Bewusstsein, wahrscheinlich stirbt er an seinem Krebs, bevor er sich von der Schädelverletzung erholt. Aber es gibt eine neue Wendung.«

»Inwiefern?«, fragte Koskinen gespannt.

»Kantolas Sohn ist aus Espoo gekommen, um seinen Vater zu besuchen, und hat bei dieser Gelegenheit einen Abstecher in sein Elternhaus gemacht. Dort hat er sofort gemerkt, dass ein wertvolles Kunstwerk aus dem Garten verschwunden ist. Er hat auch ein Foto davon. Es ist eine Skulptur aus Stein und rostfreiem Stahl, ein Rabe mit ausgebreiteten Flügeln.«

»Das bedeutet also, dass die beiden Fälle nichts miteinander zu tun haben.« Koskinen klopfte mit dem Stift auf den Tisch. »Die Sache in Ikuri war ein Raubüberfall, während sich für den Mord an Taavitsainen absolut kein Motiv zu finden scheint.«

Pekki widersprach: »Vielleicht hat der Täter die Statue nur mitgenommen, um eine falsche Fährte zu legen.«

Koskinen schüttelte zweifelnd den Kopf. Pekkis Gedanke schien ihm abwegig. Er wollte jedoch nicht darauf herumreiten, sondern die Besprechung rasch voranbringen. Er berichtete von seinen abendlichen Besuchen in der Wolfsstube und der *Miauenden Katze*, schilderte seine Gespräche mit Hannu Ketterä und Tapani Harjus und erwähnte auch Harjus' aggressives Verhalten.

»Was hattest *du* da zu suchen? Wieso hat Pekki das nicht übernommen?«

Koskinen wunderte sich über Ullas gereizten Ton.

»Pekki war den ganzen Tag mit dem Fall in Ikuri beschäftigt und wollte am Abend keine Überstunden machen.«

Nun fuhr Ulla Pekki an: »Warum nicht?«

Vor lauter Verblüffung rückte Pekki mit der Wahrheit heraus. »Ich war im Kunstmuseum.«

»Im Kunstmuseum!«, rief Ulla. »Du?«

»Was ist daran so seltsam?«

»Seltsam? Das ist geradeso absurd wie Koskinen als Salontänzer.«

»Übertreib nicht.«

»Was war das für eine Ausstellung?«

»Eine Kunstausstellung.«

»Eine Kunstausstellung.« Ulla äffte Pekkis heisere Stimme nach. »Natürlich, aber von wem?«

»Von einem Künstler.«

Ulla schüttelte frustriert den Kopf, und Pekki verbarg nicht, dass er beleidigt war.

Er strich sich die schwarzen Haare aus der Stirn und fragte: »Warum kann ich mich nicht für Kunst interessieren?«

»Genau das fragen wir uns seit Jahren.«

»Ich habe vor ein paar Wochen im *Verrückten Gaul* eine Frau kennengelernt«, erklärte Pekki. »Sie ist kulturell interessiert und …«

»Und du hast ihr natürlich erzählt, das wärst du auch, ganz aufrichtig und ohne Hintergedanken. Ich kenne dich doch, Freundchen!«

Koskinen wunderte sich zunehmend über Ullas ungewohnte Barschheit. Er fürchtete, die Frotzelei würde bald in einem offenen Wortgefecht eskalieren.

»Das reicht!«, fuhr er die beiden an. »Ein Mörder läuft frei herum, und wir hocken hier und reden Blödsinn.«

Das wirkte. Ulla und Pekki ließen voneinander ab. Sie sahen Koskinen an, der nun daranging, die Aufgaben zu verteilen.

»Pekki ist sicher noch vollauf mit dem Ikuri-Fall beschäftigt. Ulla fährt zu Taavitsainens Schwester und befragt sie. Meines Wissens ist sie seine einzige Verwandte. Vielleicht kann sie dir erzählen, woher Taavitsainen sein Geld hatte. In der Wolfsstube spricht man von Raimonds Reichtum, aber niemand weiß, woher dieser stammt.«

Koskinen schrieb den Namen und die Adresse auf einen Zettel, den er Ulla hinhielt. Sie nahm ihn jedoch nicht an.

»Warum gerade ich?«

»Alternativ kannst du in die *Miauende Katze* gehen.«

»Was soll ich da?«

»Die Gäste müssen befragt werden, Mann für Mann. Irgendwer von denen weiß bestimmt etwas über Taavitsainens Vergangenheit. Zwischen ihm und den anderen Stammgästen gab es eine Art Hassliebe. Er hat ihnen Bier spendiert und sie anschließend angepöbelt.«

»Ich nehme die Schwester.«

Ulla riss Koskinen den Zettel aus der Hand und stiefelte hinaus, wobei sie leise vor sich hin schimpfte: »Man braucht bloß mal einen Tag weg zu sein, schon …«

Pekki blickte Ulla nach. Erst als sich die Tür hinter ihr geschlossen hatte, fragte er: »Was hat sie denn?«

»Wenn ich das wüsste«, sagte Koskinen schulterzuckend.

»Du gehst die Register durch«, wandte er sich dann an Kaatio. »Sieh dir zuerst Tapani Harjus' Vergangenheit an. Vielleicht findest du den Grund für seinen Selbstmordversuch. Danach suchst du Informationen über die Bandidos, die aus der Wolfsstube ausgezogen sind.«

Er blätterte in seinen Aufzeichnungen.

»Der eine heißt Ruomala und ist nach Ostbottnien gezogen. Der andere, Simo Supala, wurde aus der Wolfsstube rausgeworfen, nachdem er Taavitsainen in dessen Stuhl die Treppe hinuntergestoßen hatte. Er wohnt jetzt in der Helsinkier Gegend. Sein Alibi für die Nacht von Montag auf Dienstag muss genau überprüft werden.«

»Meinst du, er ist nach Tampere zurückgekehrt und hat zu Ende geführt, was ihm damals misslang?«

»Vorläufig meine ich gar nichts.«

Koskinen gab Kaatio die Personalien der Männer und fügte hinzu:

»Stocher auch in der Vergangenheit des Besitzers der *Miauenden Katze*. Harjus und Ketterä nennen ihn ›Urpo‹. Der richtige Name steht sicher im Unternehmensregister.«

Kaatio blickte missmutig auf den Zettel, den Koskinen ihm reichte.

»Da habe ich ja reichlich zu tun.«

»Dafür brauchst du höchstens zwei Stunden«, meinte Koskinen. »Inzwischen bringt die Schupo Harjus und Ketterä her. Du vernimmst die beiden offiziell, jeden für sich.«

»Warum schiebst du alles mir zu?«, protestierte Kaatio und zeigte auf Luttinen, der immer noch an der Tür stand. »Braucht der Versager nichts anderes zu tun, als sich an die Wand zu lehnen?«

»Doch, doch. Luttinen bekommt den rauchigsten Job. Den, der Ulla nicht geschmeckt hat.«

Luttinen straffte sich, und alle hörten, wie er die Hacken zusammenschlug.

Koskinen zeigte mit dem Kugelschreiber auf ihn und sagte: »Du gehst in die *Miauende Katze* in Kissanmaa und fragst die Leute nach allem aus, was sie über Taavitsainen wissen.«

Das Trio verließ den Raum, und Koskinen beschloss, den Papierkram zu erledigen, der sich auf seinem Schreibtisch angesammelt hatte.

Er kam allerdings nicht weit, denn zwischen den Papieren entdeckte er einen Notizzettel, der ihm einen Fluch entlockte. Er hatte Pirkko-Liisa Rinne völlig vergessen. Sie hätte als Erste befragt werden müssen. Koskinen überlegte, wem er die Aufgabe übertragen sollte, entschied sich dann aber dafür, sie selbst zu übernehmen. Die Äußerungen von Harjus und Ketterä hatten ihn neugierig gemacht.

Bei einer offiziellen Vorladung musste er mit einer langen Wartezeit rechnen. Kein unbescholtener Bürger war verpflichtet, noch am selben Tag oder innerhalb derselben Woche bei der Polizei zu erscheinen. Man konnte sich immer auf Zeitmangel berufen, sei es aufgrund des Privatlebens oder wegen der Arbeit.

Koskinen setzte sich an den Computer und loggte sich ins Melderegister ein. Am schnellsten ging es, wenn man selbst zu der betreffenden Person fuhr, auf die Gefahr hin, sie nicht anzutreffen. Als Pirkko-Liisa Rinnes Daten auf dem Bildschirm erschienen, wäre Koskinen fast die Tastatur heruntergefallen. Ihre Adresse war Säästäjänkatu fünf. Vorsichtshalber sah er auf dem Stadtplan nach. Tatsächlich: Sie wohnte unmittelbar neben der Stelle, an der Taavitsainens Leiche gefunden worden war.

Er griff zum Telefon und tippte die Nummer der Garage ein.

»Kuparinen.«

»Koskinen hier. Ich brauche einen Wagen.«

»Aha«, sagte Kuparinen gedehnt, und Koskinen hörte, wie er im Kalender blätterte. »Für welchen Tag?«

»Ich bin in fünf Minuten unten«, erwiderte Koskinen und legte auf. Er nahm das Jackett aus dem Schrank, zog es im Hinausgehen an und spähte ins Büro der Abteilungssekretärin.

»Ich bin ein, zwei Stunden unterwegs.«

»Wo?«, fragte Milla, ohne vom Monitor aufzublicken.

Musst du das auch noch wissen, maulte Koskinen in Gedanken. Er wandte sich ab und sagte über die Schulter: »Ich fahre zu einer Art Vernehmung.«

»Darf ich mit?«

Koskinen blieb verwundert stehen.

»Was würdest du denn da tun?«

»Ich könnte dir den Rücken decken.«

»Was?«

Milla drehte sich auf ihrem Bürostuhl um und erklärte eifrig: »Wenn der Gangster entwischt, kann ich ihn verfolgen. Mich hält er nicht für eine Polizistin.«

»Garantiert nicht.« Koskinen musste lachen. »Du guckst zu viel Fernsehen.«

Noch in der Garage lächelte er über Millas Vorschlag, und Kuparinen sah ihn verwundert an.

»Einen Wagen …«

»Ja, ich muss kurz nach Peltolammi.«

»Du hast doch ein Fahrrad, und nach allem, was man so hört, hat das mehr Gänge als vier Ladas zusammen.«

Als Kuparinen merkte, dass Koskinens Lächeln gefror, hob er begütigend die ölschwarze Hand.

»Nimm den Toyota. Ich wollte gerade das Öl wechseln, aber eine Fahrt hält er schon noch durch.«

Koskinen bedankte sich.

Kuparinen folgte ihm zum Wagen und fragte: »Was war eigentlich heute früh los?«

Koskinen drehte sich zu ihm um.

»Haben Sopanen und Siukola es dir nicht gesagt?«

»Die wollten nicht darüber reden.«

»Soso«, grinste Koskinen. »Es war auch nicht der Rede wert.«

Kuparinen schaute Koskinen grimmig nach, und seine Miene sagte alles: *Mir erzählt keiner was!*

Koskinen warf im Rückspiegel noch einen Blick auf Kuparinen, dann fuhr er gut gelaunt los. Seine Stimmung hatte sich schlagartig gebessert. Allem Anschein nach war sein morgendlicher Wutanfall doch nicht im ganzen Haus bekannt geworden. Anständige Burschen, die beiden Schupomänner. Und bestimmt kompetent in ihrem Job.

Koskinen musste an seine eigenen Jahre im Streifendienst denken. Es war ihm immer schwergefallen, tagsüber zu schlafen. Besonders hart war die Nachtschicht gewesen, als Raija im Mutterschaftsurlaub und Antti noch ganz klein war. Raija hatte alles getan, damit ihr Mann ungestört schlafen konnte, doch mit dem Baby war es mehr oder weniger unmöglich gewesen.

Der Gedanke an diese Jahre rief ein ganzes Bündel an schönen Erinnerungen wach, auch wenn er nie vergessen würde, dass er manchmal kaum die Kraft aufgebracht hatte, zur Arbeit zu gehen. Mitunter hatte der Schlafmangel während der Nachtschicht regelrecht Übelkeit ausgelöst, und er war überzeugt, dass er nicht effektiver gehandelt hätte als Sopanen und Siukola. Bestimmt hätte auch er den Rollstuhl vergessen.

Während er so sinnierte, kam ihm ein neuer Gedanke. Sopanen hatte den Ablauf der Ereignisse genau geschildert. Die Streifenbeamten hatten gerade im Gebüsch am Straßenrand einen Gegenstand entdeckt, der wie ein Rollstuhl aussah, als die plötzliche Kehrtwende des Motorrads ihre Aufmerksamkeit fesselte. Für die Flucht des Motorradfahrers gab es bisher keine schlüssige Erklärung. Im Blut des jungen Mannes waren keine Spuren von Alkohol oder Drogen festgestellt worden.

Koskinen trommelte nachdenklich auf das Lenkrad. Der Motorradfahrer war genau da unterwegs gewesen, wo der Rollstuhl gesehen worden war. Konnte das ein Zufall sein? Oder hatte er irgendetwas mit dem Mord an Taavitsainen zu tun und war deshalb vor der Streife 341 geflohen?

Wütendes Hupen riss Koskinen aus seinen Gedanken. Im Rückspiegel sah er einen Überlandbus. Die Ampel am Kreisverkehr in Viinikka zeigte Grün. Koskinen fasste einen raschen Entschluss, kurvte über den Mittelstreifen nach links und fuhr zur Universitätsklinik.

12

Der Parkplatz der Universitätsklinik von Tampere war als Paradies der Politessen bekannt. Er war eine einträglichere Falle als die beste Quappenreuse. Für den Bedarf der Klinik war der Platz viel zu knapp bemessen und folglich immer voll. Viele, die zu einer Untersuchung kamen oder Angehörige besuchten, stellten ihren Wagen daher im Halteverbot ab. Koskinen parkte den Toyota halb auf dem Bürgersteig und legte die Polizeiparkplakette unter die Windschutzscheibe, um die Beutelust der Politessen zu dämpfen.

Der Weg zur Intensivstation war Koskinen im Lauf seiner Dienstzeit vertraut geworden. Während er durch die Eingangshalle zum Aufzug ging und in den fünften Stock fuhr, schaltete er sein Handy aus, wie es in der Klinik Vorschrift war.

Koskinen drückte auf die Klingel neben der Glastür zur Intensivstation und holte seine Dienstmarke hervor. Das erwies sich allerdings als überflüssig, denn er kannte die Krankenschwester, die ihm öffnete.

»Grüß dich, Pauliina.«

Die Frau sah Koskinen sekundenlang an. Dann lächelte sie fröhlich.

»Hallo, Sakari. Was machst du denn hier?«

»Ich bin dienstlich hier.« Koskinen lächelte ebenfalls. »Wie geht es dir?«

»Alles beim Alten.« Pauliinas blonder Pferdeschwanz schaukelte hin und her. »Immer dieselbe Tretmühle: arbeiten, die Kinder versorgen, putzen, arbeiten. Und der Mann treibt sich in der Welt herum. Im Moment ist Jonte gerade für drei Wochen in Burundi. Sie installieren da irgendeine Telefonzentrale.«

Koskinen betrachtete die Frau und überlegte, wann er sie zuletzt gesehen hatte. Es musste Jahre her sein. Pauliina war eine gute Freundin von Raija. Sie hatten sich in einer Laientheatergruppe in Hervanta kennengelernt. Koskinen erinnerte sich sogar noch an das erste Stück, das er sich mit Antti angesehen hatte. Es war in der alten Bibliothek von Hervanta aufgeführt worden, und Pauliina hatte die Hauptrolle bekommen. Sie hatte Dornröschen gespielt, Raija die böse Hexe. Der achtjährige Antti war darüber erbost gewesen. Er hatte tagelang gemault, seine Mutter solle die Prinzessin spielen, er wolle nicht der Sohn einer Hexe sein. Später waren andere Stücke mit den verschiedensten Rollen gefolgt, aber der Kern der Truppe war beisammengeblieben. Die Mitglieder der Theatergruppe waren gelegentlich im Haus der Koskinens zusammengekommen, um in die Sauna zu gehen und sich einen gemütlichen Abend zu machen. In Koskinens Erinnerung tauchte ein Bild von Pauliina auf, die ein Badetuch um sich gewickelt hatte und am Kamin Würstchen briet. Er erinnerte sich sogar an die Farbe des Badetuchs. Das leuchtende Blau hatte das Milchweiß der feuchten Haut hervorgehoben.

Pauliina wurde rot, und Koskinen merkte, dass er sie gedankenverloren angestarrt hatte.

»Ach ja, richtig.« Er kratzte sich verlegen an der Nase. »Ihr habt hier einen jungen Mann, der am Montagabend bei einem Verkehrsunfall verletzt wurde.«

»Mika Makkonen«, bestätigte Pauliina, und Koskinen dachte, dass es kaum einen alltäglicheren Namen geben konnte.

»Kann ich ihm ein paar Fragen stellen?«

»Das geht nicht.«

»Warum nicht?«

»Der Junge ist komatös, er ist nicht ansprechbar. Ein Wunder, dass er überhaupt noch lebt.« Pauliina sah Koskinen traurig an und zählte die Verletzungen des Motorradfahrers auf: »Der Helm ist geborsten, was zu einem Schädelbasisbruch geführt hat. Außerdem ist der linke Lungenflügel gerissen, und das Brustbein ist beschädigt. Im Vergleich dazu sind die sekundären Verletzungen geringfügig, Frakturen am Kiefer, am Schlüsselbein und an mehreren Rippen. Auch die Elle ist zertrümmert.«

Koskinen schüttelte den Kopf. Es war ein heftiger Aufprall gewesen, und er verstand Sopanen und Siukola immer besser. Der Unfall war vor ihren Augen geschehen. Hinzu kamen Selbstvorwürfe wegen der Verfolgungsjagd. Kein Polizist konnte so abgebrüht und dickfellig sein, dass ihn ein solcher Vorfall nicht erschütterte.

Pauliina trat näher an Koskinen heran und flüsterte: »Der Junge wird die nächste Nacht nicht überleben. Das spüre ich.«

Koskinen nickte mitfühlend. Er ärgerte sich nicht einmal über seinen nutzlosen Abstecher in die Klinik. Er wollte sich schon verabschieden und nach Peltolammi weiterfahren, da schoss ihm noch eine Frage durch den Kopf: »Hat ihn jemand besucht?«

»Nur seine Mutter, Riitta Makkonen. Sie sitzt seit zwei Tagen bei ihm. Die ganze Zeit. Wir haben ihr für die Nacht eine Liege angeboten, aber sie weicht nicht von der Seite des Jungen.«

»Kann ich ein paar Worte mit ihr wechseln?«

»Natürlich«, nickte Pauliina und zeigte hinter sich. »Zimmer sieben.«

Koskinen ging den Flur entlang und betrat das Zimmer. Riitta Makkonen saß mit dem Rücken zur Tür. Sie trug eine ausgebleichte Jeansjacke und eine weinrote Trainingshose. Ganz offensichtlich war sie Hals über Kopf in die Klinik geeilt.

Als die Frau sich umblickte, nannte Koskinen leise seinen Namen und seinen Beruf, gab ihr aber nicht die Hand, denn er hatte vergessen, sich die Hände zu waschen. Bakterien waren in Krankenhäusern eine ewige Plage, und er wollte den Zustand des an Schläuchen hängenden jungen Mannes nicht noch verschlechtern.

Er sah den Schreck im zarten, müden Gesicht der Frau. Ihre schmalen Lippen öffneten sich.

»Was wollen Sie …?«

»Mika besuchen.«

»So?« Die Frau legte die Hand auf den Bettrand, streichelte die giftgrüne Decke und flüsterte, als fürchte sie, ihren Sohn zu wecken: »Mir ist vor drei Jahren der Mann gestorben, und jetzt wird mir auch Mika genommen. Ich habe niemanden mehr.«

Die erstickten Worte der Frau klangen in Koskinens Ohren abwehrend. Er betrachtete den jungen Mann, der fast vollständig von Verbänden bedeckt und mit Gurten am Bett fixiert war. Ein Schlauch führte ihm in regelmäßigen Abständen Flüssigkeit zu, ein zweiter sog den Urin ab. Die LED-Lampen des Anästhesiegeräts blinkten rhythmisch, und das EKG maß den Druck in der Schlagader. Über den Monitor verlief eine grüne Linie, wie der Wagen einer Achterbahn.

»Er kommt schon wieder auf die Beine.« Koskinen schämte sich für den ungeschickten Versuch, die Mutter zu trösten, und fügte hastig hinzu: »Die Ärzte vollbringen heutzutage Wunder.«

Riitta Makkonen schüttelte stumm den Kopf. Man sah ihr an, dass sie die Hoffnung aufgegeben hatte. Offenbar hatten die Ärzte ihr reinen Wein eingeschenkt, und selbst der Mutterinstinkt hielt nicht mehr an trügerischen Erwartungen fest.

Im Zimmer gab es keinen zweiten Stuhl, die Maschinen und Geräte ließen keinen Platz dafür. Koskinen ging neben der Frau in die Hocke.

»Ich weiß, wie schwer das alles für Sie ist, aber ich muss Ihnen ein paar Fragen stellen.«

Er sah das unendliche Leid in den Augen der Frau. Ihre Mundwinkel hingen herab, die Wangen waren eingefallen, die Haut war vom unablässigen Wachen erblasst.

Es klang, als müsse sie alle Kraft zusammennehmen, um zwei kleine Worte zu flüstern: »Fragen Sie.«

»Was hat Mika an dem Abend in Hervanta gemacht?«

Die Frau wandte den Blick wieder auf ihren Sohn und antwortete: »Wahrscheinlich wollte er nur herumfahren. Seit er das Motorrad hat, hätte er am liebsten nichts anderes getan. Nur herumfahren ...«

Die letzten Worte endeten in einem tiefen Seufzer, die Frau senkte den Kopf.

»Hat er Bekannte in Hervanta?«, fragte Koskinen. »Mitschüler, eine Freundin?«

»Nein. Mika hat mir immer alles erzählt. Ich kenne seine Freunde. Keiner von ihnen wohnt in Hervanta.«

Koskinen glaubte aus dem letzten Satz einen leicht abschätzigen Ton herauszuhören. In der Regel beeilte er sich, die falschen Vorstellungen zu korrigieren, die man mit dem Stadtteil Hervanta verband, doch diesmal ließ er die Sache auf sich beruhen.

Der nächste Punkt bereitete ihm Schwierigkeiten.

»Mika hatte weder Alkohol noch Rauschgift im Blut.«

»Nein.« Die Frau schüttelte den Kopf, und in ihren Augen leuchtete ein Licht auf, wie das Flackern eines vorbeirasenden Kometen. Es erlosch jedoch bei der nächsten Frage.

»Warum hat er dann vor der Polizei die Flucht ergriffen?«

»Das weiß ich nicht.«

»Dafür muss es doch einen Grund geben.«

»Aber sicher«, fuhr ihn die Frau an. »Für alles muss es immer einen Grund geben.« Sie sah Koskinen aus tränenverschleierten Augen an und fuhr fort: »Mika ist ein guter Junge, er ist nie auf

Abwege geraten. Den ganzen Winter über hat er auf dem Bau gearbeitet, gespart und im Frühjahr ein gebrauchtes Motorrad gekauft. Davon hat er schon geträumt, als er noch ein kleiner Junge war …«

Riitta Makkonen brach in Tränen aus. Sie legte das Gesicht auf den linken Arm ihres Sohnes, allem Anschein nach die einzige unverletzte Stelle an seinem Körper. Die lauten Schluchzer übertönten das Ticken und Piepen der Geräte. Koskinen ließ die Frau ungestört weinen. Gleichzeitig versuchte er seine Gedanken zu klären. Er war sicher, dass Riitta Makkonen mehr über die Aktivitäten ihres Sohnes wusste. Niemand floh grundlos vor der Polizei. Doch die Mutterliebe verbot ihr, darüber zu sprechen, und dieses starke Gefühl war durch keine Verhörtechnik zu brechen.

Und Koskinen wollte es auch gar nicht versuchen.

Er ging leise zur Tür und blickte noch einmal zurück. Es sah aus, als wäre die Frau am Arm ihres Sohnes eingeschlafen. Viele Fragen waren offengeblieben. Ob es eine Verbindung zwischen Mika Makkonen und dem in Hervanta gesehenen Rollstuhl gab, war immer noch reine Spekulation. Aber die Mutter würde deshalb nicht unter Druck gesetzt werden. Dafür wollte Koskinen sorgen.

Das Leben hatte Riitta Makkonen schlimm genug mitgespielt.

Tief in seine düsteren Gedanken versunken, ging Koskinen den Flur entlang. Irgendwo waren erschrockene Rufe zu hören, und hinter ihm lief jemand aus einem Zimmer in ein anderes. Angst und Klagen gehörten zum Rhythmus der Klinik, auf der Intensivstation war der Kampf mit dem Tod Alltag. Koskinen spürte plötzlich Lust zu joggen. Wenn er seine Fahrradkluft angehabt hätte, wäre er tatsächlich losgelaufen, denn gleich neben dem Krankenhaus gab es mehrere Joggingpfade.

»Hallo, Sakke, gehst du schon?«

Koskinen schrak aus seinen Überlegungen hoch und blickte sich um. Pauliina rollte einen Infusionsständer vor sich her. Dieser sah aus wie eine fahrbare Garderobe, an der statt der Hüte verschiedene Beutel und Schläuche hingen. Pauliina ließ ihn stehen und kam auf Koskinen zu.

»Hast du etwas erfahren?«

»Nein.« Koskinen schüttelte den Kopf. »Nichts Wichtiges.«

Pauliina war schlank und groß. Sie brauchte den Kopf nicht in den Nacken zu legen, um Koskinen in die Augen zu blicken.

»Ich habe gehört, dass Mika Makkonen vor der Polizei geflohen ist.«

»Stimmt.«

»Ich dachte, solche Sachen untersuchst du nicht.«

»Tue ich eigentlich auch nicht.«

Pauliina trat noch einen Schritt näher, und Koskinen wunderte sich, wie verführerisch Desinfektionsmittel duften konnten. Leise fragte sie: »Ist er in ein Verbrechen verwickelt?«

»Das untersuchen wir gerade rund um die Uhr.«

»Rund um die Uhr?« Pauliina legte den Kopf schräg. »Bleibt dir immer noch keine Zeit für irgendetwas außerhalb deiner Arbeit?«

Die Frage ärgerte Koskinen. Er dachte an die Mutter, die am Bett ihres Sohnes weinte, an das überarbeitete Personal und an die verschreckten Bewohner der Wolfsstube. Keiner von ihnen würde Einwände gegen seinen Arbeitseifer erheben.

»Wofür soll ich mir denn Zeit nehmen? Etwa für Tupperpartys?«

Pauliina wurde rot. Sie redete schnell, um ihre vorlaute Bemerkung auszubügeln, machte aber alles nur noch schlimmer.

»Ich meine nur, ein Mensch muss doch außer der Arbeit noch etwas anderes haben. Manchmal vergisst man, was im Leben wichtig ist, und …«

Koskinen hörte sich den Rest nicht mehr an, sondern wandte sich ab und ging rasch davon. Noch im Lift überlegte er, was Raija ihrer Freundin wohl über ihren Exmann erzählt hatte. Sicher nichts Positives. Pauliinas Kritik an seiner Lebensführung ließ seinen Zorn beinahe überkochen.

Unter dem Scheibenwischer des Toyota klemmte kein Strafzettel. Der wäre ohnehin in kleinen Fetzen in die Luft geflogen. Koskinen lenkte den Wagen über die hufeisenförmige Auffahrt zurück in Richtung Stadt. Mit heulenden Reifen preschte er durch die Pfützen. Aus dem Niesel- war wieder Sturzregen geworden.

Er fuhr mechanisch und starrte mit schmalen Augen auf die hin- und hersausenden Scheibenwischer. Das Rätsel um Mika Makkonen ließ ihm keine Ruhe. Warum hatte der Junge die Flucht ergriffen, ausgerechnet da, wo der Rollstuhl gelegen hatte? Einen Rollstuhl mit Elektromotor konnte man nicht zusammenfalten, folglich war es unmöglich, ihn auf einem Motorrad zu transportieren. Wahrscheinlich war Mika auf andere Weise in den Fall verwickelt. Vielleicht war Raimo Taavitsainen doch von einer Bande ausgeraubt worden, zu der auch Mika gehörte. Wenn sie nur wüssten, ob Taavitsainen Geld in der Tasche gehabt hatte. Den Gerüchten zufolge hatte er ja oft größere Summen bei sich getragen.

Bis nach Peltolammi dachte Koskinen über diese Fragen nach. Da er die Säästäjänkatu kannte, fand er die Adresse mühelos. Er stellte den Wagen vor der Pizzeria ab und ging zu den beiden großen Containern, die neben den hohen, rotstämmigen Kiefern am Rand des Platzes standen. Solche Container wurden in den Häfen auf Schiffe verladen. Zwei grün gestrichene Metallkästen, mit der weißen Aufschrift »H-A-LINE« an den Seiten. In jeden hätte das Mobiliar eines mittelgroßen Eigenheims gepasst.

Koskinen rief sich die Fotos der Kriminaltechniker ins Gedächtnis, die er am Dienstagmorgen gesehen hatte. Die Leiche hatte zwischen den Containern gelegen, auf einer gut einen Meter breiten Fläche, die nachts mit Sicherheit stockdunkel war. Überhaupt war der Ort klug gewählt. Im nächsten Gebäude hatte das Installationsgeschäft Näsi sein Ersatzteillager und seine Servicestelle. Die Leiche war schätzungsweise gegen elf Uhr nachts abgelegt worden. Um diese Zeit hatte der Klempner natürlich längst geschlossen, ebenso wie die Pizzeria am anderen Ende des Platzes. Der Eingang zum *Saloon* befand sich an der anderen Seite des flachen Geschäftsgebäudes, von dort hatte man keine Sicht auf die Container.

Das Haus in der Säästäjänkatu fünf war ein schmutzig-graues, dreistöckiges Wohngebäude. Auf dem Weg dorthin überlegte Koskinen, ob es nicht doch klüger gewesen wäre, Pirkko-Liisa Rinne zur Vernehmung ins Polizeigebäude holen zu lassen. Womöglich traf er sie nicht zu Hause an und war ganz umsonst durch die halbe Stadt gefahren.

Die Befürchtung erwies sich jedoch als grundlos. Koskinen hatte kaum den Finger vom Klingelknopf genommen, als in der Wohnung Schritte zu hören waren. Die Tür öffnete sich, ein fröhliches Gesicht spähte heraus. Wahrscheinlich hatte die Frau einen Freund oder eine Freundin erwartet. Bei Koskinens Anblick war ihr Lächeln jedenfalls wie weggeblasen.

»Wer sind Sie?«

»Kommissar Koskinen von der Kriminalpolizei.«

Die Frau erschrak sichtlich, trat einen Schritt zurück und versuchte die Tür zu schließen, doch Koskinen hielt den Fuß dazwischen.

»Sind Sie Pirkko-Liisa Rinne?«

»Vielleicht.« Die Frau sah Koskinen aus weit aufgerissenen Augen an und kicherte dann nervös: »Ja, die bin ich. Aber Sie können mich ›Pike‹ nennen.«

Koskinen nickte dankend.

»Sie haben bis zum Sommer in einer Einrichtung für betreutes Wohnen gearbeitet, in der Wolfsstube.«

»Ja.«

»Und Sie kannten die Bewohner?«

»Natürlich.«

»Auch Raimo Taavitsainen?«

»Den auch.«

Prüfend musterte Koskinen die wortkarge Frau. Bevor er losgefahren war, hatte er ihre Personalien aufgerufen. Pirkko-Liisa Rinne war achtundzwanzig und ledig. Sie hatte keine Vorstrafen, war nur ein paarmal wegen Trunkenheit festgenommen worden, doch auch das lag zehn Jahre zurück.

Koskinen beschloss, direkt zur Sache zu kommen.

»Haben Sie gehört, was Taavitsainen zugestoßen ist?«

»Ja.«

»Woher?«

»Woher?«, wiederholte die Frau und überlegte verdächtig lange. »Einer aus der Wolfsstube hat es mir erzählt.«

»Wer?«

»Tappi Harjus.«

Pikes kurz geschnittene Haare waren pechschwarz. An beiden Ohrläppchen funkelte eine Reihe goldene Nieten, und auch der linke Nasenflügel war gepierct. Die kurzen Haare unterstrichen die eckige Gesichtsform, und der Mund wirkte auffallend breit. Die pralle Unterlippe schob sich weit vor, als die Frau fauchte: »Ich habe ihn nicht umgebracht!«

Koskinen hob beschwichtigend die Hand, doch die Frau redete wütend weiter.

»Scheißdreck! Natürlich habt ihr mich in Verdacht, weil Raimonds Leiche ganz in der Nähe gefunden wurde.«

»Niemand verdächtigt Sie«, sagte Koskinen ruhig. »So einfach machen wir uns die Sache nicht.«

»Warum sind Sie dann hier?«

»Ich möchte nur ein paar Informationen über Taavitsainen und die anderen Bewohner der Wolfsstube.«

Die Frau zog ihren pechschwarzen Satinmorgenrock fester um sich und zischte: »Haben die Weiber nichts erzählt?«

»Wer?«

»Lea Kalenius und die anderen.«

»Natürlich haben sie uns vieles erzählt«, antwortete Koskinen geduldig. »Aber in solchen Fällen befragen wir alle Beteiligten.«

»Beteiligten«, wiederholte die Frau höhnisch. »Was für eine Scheißbeteiligte soll ich denn sein? Die haben mich ja im Sommer rausgeschmissen.«

»Sie haben Taavitsainen, Harjus und Ketterä aber gekannt?«

»Jaja. Hab ich doch schon gesagt!«

»Meinen Informationen nach haben Sie sich besonders gut mit ihnen verstanden.«

»Das geht verdammt noch mal keinen was an. Ist doch wohl kein Verbrechen.«

Koskinens Geduld hatte ihre Grenzen. Das wusste er selbst am besten. Deshalb sagte er so ruhig wie möglich: »Es ist besser, wenn wir dieses Gespräch im Polizeipräsidium fortsetzen. Ziehen Sie sich an, dann fahren wir hin.«

Das war die richtige Masche.

Pike lenkte ein: »Ihre Fragen kann ich auch hier beantworten. Ich habe nichts zu verbergen.«

»Gut«, nickte Koskinen. »Dann erledigen wir es hier.«

Die Frau sah ihn zögernd an und zupfte wieder an ihrem Morgenrock.

»Muss ich Sie in meine Wohnung lassen?«

»Nein.« Koskinen schüttelte müde den Kopf. »Ziehen Sie sich etwas an, dann reden wir draußen. Aber nehmen Sie einen Schirm mit, es regnet.«

Pike schloss die Tür. Koskinen stand allein im Treppenhaus und überlegte, ob sie womöglich etwas in ihrer Wohnung hatte, das die Polizei nicht sehen sollte. Er lächelte über sein ewiges Misstrauen – eigentlich war es doch nicht verwunderlich, dass eine junge Frau einen Wildfremden nicht in ihre Wohnung lassen wollte. Auch er selbst hieß ja nicht alle fliegenden Händler und Meinungsforscher willkommen.

Schon nach zwei Minuten kam Pike wieder zum Vorschein. Sie trug einen knöchellangen, rußschwarzen Mantel. An der Tür bedeutete sie Koskinen, ihr zu folgen, und lief zu einem hölzernen Schutzdach auf dem Hof. Es handelte sich um eine Art Kombination aus überdachtem Kinderspielplatz und Aufenthaltsraum für die Erwachsenen – und somit um genau das Richtige für ein ungestörtes Gespräch. Bei dem Regen ging niemand vor die Tür, und auch aus den nächsten Wohnungsfenstern konnte man sie nicht belauschen.

»Kommen wir direkt zur Sache«, begann Koskinen. »Wer hat Taavitsainen so sehr gehasst, dass er ihm nach dem Leben trachtete?«

Pike antwortete nicht sofort. Sie holte eine Packung Tabak hervor und drehte sich mit flinken Fingern einen Glimmstängel. Koskinen lehnte überrascht ab, als sie ihm den Beutel hinhielt.

»Alle haben Raimond gehasst«, sagte sie. »Alle außer mir.« Sie machte ein paar gierige Lungenzüge und wiederholte: »In der Wolfsstube haben ihn alle gehasst, aus den verschiedensten Gründen. Das Personal hauptsächlich deshalb, weil er so aggressiv war und dauernd Rabatz gemacht hat. Die sind so scheißblöd. Sie kapieren nicht, was es bedeutet, behindert zu sein. Wenn es nach ihnen gegangen wäre, hätte Raimond dankbar lächeln sollen und seine Verbitterung nicht zeigen dürfen. Und dann bilden sich diese blöden Gänse auch noch ein, sie wären Profis in der Behindertenpflege.«

Koskinen wunderte sich über den giftigen Ausbruch, ließ die Frau jedoch reden.

»Mit ihrem Spatzengehirn können die sich nicht vorstellen, wie es ist, wenn man nicht mal die Arme richtig bewegen kann. Vor allem für einen Mann wie Raimond, der als Junge Schnelligkeit und Bewegung über alles geliebt hat. Fußball, Motorradfahren und so weiter. Ist doch kein Wunder, dass bei so einem die Nerven blank liegen, wenn er im Rollstuhl sitzen muss. Aber diese Zwetschgensocken kommen damit nicht klar.«

»Denken alle Pflegerinnen so?«

»Nicht alle.« Pike blies den Rauch durch die Nase. »Da war so eine hundert Kilo schwere Marilyn, wie vom Titelblatt der Kuhmagdzeitung.«

Koskinen erinnerte sich an diese Frau.

»Anniina Salonen?«

»Genau. Mit Anniina kam man ganz gut aus. Raimond und seine Kumpel mochten sie auch. Sie hat ihnen ihre dummen Streiche verziehen und auch nicht gleich Krach geschlagen, wenn einer von ihnen sie mal ein bisschen gezwackt hat. Weiche Polster hat sie ja genug. Dafür ist Lea Kalenius umso schlimmer, eine pingelige Tante, die sich über jeden Furz aufregt. Einmal hatte sie einen Nervenzusammenbruch und war drei Monate krankgeschrieben.«

Koskinen erinnerte sich, dass Pikes Nachfolgerin Kaarina am gestrigen Abend davon gesprochen hatte. Er hakte nach: »War Raimond der Grund für den Burn-out?«

»Ja«, antwortete Pike und schnippte die Kippe in den Regen. »Das hat Lea selbst erzählt. Sie hat dem Arzt gesagt, sie würde Raimond am Ende noch umbringen, wenn sie nicht eine Weile von ihm wegkäme.«

Das stimmte Koskinen nachdenklich. Er erinnerte sich an die freundliche, grazile Pflegerin in der Wolfsstube und überlegte, ob die Arbeit einen Menschen tatsächlich so krank machen konnte.

»Die Einstellung der Pflegerinnen kann man vielleicht irgendwie verstehen«, sagte er bedächtig. »Aber warum haben die anderen Leute im Haus Raimond gehasst?«

»Er hat sich mit allen gezankt. Manchmal hat er die ganze Nacht hindurch gelärmt und damit vor allem die älteren Frauen im Haus fast verrückt gemacht.«

»Und Harjus und Ketterä?«

Pike drehte sich eine neue Zigarette, und Koskinen glaubte ein flüchtiges Lächeln auf ihren rostbraun geschminkten Lippen zu sehen.

»Die haben Raimond auch gehasst, aber aus einem ganz anderen Grund.«

»Aus welchem?«

»Aus Eifersucht.«

»Eifersucht auf wen?«

Pike, die sich das Zigarettenpapier in den Mundwinkel geklemmt hatte, schüttelte den Kopf. Koskinen wartete geduldig, bis sie die Kippe geformt hatte und weiterreden konnte.

»Auf mich waren sie eifersüchtig.«

»Auf Sie?«

»Ja. Ich habe ja vorhin schon gesagt, dass ich die Einzige war, die Raimond nicht gehasst hat. Ich habe ihn besser verstanden als die anderen. Viel besser und in vielerlei Hinsicht.« Sie zog nachdenklich an ihrer Zigarette und formte mit den Lippen Rauchkringel. »Die wenigsten können weit genug denken. Und viele begreifen nicht, dass die Gefühle und Begierden eines Mannes nicht spurlos verschwinden, nur weil irgendwelche Körperteile nicht mehr funktionieren. Das ist das Schlimmste dabei. Ihr mit euren gesunden Schwänzen könnt euch das nicht vorstellen.«

Koskinen merkte, dass ihn die unverblümten Worte in Verlegenheit brachten. »Wahrscheinlich nicht …«

»Sex ist für einen Behinderten genauso wichtig wie für einen Gesunden, wenn nicht sogar noch wichtiger. Bei vielen von denen funktioniert der Kolben besser als bei einem Zuchtstier. Andere kriegen überhaupt keinen mehr hoch. Aber auch bei denen können die Berührung und die nackte Haut einer Frau die Qual wenigstens ein bisschen lindern. Die Sozialtanten glauben das nicht, oder sie wollen es nicht glauben, weil sie selbst so freudlos leben. Deshalb schmettern sie auch den Vorschlag ab, dass die Kommunen Personen einstellen sollten, die den sexuellen Druck der Behinderten abbauen. Die Kosten für psychische Behandlungen würden dadurch garantiert sinken.«

Koskinen dachte über die Idee nach. Der Regen trommelte auf das Dach, und der bittere Geruch der Zigarette mischte sich mit dem Duft des nassen Rasens.

»Sie meinen, das Sozialamt sollte Sexarbeiterinnen für Behinderte einstellen?«, fragte der Kommissar schließlich. »Das wäre ja vergleichbar mit Prostitution. Ich glaube nicht, dass die finnische Gesetzgebung das so bald zulässt.«

Pike klopfte mit einer auffahrenden Bewegung die Asche ab. »Nennen Sie es doch wie Sie wollen.«

»Ich habe gehört, dass Raimond viel Geld hatte«, wechselte Koskinen das Thema, schloss dann aber eine ungeschickte Frage an: »Hat er Sie irgendwie entlohnt?«

»Scheiße, Mann!«, explodierte Pike. »Du bist genauso ein verdammtes Arschloch wie alle anderen. Ich bin keine Hure! Ist es so schwer zu kapieren, dass ich Raimond wirklich mochte?«

Koskinen verfluchte sich für seinen Patzer und erklärte hastig: »Das war in keiner Weise persönlich gemeint. Wenn ich Sie beleidigt habe, bitte ich um Entschuldigung. Aber so ist das bei Kriminalermittlungen. Man muss nach allem fragen.«

»Okay«, schnaubte Pike und fuhr etwas ruhiger fort: »Raimond hat mich nicht direkt bezahlt. Manchmal hat er mir Geld geschenkt, für neue Klamotten und so. Aber ich war nicht deswegen mit ihm zusammen, sondern weil ich ihn einfach mochte. Er war der schönste Mann, der mir je zu Gesicht gekommen ist.«

Koskinen rief sich die Fotos von Taavitsainen in Erinnerung und wunderte sich wieder einmal, was einen Mann in den Augen einer Frau attraktiv machte. Seine nächste Frage betraf jedoch etwas anderes: »Deshalb haben Ketterä und Harjus Taavitsainen also gehasst? Aus Eifersucht?«

»Ja.« Pike warf die halb aufgerauchte Kippe ins Gras. »Sie haben sich andauernd gegenseitig gedroht. Mit Gift und Bomben und wer weiß was. An Fantasie hat es ihnen nicht gefehlt. Harjus und Ketterä haben Raimond angebrüllt: ›Mit welchem Recht nimmst du Pike für dich in Beschlag‹, und Raimond hat zurückgemotzt: ›Redet keinen Stuss, bei euch funktionieren immerhin die Arme noch‹.«

Koskinen schüttelte den Kopf und schnaubte: »Hat man Ihnen deshalb in der Wolfsstube gekündigt?«

»Wegen Hurerei?« Pikes Wut flammte wieder auf. »Das denken Sie doch, geben Sie's zu!«

Koskinen hatte keine Lust mehr, sich zu verteidigen. Er sagte nichts. Pike saß frierend auf der niedrigen Bank, mit mürrischem Gesicht und verschränkten Armen. Ihre kurzen Haare ließen den mageren Nacken mit dem ungewöhnlich tiefen Grübchen frei. Schließlich beruhigte sie sich halbwegs und sprach weiter.

»Deswegen haben sie mich nicht gefeuert. Sie wussten auch gar nicht, wie nahe wir uns standen. Natürlich hat es sie gefuchst, dass ich meine Freizeit im Haus verbracht habe und manchmal sogar über Nacht geblieben bin. Aber der offizielle Kündigungsgrund war, dass ich den Burschen Schnaps und Frauen organisiert habe.«

»Frauen?«

»Genau, tun Sie doch nicht, als wären Sie schwerhörig! Ich habe ein paar Freundinnen in Helsinki, die hab ich mal eingeladen. Das war eine tolle Party, alle hatten Spaß. Die Mädchen haben Tappi und Hannu auch danach ab und zu besucht.«

Auf die Gefahr hin, einen neuen Wutausbruch zu provozieren, fragte Koskinen: »Zum Abbau des sexuellen Drucks?«

Pike blieb ruhig, aber ihre Stimme triefte vor Verachtung.

»Gratuliere, Sie haben es erfasst. Genau darum ging es. Tappi und Hannu haben feste gespart, um den Mädchen das Taxi zu bezahlen und ihnen ein Trinkgeld zu geben. Eigentlich müsste die Krankenkasse das übernehmen.«

Der Regen ließ nach, und in der Gasse zwischen den Häusern sah man, dass die dunkle Wolkenmasse über der Stadt allmählich aufriss. Am Abend würde er gutes Joggingwetter haben, dachte Koskinen zerstreut. Er musste daran denken, auf dem Heimweg eine Dose Sportgetränk und zwei Flaschen Bier gegen den Durst nach dem Joggen zu kaufen.

Pikes bebende Stimme riss ihn aus seinen Gedanken.

»Ich erfrier gleich. Haben Sie noch Fragen?«

»Ich glaube nicht«, sagte Koskinen, doch im selben Moment fiel ihm eine ein: »Woher hatte Raimond das viele Geld, von dem man in der Wolfsstube spricht?«

»Hat er nicht erzählt.«

»Nicht einmal Ihnen?«

»Wir waren ja nicht verheiratet«, echauffierte sich Pike. »Mir wäre nicht im Traum eingefallen, ihn nach so was auszuhorchen.«

»Haben Sie ihn nach Ihrem Weggang aus der Wolfsstube wiedergesehen?«

»Kein einziges Mal.«

»Das war alles«, sagte Koskinen, stand auf und dehnte die Beine, die beim Sitzen auf der niedrigen Bank eingeschlafen waren.

Pike sah ihm belustigt zu.

»Sind alle Bullen so?«

»Wie?«

»Dass sie bei jeder Gelegenheit Fitnesstraining machen?«

Koskinen musste an Kaatio denken und lächelte unwillkürlich. »Nein.«

Zu seiner Überraschung erwiderte Pike das Lächeln. Einen Moment lang sah ihr großer Mund geradezu schön aus.

»Na, dann tschüss.« Pike winkte und ging davon. Koskinen winkte zurück und machte sich auf den Weg zu seinem Wagen, doch nach ein paar Schritten fiel ihm noch etwas ein.

»Pike, warten Sie mal!«

Die Frau blieb stehen, drehte sich um und sah Koskinen erwartungsvoll an. Er ging zu ihr und fragte: »Sicher kennen Sie Ilmari Suokas?«

»Den verrückten Taxifahrer?«, lächelte Pike. »Natürlich.«

»Wie war sein Verhältnis zu Taavitsainen?«

»Der reinste Kriegszustand. Morddrohungen von beiden Seiten.«

»Tatsächlich?« Koskinen konnte sein Interesse kaum verbergen. »Warum denn?«

»Suokas hat sich irgendwann mal geweigert, Raimond zu kutschieren, weil der so blau war. Da hat Raimond ihm gedroht, seinen Schwindel aufzudecken. Das hätte ihn seine Taxilizenz gekostet.«

»Welchen Schwindel?«

»Er bescheißt das Sozialamt mit den Taxigutscheinen. Davon kriegt jeder Behinderte monatlich eine bestimmte Menge.

Manche brauchen aber nicht alle. Suokas tauscht die überzähligen Gutscheine gegen Kaffee und Zigaretten ein und holt sich das Geld vom Sozialamt. Ein kleines Zusatzgeschäft.«

13

Koskinen schaffte es nicht in sein Dienstzimmer, denn Milla fing ihn schon auf dem Flur ab und setzte ihm zu.

»Wo warst du den ganzen Tag? Alle haben nach dir gefragt und dich gesucht wie die Stecknadel im Heuhaufen!«

»Wo ich war?« Koskinen sah Milla verdutzt an. Die Antenne an ihrer Mütze reichte ihm gerade bis ans Kinn. »Gearbeitet habe ich, ermittelt.«

»So intensiv, dass du nicht mal ans Telefon gehen konntest?«

Koskinen holte sein Handy hervor und fluchte leise. Er hatte es auf dem Weg zur Intensivstation ausgeschaltet und dann vergessen.

Es klingelte, sobald er es eingeschaltet hatte.

»Pekki hier. Wo zum Teufel hast du dich rumgetrieben?«

»Hier und da.«

Pekki wartete nicht auf weitere Erklärungen, sondern platzte mit seiner Neuigkeit heraus: »Der Rollstuhl hat sich gefunden.«

»Sag bloß!«, rief Koskinen. »Wo?«

»Die Streife 341 ist in Hervanta von Haus zu Haus gegangen und schon nach kurzer Zeit auf einen Rentner gestoßen, der im Fahrradschuppen des Hochhauses, in dem er wohnt, einen Rollstuhl gesehen hatte. Er sagte, er hätte sich zuerst gewundert, warum so ein Ding bei den Fahrrädern steht, dann aber gedacht, da hätte wohl jemand bei der Erweckungspredigt der Nokia-Sekte eine Wunderheilung erlebt.«

»Hey, bleib bei der Sache«, unterbrach Koskinen ungeduldig. »Weiß man schon, wie der Stuhl dahingekommen ist?«

»Ja. Ein paar kleine Schlingel aus den Reihenhäusern an der Tohtorinkatu hatten ihn morgens auf dem Schulweg im Graben entdeckt und im Fahrradschuppen versteckt.«

»Haben sie auch erklärt, warum?«

»Ja. Sie meinten, aus den Steuergeräten könnten sie einen ferngesteuerten Omaschreck basteln. Clevere Burschen, oder?«

»Wo ist der Stuhl jetzt?«

»Hier bei der Technik. Mäkitalo hat gerade mit der Untersuchung angefangen und …«

Koskinen legte wortlos auf und stand zwei Minuten später neben Pekki im kriminaltechnischen Labor. Der Stuhl wurde von zwei Lampen über der großen Arbeitsplatte beleuchtet. Er unterschied sich deutlich von den Rollstühlen, mit denen sich Harjus und Ketterä fortbewegten. Unter dem Sitz befanden sich zwei große Akkus und ein Elektromotor. Die Steuerung war in die rechte Armlehne eingebaut. Sie erinnerte tatsächlich an den Regler eines ferngesteuerten Spielzeugs – kein Wunder, dass sie die Fantasie der Jungen angeregt hatte.

Risto P. Jalonen, Erkki Palo-oja und Panu Mäkitalo waren die drei hauptamtlichen Ermittler der technischen Abteilung. Mäkitalo, der die Untersuchung des Stuhls übernommen hatte, war der Jüngste von ihnen, ein langer Lulatsch von etwas über dreißig Jahren. Koskinen und Pekki sahen stumm zu, als er mit einem Pinsel, der an eine Puderquaste erinnerte, Eisenoxid auf die Metallteile des Rollstuhls strich. Das rötliche Pulver brachte Fingerabdrücke zum Vorschein, sie waren sogar mit bloßem Auge zu erkennen.

Koskinen merkte, dass ihre Anwesenheit Mäkitalo störte. Palo-oja und Extra-P Jalonen hätten sie weggescheucht, doch dazu war Mäkitalo zu schüchtern. Er presste einen schmalen Plastikstreifen auf das Pulver, der das Eisenoxid und den Fingerabdruck aufnahm. Mäkitalo befestigte die Streifen untereinander auf festem Karton und schrieb jeweils dazu, an welcher Stelle sich der betreffende Abdruck befunden hatte.

Koskinen warf Pekki einen Blick zu. Er ahnte, dass sie beide den gleichen Gedanken hatten. Pekki sprach ihn aus: »Die meisten sind von den Bengels aus der Tohtorinkatu.«

»Sollten wir uns ihre Abdrücke zum Vergleich holen?«

»Meinst du etwa, wir marschieren in die Schule und kommandieren: ›Hände aufs Pult‹? Was glaubst du, was das für ein Theater gäbe. Die Jungs wären danach Helden, aber ihre Eltern würden uns vor den Kadi bringen, weil wir die seelische Entwicklung ihrer Kinder gestört haben.«

Mäkitalo hatte ihr Geflüster gehört. Er nahm ein Vergrößerungsglas und studierte die Abdrücke, die er auf der Pappe fixiert hatte.

»Man kann erkennen, welche von Halbwüchsigen stammen. Aber keine Sorge, es sind auch Abdrücke von Erwachsenen dabei.«

Mit gefurchter Stirn betrachtete Koskinen den Stuhl.

»Bist du übrigens sicher, dass es der Richtige ist?«

Pekki blickte Koskinen verwundert an und rückte seine Brille zurecht, als könne er so den Gedankengang seines Vorgesetzten besser nachvollziehen.

»Wieso der Richtige?«

»Ist das mit Sicherheit der Rollstuhl von Raimo Taavitsainen?«

»Von wem denn sonst?«

»Na, von irgendwem.«

»Meinst du, Behinderte verlieren des Öfteren ihren Rollstuhl? Sie kommen nach Hause, fassen sich an den Kopf und sagen: ›Hol's der Geier, wo hab ich ihn jetzt wieder gelassen‹, oder wie?«

Pekki sah Koskinen am Gesicht an, dass es ratsam war, sachlich zu bleiben, und fügte hinzu: »Es ist der Richtige. Wenn du genau hinguckst, siehst du an der Rücklehne Taavitsainens Personalien, seine Adresse und seine Blutgruppe, wie bei einem Rallyewagen.«

»Ja, tatsächlich«, brummte Koskinen. Er wollte Mäkitalo nicht bei der Arbeit stören, fühlte sich aber gedrängt, ihn zu fragen: »Was meinst du, wann können wir mit den Ergebnissen rechnen?«

»Die erste Grobklassifizierung bekommt ihr spätestens heute Abend«, antwortete Mäkitalo. »Die Schupos haben schon Vergleichsabdrücke von den Pflegerinnen geholt.«

Es verstand sich von selbst, dass sich am Stuhl Fingerabdrücke vom Personal der Wolfsstube finden würden. Hoffentlich gab es aber auch mindestens einen, der in den Registern der Zentralkripo gespeichert war. Plötzlich fiel Koskinen ein, dass sie auch Pikes Fingerabdrücke zum Vergleich heranziehen mussten. Falls sie sich auf dem Stuhl befanden, hatte die junge Frau einiges zu erklären. Schließlich lag ihre Entlassung schon länger zurück, und danach hatte sie ihren Freund Raimond angeblich nicht mehr gesehen.

Da Mäkitalo bei seiner akribischen Arbeit Ruhe brauchte, ließen sie ihn allein.

»Wie bist du vorangekommen?«, fragte Koskinen auf dem Flur, worauf Pekki missmutig den Kopf schüttelte.

»Der Ikuri-Fall liegt weiterhin völlig im Dunkeln. Adolf Kantola kann sich immer noch nicht zu den Ereignissen in jener Nacht äußern. Die Ärzte meinen, der Krebs sei so weit fortgeschritten, dass sich die Hirnfunktionen nicht mehr normalisieren werden. Der Schlag selbst war gar nicht besonders heftig. Wenn der Alte gesund wäre, hätte er nicht mal das Bewusstsein verloren.«

»Hast du immer noch den Verdacht, dass es sich um denselben Täter wie im Fall Taavitsainen handelt?«

»Nach den bisherigen Erkenntnissen ist das jedenfalls nicht völlig auszuschließen«, antwortete Pekki und sah Koskinen neugierig an.

»Und was hast *du* getrieben? Deine kleine Assistentin war nervös wie ein Wichtel, der den Weihnachtsmann aus den Augen verloren hat.«

Koskinen berichtete von seiner Idee, der flüchtige Motorradfahrer könne etwas mit Taavitsainens Tod zu tun haben. Er schilderte seinen Besuch in der Klinik, den kritischen Zustand des Jungen und die unermessliche Trauer der Mutter.

Das ließ auch Pekki ernst werden. Er fuhr sich mit beiden Händen durch die störrischen schwarzen Haare, die sich dadurch allerdings so wenig bändigen ließen wie mit dem Kamm. Die Geste verriet, dass auch Pekki eine sensible Seite hatte.

»Eine schlimme Geschichte.«

Doch dann zog er eine Grimasse, als wolle er sich zur Ordnung rufen.

»Aber Heulen hilft nichts. Wir müssen uns die Frau vorknöpfen, vielleicht weiß sie etwas über die Streiche ihres Sohnes.«

»Das tun wir nicht«, knurrte Koskinen und bereute, die Sache erwähnt zu haben. Er tippte mit dem Zeigefinger an seine Brust und sagte: »Der Einzige, der mit ihr spricht, bin ich. Ist das klar?«

Pekki sah ihn verwundert an, nickte aber. Koskinen wechselte rasch das Thema. Er erzählte von seiner Begegnung mit Pike und von ihren unverblümten Worten über die nervenschwachen Pflegerinnen und liebestollen Bewohner der Wolfsstube. Außerdem berichtete er, was die Frau über den Taxiunternehmer Ilmari Suokas gesagt hatte.

»Die Burschen hatten also Damenbesuch aus der Hauptstadt«, lachte Pekki. »Diese Tussi ist ja eine wahre Orgienmeisterin.«

Im nächsten Moment wurde er wieder ernst und zeigte mit dem Finger auf Koskinen.

»Stell einen Haftbefehl für den Taxitypen aus! Es gibt genug, was gegen ihn spricht. Wir wissen, dass er in der Nacht von

Taavitsainens Tod in der Wolfsstube war. Dazu der Betrug mit den Taxigutscheinen und die Morddrohungen gegen Taavitsainen – das reicht ja wohl als Begründung.«

Koskinen ärgerte sich über Pekkis Kommandoton.

»Nein, das reicht nicht!«

»Natürlich nicht«, giftete Pekki. »Hätte ich mir ja denken können! Du bist mal wieder der barmherzige Samariter!«

Er marschierte erbost in Richtung Eingangshalle und rief über die Schulter: »Ich hab Wichtigeres zu tun, als mich mit dir zu zanken.«

Während Pekki im Treppenhaus verschwand, wartete Koskinen auf den Lift. Er fuhr in den dritten Stock, kam aber auch diesmal nicht ungestört in sein Zimmer. Milla stürmte mit einem gelben Notizzettel aus ihrem Büro.

»Eine Rückrufbitte für dich – diesmal war ich so klug, auch den Namen zu notieren.«

Milla betonte das Wort »klug« mit einem verschmitzten Grinsen. Koskinen nahm den Zettel entgegen. Unter der Nummer stand der Name »Taru Luttinen«, und Koskinen spürte Schmetterlinge im Bauch. Was wollte Taru wohl von ihm?

Er bedankte sich bei Milla, tippte mit dem Zeigefinger gegen die Antenne an ihrer Mütze und sagte: »Doing!«

Das war wohl kaum als sexuelle Belästigung zu verstehen. Dennoch blickte die kleine, lebhafte Sekretärin den plötzlich gut gelaunten Kommissar aus großen Augen an. Koskinen verschwand in seinem Zimmer und straffte sich, als hätte er ein Bildtelefon. Er tippte die Nummer ein und hörte gleich darauf: »Taru.«

»Sakke hier, grüß dich! Du hattest angerufen.«

»Stimmt«, antwortete Taru, und Koskinen erkannte an ihrer Stimme, dass sie ihm nichts Angenehmes zu sagen hatte.

»Ich habe mich kaum getraut, dich anzurufen.«

»Warum denn nicht?«, fragte Koskinen verwundert. »Du müsstest doch wissen, dass du jederzeit und über alles mit mir reden kannst.«

»Weiß ich ja … aber es ist so schwer, darüber zu sprechen.«

»Sag einfach, was los ist«, ermutigte Koskinen sie und hörte einen tiefen Seufzer.

»Du bist so lieb. Deshalb habe ich mich schließlich doch getraut. Es war immer schön, mit dir zu arbeiten, und wir haben uns gemocht.«

Tarus Worte weckten bei Koskinen widersprüchliche Gefühle. Einerseits wärmten sie ihm das Herz, andererseits taten sie ihm weh. Zwischen ihnen hatte es damals gefunkt, ganz leicht nur, aber Koskinen hätte eine Chance gehabt. Trotz der mehr als zehn Jahre Altersunterschied hatte Taru ihr Interesse offen gezeigt und durchblicken lassen, dass es zu einer engeren Beziehung hätte führen können. Koskinen hatte die Gelegenheit jedoch nicht genutzt, und als ein junger Kriminalmeister in die Abteilung versetzt wurde, hatte Taru das Warten aufgegeben.

Taru und Antti Luttinen hatten sich rasch gefunden und schienen glücklich zu sein. Zumindest von außen betrachtet. Hatte die Ehe Risse bekommen? Rief Taru deshalb an? Koskinens Gedanken liefen Galopp. Nun befand er sich in einer ganz anderen Situation, Raija war weg, und er hatte niemanden …

»Also, wenn ich ganz offen reden darf«, sagte Taru nach langem Schweigen.

Koskinen spornte sie an: »Nur zu!«

»Ich mache mir Sorgen um Antti.«

»So?« Koskinen sackte in sich zusammen. »Warum?«

»Ich habe das Gefühl, dass er bei der Arbeit gemobbt wird.«

»Gemobbt? Hier?«

»Nicht von dir«, stellte Taru klar. »Antti sagt immer: ›Mit Koskinen komme ich gut aus, aber die anderen …‹«

Koskinen musste zugeben, dass Taru recht hatte. Antti Luttinen wurde von seinen Kollegen ständig aufs Korn genommen. Manchmal beteiligte sich auch Koskinen an den Sticheleien, obwohl Taru gerade das Gegenteil behauptet hatte.

Offenbar deutete Taru Koskinens Schweigen falsch.

»Furchtbar«, seufzte sie. »Jetzt hab ich einen Fehler gemacht.«

»Nein, nein, ganz und gar nicht«, versicherte Koskinen. »Gut, dass du angerufen hast. Aber was kann ich tun? Soll ich mal mit den Männern reden?«

»Auf keinen Fall!«, rief Taru. »Wenn Antti erfährt, dass ich dich angerufen habe, wird er wütend.«

Koskinen verstand. Es gab Dinge, über die man nicht sprach. Jedenfalls bei der Polizei nicht.

»Hat Luti … Antti dir von dem Mobbing erzählt?«

»Nicht direkt, aber ich kann zwischen den Zeilen lesen. Er wirkt manchmal so gequält, wenn er von der Arbeit kommt. Und er sagt, dass er immer die unwichtigsten und unangenehmsten Aufgaben kriegt. Vorhin hat er angerufen und erzählt, dass Pekki ihm befohlen hat, in irgendeiner Kneipe die Gäste zu befragen.«

Koskinen kniff die Augen zusammen. Tatsächlich hatte er selbst Luttinen den Auftrag erteilt.

»Antti kann gar nicht mehr richtig schlafen«, fuhr Taru fort. »Er ist immer furchtbar müde, und das wirkt dann wieder zurück, verstehst du?«

»Ja«, sagte Koskinen und bleckte die Zähne wie ein grimmiger Hund. »Natürlich verstehe ich das.«

»Und jetzt wird obendrein von Outsourcing geredet«, sagte Taru kläglich. »Antti fürchtet, dass er als Erster entlassen wird.«

»Davor braucht er keine Angst zu haben. Diese Pläne betreffen die Kripo nicht.«

Taru schien Koskinens Trostversuch nicht gehört zu haben, sie redete sich ihren Kummer vom Herzen.

»Das wäre schrecklich für ihn, nachdem er damals auch bei der Armee gehen musste.«

»Gehen musste?«

»Ja«, schniefte Taru. »Dort wurde er ebenfalls gemobbt.«

Koskinen hörte ein leises, unterdrücktes Schluchzen. Er erinnerte sich, wie Taru manchmal an seiner Schulter geweint hatte, aus Gründen, die im Nachhinein oft nichtig erschienen. Bei dem Gedanken an ihre salzigen Tränen fasste er einen raschen Entschluss.

»Ich verspreche dir, dass das Mobbing aufhört. Von unserem Gespräch wird niemand erfahren, ich finde schon einen Weg, die Sache diskret zu erledigen.«

Er hörte ein erleichtertes Schniefen.

»Danke, Sakari, du bist so lieb! Ich wusste, dass ich mich auf dich verlassen kann!«

Als Koskinen auflegte, war er allerdings alles andere als zuversichtlich. Er fühlte sich hilflos. Wie sollte er die Sache angehen? Leicht würde es sicher nicht werden.

Aber jetzt konnte er keinen Rückzieher mehr machen.

Gegen seine Gewohnheit kaute er auf dem Daumennagel. In Situationen wie dieser hatte er früher seine Frau um Rat gebeten. Raija hatte fast immer eine Lösung gefunden. Wieder einmal wurde ihm schmerzhaft bewusst, wie sehr sie ihm fehlte.

Zum Glück gab es noch jemanden, bei dem er Rat suchen konnte. Koskinen stand auf und ging etwa zehn Meter den Flur entlang. Auf dem Schild neben der vorletzten Tür standen zwei Namen untereinander: »Kriminalmeister Kaatio« und »Kriminalmeisterin Lundelin«.

Ulla war allein im Raum. Sie schaute nur kurz auf und blickte dann gleich wieder auf ihren Monitor. Koskinen merkte sofort, dass sie immer noch eingeschnappt war. Normalerweise zwinkerte Ulla zur Begrüßung fröhlich und hatte irgendeinen flotten Spruch parat. Koskinen überlegte, was ihr über die Leber gelaufen war. Er konnte sich beim besten Willen nicht erinnern, am Morgen etwas Falsches gesagt zu haben.

Jedenfalls war es nicht der richtige Moment, über Luttinens Problem zu sprechen.

Da ihm nichts Besseres einfiel, fragte Koskinen: »Was machst du?«

»Was wohl!« Ulla klickte die Patience auf den Bildschirm. »Ich schufte wie die Magd auf dem Pfarrhof.«

Koskinen ließ ihr Zeit, sich zu beruhigen. Über ihre Schulter hinweg betrachtete er die Karten. Schon nach einer Minute hatte Ulla das Blatt dreimal durchlaufen lassen. Sie beendete das Spiel und drehte sich zu Koskinen um.

»Ich bin vor einer Stunde vom Besuch bei Taavitsainens Schwester zurückgekommen und habe dann gleich den Bericht getippt.«

Koskinen setzte sich auf Kaatios Stuhl an der anderen Seite des Schreibtischs.

»Was hat die Schwester gesagt?«

»Sie heißt Rauni Taavitsainen.« Ulla blätterte in ihrem Notizbuch. »Eine ziemlich widersprüchliche Person. Sie war wirklich traurig über den Tod ihres einzigen Bruders, dabei aber auch grantig, als hätte sie sich den Arsch verbrannt.«

»Liegt vielleicht in der Familie. Von Raimo Taavitsainen erzählt man sich genau das Gleiche.«

»Der Stamm der Jähzornigen.«

»Hast du erfahren, woher Taavitsainen sein Geld hatte?«

»Genau deshalb war die Schwester sauer. Die Eltern sind vor ungefähr fünf Jahren gestorben und haben den größten Teil ihres nicht unbeträchtlichen Vermögens Raimo vermacht, mit der Begründung, dass er so viel Schlimmes erlebt hat. Die Schwester meinte, das Geld hätte ihr zugestanden, weil sie es hätte genießen können. Wozu brauche ein Krüppel Penunzen?«

Ulla kritzelte Gänseblümchen auf einen Schmierzettel, während sie erzählte: »Zwischendurch brach Rauni in Tränen aus, aber ich weiß nicht, ob sie letzten Endes um ihren Bruder weint oder um das verlorene Geld.«

Koskinen witterte eine Art Motiv.

»Jetzt fällt das Erbe ja der Schwester zu.«

»Es ist nichts mehr davon übrig«, erklärte Ulla. »Raimo hat sein ganzes Erbe auf den Kopf gehauen. Als seine Schwester ihn vor zwei Wochen zum letzten Mal sah, wollte er sie anpumpen.«

Koskinen rieb sich nachdenklich die Nase. Steckte trotzdem etwas dahinter? Wenn das Geld verbraucht war, wurde sein Besitzer überflüssig – nein, das klang nicht überzeugend. Er sah Ulla forschend an.

»Wäre die Schwester zu der Tat fähig?«

»Vielleicht. Allerdings wäre es klüger gewesen, Raimond schon vor fünf Jahren umzubringen. Jetzt nützt ihr sein Tod nichts mehr.«

»Es sind schon Leute aus purer Bitterkeit zum Mörder geworden.«

»Stimmt. Und aus Liebe.«

»Jedenfalls sollten wir ihr Alibi überprüfen.«

»Habe ich schon. Sie hat mir erzählt, sie sei auf einer einwöchigen Gruppenreise in Lappland gewesen. Der Bus kam am Montag nach Mitternacht zurück. Das Reiseunternehmen hat mir bestätigt, dass Rauni Taavitsainen die Reise mitgemacht hat.«

Koskinen blickte auf die Uhr.

»Die Streife hatte den Rollstuhl schon kurz vor Mitternacht gesehen.«

»Genau«, nickte Ulla. »Damit ist Rauni aus dem Schneider.«

Koskinen überlegte, ob jetzt der Moment gekommen war, über Luttinen zu sprechen. Ulla war immer noch nicht ganz die Alte, aber der schlimmste Zorn schien verraucht zu sein.

»Ich muss etwas mit dir bereden.«

Weiter kam Koskinen nicht, denn Kaatio marschierte herein. Er scheuchte Koskinen nicht von seinem Stuhl, sondern stützte beide Arme auf den Tisch, streckte das linke Bein zurück und dehnte die Muskeln.

»Ein Scheißtag!«

»Was ist denn los?« Ulla sah ihren Zimmergenossen verwundert an. »Hat Ilves wieder verloren?«

»Wieso denn *wieder*?« Kaatio wechselte vom linken zum rechten Bein und fuhr ächzend fort: »Ich habe gerade die beiden ›Gefallenen Engel‹ vernommen. Die haben mich in einer Tour angepflaumt.«

»Aber du hast doch sicher irgendwas aus ihnen herausgeholt?«, fragte Koskinen.

»Nicht viel mehr, als du in der Kneipe schon gehört hattest. Beide haben Raimo gehasst wie die Pest.«

»Und sie haben niemanden in Verdacht?«

»Beide waren ganz sicher, dass der Wirt der *Miauenden Katze* der Mörder ist. Er heißt Urpiainen. Aber der Mann hat ein Alibi und massenhaft Zeugen. Er war vom Vormittag bis nach Mitternacht in seiner Kneipe gewesen. Als er Feierabend gemacht hat, war Taavitsainens Leiche längst gefunden worden.«

»Natürlich.«

»Das habe ich Ketterä und Harjus auch gesagt. Daraufhin haben mir beide geraten, den Täter unter den Stammgästen zu suchen. Von denen hat angeblich jeder Zweite gedroht, Taavitsainen umzubringen. Seltsame Geschichte.«

»Wieso?«

»Weil dieselben Typen die schlimmsten Schnorrer gewesen sein sollen. Sie haben sich jeden Abend von Raimo freihalten lassen.«

»Hast du Harjus und Ketterä getrennt vernommen?«

»Natürlich.«

»Ich überlege nur, ob sie ihre Aussagen miteinander abgesprochen haben.«

»Gut möglich. Beide haben sich so selbstbewusst benommen, als ob ihnen halb Europa gehöre.«

»Hast du sie gefragt, wo sie am Montagabend waren?«

»Das komplette Trio, Harjus, Ketterä und Taavitsainen, war ab vier Uhr in der *Miauenden Katze* beim Bier gesessen. Gegen halb neun sind sie zur Wolfsstube zurückgefahren.«

»Im Taxi?«

»Nein, im Rollstuhl. Harjus und Ketterä vorneweg, Taavitsainen ist mit seinem Motorstuhl hinter ihnen her gebrummt und hat ihnen sämtliche Schimpfworte und Beleidigungen nachgebrüllt, die man sich nur denken kann. In der ersten Hälfte der Sudenkatu muss das jeder gehört haben.«

»Und später?«

»Alle waren in ihren Zimmern und haben ihren Rausch ausgeschlafen.«

»Kann das jemand bezeugen?«

»Harjus und Ketterä meinten, ihre Ankunft hätte man bestimmt im ganzen Haus gehört. Dass sie geschlafen haben, ist natürlich nicht so leicht zu beweisen.«

»Hat Tapani Harjus dir erzählt, warum er vor neun Jahren versucht hat, sich umzubringen?«

»Nein, dazu war er nicht bereit. Und im Polizeiregister ist bloß pauschal von Eheproblemen die Rede.«

»Deswegen braucht man sich nicht fertigzumachen«, schnaubte Ulla und sah Koskinen an. »Sonst säße jeder Zweite von uns im Rollstuhl.«

Koskinen dachte nicht weiter über Ullas Gedankengänge nach, sondern fragte Kaatio: »Hat unser Register sonst noch was hergegeben?«

»Aber ja. Tapani Harjus ist vorbestraft.«

»Oho!«, riefen Koskinen und Ulla wie aus einem Mund. »Weswegen?«

»Vor zwei Jahren hat er versucht, Wachstumshormone aus Estland einzuschmuggeln. Er hatte den Stoff in seinem Rollstuhl versteckt. Eine der Stangen hat sich ausgerechnet in dem Moment gelöst, als er am Zoll vorbeifuhr. Harjus hat eine hübsche, gleichmäßige Pillenspur hinterlassen, wie eine Perlenschnur.«

»So ein Pech«, seufzte Ulla. »Mir scheint, der Mann ist unter einem schlechten Stern geboren.«

Koskinen fragte: »Hat Harjus die Hormonpillen für den Eigengebrauch geschmuggelt oder zum Verkauf?«

»Für sich selbst«, antwortete Kaatio. »Er wollte als Gewichtheber an den Paralympischen Spielen in Sydney teilnehmen.«

Koskinen dachte an seinen Besuch in der *Miauenden Katze*. Hormone konnten Harjus' aggressives Verhalten zumindest teilweise erklären. War es möglich, dass sie ihn sogar zu einem Mord getrieben hatten? Aber wie hätte Harjus Taavitsainen nach Peltolammi und den Rollstuhl nach Hervanta transportieren sollen? Dafür hätte er einen Helfer gebraucht.

»Woran denkst du?«

Koskinen hob den Kopf und sah, dass Ulla ihn über den Tisch hinweg anstarrte. Das typische, fröhliche Strahlen war immer noch nicht in ihre Augen zurückgekehrt.

»An nichts Spezielles.« Es fiel Koskinen schwer, seine Gedanken zu sammeln. Er wandte sich an Kaatio. »Hast du die Alibis der beiden ausgezogenen Engel überprüft?«

»Das tue ich gleich. Sobald du meinen Stuhl freigibst.«

Koskinen sah sich um.

»Wo steckt denn Luttinen?«

»In der *Miauenden Katze.*« Kaatio sah Koskinen verwundert an. »Du hast ihn doch selbst hingeschickt.«

»Ach ja, richtig.«

»Hoffentlich schmeißen sie ihn da nicht hochkant raus«, lachte Kaatio selbstgefällig. »Wenn der kleine Luti einen sitzen hat, stellt er womöglich die verrücktesten Fragen.«

Koskinen musste an Tarus Anruf denken. Er sprang auf, stiefelte zur Tür und sagte, ohne sich umzudrehen: »Antti versteht seinen Job!«

Mit heftigen Schritten marschierte er in sein Zimmer und überlegte, ob er Luttinen gerade zum ersten Mal in Schutz genommen hatte. Genau das wäre seine Aufgabe als Vorgesetzter gewesen, aber er hatte nie einen Gedanken daran verschwendet. Und jetzt war es vielleicht schon zu spät. Er hätte längst merken müssen, dass Luttinens Selbstbewusstsein zerbröckelte. Nun sah er es ganz deutlich, er brauchte nur an die Besprechungen in der letzten Zeit zu denken, bei denen das ganze Ermittlerteam dabei gewesen und Luttinen immer wieder von seinen Kollegen verhöhnt worden war. Und er hatte nie eingegriffen, er konnte noch froh sein, dass er nicht selbst mitgestichelt hatte.

Er setzte sich an seinen Schreibtisch und hatte das Gefühl, der falsche Mann am falschen Platz zu sein. Auf dem Tisch hatte sich wieder ein Papierstapel mit Berichten und Protokollen angesammelt, der auf Bearbeitung wartete. Er bekam sie nicht in den Griff. Nach einer halben Stunde war er bei dem ersten Papier, dem Bericht über ein Seminar des Rechtspolitischen Forschungsinstituts, immer noch nicht über die Einleitung hinausgekommen.

Um zehn nach vier fiel ihm das Papier aus der Hand. Ohne weiter nachzudenken, griff Koskinen zum Telefon und wunderte sich erst im Nachhinein darüber, dass er die Nummer der Bibliothek nach zwei Jahren immer noch auswendig wusste.

»Koskinen.«

Das klang seltsam. Natürlich wusste Koskinen, dass Raija ihren Ehenamen behalten hatte, aber ihn zu hören war dennoch merkwürdig. Deshalb brachte er zunächst kein Wort heraus, worauf am anderen Ende gerufen wurde: »Hallo! Ist da jemand?«

»Ich bin's.«

Nun wurde es am anderen Ende der Leitung still. Erst nach mehreren Sekunden fragte Raija: »Sakari?«

»Ja.«

»Was für eine Überraschung.«

»Ich ruf nur mal so an, ohne besonderen Grund.«

»Schön, dass du dich meldest, wie geht es dir?«

»Ganz gut, und dir?«

»Danke, auch gut.«

Steifer hätte das Gespräch nicht ausfallen können. Verlogenes Geschwätz – wem konnte es schon gut gehen, wenn nach zwanzig Ehejahren wegen ein paar dummer Irrtümer und Missverständnisse alles in die Brüche gegangen war? Koskinen beschloss, das heuchlerische Gerede dranzugeben, und berichtete, weshalb er anrief. In einigen Sätzen beschrieb er das Gespräch mit Taru und seine Unfähigkeit, das Problem zu lösen.

Raija hörte ihm schweigend zu. Dann sagte sie: »Zuerst einmal, Sakari, finde ich es wunderbar, dass du noch so viel Vertrauen zu mir hast. Sonst hättest du mich nicht angerufen, ich kenne dich doch.«

Darauf wusste Koskinen nichts zu erwidern.

Raija fuhr fort: »Du sprichst genau mit der richtigen Person.«

»Wird in der Bibliothek etwa auch …«

»Absolut nicht«, unterbrach ihn Raija. »Bei uns wird nicht mal der Pförtner gemobbt. Die Richtige bin ich deshalb, weil ich im vorigen Winter an der Volkshochschule einen Kurs über die personellen Beziehungen in der heutigen Arbeitswelt belegt habe.«

»Aha.« Koskinen musste lächeln. Raija hatte immer schon mit Feuereifer Seminare und Kurse besucht, und offenbar hatte sie dieses Hobby auch nach der Scheidung beibehalten.

»Hat es bei euch irgendwelche Veränderungen gegeben? Oder tut sich gerade etwas, das ihr als bedrohlich empfindet?«

Koskinen berichtete von den Outsourcingplänen des Innenministeriums. Man wusste, dass sie das Gewaltdezernat nicht betrafen, aber es waren allerlei Gerüchte in Umlauf, die für Unruhe sorgten.

Das brachte Raija in Fahrt.

»Ein typisches Beispiel dafür, wie Probleme entstehen. Wenn man den eigenen Arbeitsplatz bedroht sieht, projiziert man sein Unbehagen oft auf den Schwächsten im Team. Als würde man damit seine eigene Position in der Gemeinschaft stärken.«

»Kann schon sein«, sagte Koskinen bedrückt. »Aber Luttinen ist schon immer gemobbt worden, lange bevor von Outsourcing die Rede war.«

»Aber in letzter Zeit ist es schlimmer geworden, oder?«

»Leider ja.«

»Wenn ich mich recht erinnere, hast du mal erzählt, dass Luttinen eure Sekretärin geheiratet hat, diese Rothaarige. Satu heißt sie, stimmt's?«

»Nein, Taru.«

»Könnte es sein, dass die anderen Männer wegen dieser Taru eifersüchtig sind?«

Koskinen verschwieg, dass er selbst am eifersüchtigsten war. Außer ihm hatte sich auch Kaatio für Taru interessiert, was gelegentlich zu Hahnenkämpfen geführt hatte. Vermutlich hatte Pekki ebenfalls heimlich ein Auge auf die hübsche Sekretärin geworfen, seine Gefühle aber hinter seiner ewigen Geschäftigkeit verborgen.

Raija lieferte noch ein paar weitere Analysen zu Koskinens Team und erteilte ihm dann einen Rat: »Du musst die ganze Clique zusammenrufen und das Thema offen und ehrlich ansprechen. Durch Reden löst ihr das Problem. Anders geht es nicht.«

»Ja, da hast du wohl recht«, sagte Koskinen, wusste aber, dass er genau das auf keinen Fall tun würde. »Danke für deine Hilfe.«

»Gern geschehen«, antwortete Raija und fuhr nach kurzem Zögern fort: »Wie geht es dir – ich meine, wie geht es dir *wirklich*?«

»Der gleiche Zirkus wie immer, nichts Besonderes. Im Moment haben wir gleich zwei Fälle am Hals, einen Mord und eine Körperverletzung.«

»Du bist immer noch derselbe Workaholic wie früher«, seufzte Raija. »Du solltest deine Mitarbeiter stärker einspannen. Antti hat mir erzählt, dass du irrsinnig abgenommen hast. Pass bloß auf, dass du dich nicht zu Tode schuftest. Das Leben darf nicht nur aus Arbeit bestehen.«

Raijas Predigt brachte Koskinen in Rage. Er dachte an Pauliinas Gerede von der Hierarchie der Lebensinhalte und legte sich eine boshafte Erwiderung zurecht, die er jedoch nicht loswurde, da Raija bereits das Thema wechselte.

»Wir haben uns seit über einem Jahr nicht mehr gesehen. Zuletzt bei Anttis Abiturfeier, oder?«

»Ich glaube ja.«

»Komm doch mal vorbei.«

Vorbeikommen? Koskinen war verblüfft. Raija lud ihn ein. Was bedeutete das? Wollte sie etwa einen neuen Versuch wagen? Er hatte gerade begonnen, sich mit dem Gedanken anzufreunden, als Raija präzisierte: »Du warst früher so ein eifriger Leser.«

»Ach, in der Bibliothek?«

»Natürlich, wo denn sonst? Wir haben ein paar neue finnische Krimis, unter anderem einen ganz guten, der hier in Tampere spielt. Ich kann sie für dich zurücklegen und ...«

»Danke«, fiel ihr Koskinen ins Wort. »Aber ich glaube, in nächster Zeit komme ich nicht zum Lesen.«

»Natürlich nicht«, seufzte Raija, diesmal noch tiefer. »Wofür geht denn deine Zeit drauf?«

»Ich habe angefangen zu joggen.«

»Das hat Antti mir erzählt. Ist dir wirklich kein besseres Hobby eingefallen?«

Koskinen gab keine Antwort. Ganz gleich, welches Hobby er genannt hätte, ob Kernphysik oder Börsenspekulation, Raijas Kommentar wäre der gleiche gewesen: *Ist dir nichts Besseres eingefallen?*

Sie schwiegen lange.

»Danke, dass du angerufen hast, Sakari«, sagte Raija schließlich. »Es hat mich gefreut. Und das meine ich ernst. Immerhin warst du für mehr als die Hälfte meines Lebens der wichtigste Mensch für mich.«

Sie unterbrach die Verbindung, und Koskinen starrte lange auf den tutenden Hörer, bevor er ihn auf die Gabel legte. Er stützte den Kopf auf die Hände. Es war sinnlos, weiter an den Papieren zu arbeiten, er wusste, dass er sie im Moment nicht in den Griff bekam.

Er beschloss, Feierabend zu machen. Es würde auch einmal ohne ihn gehen. Bestimmt hatte Pekki den für die Nachtschicht zuständigen Riipinen bereits instruiert. Riipinen war einer der erfahrensten und kompetentesten Ermittler im ganzen Haus. Zudem wurden am nächsten Tag wieder ausgeruhte und klar denkende Leute gebraucht – es war nicht gut, wenn alle pausenlos schufteten.

Koskinen merkte, dass er sich vor sich selbst rechtfertigte. Mit wütenden Bewegungen riss er sich die Kleider vom Leib. Er brauchte nichts zu erklären, er war der Kommissar und durfte kommen und gehen, wie er wollte.

Er hatte es noch nicht geschafft, die Fahrradkleidung anzuziehen, als Milla ohne anzuklopfen mit einigen Papieren hereinstürmte. Entgeistert starrte sie ihren nur mit der Unterhose bekleideten Chef an. Dann lief sie kreischend hinaus und schlug die Tür hinter sich zu. Ihr Schrei gellte Koskinen noch eine Weile in den Ohren.

Er zog sich an und überlegte, ob man das, was gerade passiert war, als sexuelle Belästigung einstufen konnte – und wenn ja, wer wen belästigt hatte. Er schlüpfte in die Windjacke, nahm seinen Rucksack und ging.

An der Tür zu Millas Büro blieb er stehen.

»Was wolltest du denn vorhin?«

Millas runde Wangen waren immer noch feuerrot. Koskinens Befürchtung, sie würde ihm Belästigung vorwerfen, war jedoch grundlos. Milla nahm einige zusammengeheftete Papiere vom Tisch und schwenkte sie wie einen Fächer.

»Die Protokolle über die Nyyrinkinkatu sind total falsch.«

»Falsch?«

»Und wie!«, verkündete Milla. »Dieser Vaittinen ist doch eindeutig schuldig, er hatte seine Frau ja früher schon verprügelt. Und jetzt soll er einfach so davonkommen!« Sie warf die Papiere auf den Schreibtisch und zeigte auf den obersten Bogen. »Die sind vom Staatsanwalt gekommen, und da oben steht, dass keine Anklage erhoben wird.«

Koskinen setzte den Rucksack ab und erklärte geduldig: »Die Polizei untersucht nur, was passiert ist. Über diese Untersuchung wird ein Protokoll abgefasst, das an die Staatsanwaltschaft geht. Erst dort wird entschieden, ob Anklage erhoben wird oder, wie bei diesem Vaittinen, eben nicht. Ausschlaggebend war in diesem Fall die Aussage eines Nachbarn, der gesehen hat, wie die Frau betrunken auf der Treppe gestürzt ist und sich dabei verletzt hat.«

Milla ließ sich davon nicht beeindrucken.

»Das hat Vaittinen mit dem Nachbarn abgesprochen, garantiert! Ich würde ihn jedenfalls fünf Jahre in den Knast stecken!«

Koskinen warf einen Blick auf die Uhr.

»Was machst du überhaupt noch hier? Du hast schon seit einer Stunde Feierabend.«

»Es gibt so viel zu tun, ich hab nicht alles geschafft. Da liegen noch zwei Ermittlungsprotokolle.«

Koskinen schüttelte den Kopf.

»Vielleicht vertust du mit deinen Überlegungen zu viel Zeit.«

Milla sah Koskinen verlegen an und schob ihren Stuhl näher an den Computer.

»Trotzdem darf keiner seine Frau verprügeln!«

»Tu einfach, was dir aufgetragen wird, und mach dir über den Rest keine Gedanken. Dafür sind andere zuständig.«

Milla drehte demonstrativ ihren Stuhl herum, sodass sie Koskinen den Rücken zuwandte, und streckte beleidigt das Kinn in die Höhe. Die Antenne zeigte auf einen Punkt zwischen Koskinens Augen.

»Bis morgen«, sagte Koskinen versöhnlich und hob seinen Rucksack auf.

Er wollte sich mit niemandem mehr streiten. Es gab ohnehin genug, das ihn beschäftigte. Die Gespräche mit Taru und Raija ließen ihm keine Ruhe. Sie gingen ihm unablässig durch den Kopf, während er nach Hervanta radelte.

Im Lauf des Abends nahm sein Unbehagen zu, und er wusste nicht einmal, wer es ausgelöst hatte, Raija oder Taru. Auch Ulla mit ihrem unbegreiflichen Schmollen spukte ihm durch den Kopf. Seltsam, dass er gerade die Frauen, die er am liebsten mochte, am wenigsten verstand.

Es war bereits dunkel, als Koskinen zu seiner fünfzehn Kilometer langen Runde aufbrach. Beim Laufen fühlte er sich sofort besser. Er schlug ein ordentliches Tempo an, joggte über die Ruskontie nach Sääksjärvi, machte an der Brücke über die Autobahn kehrt und lief die gleiche Strecke nach Hervanta zurück. Gegen Ende steigerte er das Tempo und wunderte sich selbst, wie mühelos er vorankam. Der Schweiß strömte, die Muskeln hatten sich erwärmt und waren weich und geschmeidig geworden. Im Takt seiner Schritte atmete er im Wechsel langsam ein, dann zweimal schnell aus, der Atem erinnerte an eine gut regulierte Dampfmaschine, *huuh hu-hu, huuh hu-hu.*

Es war wie ein Mantra bei der Meditation.

Die Gedanken klärten sich, das Gehirn arbeitete so mühelos wie die Beine. Tarus Anruf beschäftigte ihn immer noch am meisten. Er dachte an Raijas Rat, das Mobbing im Team zur Sprache zu bringen, wusste aber nur zu gut, wie Pekki und Kaatio reagieren würden: Ein richtiger Mann muss doch Spaß verstehen und so weiter.

Durch Reden würde Koskinen das Problem nicht lösen. Er konnte einfach keine Gespräche führen. Das hatte ihm auch Raija immer vorgeworfen.

Koskinen fand allerdings, dass diese kleine Schwäche keine Scheidung rechtfertigte.

Er steigerte das Tempo bis an die äußerste Grenze seiner Kräfte. Nun spürte er Schmerzen in den Beinmuskeln und ein Stechen in der Lunge, einmal langsam einatmen, zweimal schnell ausatmen, und wieder befreiten ihn Schweiß und Qual von seiner Beklemmung.

An der Kreuzung bei der Ahvenisjärventie beschloss er, den direkten Weg zu nehmen, und lief bis zur Näyttelijänkatu. Seit der Scheidung hatte er diese Gegend gemieden, und sein ehemaliges Haus hatte er seit bald zwei Jahren nicht mehr gesehen. Der Anblick wäre zu schmerzhaft gewesen. An der nächsten Kreuzung bog er links ab und blieb an der Ecke der Tohtorinkatu stehen. Er betrachtete die Stelle, an der Sopanen und Siukola den Rollstuhl entdeckt hatten.

Dort wuchsen junge Birken und dahinter Fichten mit schartiger Rinde. Jede Menge Müll war im Gestrüpp deponiert worden: eine Autobatterie, ein abgewetzter Sessel und ein zerbrochenes Mountainbike. Koskinen überlegte, warum der Rollstuhl gerade hier weggeworfen worden war. Von Kissanmaa konnte man zwar auch über Hervanta nach Peltolammi fahren, doch das war ein ziemlicher Umweg. Vielleicht hatte der Täter zuerst Taavitsainens Leiche nach Peltolammi gebracht, bevor er den Rollstuhl hier abgelegt hatte? Das konnte bedeuten, dass er in Hervanta wohnte.

Koskinen lief weiter. Bei dem kurzen Halt waren seine Muskeln steif geworden, und der letzte Kilometer bereitete ihm Schmerzen. Zudem quälte ihn ein neuer Gedanke.

Er ahnte, dass der Rollstuhlmord ihn noch lange beschäftigen würde.

14

Die Frau kannte ihren Mörder.

Sie hatte ihn bereits erwartet, hatte ihr Schicksal vorausgeahnt. Der Tod lächelte mit schiefen Zähnen, und sie hieß ihn willkommen. Er brachte Furcht und Schande mit sich. Dennoch wollte sie ihm keinen Widerstand leisten.

Dazu wäre sie auch nicht fähig gewesen.

Der Tod bedeckte ihr Gesicht und ihre Augen, konnte ihr die Sehkraft aber nicht nehmen. Die Frau sah alles, was sie sehen wollte. Sie sah sich selbst auf der Brücke über einem munter plätschernden Bach. Als kleines, barfüßiges Mädchen. In einem rot karierten Kleid und mit weißen Schleifen an den Zöpfen. An ihrem Arm hing ein Blumenkorb mit frisch gepflückten Gänseblümchen.

Damals hatte sie noch laufen können.

Und bald würde sie es wieder können. Das wusste sie. Seit Jahren, seit Jahrzehnten hatte sie auf diesen Moment gewartet.

Sie hatte sich das Ende anders vorgestellt, aber der Tod war so, wie er sein sollte. Er befreite sie und brachte sie nach Hause. Bald würde sie bei ihrem kleinen Bruder sein.

Ein Schmerz fuhr durch ihre von der Krankheit verkümmerte Lunge. Doch er war nur ein leichtes Reißen im Vergleich zu der Qual und dem Leid, die ihr Leben überschattet hatten. Plötzlich hörte der Schmerz auf. In ihrem Kopf zuckte ein heller Blitz, er machte sie leicht wie einen Engel.

In diesem Moment flog sie auf.

15

Der Freitag begann mit einem Albtraum. Koskinen hatte unruhig geschlafen und immer wieder das Gleiche geträumt – seine Glieder gehorchten ihm nicht. Er wollte laufen, war aber zu keinem Schritt fähig. Seine Beine steckten bis zu den Knien im Morast. Er versuchte, die vor ihm gehende Frau einzuholen. Sie verschwand im Dunst, kam wieder zum Vorschein und blickte sich um. Durch die dünne Nebeldecke leuchteten feuerrote Lippen in einem stillen, abwehrenden Lächeln, genau die Art von Lächeln, die einer schroffen Zurückweisung folgte. Das Gesicht wechselte, gehörte mal Raija, mal Taru – die vertrauten Gesichtszüge von zwei Frauen, die ihm gleichzeitig bereits fremd wurden. Plötzlich verschwand die Frau, und es blieb nur der helle Dunst zurück. Irgendwo klingelte ein Telefon, das er unbedingt erreichen musste. Die Frau stand hinter der Nebelwand und rief ihn an, es war die letzte Chance, eine Verbindung zu ihr zu bekommen.

Koskinen wurde endgültig wach. Das Handy im Flur klingelte hartnäckig weiter. Er hatte es am Abend zum Aufladen dort gelassen. Seine Beine waren schlecht durchblutet, mühselig wie ein alter Mann stieg er aus dem Bett. Nach dem anstrengenden Lauf hätten die Oberschenkelmuskeln eine gründliche Massage gebraucht. Aber von wem hätte er sich massieren lassen sollen?

Er humpelte in den Flur und blickte im Vorbeigehen auf die Uhr am Videogerät. Die Ziffern leuchteten in bedrohlichem Rot und zeigten »4:36« an. Ein Anruf um diese Zeit konnte nichts Gutes bedeuten.

Koskinens Befürchtung bestätigte sich, als er die dumpfe Stimme hörte: »Niininen aus dem Präsidium, guten Morgen.«

Heiser erwiderte er den Gruß, ging mit dem Handy in die Küche und ließ kaltes Wasser in ein Glas laufen, während er sich anhörte, was Niininen ihm zu sagen hatte.

»Ich dachte schon, du rennst durch die Nacht, aber offenbar schläfst du nur fester als andere.«

»Im Gegenteil. Ich habe schlecht geträumt.«

»Pekki meinte, ich soll dich wecken.«

»Was ist passiert?«

»Eine Oma ist ins Jenseits entschwebt.«

Polizeihauptmeister Niininen war einer derjenigen, die regelmäßig in der Notrufzentrale Dienst schoben. Er war früher Ringkämpfer gewesen und dafür bekannt, dass er bei jedem Anlass mehr oder weniger lustige Witze riss.

Koskinen war um halb fünf in der Früh selten in humorvoller Stimmung.

»Was geht mich das an?«, knurrte er. »Irgendeine Oma stirbt fast jede Nacht.«

»Ich habe Pekki auch schon gefragt, seit wann du Bestatter bist.«

»Wo ist sie gestorben?«

»In Kissanmaa, in einem Heim namens Wolfsstube.«

Nun war Koskinen hellwach.

»Lass mich abholen. Ich stehe in einer Viertelstunde bei mir vor dem Haus.«

»Ich besorg dir den Transport«, dröhnte Niininens Bass. »Um diese Zeit sind bestimmt Wagen frei.«

Koskinen klatschte sich kaltes Wasser ins Gesicht und zog sich an, wobei er blindlings aus seinem schmalen Kleiderschrank griff, was ihm als Erstes in die Hände kam: eine schwarze Cordhose, ein grün kariertes Flanellhemd und ein graues Jackett. Er verbot sich den Gedanken, dass es sich um Mord handelte. In Pflegeheimen starb immer mal jemand.

Nach dem Fall Taavitsainen hatten die Pflegerinnen einfach überreagiert und …

Hier brach Koskinens Gedankengang ab. In der Wolfsstube gab es nachts keine Pflegerinnen, die Nachtschicht war infolge der Sparmaßnahmen gestrichen worden. Wer hatte die Polizei gerufen?

Draußen war es dunkel und feucht. Als ihm der kalte Wind ins Gesicht schlug, wollte Koskinen zurück in seine Wohnung, um sich einen Mantel zu holen, doch da sah er bereits einen Streifenwagen auf der Lindforsinkatu stehen. Er lief über den Parkplatz und merkte, dass seine Beine immer noch verkrampft waren.

Als er die Ziffern »341« am Heck des Mondeos erblickte, ahnte Koskinen Böses. Er öffnete die Tür, zwängte sich mit seinen langen Beinen auf die Rückbank und fand seine Ahnung bestätigt – im Wagen saßen Sopanen und Siukola.

»Guten Morgen«, grüßte er betont freundlich.

Sopanen antwortete mit einem mürrischen Brummen: »Wohin?«

»Nach Kissanmaa. Hat Niininen euch nicht informiert?«

»Er hat nur gesagt, dass Koskinen ein Taxi braucht.«

»Ach so.«

Damit versiegte das Gespräch. Die steifen Nacken der beiden Streifenbeamten verrieten, dass Koskinens Attacke noch nicht vergessen war. Erst auf der Schnellstraße brachte Sopanen, der am Steuer saß, die Zähne wieder auseinander.

»Hast du mal daran gedacht, dir selbst ein Auto zuzulegen?«

Koskinen murmelte eine unverbindliche Antwort, die Sopanen offenbar nicht hörte.

»Oder bist du unter die Grünen gegangen, Koskinen? Wie man hört, ist dein Sohn ja Zivi.«

Koskinen nahm sich vor, sich nicht aufzuregen, ganz gleich,

was von der Vorderbank kam. Mit Anttis Zivildienst konnte man ihn jedenfalls nicht wütend machen.

Sopanen sah ihn im Rückspiegel herausfordernd an.

»Euch Radfahrer kennt man ja. Wenn es nach euch ginge, würde der Benzinpreis sofort verdoppelt.«

Offenbar war Siukola das Gerede seines Partners peinlich. Er starrte zum Fenster hinaus. Der nasse Asphalt glänzte und spiegelte das gelbe Licht der Ampeln. Keine Menschenseele war zu sehen. Ein Zustellwagen der Zeitung brauste vor ihnen in den nordwestlichen Teil der Stadt, und ein einsames Taxi kehrte ins Zentrum zurück.

Siukola räusperte sich. »Was gibt es in Kissanmaa?«

»Eine Leiche in einem Behindertenheim.«

»Hat das irgendwas mit dem Rollstuhlfall von Montagabend zu tun?«

»Hoffentlich nicht.«

Siukola rieb sich verlegen den Nacken. »Beschissene Sache. Mit etwas Glück hättet ihr den Täter schon geschnappt.«

»Kaum.« Koskinen lockerte den Sicherheitsgurt und beugte sich vor. »Der Stuhl hat uns nicht weitergeholfen.«

Er erwartete einen Kommentar von Sopanen, doch der schwieg und blickte auch nicht mehr in den Rückspiegel.

Sie waren bereits an der Ampel bei der Uniklinik, und Koskinen erklärte den weiteren Weg über die Kissanmaankatu zur Sudenkatu. Vor der Wolfsstube standen vier Wagen, und die hohen Fenster der Eingangshalle waren erleuchtet. Sonst zeugte nichts von dem nächtlichen Drama. In den Nachbarhäusern schlief alles, und auch der Wind hatte sich gelegt.

Koskinen stieg aus. Er bedankte sich bei Sopanen und Siukola, und beide winkten ihm zu, als der Mondeo wieder abfuhr. Koskinen hatte das Gefühl, dass der unnötige Zank beigelegt war.

Ein plötzlicher Todesfall ließ manches unbedeutend erscheinen.

Im Vorbeigehen betrachtete Koskinen die Wagen. Pekkis zerdellter Corolla parkte am Straßenrand hinter einem Streifenwagen. Die Ambulanz versperrte die Zufahrt, und vor der Haustür stand ein weißer Ford Escort mit der roten Aufschrift »Sicherheitsdienst Tampere«.

Die Haustür war verschlossen. Auf Koskinens Klingeln hin öffnete ihm ein uniformierter Polizist. Koskinen kannte den Mann, es war Polizeimeister Rantanen.

»Morgen, Koskinen«, grüßte Rantanen und schob sein Käppi in den Nacken. »Dich haben sie also auch geweckt?«

»Ja. Wahrscheinlich dachten sie, ich hätte nachts nichts Besseres zu tun.«

»Dabei solltest gerade du dich ausruhen.«

»Wieso?«

»Kangas und Havakainen haben einen völlig unverdienten Vorteil, weil du dir durch die Nachtarbeit die Kondition verdirbst. Der Pirkka-Lauf ist kein Spaziergang.«

Der Tag fängt mal wieder gut an, dachte Koskinen und schob sich an Rantanen vorbei ins Haus. Dort kam ihm Pekki entgegen. Sein graues Gesicht und das unruhige Zucken im linken Mundwinkel verrieten seine Erschütterung.

»Eine Frau in den Siebzigern. Vor rund zwei Stunden gestorben.«

Koskinen lief es kalt über den Rücken. »Ist sie ...«

»Ja.« Pekki deutete mit dem Kopf zur Seite. »Die sagen, sie wurde erstickt.«

Koskinen blickte in die angedeutete Richtung. Auf der Sitzgruppe in der Eingangshalle saßen drei Männer. Zwei von ihnen waren weiß gekleidete Sanitäter, der Dritte trug Jeans und eine schwarze Lederjacke.

»Woher wollen sie das wissen?«

»Dafür braucht man keinen Grundkurs in Pathologie.« Pekki schüttelte bedrückt den Kopf. »Eine Tetraplegikerin kann sich nicht selbst den Mund mit Daunen füllen. Der Mund war das Einzige, das bei ihr noch funktionierte. Offenbar hat sie es geschafft, das Kissen zu zerbeißen, bevor sie erstickte. Das kaputte Kissen lag auf dem Fußboden.«

»Wer hat sie gefunden? Mir hat man gesagt, dass es hier keinen Nachtdienst gibt.«

»Das ist richtig«, sagte Pekki und warf einen Blick auf seine Notizen. »Das Opfer heißt Rauha Salmensuu. Sie hat über ihr Notruftelefon Alarm ausgelöst. Die Wolfsstube hat einen Vertrag über Erste-Hilfe-Service mit einer Firma namens ›Sicherheitsdienst Tampere‹, wo der mit der Lederjacke arbeitet. Er ist Notfallhelfer.«

»Und er hat die Frau gefunden?«

»Ja. Er hat gleich kapiert, was passiert war, und sofort den Krankenwagen und die Polizei gerufen. Rantanens Streife war zuerst hier. Er hat auf Anhieb die Verbindung zu Taavitsainen erkannt und mich zu Hause angerufen.«

Koskinen ging zu dem Notfallhelfer, stellte sich vor und setzte sich auf das nächste Sofa.

»Sie haben die Frau also gefunden?«

Der junge Mann nickte und sah an Koskinen vorbei. Offenbar hatte er den Schock noch nicht überwunden.

»Sie haben einen Schlüssel zum Haus?«

Der Mann zog eine weiße Plastikkarte aus der Brusttasche und zeigte sie Koskinen. Am oberen Rand stand eine lange Reihe von Zahlen, darunter befand sich ein Magnetstreifen.

»Und damit kommt man in alle Zimmer?«

Wieder ein stummes Nicken. Koskinen fragte sich, ob der Mann vor Schreck die Sprache verloren hatte. Nothelfer mussten doch eigentlich abgebrüht genug sein, um den Anblick einer Leiche zu ertragen.

Er ließ den Blick über die Polizisten und Sanitäter wandern und fragte in die Runde: »Hauptmeister Pekki hat mir gerade berichtet, dass die Frau vor zwei Stunden gestorben ist. Wie haben Sie den Zeitpunkt so genau festlegen können?«

Der Notfallhelfer meldete sich überraschend zu Wort: »Den Schluss habe ich gezogen.«

»Woraus?«

»Aus dem Zeitpunkt, zu dem der Alarm in Helsinki einging.«

»In Helsinki?« Koskinen zog die Augenbrauen hoch. »Läuft das immer über Helsinki?«

»Ja. Jeder Alarm geht direkt zur Notrufzentrale des Roten Kreuzes. Wenn man von dort keine Verbindung zu der Person bekommt, die ihn ausgelöst hat, wird der Notruf an einen Nothelfer vor Ort weitergeleitet.«

»In diesem Fall also an Sie?«

»Nicht direkt«, sagte der Mann. »Der Diensthabende in Helsinki ruft die Servicezentrale Koivula in Tampere an. Sie ist rund um die Uhr besetzt, und von dort wurde ich kontaktiert. Das war um drei Uhr fünfzehn, und obwohl ich voll bekleidet schlafe, war ich erst eine halbe Stunde später hier.«

Koskinen schüttelte stumm den Kopf. Er konnte sich vorstellen, wie lang eine halbe Stunde wurde, wenn man Hilfe brauchte. Einem Gelähmten, der aus dem Bett gefallen war, musste die Wartezeit wie eine qualvolle Ewigkeit erscheinen.

Der Notfallhelfer schien Koskinens düstere Miene falsch zu verstehen, denn er erklärte hastig:

»Ich bin nach dem Alarm sofort losgefahren, aber ich konnte es nicht schneller schaffen. Ich wohne am anderen Ende der Stadt.«

Koskinen hob beschwichtigend die Hand.

»Sie trifft kein Vorwurf. Ich glaube nicht, dass Sie noch etwas hätten tun können, selbst wenn Sie in fünf Minuten hier gewesen wären.«

In Gedanken beschuldigte er ganz andere Instanzen. Womöglich hatte auch in diesem Fall die Einsparung bei den Personalkosten ein unersetzliches Menschenleben gekostet. Der Mörder hätte sicher nicht gewagt, zuzuschlagen, wenn jemand vom Personal im Haus Wache gehalten hätte.

Er erinnerte sich an eine Szene, die er vor zwei Tagen beobachtet hatte. Rauha Salmensuu hatte steif in ihrem Rollstuhl gesessen und den Kopf schmerzhaft verdreht, die Arme waren zu leblosen Stummeln verkümmert gewesen. Sie konnte nicht fähig gewesen sein, den Alarmknopf zu betätigen.

Er wandte sich erneut an den Notfallhelfer: »Wie hat Frau Salmensuu den Alarm ausgelöst? Nach unseren Informationen war sie Tetraplegikerin.«

»Für diese Fälle gibt es ein Aktivnotrufgerät«, erklärte der Mann. »Frau Salmensuu hatte ein sogenanntes Smart-Band, das die Veränderungen der Körperfunktionen seiner Mutterperson registriert.«

Das Wort »Mutterperson« klang offenbar auch in seinen Ohren merkwürdig. Er schluckte und fuhr mit rauer Stimme fort: »In diesem Fall reagierte das Gerät auf den beschleunigten Puls und den Anstieg des Blutdrucks.«

»Und dadurch wurde es aktiviert und stellte die Verbindung zur Notrufzentrale her?«

»Ja.«

»Und da der Diensthabende dort keinen Sprechkontakt bekam, rief er Sie an.«

»Genau.«

Nachdenklich betrachtete Koskinen den blassen Mann. Sicher war das System zweckmäßig. Aber in diesem Fall hatte es keinen Nutzen gehabt, es hatte Rauha Salmensuu nicht vor ihrem Mörder retten können.

Er stand auf und winkte Pekki, mitzukommen.

»Sehen wir uns die Leiche mal an.«

Pekki ging ihm durch den Flur voran. Das Zimmer war das zweitletzte an der Straßenseite. Die Tür wurde von Rantanens Streifenkollegen bewacht, einem jüngeren Polizisten mit raspelkurzen Haaren, dessen Name Koskinen entfallen war. An der Nebentür klebte noch das Absperrband der Polizei. Sie führte in Taavitsainens Zimmer, und Koskinen schoss der entsetzliche Gedanke durch den Kopf, dass der Täter womöglich systematisch den Flur von Zimmer zu Zimmer abarbeitete.

Der Schupomann gab die Tür frei, Koskinen und Pekki traten ein. Der Raum ähnelte dem von Taavitsainen, er war einfach und spärlich möbliert. Um den Tisch standen keine Stühle, und in der Miniküche gab es keine Pfannen und Töpfe. Während Taavitsainen die Wände mit zig Motorradpostern dekoriert hatte, war Rauha Salmensuus Zimmer voller Engel. Sie waren überall – kleine Glanzbilder, Ikonen und gerahmte Gemälde.

Koskinen und Pekki standen mitten im Zimmer, darauf bedacht, nichts zu berühren.

»Ist schon jemand von der Technik unterwegs?«

»Ich habe Mäkitalo angerufen«, antwortete Pekki und grinste verkrampft. »Das ist der reinste Pfadfinder, allzeit bereit, selbst um fünf Uhr früh.«

Koskinen nickte und trat einen Schritt näher an das Bett heran. Seine Erinnerung hatte ihn nicht getrogen, Rauha Salmensuu war tatsächlich die Frau, die Lea Kalenius bei seinem ersten Besuch in der Wolfsstube gefüttert hatte. Nun war ihr Mund weit aufgerissen, und am dunklen Gaumen klebten weiße Daunen. Auch die Augen standen offen. Trotz ihrer Leblosigkeit erzählten sie auch jetzt noch von dem jahrzehntelangen

Leid, das ein Außenstehender sich nur ansatzweise vorstellen konnte. Der magere Körper war unter einer blauweißen Decke verborgen, auf der die verkümmerten Arme wie zwei verdorrte Weidenzweige lagen. Das Alarmband, das nun keine Körperfunktionen mehr maß, hing wie eine übergroße Seifendose an dem dünnen Handgelenk.

Der motorisierte Rollstuhl stand neben dem Bett. Er wurde nicht mehr gebraucht, die Frau war für immer von ihm befreit. Falls das Leben irgendwo im Jenseits weiterging, konnte es gewiss nicht härter sein als das diesseitige.

Als Koskinen den Kopf hob, fiel sein Blick auf eins der vielen Engelbilder. Dieses Bild, das einen Ehrenplatz zu haben schien, zeigte eine morsche Holzbrücke, die über einen reißenden Bach führte. Im Hintergrund dräute dunkler Wald, oben links zuckte ein Blitz. Zwei Kinder gingen Hand in Hand über die Brücke: ein Mädchen mit Zöpfen, das einen Blumenkorb trug, und ein kleiner Junge. Die dominierende Gestalt war jedoch ein Engel mit goldenem Haar und weißen Flügeln. Er schwebte hinter den Kindern und hielt die Arme schützend über sie.

Das Bild musste alt sein. Der goldene Lack auf dem Holzrahmen blätterte ab, und der leuchtende Strahlenkranz des Engels wirkte leicht verblasst. Koskinen überlegte, was nun aus dem Bild werden mochte. Würde es im Müll landen oder auf irgendeinem Flohmarkt?

Er wirbelte herum und hätte beinahe Pekki umgerannt. Während er mit wütenden Schritten durch den Flur ging, erteilte er seine Anweisungen.

»Um acht Uhr treffen wir uns zur Besprechung. Dir bleiben also zwei Stunden zur Vorbereitung.«

»Mir?« Pekki schloss zu ihm auf. »Wieso mir?«

»Du bist nach wie vor der Hauptermittler in diesem Fall.«

»Aber …«

»Sag Niininen, dass er das ganze Team zusammentrommeln soll. Tanse muss auch informiert werden. Dann rufst du Lea Kalenius an und setzt sie ins Bild. Aber bitte feinfühlig, fall nicht mit der Tür ins Haus.«

»Ich weiß ja wohl …«, versuchte Pekki zu protestieren, doch Koskinen ließ ihn immer noch nicht zu Wort kommen.

»Sag ihr, dass wir am Vormittag mit einem größeren Trupp anrücken und alle befragen.«

Im Haus war es noch völlig still. Dennoch spürte man unter der Ruhe Furcht. Und plötzlich wurde Koskinen bewusst, dass auch er Angst hatte – allerdings nicht um sein Leben, sondern weil es ihm gelingen musste, die Ermittlung so zu leiten, dass kein weiterer Mord geschah.

Er fürchtete sich davor, zu versagen, zu scheitern.

»Um diese Zeit wollen wir die Leute noch nicht wecken«, sagte er gepresst. »Überhaupt muss jede Panik vermieden werden. Niemand darf das Haus verlassen. Und sag Kalenius, dass das gesamte Personal anwesend zu sein hat, wenn die Befragungen beginnen.«

»Du …«, begann Pekki übertrieben vorsichtig, »… darf ich dich mal was fragen?«

»Na?«

»Was tust *du* inzwischen?«

»Nachdenken.«

Finster blickte Pekki dem Kommissar nach, der bei der Sitzgruppe noch einmal Halt machte.

»Rantanen, du bleibst mit deinem Partner hier. Lasst außer dem Personal keinen ins Haus. Mäkitalo ist unterwegs; bevor er eintrifft, betritt niemand das Zimmer des Opfers. Den Leichenwagen bestellst du erst, wenn Mäkitalo fertig ist.«

Rantanen nickte schweigend, und Koskinen wandte sich an den Notfallhelfer, der inzwischen seine Lederjacke ausgezogen hatte.

»Bleiben Sie bitte noch hier. Der technische Ermittler wird bald eintreffen, und es könnte sein, dass er Fragen an Sie hat. Was Sie angefasst haben und dergleichen.«

Aus irgendeinem Grund waren auch die Sanitäter immer noch da.

»Ihr werdet wohl nicht mehr gebraucht«, sagte Koskinen. »Könnt ihr mich zum Präsidium fahren?«

»Klar.«

Der jüngere Sanitäter stieg hinten ein, und Koskinen bekam den Platz neben dem Fahrer. Schweigend fuhren sie durch die grauen, diesigen Straßen. Der Morgen dämmerte bereits, die Straßenlampen erloschen, und an den Bushaltestellen sammelten sich die ersten Wartenden. Die Stadt erwachte wie an jedem neuen Tag, als wäre nichts geschehen.

Der Fahrer nahm die Abkürzung über die Sarvijaakonkatu nach Kalevankangas. Koskinen fühlte sich immer beklommener. Als sie am Friedhof vorbeifuhren, sagte er plötzlich: »Lass mich hier raus.«

Der Fahrer sah ihn verwundert an, nahm aber den Fuß vom Gas.

»Ich will ein Stück gehen«, erklärte Koskinen. »Nach all dem brauche ich unbedingt frische Luft.«

»Das Gefühl kenne ich«, nickte der Fahrer verständnisvoll. »So geht es mir auch oft.«

Koskinen stieg aus und schlug die Tür zu. Er überquerte die Straße und ging durch das von massiven Granitsäulen flankierte Tor auf den Friedhof. So früh am Morgen würde er dort keiner lebenden Seele begegnen. Nur ein Schwarm von schwarzen Dohlen flog aus den Fichten hinter der Kapelle auf.

Er ging langsam an den Heldengräbern vorbei auf den höchsten Hügel des Friedhofs. Von dort sah man weit über die Stadt. Er schlug den Kragen hoch und zog das Jackett enger um den Leib. Zum Glück stammte es noch aus der Zeit, bevor er abgenommen hatte, sodass der Stoff vorn beinahe doppelt lag. Dennoch drang der feuchte Morgenwind hindurch.

Doch Koskinen ließ sich von der Kälte nicht vergraulen. Er betrachtete das Panorama vom Iidesjärvisee und dem Rangierbahnhof in Viinikka links bis zu den Hochhäusern des Stadtteils Kaleva und dem kreuzförmigen Betonturm der Kirche rechts. Weiter hinten blies der Fabrikschornstein von Naistenlahti seinen Rauch gen Himmel, und hier und da hatten sich die Baukräne bereits in Bewegung gesetzt. Der schneidende Wind trieb Koskinen Tränen in die Augen, und seine Schultern zitterten. Koskinen wusste, dass es nicht die Kälte war, die ihn schaudern ließ, sondern die Wut. Seit zwanzig Jahren arbeitete er bei der Polizei und war mit Hunderten von rohen Gewalttaten konfrontiert worden – Mord, Totschlag, Vergewaltigung. Doch dieser Fall übertraf in seiner Grausamkeit alles, was er bisher erlebt hatte.

16

Die Besprechung fand im Konferenzzimmer im zweiten Stock statt. Um drei Minuten vor acht hatten sich bereits alle versammelt. Nur Tauno Niiranen, der Leiter der Kriminalabteilung, fehlte. Pekki tigerte hin und her und sah immer wieder auf die Uhr. Er wollte nicht vor Tanses Ankunft beginnen.

Neben Ulla, Kaatio und Luttinen waren auch Ermittler der anderen Teams des Gewaltdezernats bereits eingetroffen. Kaija Palonen saß zwischen Lehmus und Meisalmi, Riipinen hatte an der Wand Platz genommen und sog an seinem Inhalator. Er hatte im Sommerurlaub mit dem Rauchen aufgehört und kämpfte mit allen Mitteln gegen die Entzugserscheinungen. An seinem Hals klebte ein Nikotinpflaster, er kaute ständig Nikotinkaugummi, und wenn beides nicht ausreichte, nahm er auch noch den Inhalator zu Hilfe.

Der Konferenzraum erinnerte an ein Klassenzimmer. Eine vier Meter breite, glänzende Tafel nahm eine der Wände ein. Davor standen die Stühle in drei Reihen. Koskinen saß in der letzten Reihe. Er zog es vor, ungestört zu bleiben und die Besprechung aus dem Hintergrund zu verfolgen. Das unruhige Stimmengewirr, gelegentliche nervöse Lacher und das Zischen des Inhalators zeugten von der Spannung, die im Raum herrschte.

Ulla saß in der ersten Reihe zwischen Kaatio und Luttinen. Sie dehnte die Arme und gähnte laut und ungeniert. Ihr Gähnen war so volltönend, dass es die anderen sofort ansteckte. Luttinen legte die Hand vor den Mund, doch es war bereits zu spät.

Pekki blieb stehen und sah ihn besorgt an.

»Du siehst ja aus wie das Sandmännchen! Wo treibst du dich nachts herum? Arbeitest du etwa schwarz für die Konkurrenz?«

Luttinen straffte sich und schluckte den Rest des Gähnens

herunter, doch das half ihm nicht mehr. Mehr als die Hälfte der Anwesenden beteiligte sich an der Frotzelei.

Koskinen musste erneut feststellen, dass Raija recht gehabt hatte. Spannung und Unsicherheit wurden am Schwächsten abgelassen. Zwar in scherzhaftem Ton, aber dennoch. So war es immer gewesen, Koskinen hatte nie weiter darüber nachgedacht. Auch jetzt fühlte er sich nicht in der Lage, einzugreifen. Was konnte er schon sagen? *Lasst Antti in Ruhe!* Das hätte erst recht Gelächter provoziert.

Ulla stieß Luttinen wohlmeinend in die Seite und lächelte: »Taru hält ihren Antti wach. Ihr wisst doch, wie es bei Jungverheirateten ist.«

Selbst das klang in Koskinens Ohren nun wie Mobbing.

Tanse trat ein, wünschte allen einen guten Morgen und setzte sich neben Koskinen. Pekki eröffnete die Besprechung.

»Ihr wisst alle, warum wir hier sind, aber ich fasse noch mal zusammen. In Kissanmaa ist im Behindertenheim Wolfsstube in der vorigen Nacht ein Mord verübt worden.«

Er knipste den Overheadprojektor an. Auf der Tafel erschien ein grobkörniges Foto.

»Das ist ein Polaroidbild und deshalb unscharf. Mäkitalo macht weitere Fotos mit seiner Pentax, sie dürften im Lauf des Vormittags fertig sein.«

Kaatio wollte schon jetzt einen Kommentar loswerden: »Das ist doch die Frau, die dachte, ich würde sie zum Tanzen auffordern.«

Verärgert über die Unterbrechung, fuhr Pekki ihn an: »Was soll der Blödsinn?«

»Ich war vorgestern in der Wolfsstube, um die Bewohner wegen des vorigen Falls zu befragen. Und die Oma auf dem Foto hatte einen schlimmen Sprachfehler. Sie konnte nur zwei Worte brabbeln: ›Kein Tanz, kein Tanz‹.«

Koskinen wurde aufmerksam. Er erinnerte sich, dass Kaatio schon am Mittwoch von der Episode erzählt hatte. Damals hatten sie gedacht, es handle sich um Altersverwirrung. Jetzt bekam die Sache eine neue Nuance. Hatte die Frau vielleicht doch versucht, ihnen etwas mitzuteilen? Verwendeten die Behinderten das Wort »Tanz« als Ausdruck für irgendetwas anderes?

Pekki ging jedoch nicht darauf ein.

»Die Frau auf dem Foto heißt Rauha Salmensuu. Sie wurde wahrscheinlich mit ihrem eigenen Kissen erstickt. Die Obduktion muss das noch endgültig bestätigen, aber Mäkitalo ist sich seiner Sache schon jetzt fast hundertprozentig sicher.«

Stille senkte sich über den Raum. Kaija Palonen schlug die Hände vors Gesicht, Riipinens Inhalator verstummte, und sogar Tanse hielt den Atem an.

Pekki brach das Schweigen: »Vom Täter haben wir noch keine Spur, aber alles deutet darauf hin, dass wir es mit einem Irren der schlimmsten Sorte zu tun haben. Er hat in dieser Woche schon zweimal zugeschlagen, und nun also zum dritten Mal.«

Tanse rutschte unruhig auf seinem Stuhl hin und her.

»Das ist eine ziemlich kühne Schlussfolgerung.«

Pekki trat an die Tafel und schrieb mit weit ausholenden Bewegungen drei Daten auf. Darunter kritzelte er drei Namen. Dann drehte er sich wieder zu seinem Publikum: »Das erste Opfer wurde am Montag in Peltolammi gefunden, es war mit einem Kissen erstickt worden. Das zweite wurde früh am Mittwochmorgen halb tot in Ikuri entdeckt. Man hatte ihm in seinem Garten mit einem harten Gegenstand auf den Kopf geschlagen.«

Bei jedem Satz klopfte Pekki mit dem Stift an die Tafel.

»Und den dritten Fall hatte ich ja schon beschrieben.«

Tanse hakte nach: »Zwischen dem ersten und dem dritten Opfer gibt es klare Verbindungspunkte, nämlich den Wohnort, die Behinderung und natürlich den Tathergang. Aber der mittlere Fall weicht in allen drei Punkten ab. Was veranlasst dich, trotzdem von ein und demselben Täter auszugehen?«

Pekki drehte sich um und schrieb in Großbuchstaben an die Tafel: »MOTIV«.

»Man sagt, ein Verrückter brauche keinen Grund zu morden, aber diesmal gibt es einen.«

Er streckte seinen Filzstift wie zu einem Ausrufezeichen hoch.

»In der Geschichte hat es immer wieder Menschen gegeben, die Gott spielen wollten, und unser Irrer ist einer von ihnen. Er will seine leidenden Mitmenschen von ihrer Qual erlösen.«

Koskinen hörte, wie Tanse mit der Zunge schnalzte. Offenbar brachte er damit seinen Zweifel zum Ausdruck. Auch Koskinen überzeugte die Theorie, die er schon einmal von Pekki gehört hatte, so wenig wie damals.

»Es gibt genug leidende Mitmenschen«, setzte Pekki seinen Vortrag fort. »Taavitsainen und Salmensuu saßen seit Jahren im Rollstuhl, und Kantola leidet an äußerst schmerzhaftem Leberkrebs.«

Tanse hob verärgert den Hintern einige Millimeter vom Stuhl.

»Deine Schlussfolgerungen sind allzu weit hergeholt.«

Pekki ließ die Arme hängen.

»Nun ja, das ist nur einer unserer Ermittlungsstränge. Ich selbst glaube aber daran.«

Koskinen widersprach: »Der Tathergang spricht gegen deine Theorie. Die beiden Erstickungsfälle gehören zusammen, aber der Angriff auf Kantola ist etwas völlig anderes.«

»Zweifellos unterscheidet sich der Tathergang«, seufzte Pekki theatralisch. »Bei Taavitsainen und Salmensuu war das Kissen zufällig die greifbare Waffe, während es in Kantolas Garten natürlich kein Kissen gab. Dafür aber Steine.«

Tanse strich sich mit den Fingern über die fast weißen Haare. »Wenn jemand nach der nächstbesten Waffe greift, haben wir es eher mit Totschlag im Affekt zu tun als mit einem geplanten Mord, der deiner Leidenstheorie entsprechen würde.«

Es fiel Pekki schwer, seine Enttäuschung zu verbergen. Offenbar hatte er sich ausgemalt, die Besprechung als Einmannshow durchzuziehen. Und nun machten ihm seine beiden Vorgesetzten alles kaputt.

Und damit nicht genug – auch Ulla unterstand sich nicht, Kritik zu äußern: »Dass irgendein Irrer nachts in fremden Gärten rumgeistert, kann ich ja noch nachvollziehen, aber wie soll dieser Befreier leidender Seelen unbemerkt in das Zimmer von Rauha Salmensuu in der Wolfsstube gekommen sein?«

Pekki kratzte sich den Nacken, seine Haare standen vom Kopf ab wie das Fell eines von Elstern geneckten Hundes.

»Wahnsinn ist nicht immer direkt sichtbar. Selbst die schlimmsten Schizos können wie ganz normale Menschen wirken. Das macht sie ja gerade so gefährlich. Sie verschmelzen mit der Menge.«

Aus der zweiten Reihe flüsterte jemand vernehmlich: »In diesem Raum sind vielleicht sogar mehrere.«

Die Bemerkung löste Lacher und Stimmengewirr aus. Tanse war nicht amüsiert und sah Koskinen an, als sei dieser schuld an der Disziplinlosigkeit.

»Bleiben wir bei der Sache«, donnerte er, worauf alle verstummten. »Die Profilierung des Täters ist natürlich wichtig, aber noch wichtiger wäre so etwas wie ein Tätigkeitsplan.«

»Dazu wollte ich gerade kommen.« Pekki hob den Finger. »Ich würde von den Schlüsseln ausgehen. Wir müssen alle auf die Liste der Verdächtigen setzen, die einen Schlüssel zur Wolfsstube besitzen, und ganz besonders diejenigen, die Zutritt zu den Zimmern der Bewohner haben.«

Er trat an die Tafel und nahm mit den Zähnen die Verschlusskappe des Filzstifts ab. Da er sie zwischen den Lippen behielt, verwandelte sich sein Vortrag in undeutliches Murmeln.

»Ich liste hier die Personen auf, die unseres Wissens eine Schlüsselkarte zum Gebäude haben.« Er schrieb die Buchstaben »A« und »B« an den oberen Rand der Tafel. »Zur ersten Gruppe gehören alle, die nur den Schlüssel zur Haustür besitzen, zur zweiten diejenigen, die Zugang zu allen Räumen haben.«

Die anderen sahen zu, während Pekki seine Listen an die Tafel kritzelte. Die erste umfasste außer den Bewohnern das Küchenpersonal, den Hausmeister und die beiden Putzfrauen. Auf die zweite kamen der Notfallhelfer, der Taxiunternehmer Ilmari Suokas sowie die Pflegerinnen Lea Kalenius, Anniina Salonen und Kaarina Kauppila.

Pekki unterstrich einen der Namen und drehte sich zu seinem Publikum um. »Ich persönlich würde diesen Suokas an die erste Stelle setzen.«

»Warum?«

Tanses scharfe Frage brachte Pekki in Verwirrung. Er berichtete hastig, dass Suokas' Wagen am Montagabend gesehen worden war und Suokas dem Vernehmen nach Morddrohungen gegen Taavitsainen von sich gegeben hatte. Offenbar merkte er selbst, dass er sich auf schwankendem Boden befand, und wechselte rasch das Thema. Nach einem kurzen Blick auf seine Notizen sagte er: »Neben den bereits erwähnten Personen arbeiten noch zwei Frauen gelegentlich als Vertretung in der Wolfsstube. Ihre Personalien bekomme ich im Lauf des Tages.«

Er wollte sich gerade wieder zur Tafel umdrehen, als Ulla rief: »Es ist keine Frau.«

Pekki funkelte Ulla wütend an. »Wer ist keine Frau?«

»Der Täter«, schnaubte Ulla. »Das ist nicht das Werk einer Frau.«

»Ach du liebes bisschen.« Pekki legte den Kopf schräg. »Jeder kann einen völlig wehrlosen Menschen mit einem Kissen ersticken, und einem krebskranken alten Mann im dunklen Garten einen Stein auf den Kopf zu hauen ist genauso leicht.«

Ulla verschränkte zornig die Arme vor der Brust.

»So hatte ich es auch nicht gemeint.«

Sie starrten sich in die Augen, und wenn es im Konferenzzimmer dunkel gewesen wäre, hätte man womöglich flammende Blitze gesehen.

Tanse stand auf und pfiff das Spiel ab.

»In dieser Phase ist es sinnlos, sich über das Geschlecht des Täters zu zanken. Wir müssen unsere Kräfte darauf konzentrieren, ihn aufzuspüren. Zweifellos haben wir es mit einem gefährlichen Verbrecher zu tun, wobei mir Pekkis Theorie allerdings weit hergeholt zu sein scheint.«

Pekki stand geschlagen an der Tafel, seine Miene sagte alles. Sie hellte sich jedoch auf, als Tanse fortfuhr.

»Aber nichts ist unmöglich, das haben wir sicher alle gelernt. Es kann durchaus sein, dass Pekki doch recht hat. Darüber sollten wir allerdings vorläufig nichts an die Öffentlichkeit dringen lassen. Sonst entsteht Panik, und morgen schreien die Schlagzeilen, in Tampere liefe ein Serienmörder herum.« Tanse überlegte kurz, dann fragte er Koskinen: »Sakari, du hast doch nichts dagegen, dass ich mich selbst um die Medien kümmere?«

»Nicht im Geringsten«, seufzte Koskinen erleichtert, worauf Tanse sich wieder an alle wandte.

»Ich brauche wohl nicht eigens zu betonen, dass dieser Fall höchste Priorität hat.« Er zog den Schlips gerade und knöpfte das Jackett seines blaugrauen Anzugs zu. »Macht ohne mich weiter und verteilt die Aufgaben. Es wäre sinnvoll, den Invataxifahrer zu beschatten.«

Es kam selten vor, dass Tanse seinen Untergebenen Ratschläge zur praktischen Ermittlungsarbeit gab. Alle Anwesenden verstanden, wie ernst er den Fall einstufte und für wie wichtig er die Beschattung hielt.

Pekki griff den Gedanken eifrig auf: »Das ist in dieser Phase sicher die wichtigste Aufgabe, und die wird ein erfahrener ...«

Koskinen unterbrach ihn: »Luttinen wird das übernehmen.«

Die Kollegen drehten sich nach ihm um, und ihre verblüfften Gesichter zeigten, was sie von dem Vorschlag hielten. Doch davon ließ Koskinen sich nicht beirren.

»Antti ist der Richtige für den Job.«

Tanse unterstützte Koskinen.

»Wenn Sakari meint, dass Luttinen das Zeug dazu hat, brauchen wir nicht weiter darüber zu reden. Für die anderen bleibt sicher noch genug zu tun.«

Tanse ging, und Pekki begann erbost, die restlichen Aufgaben zu verteilen.

»Die Angehörigen von Rauha Salmensuu müssen benachrichtigt werden. Wer übernimmt das?«

Da sich niemand meldete, zeigte Pekki auf Kaija Palonen. »Fahr du hin. Ruf Lea Kalenius in der Wolfsstube an und lass dir die Adressen geben.«

Koskinen dachte, dass es eigentlich seine Pflicht gewesen wäre, die Trauerbotschaft zu überbringen. Dazu fühlte er sich im Moment jedoch so unfähig wie zu allem anderen auch. Er stand auf und ging leise hinaus. Durch die offene Tür hörte er noch Pekkis heisere Stimme.

»Die meisten von euch fahren sofort nach Kissanmaa, um das Personal und die Bewohner der Wolfsstube zu befragen. Aus den Bewohnern müsst ihr herausholen, was sie in der letzten Nacht gehört, gesehen oder gerochen haben. Wenn euch jemand erzählt, im Nachbarzimmer hätte das Bett geknarrt, schreibt ihr den Zeitpunkt auf. Jede Information kann wichtig sein, selbst wenn es sich um einen Mückenfurz handelt.«

Koskinen konnte Rauha Salmensuus verhärmtes Gesicht nicht vergessen. Es zeugte von einem langen, leidvollen Leben. Sofern Pekkis Theorie zutraf, hatte noch jemand das Leid darin gesehen und diesem ein Ende bereiten wollen.

Womöglich hätte Koskinen die Tat verhindern können. Er wusste, dass diese Selbstanklage reine Energieverschwendung war, aber er wurde den Gedanken nicht los. Gleich darauf wurde aus dem Vorwurf innere Wut, wie brodelnder Dampf in einem Druckkessel ohne Ventil.

Er ging in sein Zimmer, tigerte eine Weile nervös im Kreis und blieb dann am Fenster stehen. Die Fassade des Sonera-Gebäudes war nicht dazu angetan, seine Stimmung zu verbessern. Er drehte sich um und starrte auf das Schwarze Brett. Dort stimmte etwas nicht, das sah er auf den ersten Blick.

»Millaaa!«

Sein Schrei weckte vermutlich sogar die Säufer im Zellentrakt. Im Flur waren eilige Schritte zu hören, dann erschien das erschrockene Gesicht der Nachwuchssekretärin an der Tür. Sie wagte sich nicht herein, sondern hielt sich fluchtbereit am Türrahmen fest.

»Was ist?«, fragte sie atemlos.

Wütend trat Koskinen einen Schritt vor.

»Was hast du schon wieder getan?«

»Ich? Nichts …«

Koskinen hob gebieterisch die Hand und zeigte auf das Schwarze Brett. »Ist das nichts?«

Milla kaute ratlos auf der Lippe.

»Ach ja, das. Ich hab ein bisschen Ordnung geschaffen.«

»Ordnung?«

»Ja.« Milla wippte unsicher auf den Füßen. »Da hing uralter

Kram, und die neuen Sachen flogen auf dem Tisch rum. Das Rundschreiben über die Nulltoleranz zum Beispiel. Das hab ich nach oben gehängt, und die alten hab ich weggeworfen und …«

»Wo ist das Segel-Bild?«, fiel Koskinen ihr ins Wort. »Hast du das etwa auch weggeschmissen?«

»Das mit dem Segelboot?«

»Genau das!«

»Ich glaub nicht.«

Milla schlüpfte an Koskinen vorbei. Auf der niedrigen Abstellfläche neben dem Schreibtisch lag ein ungeordneter Papierstapel, der geschreddert werden sollte. Sie wühlte eine Weile darin, dann hellte sich ihr Gesicht auf.

»Hier ist es. Was soll ich damit machen?«

»Häng es dahin zurück, wo du es weggenommen hast.«

Milla befestigte das Bild mit Reißzwecken am Schwarzen Brett. Es war ein vergrößertes Farbfoto eines schlanken Segelboots. Das Boot ankerte in einer kargen, menschenleeren Bucht, und am Ruder lehnte ein von der Sonne rot gebrannter Mann.

Milla sah sich das Bild genauer an.

»He, das bist ja du. Oder?«

Koskinens Wut war noch nicht verraucht.

»Wer das ist, spielt keine Rolle! Ab sofort lässt du die Finger von meinen Papieren, ist das klar?«

»Ja.«

»Und jetzt kümmer dich um deine Arbeit, damit du nicht wieder Überstunden machen musst.«

Milla ging wortlos und mit gesenktem Kopf hinaus. Koskinen ließ sich in seinen Bürostuhl fallen und fühlte sich wie der letzte Dreck. Er hatte es wieder getan! Die Wut über sein eigenes Scheitern hatte er an einer Unschuldigen ausgelassen. Konnte er sich wirklich nicht im Zaum halten? Wenn die Wut ihn überkam, war sie so vehement, dass sie die Nervenbahnen zucken ließ und durch Willenskraft nicht zu bändigen war.

Es klopfte, und Millas Kopf erschien im Türspalt. Koskinen war überzeugt, dass sie nur kam, um zu kündigen. Ein Wunder wäre es nicht, bei seinem Benehmen.

Doch es ging um etwas anderes.

»Hier ist eine Frau«, flüsterte Milla. »Sie fragt nach Oberermittler Koskinen.«

»Schick sie rein«, brummte Koskinen und überlegte, wer das nun wieder sein mochte.

Als Milla die Tür freigab, trat eine Frau in schwarzem Blazer und schwarzem Faltenrock ein. Koskinen scheuchte Milla mit einer Handbewegung hinaus und bot Riitta Makkonen den Besucherstuhl an.

Er erriet, was passiert war. Es gab für diese Frau nur einen Grund, das Krankenzimmer ihres Sohnes zu verlassen.

»Mika ist heute Nacht gestorben.«

Nachdem Riitta Makkonen diese Worte gehaucht hatte, sackte sie auf den Stuhl, als hätte sie keine Kraft mehr zum Stehen. Koskinen nickte und dachte geistesabwesend, dass die Frau direkt zur Sache kam. Sie sprach vom Tod, ohne eine der abgedroschenen Umschreibungen zu verwenden: Er ist entschlafen, von uns gegangen, in die Ewigkeit abberufen worden.

Er fragte sich, warum Riitta Makkonen mit dieser Nachricht ausgerechnet zu ihm gekommen war. Hatte sie sonst niemanden? Der Gedanke machte Koskinen verlegen, er hatte keine Ahnung, wie er reagieren sollte.

Die Frau schlug die schwarz bestrumpften, schlanken Beine übereinander und legte die Hände auf die Knie. Dann hob sie plötzlich den Kopf und nannte den Grund für ihren Besuch.

»Ich habe Sie gestern belogen.«

»Belogen?«

»Ja.« Sie nickte entschlossen. »Als ich gesagt habe, ich wüsste nicht, weshalb Mika vor der Polizei geflohen ist.«

Sie war kreidebleich, doch nun stieg ihr die Röte ins Gesicht. Koskinen wollte antworten, dass neun von zehn Müttern ebenso gehandelt und ihr Kind an dessen Sterbebett bis zum Letzten verteidigt hätten. Doch bevor er den Mund aufbekam, fuhr Riitta Makkonen leise fort: »Ich weiß, weshalb Mika geflohen ist.«

Ganz in Gedanken nahm Koskinen den Kugelschreiber zur Hand und zog den Notizblock näher heran. Die Frau fühlte sich dadurch offenbar aufgefordert, mit ihrem Bericht zu beginnen.

»Mika hatte zwei gute Freunde, Petri und Nina. Mit Petri war er schon als Kind befreundet gewesen, und Nina ist Petris Freundin. Sie wohnt in Hervanta. Die armen Würstchen sind seit fast drei Jahren arbeitslos, und deshalb haben sie angefangen zu klauen.«

Sie hob den Kopf, strich sich die Haare zurück und sah Koskinen durch einen Tränenschleier hindurch an. »Es ist schrecklich! Mein Mika hat mitgemacht, um Benzingeld zu bekommen.«

Koskinen runzelte fragend die Stirn.

»In der Klinik haben Sie mir erzählt, Mika hätte im letzten Winter auf dem Bau gearbeitet.«

»Zwei Monate.« Verlegen senkte sie den Blick. »Das Geld für das Motorrad hat Mika von mir bekommen. Aber dann wurde es auch bei mir finanziell knapp, und ich konnte ihm nichts mehr zustecken. Und deshalb hat er sich von Petri und Nina in diese Hauseinbrüche reinziehen lassen.«

Koskinen ahnte, dass sie nun zum Kern des Ganzen kamen. Mit einem Nicken forderte er die Frau auf, fortzufahren.

»Nina und Petri sind in mindestens drei Häuser eingebrochen, deren Bewohner verreist waren. Mika hat nicht dabei mitgemacht, aber er hatte versprochen, das Diebesgut zu verstecken, bis es Käufer findet.«

Es fiel Koskinen schwer, zu schweigen, doch er unterbrach die Frau nicht, sondern wartete gespannt, wohin der umständliche Bericht führen würde.

»Ich bin sicher, dass Mika deshalb am Montagabend geflohen ist«, sagte die Frau. »Wahrscheinlich dachte er, die Polizei wäre den Einbrechern und ihm auf die Spur gekommen. Mir hat man erzählt, es sei um eine ganz normale Kontrolle gegangen.«

Trotzig hob sie das Kinn und sah Koskinen anklagend an.

»Ist es üblich, dass die Polizei bei einer Routinekontrolle so eine wahnsinnige Verfolgungsjagd veranstaltet?«

Koskinen überlegte, was er darauf erwidern sollte. Mika Makkonen hatte die Situation selbst herbeigeführt, aber das wollte er der trauernden Mutter nicht entgegenschleudern.

»Es war sicher ein Missverständnis«, murmelte er und bekam die bittere Antwort: »Ein Missverständnis hat meinen Sohn das Leben gekostet.«

Riitta Makkonen senkte den Kopf und brach in lautloses Weinen aus. Koskinen sah hilflos mit an, wie der zierliche Körper von Schluchzern geschüttelt wurde, und konnte nichts tun als abzuwarten.

Schließlich holte die Frau ein Papiertaschentuch aus der Handtasche und trocknete sich die Augen.

»Entschuldigung«, stammelte sie. »Es war nicht die Schuld der Polizei. Mika hätte nicht fliehen sollen. Aber er war so furchtbar nervös.«

Ein Punkt in der Geschichte war Koskinen unklar geblieben.

»Hat Mika Ihnen das alles erzählt?«

»Ja. Am Montagabend, nachdem ich fremde Waren unter seinem Bett gefunden hatte – und auf dem Dachboden anschließend noch mehr. Mika hat geweint und um Entschuldigung gebeten, als hätte er mich bestohlen. Dann hat er noch ausgeplaudert, dass Nina und Petri als Nächstes im Haus von einem halb toten alten Mann einbrechen wollten. Ich habe Mika so lange zugeredet, bis er versprochen hat, die beiden von ihrem Plan abzubringen. Er ist mit dem Motorrad zu ihnen gefahren, und ich habe ihn erst in der Klinik wiedergesehen.«

Koskinen betrachtete das tränennasse, ungeschminkte Gesicht, die widerspenstige Haarsträhne und den schmallippigen Mund. Wusste die Frau wirklich nicht, welche Folgen Petris und Ninas Einbruch in der Nacht zum Mittwoch gehabt hatte? Aber woher hätte sie es wissen sollen – nach dem Unfall ihres Sohnes hatte sie wohl kaum Zeitung gelesen oder die Lokalnachrichten im Radio gehört.

»Würden Sie mir noch die Nachnamen von Nina und Petri nennen?«

Die Frau wunderte sich nicht über die Frage. Sie nannte die Namen ohne Zögern, und Koskinen notierte sie auf seinem Block. Bei ihren nächsten Worten hob er entgeistert den Kopf.

»Verhaften Sie mich jetzt?«

»Wie bitte?«

»Muss ich ins Gefängnis?«

Riitta Makkonen sah Koskinen ernst an. Er erkannte, dass ihre Frage völlig aufrichtig gemeint war.

»Warum sollten Sie denn ins Gefängnis kommen?«

»Weil ich den Grund für Mikas Flucht verschwiegen habe. Und von den gestohlenen Sachen habe ich auch nichts erzählt. Ist das nicht ein Verbrechen?«

»Nein.« Koskinen schüttelte den Kopf. »In der ganzen Stadt gibt es keinen Richter, der eine Mutter verurteilen würde, weil sie am Sterbebett ihres Sohnes nicht die volle Wahrheit gesagt hat. Mikas Verbrechen war ja nicht einmal besonders schwer. Für Hehlerei wandert ein Ersttäter nicht ins Gefängnis. Er hätte eine Geldbuße oder höchstens eine Bewährungsstrafe bekommen.«

Riitta Makkonen seufzte erleichtert. Sie stand auf und strich die Falten an ihrem Rock glatt. Es war eine durch und durch weibliche Geste, die ein Mann selbst durch lange Übung nie lernen würde. Plötzlich verspürte Koskinen unendliches Mitleid mit der Frau und versuchte stammelnd, etwas Tröstliches zu sagen.

»Wie kommen Sie jetzt ... ich meine, haben Sie jemanden, der Ihnen hilft und ...«

Beinahe wäre ihm »und die Beerdigung organisiert« rausgerutscht, doch er schaffte es gerade noch, die Worte herunterzuschlucken. Riitta Makkonen bemerkte seine Verlegenheit nicht, ging zur Tür und schüttelte traurig den Kopf.

»Nein. Wahrscheinlich muss ich auch den Imbiss verkaufen.«

»Den Imbiss?«

»Ich habe im Industriegebiet in Myllypuro einen kleinen Imbiss, wo Arbeiter und Lkw-Fahrer essen. Im Winter schaffe ich die Arbeit nicht allein.«

Koskinen befürchtete, die Frau würde erneut in Tränen ausbrechen, doch sie fragte: »Kennen Sie vielleicht einen zuverlässigen und preiswerten Makler, der den Verkauf übernehmen könnte? Ich habe nicht die Kraft, es selbst zu tun.«

Koskinen dachte bei sich, dass er tatsächlich einen kannte, allerdings keinen ehrbaren. Raijas neuer Freund war von Beruf Immobilienmakler, doch ihn würde Koskinen nicht einmal seinem ärgsten Feind empfehlen.

»Wenn Sie möchten, höre ich mich mal um«, sagte er und stand auf. »Ich begleite Sie nach unten.«

Sie fuhren mit dem Lift ins Erdgeschoss. Koskinen suchte vergeblich nach Worten, und Riitta Makkonen schien wieder in ihrer eigenen Welt versunken zu sein. Am Ausgang verabschiedeten sie sich. Die Frau drückte Koskinen zaghaft die Hand, stammelte etwas Unverständliches und verschwand aus seinem Blickfeld.

Koskinen machte einen Abstecher zum Empfangsschalter und fragte Tiikko: »Ist Pekki schon nach Kissanmaa gefahren?«

»Bei mir hat er sich jedenfalls nicht abgemeldet.«

»Danke«, sagte Koskinen und wandte sich ab, doch Tiikko rief ihm nach: »Warte mal!«

»Was ist denn?« Koskinen blieb stehen und überlegte missmutig, ob es etwa wieder um den Pirkka-Lauf ging.

»Hast du darüber nachgedacht?«

»Worüber?«

»Über die Schwester meiner Alten.« Tiikko lächelte verschwörerisch. »Soll ich das zufällige Treffen bei uns arrangieren, oder ist dir ein Blind Date lieber?«

»Vorläufig beides nicht«, antwortete Koskinen ungeduldig. »Ich habe allerhand zu tun.«

»Verstehe«, nickte Tiikko. »Sportlerstress. Nach dem Pirkka-Lauf sehen wir weiter.«

Koskinen wirbelte wütend herum und nahm im Treppenhaus drei Stufen auf einmal. Pekki saß in seinem Dienstzimmer. Er sah den Kommissar, der mit finsterer Miene hereinstürmte, verwundert an.

»Was ist los?«

»Deine Theorie ist falsch«, sagte Koskinen und spürte, dass sich seine Stimmung aufhellte. »Der Fall Adolf Kantola hat mit den Rollstuhlmorden nichts zu tun.«

Pekki rückte die Brille zurecht und legte den Kopf in den Nacken.

»Und wie hast du das so plötzlich rausgefunden?«

»Irgendwie.« Koskinen reichte ihm den Zettel, den er von seinem Notizblock abgerissen hatte.

Pekki las die beiden Namen, die draufstanden.

»Wer ist das?«

»Diejenigen, die Kantola überfallen haben. Zwei Neunzehnjährige. Ich wette meinen Kopf darauf, dass sie mit Taavitsainen und Salmensuu nichts zu tun haben.«

In einer anderen Situation hätte Koskinen sicher über Pekkis Miene gelacht. Sie verriet, dass sein Kollege aus allen Wolken fiel. Der Mund wollte nicht zugehen, und die Augen fuhren wie ein Paternoster zwischen dem Zettel und Koskinen auf und ab. Auch seine Worte klangen nicht gerade intelligent.

»Was … wo … wann?«

Koskinen verkniff es sich, das Schauspiel länger zu genießen. Er wiederholte Riitta Maakkonens Bericht und fügte hinzu, dass sie wahrscheinlich nicht wusste, welche fatalen Folgen der Raubzug von Mikas Freunden in Ikuri gehabt hatte.

Pekki brauchte einige Zeit, um die Neuigkeit zu verdauen. Er kratzte sich hinter den Ohren, worauf sich die Haare an dieser Stelle bauschten. Koskinen fand, dass Pekki zum Friseur musste – die Stirnfransen streiften seine Augenbrauen, und im Nacken fielen ihm die Haare bereits über den Kragen. Aber alle im Präsidium wussten, dass Pekki sich die Haare nur zweimal im Jahr schneiden ließ: im Frühling und vor Weihnachten.

Schließlich fand Pekki die Fassung wieder und sagte mit bewundernswerter Gelassenheit: »So ist das also. Dann schreibe ich das Räuberpärchen gleich zur Fahndung aus.«

»Tu das«, nickte Koskinen. »Und gib auch Järvelin Bescheid. Der wird sich freuen, wenn die Hauseinbrüche geklärt werden. Ich weiß, dass er massenhaft offene Fälle hat.«

»Oder möchtest du ihn selbst anrufen?«, grinste Pekki. »Ein Bier ist er dir dafür mindestens schuldig.«

Koskinen schüttelte den Kopf. »Ich fahre zur Wolfsstube.«

Pekki wirkte plötzlich verlegen. Er versuchte vergeblich, sich rote Tinte von den Händen zu reiben, und sprach mit gesenktem Kopf, als hocke sein Gegenüber unter dem Tisch.

»Tja, also …«

»Was denn?«

»Du brauchst deine Zeit nicht mehr in der Wolfsstube zu vergeuden. Jetzt, wo der Ikuri-Fall sich klärt, kann ich die Leitung der Ermittlungen wieder ganz übernehmen.«

»Das geht nicht!«

»Wieso nicht?«

»Weil es jetzt mein Fall ist.«

»Deiner?« Pekki wurde unruhig. »Was soll denn das? Reicht es dir nicht, dass du die Morgenbesprechung vermurkst hast, indem du meine Theorie von vornherein abgelehnt hast?«

»Hat sich nicht gerade gezeigt, dass ich damit richtig lag?«

Koskinens Lächeln brachte Pekki endgültig aus der Fassung. Er sprang auf und zeigte mit dem Finger auf Koskinen.

»Und was hat dich auf die blöde Idee gebracht, Luti für die Beschattung einzusetzen?«

»Luti schafft das so gut wie jeder von uns.«

»Verdammt noch mal, musst du deine Nase in alles stecken? Bisher hat sich noch kein Kommissar in die Basisarbeit eingemischt. Bleib doch an deinem Chefschreibtisch und streich die Schreibfehler in den Berichten an.«

Das war zu viel für Koskinen. Er baute sich vor Pekki auf und sprach aus, was ihm seit dem frühen Morgen auf der Seele lag: »Es ist mein Fall, Ende der Debatte. Wenn ich nicht versagt hätte, wäre Rauha Salmensuu noch am Leben.«

Pekki trat einen Schritt zurück. »Hä?«

»Ich hätte am Mittwochmorgen anordnen müssen, dass die Wolfsstube rund um die Uhr bewacht wird. Sobald klar war, dass die Leiche in Peltolammi von dort stammte.«

Pekki setzte sich wieder hin. Er starrte auf die roten Flecken an seiner Hand und erwiderte mit leiser Stimme: »Mach dir deshalb mal keine Vorwürfe. Daran hätte ich ja schließlich auch denken müssen.«

Koskinen sagte, schon im Hinausgehen: »Dann machen wir uns also an die Arbeit und sorgen dafür, dass es kein drittes Opfer gibt.«

17

Die Anstaltsroutine, die sich in der Wolfsstube über die Jahre hinweg etabliert hatte, war ins Wanken geraten. Nicht einmal das Frühstück wurde wie gewohnt serviert. Die Köchin war so geschockt, dass sie außer Kaffee nichts zustande brachte, aber wahrscheinlich hatte ohnehin niemand Appetit. Dennoch waren die Hausbewohner im Speisesaal versammelt. Sie hockten stumm in ihren Rollstühlen, hier und da war leises Schluchzen zu hören, und diejenigen, die ihre Arme bewegen konnten, wischten sich die Tränen aus den Augen.

Rauha Salmensuus Tod ließ niemanden kalt.

Koskinen traf anderthalb Stunden nach seinen Kollegen ein. Im Speisesaal fand er Kaatio vor, der in Türnähe bei einer Tasse Kaffee und einer trockenen Zimtschnecke saß.

»Wie läuft es hier?«

»Meiner Meinung nach hätten wir den Invataxifahrer einbuchten sollen.« Kaatio wischte sich die Krümel ab. »Er hat auch für die letzte Nacht kein Alibi.«

»Hast du ihn schon vernommen?«

»Ja, er war gerade hier, um einen Patienten zum Zahnarzt zu fahren.«

»Und du hast es ihm erlaubt?«

»Er wird ja beschattet.«

»Richtig«, nickte Koskinen. »Wie wirkte Suokas denn?«

»Nervös.«

»Na ja, die Geschichte bringt wohl jeden aus der Fassung.«

»Trotzdem.« Kaatio verzog den Mund. »Bei Suokas habe ich hinter der Nervosität ganz klares Schuldbewusstsein gespürt.«

»Wahrscheinlich hat er Angst, dass sein Betrug mit den Taxigutscheinen auffliegt.«

»Kann sein. Trotzdem würde ich ihn für ein paar Tage in Gewahrsam nehmen.«

»Geht nicht. Wir haben nichts gegen ihn in der Hand. Ein fehlendes Alibi ist kein Beweis.«

»Reicht es nicht, dass er in der Nacht von Taavitsainens Tod hier gehört und gesehen wurde?«

»Gehört und gesehen«, schnaubte Koskinen. »Taisto Toivakka ist erstens nicht mehr der Jüngste, und zweitens hat er nur Motorengeräusch gehört und die Rücklichter eines Wagens gesehen.«

»Weiß Suokas von Toivakkas Aussage?«

Koskinen glaubte zu verstehen, worauf Kaatio hinauswollte. Er rekapitulierte das Gespräch, das er am Mittwoch mit Suokas geführt hatte.

»Ich habe ihm nur gesagt, dass sein Wagen gesehen wurde, aber nicht, von wem.«

Nachdenklich betrachtete er Kaatios wettergegerbtes Gesicht. »An deiner Idee könnte aber etwas dran sein.«

»An welcher Idee?«

»Wenn der zweite Mord verübt wurde, um einen lästigen Zeugen zum Schweigen zu bringen, wieso war das Opfer dann nicht Taisto Toivakka?«

»Ich weiß es nicht«, sagte Kaatio. »Aber damit sprichst du beinahe das Problem an, über das ich den ganzen Morgen nachgedacht habe.«

»Was für ein Problem?«

»Die Unterschiedlichkeit der Opfer. Taavitsainen und Salmensuu waren so gegensätzlich wie zwei Menschen nur sein können. Raimond war ein Krawallbruder, den keiner ertragen konnte, während Rauha von allen gemocht wurde. Ich habe gleich bei den ersten Aussagen den Eindruck gewonnen, dass sie der netteste und bescheidenste Mensch war, den man sich nur vorstellen kann.«

Koskinen blickte an Kaatio vorbei auf die Leute im Saal – traurige, gebeugte Gestalten, die auf die polizeiliche Befragung warteten. Noch gestern hatte Rauha Salmensuu bei ihnen gesessen. Vielleicht war sie nach dem Abendessen noch im Saal geblieben, um an einem der hohen Fenster die herbstliche Natur zu bewundern, sich eine Fernsehserie anzusehen oder an der Abendandacht teilzunehmen.

»Ja, warum ausgerechnet Frau Salmensuu?« Koskinen richtete den Blick wieder auf Kaatio. »Wusste sie womöglich etwas über Taavitsainens Tod?«

»Was könnte das nur sein?«

»Du hast gesagt, dass sie am Mittwoch versucht hat, dir etwas zu erklären.«

»Stimmt«, nickte Kaatio. »Ich habe immer wieder darüber nachgedacht, aber ich begreife einfach nicht, was sie mir sagen wollte. ›Kein Tanz‹ – was kann das bedeuten?«

»Mir wollte sie auch etwas erzählen«, erinnerte sich Koskinen mit halb geschlossenen Augen. »Die beiden Pflegerinnen waren dabei, Anniina Salonen und Lea Kalenius. Ich habe sie gefragt, was die alte Frau zu sagen versuchte, aber sie haben nur mit den Schultern gezuckt: ›Darauf brauchen Sie nicht zu achten, Rauha redet wirres Zeug‹.«

»So war es bei mir auch.«

»Aber wegen Wirrköpfigkeit bringt man keinen um.«

Kaatio schnipste mit den Fingern Krümel vom Tisch, als wollte er Strafstöße ins Tor jagen.

»Wenn wir die Pflegerinnen vorläufig aus dem Kreis der Verdächtigen ausschließen, kommen wir zwangsläufig wieder auf Suokas.«

»Wieso?«

»Suokas hat Rauha Salmensuu zigmal gefahren, zum Arzt, in die Kirche und wer weiß wohin sonst noch. Er verstand ihre

Worte sicher besser als die meisten. Erst gestern hat er sie zur Pikonlinna-Klinik gebracht. Sie hatte schlimmes Asthma.«

Kaatio legte eine bedeutsame Pause ein, bevor er fortfuhr: »Vielleicht hat sie auf der Fahrt etwas gesagt, woraus Suokas gewisse Schlüsse gezogen hat.«

Der Gedankengang leuchtete Koskinen ein.

»Möglich wäre es«, sagte er. »Luttinen hat sich vorhin also an Suokas drangehängt?«

»Ja. Er ist zu seinem Honda geschlichen und hat eine halbe Minute gewartet, bevor er dem Invataxi gefolgt ist. Der Transit ist so groß, dass man ihn nicht so leicht aus den Augen verliert.«

Kaatios heller, dünner Schnurrbart und seine schmale Oberlippe ließen sein Lächeln wie ein verschlagenes Grinsen aussehen. »Ich habe erst hinterher begriffen, wie clever es war, Luti die Beschattung zu überlassen.«

»Clever?« Koskinen zog die Augenbrauen hoch. »Inwiefern?«

»So ist er uns hier nicht im Weg. Außerdem ist die Beschattung tagsüber ziemlich überflüssig. Wenn Suokas zuschlägt, dann tut er es in der Nacht.«

»So hatte ich es nicht gemeint«, sagte Koskinen. »Luti kann sich zwischendurch ein paar Stunden aufs Ohr legen und in der Nacht weitermachen.«

Kaatio sah ihn verwundert an. »Du meinst, er soll auch noch die Nachtschicht übernehmen?«

»Irgendwer muss es ja tun.«

»Geschieht ihm ganz recht.« Kaatio schnitt eine säuerliche Grimasse. »Da kann Taru wenigstens mal ruhig schlafen.«

Koskinen merkte, wie sehr es Kaatio immer noch schmerzte, dass Taru Luttinen geheiratet hatte, und er verstand diesen Schmerz vielleicht besser als jeder andere. Plötzlich drängte es ihn, sich Kaatio anzuvertrauen, ihm von Tarus Anruf zu erzählen und zu verraten, was Luttinen nachts wachhielt.

Doch da er Taru versprochen hatte, darüber zu schweigen, wechselte er rasch das Thema. »Ihr habt sicher noch reichlich zu tun?«

»Du sagst es«, seufzte Kaatio. »Mäkitalo nimmt in seinem Schneeanzug immer noch Salmensuus Zimmer unter die Lupe. Ulla befragt das Personal, zuerst Kalenius und Salonen, anschließend die Köchinnen und Putzfrauen. Die Bewohner haben wir in drei Gruppen aufgeteilt – je eine für Riipinen und Palonen, und mit der dritten fange ich gleich an.«

»Zu welcher gehören die ›Gefallenen Engel‹ Harjus und Kettärä?«

»Zu meiner.«

»Hast du was dagegen, wenn ich sie dir abnehme?«

»Nein«, antwortete Kaatio erleichtert, »ganz im Gegenteil.«

»Ach, da fällt mir noch was ein«, sagte Koskinen, während er aufstand. »Hast du die beiden ehemaligen Bandidos schon überprüft?«

»Ruomala und Supala.« Kaatio nickte. »Die sind sauber. Sie haben ihren jetzigen Wohnort seit mindestens einer Woche nicht verlassen.«

»Na, dann also an die Arbeit.«

»Ja, packen wir's an.« Kaatio trank den letzten Rest Kaffee aus. »Allerdings weiß ich schon jetzt, dass wir dem Dreifachmörder hier nicht auf die Spur kommen.«

»Doppel.«

»Was für ein Doppel?« Kaatio runzelte die Stirn.

»Es ist ein Doppelmörder. Ich habe total verschwitzt, dir zu sagen, dass sich ein Fall inzwischen geklärt hat.«

Koskinen berichtete kurz von Riitta Makkonens Besuch, der ein neues Licht auf den Ikuri-Fall geworfen hatte. Dann ging er hinaus.

Die »Gefallenen Engel« saßen vor dem Haus und rauchten.

Es war ein schöner Tag, die Sonne schien wie im Sommer, kein Lüftchen regte sich. Koskinen war froh darüber. Wenn das gute Wetter anhielt, würde er beim Pirkka-Lauf am Sonntag keine nassen Füße bekommen.

Harjus bemerkte Koskinen als Erster.

»Schau an, unser Meisterdetektiv. Willst du dir mal wieder unser vermurkstes Leben angucken?«

»Gehen wir auf ein Bier in die *Katze*?«, rief Ketterä.

»Diesmal nicht«, lächelte Koskinen. »Wer will als Erster reden?«

»Worüber?«, fragte Harjus zurück und sah Koskinen herausfordernd in die Augen. »Über Frauen oder Fahrräder?«

Koskinen zuckte nur die Achseln und blickte sich um. An der Hausecke, wo der asphaltierte Hof endete, entdeckte er einen weißen Gartentisch mit drei Plastikstühlen.

»Setzen wir uns da drüben hin«, sagte er zu Ketterä und wandte sich dann an Harjus: »Geh du solang ins Haus, damit du dich nicht erkältest.«

»Hier ist es warm wie im Hochsommer«, fauchte Harjus. »Und ob ich mich erkälte, kann dir scheißegal sein.«

Dennoch rollte er zum Eingang und verschwand im Haus. Ketterä folgte Koskinen. Er rangierte seinen Rollstuhl an den Tisch und fischte eine Zigarettenschachtel aus der Tasche.

»Na los, frag. Dafür wirst du doch bezahlt.«

»Was hältst du davon?«

»Wovon?«

»Von dem, was letzte Nacht passiert ist.«

Ketterä zündete sich in aller Ruhe seine Zigarette an, bevor er antwortete.

»Eine beschissene Sache. Was kann man anderes dazu sagen. Die Tat eines Irren.«

»Wer könnte dieser Irre sein?«

»Wenn ich das wüsste, würde ich es dir mit Vergnügen verraten.«

»Fällt dir irgendwer ein?«

Ketterä zog nachdenklich an seiner Zigarette und schielte an Koskinen vorbei, als ob er mit den Augen einer Bewegung folgte. Koskinen drehte rasch den Kopf, aber es war niemand da.

»Nein«, sagte Ketterä. »Der Einzige, der so etwas hätte tun können, ist hinüber.«

»Meinst du Taavitsainen?«

»Wen sonst? Raimond hat immer gedroht, jemanden abzumurksen, bloß so zum Zeitvertreib.«

»Er ist aus dem Spiel, wie du selbst sagst.«

»Und das ist auch gut so.« Ketterä schaukelte auf seinem Stuhl. »Ich weine ihm keine Träne nach.«

Koskinen fixierte ihn und fragte unvermittelt: »Hast du ihn umgebracht?«

Ketterä erschrak sichtlich, fing sich jedoch rasch und zog die Sache ins Lächerliche.

»Natürlich, *ich*! Wer denn sonst? Und dann habe ich die Leiche auch noch nach Peltolammi geschleppt. Im Rollstuhl ist das ja ein Klacks.«

»Du könntest einen Helfer gehabt haben.«

»Schön wär's.«

»Jedenfalls hast du ein Motiv.«

Ketteräs spöttisches Grinsen gefror. »Ein Motiv?«

»Ja. Das habe ich von Pirkko-Liisa Rinne gehört.«

»So? Pike hast du also auch in die Zange genommen.«

»Sie hat mir erzählt, dass zwischen Taavitsainen und dir Krieg herrschte. Ihr sollt euch wegen Frauen gestritten haben.«

Ketterä wandte das Gesicht ab und spuckte auf den Rasen.

»Jedes Mal, wenn Gänschen aus Helsinki zu uns kamen,

wollte Raimond das beste für sich. Mit seinem Geld hat er jede Behandlung gekriegt, die er wollte.«

»Wäre das ein ausreichender Grund, ihn umzubringen?«

»Frag Tappi! Der hat sich mit Raimond viel heftiger um diese Schlampen gestritten als ich.«

Die Antwort stimmte Koskinen nachdenklich. Die Aggressivität, die Tapani Harjus kennzeichnete, konnte durchaus zu einem Totschlag im Affekt führen. Aber ein geplanter Mord war etwas anderes. Und genau danach sahen die beiden Fälle aus.

Ketterä klopfte ungeduldig auf die Räder seines Rollstuhls und fragte: »Sonst noch was?«

»Diese Frauen.« Koskinen blätterte seinen Notizblock um. »Ich hätte gern Namen und Adressen.«

»Ich auch«, grinste Ketterä. »Die kamen und gingen. Ich glaube nicht, dass mir auch nur eins von diesen Flittchen ihren richtigen Namen genannt hat.«

»Unverbindliche Beziehungen?«

Koskinen hatte nicht beabsichtigt, sich lustig zu machen, doch Ketterä empfand seine Frage offenbar als höhnisch.

»Du hast gut lachen! Du weißt nicht … Niemand kann sich vorstellen, was für eine Hölle das ist. Jeder von uns dreien hat als gesunder junger Mann erlebt, wie himmlisch es mit einer Frau sein kann.«

Er fuhr sich durch die karottenroten Haare. In seinen Augen flackerte Wut.

»Mich hat das Schicksal am schwersten geschlagen.«

Mit beiden Fäusten trommelte er auf seine reglosen Beine und wiegte den schmächtigen Oberkörper vor und zurück.

»Sport war meine größte Leidenschaft, noch wichtiger als die Frauen. Und dann hat er mir das angetan!«

Koskinen fragte sich, was Ketteräs letzter Satz zu bedeuten hatte. Er kam jedoch nicht dazu, länger darüber nachzudenken.

Ketteräs Zorn war in Selbstmitleid umgeschlagen. Die Tränen liefen ihm übers Gesicht und wurden erst von seinem roten Schnurrbart aufgefangen.

»Mein Leben ist im Arsch, total im Arsch!« Seine Stimme drohte zu brechen, als er versuchte, höhnisch zu lachen. »Der Teufel hat mir kräftig eins ausgewischt. Wahrscheinlich hat er sich in seiner Hölle kaputtgelacht, als er mit seiner Klaue über die Liste der Kandidaten gefahren ist und mich rausgepickt hat.«

Ketterä setzte seinen Stuhl in Bewegung und fuhr auf die Haustür zu. Koskinen überlegte, ob er ihn zurückrufen sollte.

Doch im Moment würde er wohl nichts mehr aus ihm herausholen können. Er war davon überzeugt, dass Ketterä etwas wusste. Spätestens am nächsten Morgen würde er ihn zur offiziellen Vernehmung aufs Präsidium holen lassen. Vielleicht genügte ein Tag Wartezeit, um die von der Bestürzung blockierten Gedanken freizugeben.

Koskinen stand auf und ging langsam zum Haus zurück. Etwas irritierte ihn. Er bekam es nicht zu fassen, aber es hing irgendwie mit Ketteräs verbittertem Gefühlsausbruch zusammen. Der Gedanke entfloh ihm endgültig, als er in der Eingangshalle auf Mäkitalo traf.

Der Kriminaltechniker blieb vor Koskinen stehen und stellte seinen metallbeschichteten Koffer ab.

»Sie ist nicht bewegt worden.«

»Was ist nicht bewegt worden?«

»Die Leiche.« Mäkitalo sah Koskinen prüfend an. »Alles deutet darauf hin, dass die Frau in ihrem eigenen Bett gestorben ist.«

»Wie sicher ist das?«

»Fast hundertprozentig.«

Koskinen betrachtete den großen Wandteppich in der Eingangshalle. Ein Skiläufer im blauen Wintermantel kämpfte sich mit Skistöcken durch den Schnee, die länger waren als er selbst, und machte Jagd auf einen Elch mit Schaufelgeweih.

»Das macht den Schlüssel umso wichtiger.«

»Wieso?«

»Der Mörder muss einen Schlüssel zum Zimmer des Opfers gehabt haben. Wie hätte er seine Tat sonst ausführen können?«

»Das gilt doch ebenso, wenn die Frau anderswo getötet worden wäre«, wandte Mäkitalo ein. »Dann hätte der Mörder den Schlüssel gebraucht, um sie in ihr Zimmer zu bringen.«

»Ach ja, natürlich«, sagte Koskinen verlegen und wechselte rasch das Thema. »Hat sich die Vermutung hinsichtlich des Tathergangs bestätigt?«

»Ja, es sieht ganz nach Ersticken aus. Die endgültige Bestätigung liefert natürlich erst die Obduktion.« Mäkitalo hob seinen Koffer auf und fügte hinzu: »Ich habe eine Karre bestellt, die die Leiche abholt. Die Kleider der Frau und ihre Bettwäsche habe ich schon in meinen Wagen gebracht. Jetzt fahre ich zum Präsidium und untersuche die Fasern.«

»Gut«, nickte Koskinen. »Sag mir sofort Bescheid, wenn du auch nur die kleinste Übereinstimmung mit dem Fall Taavitsainen entdeckst.«

»Es wird eine Weile dauern.« Damit ging Mäkitalo.

Koskinen sah Anniina Salonen in ihrer weiß-grünen Schwesternkleidung vorbeigehen, hielt sie an und fragte, wo Tapani Harjus zu finden sei.

»Er ist vor einer Weile nach unten gefahren. Mit dem Aufzug da, man kommt aber auch über die Treppe hin«, sagte Salonen und zeigte auf eine Nische zwischen der Eingangshalle und dem Aufenthaltsraum.

Koskinen bedankte sich und wandte sich in die angegebene Richtung. Der geräumige Lift war offenbar nachträglich eingebaut worden. Koskinen nahm die steile Wendeltreppe. Auf halbem Weg hatte er das seltsame Gefühl, dass ihn von oben jemand anstarrte. Er drehte sich abrupt um und erhaschte gerade noch einen Blick auf Anniina Salonen, die sich rasch zurückzog.

Im Untergeschoss hörte er ein metallisches Klappern. Als er sich der Geräuschquelle näherte, sah er Tapani Harjus, der auf einer Bank lag und Gewichte stemmte. Sein Hemd war schweißnass, und auch das Gesicht und der kahl geschorene Kopf glänzten feucht. Der Rollstuhl stand neben der Bank, Koskinen schob ihn ein Stück beiseite.

»Bodybuilding?«

»Siehst du das nicht? Und lass den verdammten Stuhl an seinem Platz. Soll ich etwa hinhüpfen wie ein Häschen?«

Koskinen ging nicht darauf ein und stellte Harjus dieselbe Frage wie Hannu Ketterä. »Was meinst du zu dem Todesfall in der letzten Nacht?«

Harjus begann eine neue Einheit. Sein rhythmisches Keuchen untermalte das Scheppern der Eisenscheiben. Koskinen nickte anerkennend. Er selbst hätte das Gewicht nicht stemmen können.

Nach dem letzten Stoß legte Harjus die Arme an den Körper. Mit feuchten Augen starrte er an die Decke, im Mundwinkel hing ein Speichelbläschen.

»Ich meine, man sollte den Teufel, der das getan hat, an den Eiern an die nächste Fichte hängen. Wer immer es ist.«

Heftig atmend schloss er die Augen.

»Ich begreife nicht, warum es gerade Rauha erwischt hat. Einen besseren und lieberen Menschen findet man auf unserem ganzen Planeten nicht. Rauha hat keinem etwas Böses gewollt.«

Harjus drehte den Oberkörper und versuchte die Küchenkrepprolle auf dem Nebentisch zu fassen. Koskinen reichte sie ihm.

Statt sich zu bedanken, fauchte Harjus: »Ich brauche keine Hilfe, schon gar nicht von einem Radfahrer.«

Koskinen wunderte sich erneut über Harjus' Radfahrerhass. Er betrachtete die Beine des Mannes. Sie waren mit einem breiten Stoffgurt an die Bank gebunden und erinnerten im Vergleich zum kräftigen Oberkörper an verkümmerte Baumwurzeln. Da hörte er auf, sich zu wundern.

Harjus riss reichlich Papier von der Rolle und wischte sich das Gesicht ab. Er sprach mit erstickter Stimme unter dem Küchenkrepp hervor, als schäme er sich seiner Gefühle. »Ich weiß, welches Leben Rauha führen musste. Sie hatte mit neun Jahren Polio. Das nannte man damals ›Kinderlähmung‹. Ihr kleiner Bruder hatte sich auch angesteckt, bei ihm hat die Lähmung die Atemmuskeln erwischt. Rauhas Bruder ist erstickt.«

Harjus schnäuzte sich geräuschvoll und fuhr fort: »Rauha überlebte. Aber die Krankheit hatte ihr so schlimm zugesetzt, dass sie seit damals von anderen herumgeschoben wurde und auf Almosen angewiesen war.« Er knüllte das Papier zusammen und warf es auf den Boden. »Ich glaube an gar nichts, aber ich bin sicher, dass Rauha jetzt an einem besseren Ort ist. Schlimmer als hier kann es ja nicht werden. Gut, dass sie die Qual hinter sich hat.«

Diese Worte erinnerten Koskinen an Pekkis Sterbehilfetheorie. Gab es viele, die so dachten wie Harjus?

»Kommen wir zur Sache«, sagte er und zog den Notizblock aus der Tasche. »Hast du in der Nacht irgendetwas gehört?«

»Ich hab gestern Abend so gesoffen, dass ich selbst dann nichts gehört hätte, wenn die Wolfsstube mit Kanonen beschossen worden wäre.«

»In der *Miauenden Katze*?«

»Unter anderem.«

»Mit Ketterä?«, fragte Koskinen und dachte mit der Bitterkeit langjähriger Erfahrung, dass die beiden Männer sich natürlich gegenseitig ein Alibi liefern würden. Andererseits – wozu brauchten zwei Gehbehinderte ein Alibi?

»Hannu war auch da«, sagte Harjus. »Aber wir haben bloß ein paar Bierchen getrunken.«

»Ein paar Bierchen, und du hörst die ganze Nacht nichts mehr?«

»Ich hatte noch eine angebrochene Flasche Wodka in meinem Zimmer. Die hab ich leer gemacht.«

»Allein oder mit Ketterä?«

»Allein.«

»Warum? Hattet ihr Streit?«

»Nein. Manchmal möchte man eben allein sein. Und das, obwohl unsereins diesen Luxus ja bis zum Überdruss genießen kann.«

Koskinen steckte den Notizblock unbenutzt wieder ein. Er warf einen Blick auf die Uhr. Es ging bereits auf Mittag zu, und im Präsidium wartete auch noch Arbeit auf ihn. Noch mehr Zeit mit Harjus zu vergeuden war sinnlos. Der Mann würde nichts preisgeben. Wenn er überhaupt etwas wusste.

»Reden wir ein andermal weiter«, sagte er und schob den Rollstuhl zurück an die Bank. Als er die Treppe hinaufging, hörte er die Gewichte wieder scheppern.

Oben sah Koskinen Anniina Salonen und Lea Kalenius, die Seite an Seite zum Speisesaal gingen. Er lief ihnen nach.

»Ich habe noch ein paar Fragen an Sie.«

Die Frauen wandten sich um und sahen Koskinen verärgert an. Beide wirkten besorgt und erschöpft.

»Wir sind doch schon vernommen worden«, protestierte Kalenius. »Von einer Polizistin namens Lundelin.«

Anniina Salonen zeigte auf die Wanduhr. »Der ganze Ablauf ist durcheinander, das Essen müsste längst serviert werden. Wir haben es gerade noch rechtzeitig geschafft, die Medikamente auszugeben.«

»Es dauert nicht lange«, beschwichtigte Koskinen und winkte die beiden zu sich. Sie setzten sich auf die Sofas in der Eingangshalle, Salonen neben Koskinen, Kalenius ihnen gegenüber. Die Frauen sahen den Kommissar ungeduldig an.

Koskinen wusste selbst nicht genau, was er von ihnen wollte. Das Gespräch am Gartentisch ging ihm immer noch durch den Kopf. Vor allem die Worte »Dann hat er mir das angetan« beschäftigten ihn. *Er!* Wen meinte Ketterä damit? Den Schicksalsgott oder irgendeine andere höhere Kraft?

Anniina Salonen hatte genug davon, den in Gedanken versunkenen, nach draußen starrenden Mann anzusehen. Verärgert lehnte sie sich zurück. Die Lehne des Sofas knarrte unter ihrem Gewicht.

»Ihnen scheint die Lage nicht klar zu sein«, sagte sie mit schriller Stimme. »Hier bricht bald Chaos aus. Die Bewohner haben Angst, manche trauen sich nicht einmal mehr aus ihrem Zimmer.«

»Warum?«, fragte Koskinen zerstreut.

Nun platzte auch Kalenius der Kragen. »Warum?! Wenn jemand fähig ist, eine nette, harmlose Frau wie Rauha umzubringen, kann jeder von uns der Nächste sein. Sind Sie in Ihrem Beruf tatsächlich so abgestumpft, dass Sie sich nicht denken können, warum die Leute Angst haben? Die Panik wächst, und heute Nacht wagt sicher niemand zu schlafen.«

Koskinen schüttelte den Kopf. Er war keineswegs abgestumpft. Manchmal dachte er allerdings, ein dickeres Fell würde ihm die Arbeit erleichtern.

»Bis der Fall geklärt und der Täter gefasst ist, bleibt eine Polizeistreife im Haus. Außerdem schickt die Opferhilfe einen Krisenstab, der Sie dabei unterstützt, die Ängste der Bewohner abzubauen.«

Er bemerkte die Erleichterung auf Kalenius' zartem Gesicht. Ihre klaren braunen Augen funkelten allerdings immer noch verärgert.

»Kommen Sie endlich zur Sache!«

»Spricht Hannu Ketterä häufig über die Ursache seiner Lähmung?«

Salonen fuhr sich wütend durch die Haare, aus denen der süßliche Geruch von Haarspray aufstieg. »Haben Sie nicht gehört, wie es passiert ist? Haben Sie überhaupt von irgendetwas eine Ahnung?«

Salonen hatte etwas Widersprüchliches an sich. Das hatte Koskinen schon am Mittwoch bemerkt, als sie ihm Taavitsainens Wohnung gezeigt hatte. Sie schien oft von einer Stimmung in die andere zu fallen und mitunter selbst nicht zu wissen, ob sie glücklich oder unglücklich war.

»Ich weiß, was passiert ist«, antwortete Koskinen. »Jemand hatte an einem Abhang eine Leine über die Loipe gespannt, die Ketterä zu Fall brachte. Der Täter wurde nicht gefunden.«

»Was wollen Sie denn dann sonst noch wissen?«

»Spricht er oft darüber?«

Die beiden Frauen sahen sich an, dann berichtete Salonen: »Im ersten Jahr hatte Hannu eine schwere Depression, von der er sich erst im Rehazentrum in Lahti erholte. Trotzdem ist die Verbitterung geblieben.«

»Das ist ja auch kein Wunder«, fiel ihr Kalenius ins Wort. »So übel, wie ihm mitgespielt wurde … Zum Glück hat Hannu die Musik wiedergefunden. Sie ist die beste Therapie für ihn.«

Koskinen erinnerte sich, dass Ketterä in der *Miauenden Katze* von seinem Hobby gesprochen hatte, ließ Kalenius aber weiterreden.

»Hannu spielt Klavier. Ein paarmal in der Woche spielt er mit einer Kellerband Jazzmusik. Im Juli hat der Lions Club in

Nokia ihm ein Klavier geschenkt. Es steht in seinem Zimmer.«

Kalenius nickte Salonen zu und fuhr fort: »Anniina hat es mit ihrem Wagen hergebracht. Nur kann er hier leider nicht so oft spielen. Die Leute schlafen so schlecht und sind geräuschempfindlich.«

»Rauha Salmensuu auch?«

»Ja«, sagte Salonen und sah Koskinen ungläubig an. »Wollen Sie etwa andeuten ... Das geht zu weit!«

»Es war nur eine Frage«, winkte Koskinen ab. »Fragen stellen gehört zu meinem Beruf. Für heute mag das genügen. Ich werde Ketterä und Harjus aber noch einmal zur Vernehmung aufs Präsidium holen lassen.«

Anniina Salonen verlor die Beherrschung. Ihr Gesicht verzog sich, und ihre grünen Augen glühten wie die einer Katze.

»Warum, zum Teufel?«, fuhr sie Koskinen an. »Sie waren doch beide schon dort!«

Ihr Ausbruch überraschte Koskinen. Die üppige Brust der Frau wogte heftig, und ihre Beine zuckten wie bei einem plötzlichen Krampf.

Betont trocken und ruhig antwortete Koskinen: »Ich möchte noch ein paar Einzelheiten mit den beiden klären.«

»Können Sie das nicht hier erledigen? Bei den armen Kerlen liegen die Nerven doch jetzt schon blank.«

»Offizielle Vernehmungen werden auf dem Präsidium geführt und protokolliert. Der Vernommene bestätigt das Protokoll durch seine Unterschrift.« Koskinen warf einen Blick auf die Uhr, bevor er fortfuhr: »Es muss nicht heute sein. Sie können morgen früh kommen. Ich teile die Uhrzeit später mit und organisiere den Transport.«

Dann wandte er sich an Anniina Salonen, deren Gesicht immer noch gerötet war: »Sie können schon gehen.«

Obwohl Anniina Salonen vorhin über Eile geklagt hatte,

schien es ihr jetzt durchaus nicht recht zu sein, dass sie weggeschickt wurde. Offenbar hätte sie gern gewusst, was Koskinen noch mit ihrer Kollegin zu besprechen hatte. Schließlich stand sie jedoch auf und verschwand mit wütenden Schritten im Speisesaal.

Koskinen beugte sich zu Lea Kalenius vor.

»Ich möchte Sie ganz inoffiziell zu einer eher persönlichen Angelegenheit befragen.«

Kalenius wirkte beunruhigt. Sie versuchte es zu verbergen, indem sie sich bückte und den Riemen ihrer Gesundheitssandale fester schnallte. »Etwas Persönliches?«

»Ja.« Koskinen dämpfte die Stimme. »Ich habe gehört, dass Sie kürzlich für längere Zeit krankgeschrieben waren.«

Seufzend richtete sich die Frau auf.

»Ich habe geahnt, dass ich danach gefragt werde. Es stimmt, ich war drei Monate krankgeschrieben. Wegen eines Nervenzusammenbruchs.«

»Könnten Sie mir erklären, wodurch der ausgelöst wurde?«

»Ich hatte einfach keine Kraft mehr. Das lag nicht nur daran, dass sich durch die Sparmaßnahmen die Arbeitsbelastung in den letzten Jahren verdoppelt hat. Und auch nicht nur daran, dass mein Mann von meiner ständigen Müdigkeit und Nervosität genug hatte und im Frühjahr auf und davon ging. Der eigentliche Grund für mein Burn-out lag woanders.«

Sie schloss die Augen und sprach leise weiter. »Die meisten Bewohner der Wolfsstube sind anständige Leute, still und schicksalsergeben. Sie brauchen viel mehr Zeit, als wir ihnen bei den jetzigen Ressourcen geben können.«

Koskinen beugte sich noch näher zu seinem Gegenüber, um kein Wort zu versäumen.

»Und dann gibt es ein paar Störenfriede. Sie fordern unsere Zeit und Aufmerksamkeit nur für sich. Wenn wir uns nicht darauf einlassen, schlagen sie Krach. Wir müssen nach ihrer Pfeife tanzen, und das wiederum bedeutet, dass den Stillen und Braven vieles vorenthalten wird, das ihnen eigentlich zusteht.«

Erst jetzt erkannte Koskinen, wie engagiert Lea Kalenius und vermutlich auch alle anderen Pflegerinnen ihrer Arbeit nachgingen. Das Wohlergehen und die Sicherheit ihrer Schützlinge waren ihnen nicht gleichgültig, und die Sorgen begleiteten sie auch in den Feierabend.

Kalenius warf einen Blick über die Schulter und flüsterte: »Nicht alle sind so wie Anniina.«

»Wie ist denn Anniina?«

»Sie kommt mit allen gut aus, sogar mit den Krawallbrüdern. Für die würde sie alles tun, sie würde notfalls sogar ihre freien Tage opfern, damit die Kerle zufrieden sind.« Kalenius schob sich noch näher heran, sodass ihre Köpfe sich beinahe berührten. »Wissen Sie was?«

»Was denn?«

»Manchmal habe ich das Gefühl, sie tut es absichtlich. Indem sie zu diesen schrecklichen Burschen so nett und liebenswürdig ist, lässt sie die anderen Pflegerinnen kalt und abweisend erscheinen. Vor allem mich.«

Sie brach ab und weinte leise. Koskinen hätte sie gern noch gefragt, wie sich ihr Nervenzusammenbruch angekündigt hatte, ob durch Wutausbrüche oder Niedergeschlagenheit. Doch damit konnte er der weinenden Frau nicht zusetzen, es wäre ihm grausam erschienen.

»Ich würde mich gern irgendwann einmal weiter mit Ihnen darüber unterhalten. Am liebsten unter vier Augen.«

Kalenius sah Koskinen an und nickte unter Tränen.

»Ja, in Ordnung.«

Die Sofas standen am großen Fenster der Eingangshalle,

sodass Koskinen den spiegelblanken, schwarzen Leichenwagen sofort erblickte, als dieser in die Zufahrt einbog.

»Die Leiche wird abgeholt«, sagte er, worauf Kalenius erneut aufschluchzte.

»Die Bewohner dürfen das nicht mit ansehen«, meinte Koskinen. »Sorgen Sie bitte dafür, dass in den nächsten zehn Minuten niemand den Speisesaal verlässt?«

Lea Kalenius nickte und stand auf. In ihren Augen lag tiefe Trauer, durch die Tränen wirkten sie wie kupferglänzende Wasserperlen. Sie drehte sich um, lief in den Saal und schloss hinter sich die Tür.

Plötzlich stand Ulla vor Koskinen.

»Hast du neuerdings Zweifel an meiner Kompetenz?«

Koskinen war so verblüfft, dass er kein Wort herausbrachte.

»Warum hast du die Frau befragt? Das hatte ich doch schon getan!«

»Ich habe nur ein paar Kleinigkeiten überprüft und ...«

Doch Ulla hörte ihm gar nicht zu.

»Du musst bei jeder Gelegenheit mit den Weibern schwatzen. Reicht es dir nicht, dass du heute Abend ein Date hast?«

»Verflixt noch mal«, stöhnte Koskinen. »Ist heute etwa Freitag?«

Er hatte die Verabredung mit Ursula Katajisto völlig vergessen. Der Tag war ein einziges Karussell gewesen: Niininens Anruf im Morgengrauen, die Fahrt im Streifenwagen zur Wolfsstube, dann ins Präsidium zur Besprechung und zurück in die Wolfsstube. Ihm war keine Zeit geblieben, über Nebensächliches nachzudenken.

»Was habe ich wohl sonst noch vergessen«, murmelte Koskinen besorgt und merkte nicht einmal, dass Ulla längst verschwunden war.

Zwei schwarz gekleidete Männer kamen herein. Der eine

trug eine zusammengeklappte Bahre unter dem Arm. Die beiden nickten Koskinen grüßend zu, sie waren sich in ähnlichen Situationen schon oft begegnet. Koskinen erklärte ihnen den Weg zu Salmensuus Zimmer. Da ein Streifenpolizist vor der Tür stand, war es nicht zu verfehlen.

Die Männer verschwanden im Flur, aus dem gleich darauf der finster dreinblickende Kaatio auftauchte. In seinem typischen Fußballergang kam er auf Koskinen zu.

»Hast du was rausgefunden?«

»Nein, nichts.«

»Bei mir ist es genauso«, stöhnte Kaatio. »Absolut nichts. Das Erste, das die Leute mitbekommen haben, war die Ankunft des Notfallhelfers. Davor hat keiner was gehört oder gesehen. Nicht einmal den Motor von Suokas' Invataxi.«

Kaatio ließ den Blick über die Wände streifen. »Warum hat man nicht wenigstens eine Überwachungskamera installiert?«

»Wer hätte denn damit gerechnet, dass jemand hier eindringt?«, sagte Koskinen und ließ den Autoschlüssel auf der Handfläche hüpfen. »Ich fahre jetzt ins Präsidium. Auf meinem Tisch stapeln sich halb fertige Unterlagen, der Staatsanwalt dreht durch, wenn er sie nicht bald bekommt.«

Er erklärte Kaatio noch, dass sich um fünf Uhr alle im Präsidium treffen sollten, um die Ergebnisse zusammenzufassen. Die Besprechung werde aber nicht lange dauern. Dass er um sieben Uhr verabredet war, erwähnte er nicht. Ulla hatte es sicher auch nicht herumgetratscht.

Die Räder der Bahre rollten über den Flur. Es hatte nicht lange gedauert, die Leiche aus dem Bett zu heben. Eigentlich hätte man dafür nur einen Mann gebraucht, denn Rauha Salmensuu hatte sicher nicht einmal fünfzig Kilo gewogen.

Koskinen hob grüßend die Hand und huschte zur Tür hinaus. Er stieg in den Toyota und fuhr in seiner Zerstreutheit in die falsche Richtung. Lange irrte er durch die schmalen Straßen, bevor er die Hauptstraße fand.

Statt auf direktem Weg zum Polizeigebäude zu fahren, nahm er die Zufahrt zum Supermarkt, wo er gleich neben dem Eingang parkte. Er marschierte geradewegs in die Kleiderabteilung und wählte nach kurzem Nachdenken ein schwarzes Hemd. Raija hatte einmal gesagt, Schwarz stehe ihm am besten, und daran hielt er sich immer noch.

Nachdem er an der Kasse bezahlt hatte, blieb er noch am Blumenkiosk stehen. Die Rosen waren im Angebot, zehn Stück für dreißig Mark. Er kaufte einen Strauß in Rosa, warf ihn mitsamt dem Hemd auf den Rücksitz und setzte die Fahrt fort.

In der Garage musterte Kuparinen den Blumenstrauß mit einem Blick, der keinen Zweifel daran ließ, was er von Leuten hielt, die im Dienstwagen zum Blumenladen fuhren. Bevor er etwas sagen konnte, verschwand Koskinen im Aufzug. Er betrachtete sich im Spiegel und übte ein sorgloses Playboylächeln. »Hier mein bescheidenes Sträußlein.« Doch im selben Moment wurde er ernst. War es überhaupt angebracht, einer Frau beim ersten Treffen Blumen zu schenken? Vielleicht würde Ursula Katajisto den Strauß als Verstoß gegen die Etikette betrachten oder gar als irgendeine Freudsche Anspielung. Immerhin war sie Psychiaterin.

Als Koskinen den Aufzug verließ, hatte er sich bereits dazu entschlossen, die Blumen auf einem Fensterbrett im Flur liegen zu lassen. Sollten sich die Kollegen doch den Kopf zerbrechen, wie sie dahingekommen waren. Doch im nächsten Moment hatte er einen neuen Einfall. Er marschierte ins Büro der Ermittlungssekretärin und warf die Blumen auf den Schreibtisch.

Milla juchzte entzückt. »Blumen! Wofür denn?«

Ihre unerwartete Freude überraschte Koskinen.

»Na, wegen heute früh«, sagte er, da ihm nichts Besseres einfiel. »Ich hab mich ziemlich mies benommen. Du konntest ja nicht wissen, wie wichtig mir das Foto von dem Segelboot ist.«

»Das macht doch nichts.« Milla riss das Papier auf und jubelte erneut. »Rosen! Echt cool!«

Koskinen musste lachen. Er schwenkte die Einkaufstüte und sagte: »Komm in den nächsten fünf Minuten nicht in mein Zimmer. Ich habe mir ein neues Hemd gekauft und werde wieder strippen.«

Auf dem Weg in sein Dienstzimmer dachte er, dass er schon wieder etwas falsch gemacht hatte. Womöglich hatte Milla mit ihrer Angst vor sexueller Belästigung seine Worte falsch verstanden – als zweideutige Anspielung. Dann würde sie jetzt auch den Rosenstrauß mit anderen Augen sehen.

Und wieder einmal meldete sich der alte Zweifel: Würde er je lernen, wie man sich in welcher Situation zu benehmen hatte?

18

Koskinen aß Salbeihuhn à la Sitia. Das zarte Fleisch schmeckte gut zu den Kräuterkartoffeln. Die Portion war nicht riesig, aber groß genug, um den Magen zu füllen. Vor allem nach der Vorspeise – griechischer Salat und Weißbrot.

Er goss Ursula Wein nach und wurde mit einem reizenden Lächeln belohnt. Ursula Katajisto war keine Schönheitskönigin, aber doch attraktiv. Ihr Teint war rein und glatt, die Nase ein wenig gebogen und das Kinn keilförmig. Ihre dunklen Augen hinter der großen Brille funkelten lebhaft. Die glänzenden, naturbraunen Haare waren in der Mitte gescheitelt und reichten ihr knapp über die Ohren.

Im Hintergrund lief Bouzoukimusik, doch Koskinen hatte keine Lust zu tanzen. Das Restaurant im zweiten Stock des Einkaufszentrums hieß *Knossos*. Es war sauber und gemütlich, und die türkis gestrichenen Türen und Fensterläden sollten ihm griechisches Flair verleihen.

Dennoch erreichte es bei Weitem nicht die Stimmung der Tavernen auf den kleinen Inseln in der Ägäis. Dort saßen gemächlich Ouzo schlürfende, schnauzbärtige Griechen, während die Gäste des *Knossos* gut gekleidete Angehörige der Mittelschicht von Tampere waren. In dieser Gesellschaft fühlte sich Koskinen in seinem schwarzen Hemd und dem grauen Jackett unbehaglich, obwohl das Hemd ganz neu war.

Er dachte fieberhaft über passende Gesprächsthemen nach. Über Jogging und Radfahren hätte er stundenlang plaudern können, vom Fischen und Segeln ganz zu schweigen. Aber worüber redete man mit einer Frau beim ersten Treffen? Es war wohl taktlos, schon jetzt zu fragen, ob sie anschließend zu ihm oder zu ihr gehen sollten. Während sie auf das Essen warteten, sprachen sie nur über das Wetter und machten ein paar abfällige Bemerkungen über die neuesten Straßenbaupläne der Stadt.

Koskinens Begleiterin entpuppte sich als Vegetarierin. Sie wählte die Spezialität des Hauses: Auberginen »Imam bayildi«. Es schien ihr zu schmecken, denn bis auf ein Stück Tomatenschale ließ sie nichts zurück.

Ursula tupfte sich den Mund an der Serviette ab und sagte: »Ich habe heute Mittag im Radio gehört, dass letzte Nacht in Kissanmaa schon die zweite Gelähmte ermordet wurde.«

Koskinen legte die Gabel auf den Teller.

»So ist es.«

Ursula nahm einen Zahnstocher und sah Koskinen neugierig an.

»Bist du an den Ermittlungen beteiligt?«

»Das ganze Gewaltdezernat arbeitet daran, der Fall hat absolute Priorität.«

»Habt ihr irgendwen in Verdacht?«

Das wäre schön, dachte Koskinen. Wenn wir wenigstens einen hätten, der verdächtiger ist als ein halbes Dutzend andere. Um nicht zu verraten, wie sehr sie im Dunkeln tappten, sagte er gewunden: »Wir haben einige Personen ins Auge gefasst, aber für eine Verhaftung liegt in diesem Stadium der Voruntersuchung noch nicht genügend Beweismaterial vor.«

»Ich verstehe schon.« Ursula lächelte über Koskinens Bürokratensprache. »Du musst das Berufsgeheimnis wahren. Wie ich natürlich auch. Obwohl wir es sicher oft genug mit denselben Menschen zu tun haben.«

Ursula hatte kräftige, weiße Zähne, zwischen denen der Zahnstocher keinen Platz fand. Sie legte ihn auf den Teller und lächelte neckisch.

»Also, reden wir über etwas anderes.«

»Einverstanden.«

»Interessierst du dich für Politik?«

»Ich gehe zur Wahl, mehr nicht.«

»Und für Horoskope?«

»An die glaube ich nicht.«

»Macht nichts. Ich auch nicht.«

»Das erste Plus für dich.«

»Das erste? Mehr gestehst du mir noch nicht zu?« Ursula rümpfte scherzhaft die Nase. »Was für eine Liste legst du da überhaupt an?«

Ursula trug eine hellblaue Leinenbluse und eine etwas dunklere Spitzenjacke. Die obersten Knöpfe der Bluse waren geöffnet und gaben den Blick auf die naturweiße Perlenkette am Hals frei. Koskinen war unruhig. Mit seinen Frauengeschichten nach der Scheidung war kein Staat zu machen. Ein paarmal hatte er eine Frau in Leppävirta besucht, die er in Griechenland kennengelernt hatte, doch fernab der Exotik des Südens war die Beziehung rasch erkaltet. Eine Frau, mit der man im heißen Sand am Meer gelegen hat, ist bei Schneeregen im finnischen November nicht mehr unbedingt dieselbe.

Das Gespräch versiegte wieder. Koskinen fühlte sich unbehaglich. Das *Knossos* war ein Speiselokal – kein Ort, an dem man den ganzen Abend verbrachte. Er hatte keine Lust, tanzen zu gehen. Am liebsten wäre er gleich zur Sache gekommen, ohne die obligatorischen Paarungsriten.

Doch zu sich nach Hause konnte er Ursula nicht einladen. Das war ausgeschlossen. Nach Niininens Anruf hatte er es ziemlich eilig gehabt, und die Wohnung war in entsprechendem Zustand – das Bett ungemacht, die Kleider wild im Zimmer verstreut, schmutziges Geschirr in der Spüle. Und der Kühlschrank war leer.

Ursula musterte Koskinen prüfend.

»Du bist sehr schweigsam.«

Koskinen stammelte verwirrt: »Mit vollem Magen und …«

»Von dem bisschen?«, schäkerte Ursula. »Ich hätte nicht gedacht, dass ein langer Lulatsch wie du mit so einer kleinen Portion auskommt.«

»Doch, es war genug, auf jeden Fall sättigt es besser als eine französische Schneckenpastete.«

»Unternimmst du viele Reisen?«

Die Frage gefiel Koskinen. »Früher bin ich mit der Familie im Auto kreuz und quer durch Europa gefahren. Heutzutage reise ich weniger. Aber vor einem Jahr um diese Zeit war ich in Griechenland segeln.«

»Aha!« Ursula zog die schmal gezupften Augenbrauen hoch. »Jetzt verstehe ich, warum du dieses Restaurant ausgesucht hast.«

»Sonst hätten wir zum Chinesen gehen müssen«, lächelte Koskinen und goss ihr Wein nach.

Ursula trank einen Schluck und fingerte nachdenklich an ihrer Perlenkette.

»Es wäre schön, mehr über dich zu erfahren.«

»Noch mehr?«

»Ja. Erzähl mir was über dich! Egal, was.«

Koskinen drehte den Salzstreuer zwischen den Fingern und überlegte, wo er anfangen sollte. Sollte er als Erstes von seiner Scheidung und dem Verlust des Hauses erzählen, von den banalen Gründen, die dazu geführt hatten? Laut darüber nachdenken, dass Raija sich nach etwas Neuem im Leben gesehnt hatte, während ihm die Arbeit, der Garten und das Ruderboot vollauf genügt hatten? Oder wieder einmal darüber spekulieren, dass er und seine Frau noch zusammen sein könnten, wenn sie sich rechtzeitig ausgesprochen hätten?

Bevor er sich entscheiden konnte, war es Ursula bereits leid, zu warten. »Du bist aber gesprächig«, lachte sie. »Verrate mir wenigstens, ob du Kinder hast.«

Koskinen merkte, dass er Salz auf die Tischdecke gestreut hatte. Er schob verstohlen den Serviettenständer darüber.

»Einen Sohn.«

»Wie alt?«

»Zwanzig.«

»Studiert er?«

»Er leistet Zivildienst in einer Kita.«

»Oho!«, sagte Ursula anerkennend und hob das Glas. »Das ist ein Grund, anzustoßen.«

Sie stießen auf Antti an. Koskinen trank einen Schluck und erinnerte sich, dass er sich für den nächsten Tag mit Antti zum Fischen verabredet hatte. Anschließend wollten sie das Boot für den Winter aufbocken. Vielleicht musste er die Sache verschieben. Er ahnte, dass der Samstag genauso hektisch werden würde wie die vergangenen Tage seit Dienstag früh.

Offenbar verstand Ursula sein Schweigen falsch.

»Na gut«, seufzte sie. »Wenn du keine Lust hast zu reden, erzähle ich dir von mir. Falls es dich interessiert.«

Sie schälte einen neuen Zahnstocher aus der Verpackung und klagte: »Ich habe keine Kinder. Und auch keinen Mann mehr. Lasse ist Diplomvolkswirt und arbeitet bei Nokia in der Marketingabteilung. Vor ein paar Jahren hat er die Leitung für die Sektoren Fernost und Australien übernommen. Danach ließ er sich zu Hause kaum noch blicken! Wir hielten es deshalb für besser, uns zu trennen. Seitdem leisten mir nur noch zwei Kanarienvögel Gesellschaft.«

»Du hast nicht wieder geheiratet?«

»Nein«, lächelte Ursula. »Wo findet eine Vierzigjährige noch einen ungebundenen Mann?«

Dir sitzt gerade einer gegenüber, dachte Koskinen und merkte, dass sein Interesse wieder zunahm. Ursulas Glas hatte sich um ein Drittel geleert, er füllte es auf.

Ursula sah ihn schelmisch an.

»Willst du mich etwa betrunken machen?«

»Keineswegs«, versicherte Koskinen und überlegte, ob er noch eine zweite Flasche bestellen sollte, fragte stattdessen aber: »Wie wäre es mit einem Ortswechsel?«

»Gute Idee«, nickte Ursula. »Wohin gehen wir?«

Koskinen wollte um jeden Preis feinfühlig handeln. Er nahm sich vor, seine Antwort so sorgfältig zu formulieren, dass Ursula die darin verborgene Absicht nicht auf Anhieb erkennen würde.

Und dann platzte er doch heraus: »Ich würde gern mal deine Kanarienvögel sehen.«

»Autsch!«, erwiderte Ursula wenig erfreut. »Du preschst ja ganz schön vorwärts.«

»Wieso?«

Ursula faltete die Hände und stützte ihr kantiges Kinn darauf ab. Sie musterte Koskinen forschend.

»Wie lange bist du schon bei der Polizei?«

In Koskinens Ohren klang es, als hätte sie gefragt: »Wie lange leidest du schon an dieser Krankheit?«

»Fast mein ganzes Leben lang«, gab er zurück. »Seit bald fünfundzwanzig Jahren.«

»Hast du Verwandte bei der Polizei?«

Ist die Krankheit erblich, dachte Koskinen und antwortete lahm: »Nur einen Neffen. Der ist Zellenaufseher in Espoo.«

»Warum bist du Polizist geworden?«

Diese Frage hatte Koskinen erwartet. Doch die Vorstellung, die übliche Litanei herunterzubeten, war ihm zuwider. Zum Glück nahm ihm Ursula die Antwort ab.

»Sicher aus Berufung. Du hast ganz offensichtlich das Bedürfnis, Menschen zu beschützen.«

Koskinen dachte an Rauha Salmensuu, die wehrlose alte

Frau, und an ihr Engelbild. Es gelang ihm nicht ganz, seine Traurigkeit zu verbergen. Ursula schien seine Miene wieder falsch zu verstehen. Sie beugte sich über den Tisch und legte die Hand auf seinen Arm.

»Darf ich dir etwas sagen?«

»Nur zu.«

»Du bist leicht zu durchschauen. Du versuchst gar nicht erst, dich pfiffiger zu geben, als du bist.«

Koskinen überlegte, wie er das verstehen sollte. Ein Kompliment war es wohl nicht. Bevor er etwas sagen konnte, fuhr Ursula bereits fort: »Du bist empfindlich und leicht beleidigt.«

»Aha.«

»Andererseits hast du einen starken Charakter und sicher eine reiche Innenwelt. Du nimmst deine Arbeit ernst und trägst vielleicht sogar zu schwer an den Sorgen deiner Mitmenschen. Du stellst die Probleme anderer Menschen allzu leicht deinen eigenen voran, aber wenn du selbst Hilfe brauchst, findest du keine einzige Schulter, an die du dich lehnen könntest. Alles in allem fällt es dir offensichtlich schwer, neue Beziehungen aufzubauen. Aber wenn es dir doch gelingt, sind sie umso dauerhafter.«

Koskinen stellte fest, dass seine Begeisterung verschwunden war, und auch Ursulas nächste Worte verbesserten seine Stimmung nicht.

»Deine zwischenmenschlichen Schwierigkeiten entstehen vor allem durch deine Schweigsamkeit. Du bist kein guter Gesellschafter. Ich würde dich nicht direkt als verschlossen bezeichnen, aber deine Kommunikation ist eher unbeholfen.«

Koskinen überlegte, was die Frau wohl gesagt hätte, wenn er ihr den Rosenstrauß mitgebracht hätte. Wahrscheinlich hätte sie ihm dann holprige Kommunikation bescheinigt.

Ursula nahm einen neuen Zahnstocher aus dem Gefäß und zeigte damit auf Koskinen. »Trotzdem gierst du nach Aufmerksamkeit und genießt deine Erfolge. Zwar spielst du deine Leistungen vor deinen Mitmenschen herunter, aber ihr Lob schmeichelt dir dennoch. Niederlagen sind dir verhasst, und deshalb solltest du dich auf keinen Wettbewerb einlassen.«

Koskinen spürte, dass seine Wut erwachte, und beschloss, sich mit ein paar ausgewählten Worten über Naseweisheit zu revanchieren.

Doch Ursula kam ihm wieder zuvor.

»Jähzorn ist einer der beherrschenden Aspekte deines Wesens, und du machst manchmal boshafte Bemerkungen, die du gleich darauf bereust.«

Möglicherweise hätte Koskinen recht bald etwas zu bereuen gehabt, doch das Klingeln seines Handys rettete ihn.

»Pekki hier.«

»Was ist los?«

»Hannu Ketterä ist verschwunden.«

Koskinen begriff nicht gleich. »Wieso verschwunden?«

»So, wie Menschen in der Regel verschwinden. Keiner hat eine Ahnung, wo er sein könnte.«

Koskinen betrachtete Ursula, die mit dem Zahnstocher im Mund hantierte, und traf seine Entscheidung.

»Ich bin in zehn Minuten dort.«

»Wo steckst du denn?«

»Ganz in der Nähe.«

»Im *Erotic Showroom*?«

Darauf gab Koskinen keine Antwort. Er unterbrach die Verbindung und steckte das Handy in die Tasche. Ursula, die offenbar erraten hatte, was los war, wirkte gar nicht mehr naseweis.

»Oh je«, seufzte sie wehmütig. »Du musst arbeiten?«

»Ja. Leider.«

»Verstehe«, sagte Ursula und fügte lockend hinzu: »Es wird wohl nicht die ganze Nacht dauern?«

»Ich fürchte doch.«

Koskinen winkte der Kellnerin, die eher einer ostfinnischen Erdbeerpflückerin als einer griechischen Schönheit glich. Sie brachte die Rechnung. Als Ursula in ihrer Handtasche kramte, hob Koskinen abwehrend die Hand.

»Lass nur, ich lade dich ein.«

»Na gut.« Ursula lächelte vielsagend. »Unter der Bedingung, dass ich beim nächsten Mal zahle.«

Koskinen legte das Geld auf den Tisch und suchte fieberhaft nach irgendeiner intelligenten Bemerkung. Andererseits war es sinnlos, Ursula etwas vormachen zu wollen. Was immer er sagte, würde ungeschickt klingen, das hatte er ja schon zu hören bekommen.

Er gab Ursula die Hand und bedankte sich für ihre Gesellschaft. Als er das Restaurant verließ, überlegte er, ob ein Handkuss oder womöglich Wangenküsschen angebracht gewesen wären. Er würde sich demnächst ein Benimmbuch besorgen müssen. Vielleicht konnte Pekki ihm sein Exemplar leihen. Das war sicher in gutem Zustand und unbenutzt.

Die kleinen Boutiquen im Einkaufszentrum hatten bereits geschlossen, und auch vor den großen Läden wurden die Werbeständer weggeräumt. Dennoch lungerten hier und da noch Jugendliche in übergroßen Hoodies herum, ein paar Afrikaner lehnten sich an die Brüstungen in den oberen Etagen, und weiter unten drängte sich eine Horde kichernder Mädchen auf der Rolltreppe. Zwei athletisch gebaute Wärter marschierten Kaugummi kauend im Gleichschritt durch das Foyer. Vor ihnen schlüpfte ein alter Mann mit verfilztem Bart hinaus, sein löchriger Mantel flatterte, und in seiner giftgrünen Plastiktüte klirrte es laut.

Koskinen überquerte die Straße vor dem Haupteingang und schlug den Weg zum Polizeigebäude ein. Bange Unruhe trieb ihn voran. Im Osten stand der Mond am Himmel, und die Silhouette der orthodoxen Kirche zeichnete sich vor ihm ab wie eine Ansammlung riesiger Steinpilze.

19

Koskinen starrte in die Dunkelheit. In der Fensterscheibe spiegelten sich vier Männergestalten, und für einen kurzen Moment fühlte er sich heimisch. Im Lauf der Jahre hatte das Ermittlerteam unzählige Abende im Polizeigebäude verbracht, sie hatten nachgedacht und verschiedene Wege erörtert, im Dunkeln verborgene Verbrecher aufzuspüren. Oft hatten sich diese Sitzungen bis in den frühen Morgen hingezogen, und gerade das gemeinsame Wachen inmitten der schlafenden Stadt hatte ihr Zusammengehörigkeitsgefühl gestärkt.

Koskinen wandte den Blick vom Fenster ab und auf seinen Notizblock. »Fassen wir das Ganze noch mal zusammen«, sagte er. »Suokas hat also Hannu Ketterä um sechzehn Uhr fünfunddreißig von der Wolfsstube abgeholt.«

»Ja.« Pekki blätterte in seinen Aufzeichnungen. »Ketterä hatte um siebzehn Uhr einen Termin bei der Krankengymnastin. Die hat um Viertel nach fünf in der Wolfsstube angerufen und gefragt, ob Ketterä nicht zur Behandlung käme. Lea Kalenius hat sich zwar gewundert, ist zu dem Zeitpunkt aber noch nicht auf die Idee gekommen, sich mit uns in Verbindung zu setzen.«

»Ich hatte es so verstanden, dass die Krankengymnasten zu den Patienten in die Wolfsstube kommen, und nicht umgekehrt.«

»Im Normalfall schon, aber Ketterä hat eine private Physiotherapeutin, zu der er schon seit über einem Jahr regelmäßig fährt.«

»Wo?«

»Im Stadtteil Amur, in der Sotkankatu.«

»Und Suokas hat Ketterä hingebracht?«

»Ja.«

»Aber er hat ihn doch nicht etwa einfach nur dort abgesetzt?«

»Doch, hat er«, sagte Pekki. »Es ist ein relativ neues Haus, in das man mit dem Rollstuhl mühelos reinkommt. Auch die Knöpfe am Aufzug sind niedriger angebracht als in unserer Jugend. Damals durfte man ja erst im Konfirmandenalter allein im Lift fahren.«

Kaatio saß auf dem zweiten Besucherstuhl. Er hatte die Beine von sich gestreckt, und Koskinen ahnte, dass er unter dem Tisch die Füße kreisen ließ.

»Ketterä ist wesentlich beweglicher, als Taavitsainen es war«, sagte Kaatio. »Von Rauha Salmensuu ganz zu schweigen. Bis zum 3. Juli dieses Jahres ist Ketterä im eigenen Wagen zur Physiotherapie gefahren.«

»Im eigenen Wagen?« Koskinen merkte auf. »Er hat ein Auto?«

»Das habe ich auch heute erst erfahren. Es ist ein zwei Jahre alter Mitsubishi mit Sonderausstattung für Behinderte.«

»Warum lässt er sich dann von Suokas chauffieren?«

»Er wurde am 3. Juli bei einer Routinekontrolle erwischt, als er mit Harjus von einer Kneipentour zurückkam. 1,7 Promille. Führerscheinentzug bis Ende dieses Jahres.«

Koskinen ließ die Mine seines Kugelschreibers vor- und zurückspringen. Die Ermittlungen brachten ständig neue Überraschungen ans Licht. Er fühlte sich immer unsicherer.

»Ketterä ist übrigens nicht der einzige Autofahrer in der Wolfsstube«, fuhr Kaatio fort. »Bis vor einem Jahr hatte auch Tapani Harjus einen Wagen, einen riesigen amerikanischen Schlitten. Aber nachdem er beim Hormonschmuggel erwischt wurde, musste er ihn verkaufen, um seine Schulden loszuwerden.«

Koskinen schüttelte den Kopf und fragte sich, warum die Sache nicht früher zur Sprache gekommen war, nicht einmal in der *Miauenden Katze*, wo er die beiden Männer mit Freibier dazu gebracht hatte, ziemlich offen zu reden.

Doch es gab Dinge, die man nicht mal der Polizei verraten wollte. Oder besser gesagt: vor allem nicht der Polizei.

»Suokas hat Ketterä also auf der Straße abgesetzt«, sagte Koskinen nachdenklich. »Hat er nicht gewartet, bis sein Fahrgast im Haus war?«

Die Antwort kam von Luttinen: »Nein.«

Alle drei drehten sich zu dem Mann an der Tür um. Koskinen beobachtete wieder einmal, dass die Röte, die Luttinen ins Gesicht stieg, von seinen abstehenden Ohren ausging.

»Suokas hat nicht gewartet«, wiederholte Luttinen. »Er hat Ketterä aus dem Wagen geholfen, ist sofort wieder eingestiegen und in Richtung Innenstadt gefahren.«

Pekki flüsterte lauernd: »Und du bist nicht geblieben, bis Ketterä im Haus war?«

Nun war Luttinens Gesicht bereits feuerrot.

»Dazu war keine Zeit. Ich hatte an der Ecke Satakunnankatu angehalten, weil ich in der ruhigen Seitenstraße nicht direkt hinter Suokas herfahren konnte. Sonst hätte er mich sofort entdeckt. Ich musste also wenden, bevor ich ihm folgen konnte. Zum Glück stand die Ampel an der Kortelahdenkatu auf Rot, andernfalls wäre Suokas mir entkommen und …«

In seiner Aufregung sprach Luttinen immer schneller und undeutlicher. Koskinen unterbrach ihn mit einem Räuspern.

»Du hast ganz richtig gehandelt. Ich hatte dich beauftragt, Suokas zu beschatten, nicht seine Fahrgäste. Außerdem konnte zu diesem Zeitpunkt niemand ahnen, dass Ketterä in Gefahr war.«

Er schwieg einen Moment und seufzte dann: »Tatsächlich wissen wir ja immer noch nicht, ob es sich so verhält. Vielleicht hat er sich einfach in irgendeiner Kneipe eingenistet und taucht am Abend mehr oder weniger besoffen wieder auf.« Im selben Moment fiel ihm etwas Wichtiges ein. »In der Wolfsstube hält doch eine Streife Wache?«, fragte er Kaatio.

»Lepola hat versprochen, sich darum zu kümmern.«

»Wer hat bei uns Mondscheindienst?«

»Riipinen.«

»Schon wieder?«, wunderte sich Koskinen. »Macht er nur noch Nachtschicht?«

»Er behauptet, nachts wäre es leichter, nicht zu rauchen.«

»Man sollte meinen, es wäre umgekehrt.«

»In unserem Job gibt es vieles, wovon man glauben würde, es wäre umgekehrt«, lachte Pekki. »Soll ich es dir aufzählen?«

Koskinen winkte ab und wandte sich wieder an Kaatio. »Riipinen soll während der Nacht die Suche nach Ketterä leiten. Ruf auch die Nachtwache in der Wolfsstube an. Sie sollen sich sofort bei Riipinen melden, wenn Ketterä auftaucht.«

»In Ordnung«, nickte Kaatio. »Das erledige ich in meinem Zimmer.«

»Frag vorsichtshalber auch, ob Ketterä in der Zwischenzeit nach Hause gekommen ist.«

»Das glaube ich nicht«, meinte Pekki düster. »Ich bin ziemlich sicher, dass Ketterä das dritte Opfer des Serienmörders ist.«

Koskinen rieb sich die Stirn und schloss die Augen. Er hätte Rauha Salmensuus Tod verhindern können. Hatte er nun obendrein auch Hannu Ketterä auf dem Gewissen?

Aber hätte er etwa eine Ausgangssperre über die Wolfsstube verhängen oder anordnen sollen, dass kein Bewohner das Haus ohne Leibwächter verlassen durfte? Das wäre unangemessen gewesen.

Und doch hätte er es tun sollen.

Er hob den Kopf und forderte Luttinen auf, über die restlichen Ereignisse des Tages Bericht zu erstatten.

»Es ist nichts Besonderes mehr vorgefallen«, begann Luttinen unsicher. »Ich bin Suokas nach Hatanpää gefolgt. Dort hat er einen alten Mann abgeholt und nach Koukkuniemi gebracht. Danach ist er zur Shell-Tankstelle in Ratina gefahren und hat zu Mittag gegessen – Wurstpfanne, zwei Scheiben Roggenbrot und ein Glas Buttermilch.«

»Das tut doch nichts zur Sache«, rief Kaatio, verstummte aber, als er Koskinens bösen Blick auffing.

Luttinen nahm Haltung an und setzte seinen militärisch knappen Bericht fort.

»Danach fuhr Suokas zurück in die Sotkankatu und wartete auf Ketterä. Er wanderte nervös auf und ab und rauchte zwei Zigaretten. Dann ging er ins Haus. Die Krankengymnastin berichtete ihm, dass Ketterä gar nicht zur Behandlung gekommen war. Suokas kehrte zu seinem Wagen zurück und rief in der Wolfsstube an. Aber dort konnten sie sich auch nur wundern.«

Luttinen wurde der Mund trocken. Er schluckte zweimal, bevor er weitersprach. »Daraufhin rief Suokas bei uns an. Niininen wusste von meinem Auftrag und leitete das Gespräch auf mein Handy um. Ich stieg aus und ging zu Suokas. Ihr könnt euch sicher vorstellen, wie verblüfft er war, als der Mann, mit dem er telefonierte, plötzlich neben ihm stand.«

Niemand lächelte.

Luttinen fügte unsicher hinzu: »Dann habe ich ihn hierhergeschickt und bin ihm gefolgt.«

Koskinen nickte und sagte laut und deutlich: »Das hast du gut gemacht, Luttinen.«

Luttinen wurde wieder rot, diesmal offenbar vor Freude. Und Koskinen wiederholte sein Lob: »Sehr gut sogar. Du hast Suokas keine Sekunde aus den Augen gelassen. Daher wissen wir, dass er mit Ketteräs Verschwinden nichts zu tun haben kann.«

Kaatio war damit nicht einverstanden. »Das beweist noch gar nichts. Suokas kann einen Komplizen haben.«

»Das glaubst du doch selbst nicht«, gab Koskinen zurück.

Kaatio ließ die Füße heftiger kreisen.

Koskinen tat, als sähe er es nicht, und fragte Pekki: »Wo ist Suokas jetzt?«

»Immer noch in Gewahrsam. Er hat Krach geschlagen, weil wir ihn nicht gehen ließen. Er sollte nämlich noch zwei alte Zeuginnen Jehovas vom Königreichssaal in Nekala abholen und in ihr Altersheim bringen.«

Pekki legte eine kurze Pause ein und sagte dann mit Nachdruck: »Du solltest einen Haftbefehl ausstellen.«

»Warum? Wir haben doch gerade festgestellt, dass Suokas nichts mit Ketteräs Verschwinden zu tun hat. Oder glaubst du etwa ebenfalls an die Komplizentheorie?«

»Wir haben auch so genug gegen ihn in der Hand. Sein Taxi wurde am Montagabend vor der Wolfsstube gesehen. Für diesen Abend hat er kein Alibi, auch nicht für die Nacht, in der Rauha Salmensuu ermordet wurde. Und beim Verschwinden des dritten Behinderten geistert er wieder durchs Bild. Das reicht ja wohl.«

Koskinen schaute Kaatio an, von dem jedoch keine Hilfe zu erwarten war. Er blickte zum Fenster. Der Himmel war nicht zu sehen, auch nicht der Mond und die Sterne, nur eine dunkle Hauswand und das fahle Licht der Straßenlampen. Es fiel ihm schwer, sich zu entscheiden. Er hielt Suokas nicht für einen Engel, konnte ihn sich aber nicht als Mörder oder Komplizen eines Mörders vorstellen.

Als er sekundenlang die Augen schloss, sah er eine Schar wehrloser Menschen vor sich. Das Bild war unscharf, nur Rauha Salmensuus verkümmerte Arme und Hannu Ketteräs schmale Schultern traten deutlich hervor.

Koskinen fasste selten einen Entschluss unter Druck, doch diesmal gab er nach: »Also gut. Wir behalten ihn erst mal bis morgen hier.«

»Bestens«, brummte Pekki zufrieden. »Ich lasse ihn ins Polizeigefängnis verlegen.«

Pekkis Selbstzufriedenheit irritierte Koskinen.

»Immer mit der Ruhe. Lasst uns erst noch einmal über Suokas' Motiv nachdenken! Warum sollte er seine Stammkunden ermorden? Da sägt er sich doch den Ast ab, auf dem er sitzt.«

»Soweit ich mich erinnere, hat die ehemalige Pflegerin der Wolfsstube dir persönlich berichtet, dass Taavitsainen und Suokas sich gegenseitig mit dem Tod gedroht haben.«

»Und Rauha Salmensuu? Du willst doch nicht behaupten, dass sie auch in den Schwindel mit den Taxigutscheinen verwickelt war. Ketterä vielleicht, aber Salmensuu auf keinen Fall.«

»Vielleicht haben sie sich aus anderen Gründen gestritten.«

»Brillant!«, sagte Koskinen müde. »Das ergibt doch keinen Sinn.«

Pekki sah ihn von unten herauf an. »Mit Sinn und Verstand haben diese Fälle nichts zu tun. Es sind die Taten eines Irren.«

»Suokas kommt mir aber nicht verrückt vor.«

»Kennst du dich mit Verrückten so gut aus?«

»Der eine oder andere ist mir bei der Arbeit schon über den Weg gelaufen. Und diesmal meine ich nicht bloß Kollegen.«

Koskinen musste unwillkürlich lächeln. An einem bestimmten Punkt kam bei den Ermittlungen immer der gleiche Ton auf. Ein Außenstehender hätte wahrscheinlich den Eindruck gewonnen, dass unter den Mitgliedern des Teams Feindschaft herrschte, doch die Streitigkeiten waren Teil des Dialogs, den sie führten. Es war wichtig, alles infrage zu stellen, nichts für selbstverständlich zu halten. Sie stichelten nicht, um einen Kollegen zu verletzen, sondern wogen auf diese Weise ihre eigenen Auffassungen ab, um sich klarzumachen, was passiert war.

Koskinen riss ein Blatt von seinem Block, als wollte er damit signalisieren, dass es Zeit war, wieder sachlich zu werden.

»Gehen wir mal von einer anderen Seite an die Sache heran. Was verbindet Taavitsainen, Salmensuu und Ketterä?«

Pekki nahm die Brille ab und ergänzte Koskinens Satz: »Zusätzlich zu ihrer Behinderung und ihrem Wohnort.«

»Genau. Sind euch irgendwelche Verbindungspunkte aufgefallen?«

Pekki polierte seine Brille am Hemdsärmel, während er sprach. »Zwischen Taavitsainen und Ketterä jede Menge. Bier, Frauengeschichten und Interesse für Motorräder. Und natürlich ihre Bande, die ›Gefallenen Engel‹.« Er hielt die Brille prüfend gegen das Licht, bevor er sie wieder aufsetzte. »Zwischen diesen ›Engeln‹ und den anderen Bewohnern besteht ein Unterschied wie zwischen Tag und Nacht. Sie sind unzufrieden mit der Pflege, krakeelen und sind allen feindlich gesinnt, während die meisten ihrer Mitbewohner ausgesprochen fügsam sind.«

Kaatio kratzte sich nachdenklich am Ohr. »Woher kommt das wohl?«

»Schwer zu sagen«, meinte Koskinen. »Das Einzige, das mir einfällt, ist, dass alle drei – Taavitsainen, Ketterä und Harjus – im besten Alter gelähmt wurden, und mehr oder weniger alle durch einen Unfall.«

»Das verbittert bestimmt jeden.«

Pekki fuhr auf, als hätte er gerade eine Eingebung gehabt. »Erinnert ihr euch an Jari Honkanen? Der bei einem Einsatz in Linnainmaa angeschossen wurde?«

Koskinen und Kaatio nickten. Es war unmöglich, diesen Fall zu vergessen, obwohl er bereits gut zehn Jahre zurücklag. Die Polizei war in ein Hochhaus in Linnainmaa gerufen worden, wo Nachbarn Hilferufe und verzweifeltes Weinen gehört hatten. Die nächste Streife war zu der Adresse gefahren, und Polizeimeister Jari Honkanen hatte an der Tür der fraglichen Wohnung geklingelt. Drinnen fiel ein Schuss, die Kugel durchschlug die Tür und Honkanens Bauch und blieb im Rückgrat stecken. Honkanen überlebte, war aber von den Rippen abwärts gelähmt.

Koskinen verstand, worauf Pekki hinauswollte: auf die Übereinstimmungen mit Ketterä und Harjus. Auch Honkanen hatte mit Verbitterung reagiert. Alle Kollegen hatten Geld für ihn gespendet, es war eine hübsche Summe zusammengekommen. Doch Honkanen hatte es postwendend zurückgeschickt und auf den Umschlag geschrieben: »Mit eurem Geld könnt ihr euch den Arsch abwischen, ich will eure Almosen nicht!«

Aber Kaatio hatte aktuellere Informationen: »Honkanen geht es inzwischen bestens. Soweit ich gehört habe, hat er eine eigene Firma, ein nagelneues Haus in Hallila und obendrein eine gut aussehende junge Frau.«

»Das freut mich«, sagte Koskinen und lenkte das Gespräch in seine Bahn zurück. »Es fällt mir schwer, in der Verbitterung der ›Gefallenen Engel‹ den Auslöser für diese Taten zu sehen. Könnte eine Pflegerin die Nerven verlieren und einen bösartigen Patienten ersticken? Oder ein Schicksalsgefährte, der den Radau im Nachbarzimmer nicht mehr erträgt?«

»Es hat schon Morde aus nichtigeren Gründen gegeben«, meinte Kaatio, schüttelte aber gleich darauf den Kopf. »Der Mord an Salmensuu passt nicht ins Bild.«

Pekki stimmte ihm zu. »Ganz und gar nicht. Salmensuu war das Gegenteil der ›Gefallenen Engel‹. Wenn die Bandidos schwarz waren, war sie strahlend weiß. Sie kam mit allen aus, beklagte sich nie und bemühte sich, keinem zur Last zu fallen. Deshalb erscheint es mir seltsam, dass ihr Fall so genau mit dem Mord an Taavitsainen übereinstimmt.«

»Nicht ganz«, wandte Kaatio ein. »Beide wurden zwar mit ihrem Kissen erstickt, aber der eine wurde aus der Wolfsstube weggebracht, während die andere in ihrem Bett gefunden wurde.«

»Ich will den Teufel nicht an die Wand malen«, sagte Pekki und tat genau das. »Wenn es bei diesem Schema bleibt, wird Ketteräs Leiche spätestens morgen früh in irgendeinem Gebüsch gefunden.«

Seine Worte machten Koskinen unruhig. Er sah sich zerstreut um, als suche er etwas.

»Wo ist Ulla?«

»Schon um sechs nach Hause gegangen«, antwortete Kaatio. »Sie muss die Kinder hüten, Lundelin ist bis zum frühen Morgen in Huittinen.«

»Warum?«

»Er hat da eine Veranstaltung im *Motel Mommola.*«

»Natürlich«, nickte Koskinen. »Es ist ja Freitag.«

Er sinnierte darüber, wie Ullas Leben als dreifache Mutter und Frau eines fahrenden Musikanten sein mochte. Manchmal hatte Koskinen den Eindruck, dass es ihr zu viel wurde. Sie hatte sich mehr als einmal als »Alleinerziehende« bezeichnet. Ihr jüngstes Kind war gerade erst eingeschult worden. Ihr Mann hatte nachts Auftritte und schlief tagsüber. Bei größeren Tourneen war er manchmal eine ganze Woche unterwegs. Würde Ulla das noch lange durchhalten? War sie eines Tages bereit zu einer Veränderung? Und was würde dann geschehen?

Verärgert schüttelte Koskinen diese Gedanken ab und erteilte erste Anweisungen.

»So kommen wir nicht weiter. Wir müssen landesweit nach Ketterä fahnden. Die Kennzeichen sind klar: schmächtiger Körperbau, kurze rote Haare, Schnurr- und Kinnbart in derselben Farbe. Und unter der ganzen Pracht ein Rollstuhl.«

»Ich gebe es ins Netz ein«, sagte Pekki. »Mit welcher Priorität?«

»Stufe eins, natürlich. Dann geht die Fahndung gleich bis nach Lappland«, erwiderte Koskinen. Im selben Moment fiel ihm noch etwas ein. »Hat Ketterä Angehörige?«

»Seine Eltern wohnen in Nokia.«

»Habt ihr sie informiert?«

»Noch nicht«, antwortete Pekki zögernd. »Ich wollte ihnen keinen Schreck einjagen, weil wir ja noch nicht wissen, ob Ketterä aus freien Stücken verschwunden ist.«

»Natürlich«, stimmte Koskinen zu. »Ruf sie trotzdem an und frag, ob Ketterä bei ihnen ist.«

»Es ist aber schon spät.«

»Macht nichts«, entschied Koskinen. »Wenn Ketterä bis morgen früh nicht aufgetaucht ist, fahre ich zu den Eltern.« Dann wandte er sich an Kaatio. »Geh morgen früh in die Sotkankatu und klappere alle Wohnungen ab, von denen man die Stelle sieht, an der Suokas Ketterä abgesetzt hat.«

»Warum?«

»Vielleicht hat irgendwer gesehen, von wem Ketterä geholt wurde.«

»Warum gerade ich?«, protestierte Kaatio. »Wäre das nicht eher was für Luti?«

»Luttinen hat Wichtigeres zu tun«, erwiderte Koskinen bestimmt. »Er wird Suokas vernehmen. Nach einer Nacht in der Zelle ist der Mann vielleicht gesprächiger.«

Kaatio war völlig verdattert, und Pekki murmelte: »Das ist eine wichtige Vernehmung. Hat Luti das Zeug dazu?«

»Bestimmt. Außerdem weiß er von uns allen am besten, was Suokas den Tag über getrieben hat. Er hat ihn ja die ganze Zeit beschattet.«

Koskinen sah seine bestürzten Kollegen an und fragte mit harmloser Miene: »Ist das nicht die vernünftigste Lösung?«

Er schaute nicht zur Tür, ahnte aber, dass Luttinen wieder errötete. Diesmal vermutlich vor Eifer.

Kaatio dagegen verbarg seine Verärgerung nicht. Er wollte schon protestieren, doch Koskinen kam ihm zuvor.

»Jetzt machen wir Schluss für heute und gehen schlafen. Ripinen soll während der Nacht tun, was er kann. Wenn Ketterä bis dahin nicht gefunden wurde, treffen wir uns um sieben Uhr zur Besprechung.«

»Lieber erst um acht«, meinte Pekki. »Dann könnte ich mir vorher noch die Einbrecher aus Ikuri vorknöpfen. Das Pärchen wird gerade im Nachtzug aus Oulu hergebracht, und ich möchte die beiden gleich nach der Ankunft vernehmen.«

»Sie sind also geschnappt worden?«, fragte Koskinen. »So schnell?«

»Ja«, antwortete Pekki so stolz, als hätte er die Verhaftung persönlich vorgenommen. »Sie hockten hungrig und ohne Geld in Oulu in der Bahnhofshalle. Wahrscheinlich hatten sie vor, im Norden über die Grenze nach Schweden zu gehen. Aber ein dortiger Polizist hat die Täubchen erkannt. Zur Belohnung hat er eine Reise in die weite Welt bekommen, bis nach Tampere.«

»Gut«, seufzte Koskinen. »Eine positive Nachricht zum Schluss. Jetzt können wir getrost nach Hause gehen.«

Dagegen hatte niemand etwas einzuwenden. Nach sechzehn Stunden Arbeit waren alle erschöpft. Das Zimmer leerte sich rasch, und Koskinen blieb allein zurück. Er versuchte noch eine Art Zusammenfassung auf seinen Block zu kritzeln.

Dabei plagte ihn das hartnäckige Gefühl, etwas Entscheidendes übersehen zu haben.

Oder überhört.

Irgendwer hatte im Lauf des Tages etwas gesagt, das ihn weitergebracht hätte, wenn ihm klar gewesen wäre, wie bedeutsam es war.

Er stand auf und tigerte durch den Raum, vom Fenster zur Tür und wieder zurück. Sein Gehirn arbeitete im Takt seiner Schritte. Es versuchte die Diskussion, die er und seine Kollegen gerade geführt hatten, zu einem Gesamtbild zusammenzufügen.

Die größten Rätsel waren immer noch das Motiv für die beiden Morde und die Gegensätzlichkeit der Opfer. Das eine gütig wie ein Engel, das andere verbittert und streitsüchtig. Plötzlich musste Koskinen an den angeschossenen Streifenbeamten denken, den Pekki erwähnt hatte.

Er beschloss, seine Idee zu verwirklichen, bevor sie ihm wieder entfiel, und rief bei der Zentrale im Erdgeschoss an, die ihm nach kurzer Suche die Telefonnummer von Jari Honkanen lieferte.

Es war schon fast elf Uhr. Koskinen zögerte, griff dann aber rasch zum Hörer.

Honkanen meldete sich sofort, hatte also noch nicht geschlafen. Koskinen seufzte erleichtert. Er stellte sich vor.

»Von der Kripo?«, fragte Honkanen vorsichtig. »Was ist passiert?«

»Nichts«, sagte Koskinen. »Ich rufe bloß so an.«

»Bloß so?«, wiederholte Honkanen verärgert.

Koskinen wusste selbst, wie merkwürdig seine Worte klangen, und versuchte sich darüber klar zu werden, was er sich von Honkanen erhoffte. Ein ungeduldiges Husten am anderen Ende veranlasste ihn schließlich, sein Anliegen zu erklären. Er wolle Honkanens Ansicht über die psychischen Veränderungen hören, die eine Behinderung nach sich ziehe. Es gehe um eine aktuelle Ermittlung. Auf die Einzelheiten könne er nicht näher eingehen, dafür habe Honkanen als ehemaliger Polizist sicher Verständnis.

Eine Zeit lang blieb alles still, und Koskinen befürchtete, Honkanen würde gleich auflegen. Er hätte ihm keinen Vorwurf machen können.

Doch Honkanen reagierte ganz anders: »Komm doch her! Wenn man sich gegenübersitzt, redet es sich leichter als am Telefon.«

Die freundliche Einladung überraschte Koskinen.

»Es ist schon so spät.«

»Umso besser«, lachte Honkanen. »Die Familie pennt schon.«

»Willst du nicht auch schlafen gehen?«

»Nein. In den frühen Nachtstunden bin ich am effektivsten, da kann ich ganz ungestört arbeiten. Außerdem brauche ich nur fünf Stunden Schlaf.«

»Na, dann komme ich rasch vorbei.«

Honkanen nannte seine Adresse. Koskinen schrieb sie auf und sagte: »Ich bin in einer Viertelstunde dort.«

Er bestellte ein Taxi und ärgerte sich auf der ganzen Fahrt darüber, dass er sein Fahrrad nicht dabeihatte. Hallila war eine Wohnsiedlung mitten im Wald, ganz in der Nähe des Fahrradwegs von der Innenstadt nach Hervanta.

Das Taxi setzte ihn vor einem weißen Einfamilienhaus ab, dem man sofort ansah, dass es auf die Bedürfnisse des Bewohners zugeschnitten war. Die Rasenfläche war eben wie ein Billardtisch, und der fugenlose Gartenweg führte sanft ansteigend zur Haustür.

Die Tür ging auf, noch bevor Koskinen klingeln konnte. Honkanen saß im Flur.

»Ich dachte mir, dass du es bist. Um diese Zeit fährt hier selten ein Taxi durch die Gegend.«

Er machte Koskinen Platz und sah ihn forschend an. »Jetzt erinnere ich mich an dich. Dein Bart ist grau geworden, und die Haare wachsen auch ein bisschen spärlicher als damals. Aber Fett hast du nicht angesetzt.«

»Danke«, lächelte Koskinen und sah sich um. Das Erste, das ihm auffiel, war die Geräumigkeit. Die Türöffnungen waren breit, zwischen den Möbeln hatte man reichlich Bewegungsfreiheit, und nirgendwo gab es eine Türschwelle. Die Lichtschalter waren niedriger angebracht als üblich.

»Setz dich und fühl dich wie zu Hause«, grinste Honkanen. »Ich sitze ja schon.«

Koskinen wählte einen weichen Sessel. Honkanen rollte seinen Stuhl auf die andere Seite des flachen Tisches, auf dem ein CD-Player mit Kopfhörern und zwei Stapel CDs lagen, obenauf Led Zeppelin und Bob Dylan.

»Möchtest du was trinken?«

»Danke, nein. Ich will dich auch nicht lange aufhalten.«

Honkanen war immer noch ein kräftiger Mann mit breiten Schultern und muskulösen Armen. Die kurzen blonden Haare betonten sein schmales und dennoch kraftvolles Gesicht. Er trug einen leichten Hausanzug und saß entspannt im Rollstuhl.

»Du wolltest etwas besprechen?«

»Ja.« Koskinen ließ die Daumen umeinanderkreisen. »Es geht um ein paar Kleinigkeiten, nach denen ich dich gern fragen würde.«

Honkanen entging Koskinens Verlegenheit nicht. »Ich weiß, dass du nicht über deine Ermittlungen sprechen kannst. Schließlich habe ich auch die Polizeischule besucht.«

»In diesem Fall könnte ich natürlich ein wenig offener sprechen.«

»Nicht nötig«, lächelte Honkanen. »Ich lese ja die Zeitung. Sicher liege ich nicht völlig falsch, wenn ich annehme, dass es um die beiden Morde in dieser Woche geht.«

»Da liegst du richtig.«

Honkanens Lächeln verschwand.

»Die Nachricht hat alle Körperbehinderten erschüttert. Wenn du selbst in so einem Gestell sitzen müsstest, würdest du verstehen, was für ein Gefühl es ist, sich nicht wehren, geschweige denn vor einem Angreifer weglaufen zu können.«

Er sah Koskinen scharf an und sagte: »Irgendwo in diesem Bereich liegen deine Fragen, nehme ich an.«

»Ungefähr«, nickte Koskinen und bemühte sich, behutsam vorzugehen. »Kann ein Behinderter so schwierig und unwirsch sein, dass irgendein Mitmensch endgültig die Geduld mit ihm verliert?«

»Ja«, antwortete Honkanen knapp. »Du brauchst dich für deine Fragen nicht zu genieren.« Er rieb sich nachdenklich die Oberschenkel und sagte langsam: »Ehrlich gesagt, kann ich mich nachträglich nur wundern, dass mir niemand die Fresse poliert hat. So beschissen habe ich mich damals benommen.«

In den folgenden Minuten erzählte Honkanen seine eigene Geschichte. An den Schuss hatte er keine Erinnerung. Das Erste, das er bewusst wahrgenommen hatte, war das Erwachen im Krankenhaus. Er hatte sofort geahnt, wie es um ihn stand. Dennoch wollte er es aus dem Mund eines Sachverständigen hören, ehrlich und ohne Umschweife. Ein verständnisvoller, freundlicher Arzt erklärte ihm, er sei von der Taille abwärts gelähmt. Eine Heilung sei ausgeschlossen, die Kugel habe das Rückgrat zu schwer beschädigt. Dem Arzt flog der erstbeste Gegenstand an den Kopf, den Honkanen auf dem Nachttisch zu fassen bekam. Zum Glück handelte es sich nur um ein Wasserglas.

Auch nach seiner Entlassung aus dem Krankenhaus hatte die Verbitterung nicht nachgelassen. Honkanen verbrachte Monate in der Rehaklinik und war ein wahrer Albtraum für das Personal. Es gab nichts, worüber er nicht meckerte, beim kleinsten Fehler beschimpfte er die Pflegerinnen als Huren. Das Seltsamste dabei war, dass sich seine Verbitterung nicht gegen den Schützen richtete, sondern dass er alle hasste, die ihm nahestanden, Bekannte und Verwandte, die keine Schuld an seinem Schicksal trugen. Es hatte Zeiten gegeben, in denen er alles hasste, was sich in seiner Umgebung bewegte. Und nachträglich hatte er sich selbst darüber gewundert.

Honkanen beendete seinen Bericht mit einem tiefen Seufzer und den Worten: »Da hast du die Antwort auf deine Frage.«

Bevor Koskinen ein Wort herausbrachte, fügte Honkanen hinzu: »Natürlich war ich ein Extrembeispiel. Die meisten Behinderten begegnen ihren Mitmenschen sogar mit größerer Freundlichkeit und Liebe als die sogenannten Gesunden. Aber es gibt auch Fälle wie mich. Und es würde mich nicht wundern, wenn in so einem Fall ein Mitmensch irgendwann ausrastet.«

»Trotzdem.« Koskinen schüttelte den Kopf. »Die Pfleger sind doch für den Beruf ausgebildet. Lehrt man sie nicht, ihren Patienten mit Verständnis und Geduld zu begegnen?«

»Natürlich«, antwortete Honkanen. »99,5 Prozent kommen sicher auch mit den schwierigsten Fällen zurecht. Aber wie du weißt, findet sich das halbe Prozent in jedem Beruf. Sogar unter Pfarrern oder Polizisten.«

Koskinen nickte und betrachtete gedankenverloren die Bilder an den Wänden. Sie waren geschmackvoll ausgewählt und bewegten sich alle in derselben Farbskala. Selbst er mit seinen geringen Kenntnissen erkannte ein Aquarell von Raimo Kanerva und zwei Winterlandschaften von Juhani Palmu.

Nichts in dem Raum erinnerte an Honkanens vorzeitig zu Ende gegangene Polizeilaufbahn. Koskinen entdeckte nicht einmal das Verdienstkreuz, das Honkanen nach dem Zwischenfall verliehen worden war. Er wandte plötzlich den Kopf und sah Honkanen forschend an.

»Du bist aber über deine Verbitterung hinweggekommen?«

»Ich hatte mehr Glück als manch anderer. Vor fünf Jahren habe ich bei einem Rehakurs Katariina kennengelernt. Sie war auf dem Radweg von einem Betrunkenen überfahren worden und hatte mindestens so viel Grund zur Verbitterung wie ich.«

Honkanen starrte abwesend auf den Fußboden.

»Ich habe Katariina wegen jeder Kleinigkeit angemotzt, war zu ihr genauso ekelhaft wie zu allen anderen. Aber sie hat sich davon nicht abschrecken lassen – im Gegenteil, sie hat lächelnd zurückgeschimpft. Und dann hat es zwischen uns gefunkt. Wir haben uns verliebt wie in einer französischen Kinoschnulze. Und jetzt sind wir schon vier Jahre verheiratet und haben ein einjähriges Kind.«

»Ein Kind?« Koskinen war verblüfft. »Ich dachte, du bist von der Taille abwärts gelähmt.«

»Bin ich auch«, grinste Honkanen fröhlich. »Aber heutzutage ist vieles möglich.«

Koskinen wurde nachdenklich. Die »Gefallenen Engel« hatten kein solches Glück erlebt. Vielleicht hätte Pirkko-Liisa Rinne für einen von ihnen zum Glücksfall werden können, doch Taavitsainen, Ketterä und Harjus hatten sich nicht zu einigen vermocht, wem dieses Glück zustand.

Wieder ließ er den Blick durch das Zimmer wandern. Alles, was er sah, schien aus hochwertigem, teurem Material hergestellt. Der Kamin war aus gleichmäßig gemustertem Topfstein gemauert.

»Was machst du eigentlich beruflich?«

Offenbar erriet Honkanen, was seinen Besucher zu der Frage gebracht hatte. »Vom Staat habe ich die volle Rente bekommen«, lachte er. »Die hätte allerdings selbst in dreißig Jahren nicht für dieses Haus gereicht.« Er streckte den Zeigefinger hoch wie eine Eins und fuhr fort: »Ich habe ein Einmannunternehmen im IT-Bereich und arbeite als Consultant für verschiedene Firmen in der ganzen Welt. Damit verdient man ganz gut, und vor allem kann ich zu Hause arbeiten.«

Er sah sich ebenfalls um und brummte zufrieden: »Alles in allem muss ich zugeben, dass es mir heute verdammt gut geht.«

Dann blickte er auf die Uhr und fragte: »Konnte ich dir weiterhelfen?«

»Das kann ich im Moment noch nicht sagen«, antwortete Koskinen ausweichend. »Wie du sicher weißt, finden die Puzzleteile oft erst später ihren Platz. Dann können sich solche Informationen als wertvoll erweisen und …«

Koskinen verstummte, als eine der Türen aufging und eine wunderschöne Blondine zum Vorschein kam. Sie sah den Fremden im Wohnzimmer verwundert an. Als Honkanen beruhigend winkte, erschien ein schüchternes Lächeln in ihrem runden Gesicht. Die helle Deckenlampe beleuchtete die weichen Rundungen unter dem dünnen Nachthemd, und Koskinen bekam seine Augen erst wieder unter Kontrolle, als die Frau mit ihrem Rollstuhl im Bad verschwunden war.

Er stand auf und klopfte Honkanen auf die Schulter.

»Dir geht es wirklich gut.«

Honkanen folgte ihm in die Diele. »Soll ich dir ein Taxi rufen?«

»Nicht nötig, ich gehe zu Fuß.«

»Wohin?«

»Nach Hervanta. Das dauert bloß eine halbe Stunde.«

»Mit deinen langen Beinen eher weniger.«

Koskinen hatte das Haus bereits verlassen, als Honkanen ihm nachrief: »Komm mal wieder!«

»Gern.«

Der kürzeste Weg von Hallila nach Hervanta führte durch einen dichten, stockdunklen Fichtenwald. Koskinen sah nur ein paar Meter weit. Er musste genau auf seine Schritte achten, um nicht von dem schmalen, gewundenen Sandweg abzukommen.

Plötzlich hatte er das Gefühl, den ganzen Tag durch die Dunkelheit gewandert zu sein. Als hätte er sich in einem finsteren Wald verirrt, und jemand riefe ihm zu, wohin er sich zu wenden habe – und er in die falsche Richtung liefe.

Immer wieder ging ihm derselbe hartnäckige Gedanke durch den Kopf. Im Lauf des Tages war ihm etwas zu Ohren gekommen, das er sofort hätte festhalten müssen. Vielleicht hatte es in einem winzigen Nebensatz gesteckt. Dennoch hätte dieses Etwas vieles gelöst – wenn er nur aufmerksamer gewesen wäre und seine Bedeutung erkannt hätte.

Es war ein unerträgliches Gefühl. Als würde ihm jemand unaufhörlich an die Stirn klopfen und sagen: *Mann, kapierst du denn nicht, worum es geht?*

20

Am Samstagmorgen fühlte sich Koskinen hundemüde. Er hatte unruhig geschlafen und unbewusst darauf gewartet, dass das Telefon klingelte und der Diensthabende ihm mitteilte, eine Männerleiche sei gefunden worden.

Er setzte Teewasser auf, duschte rasch und rief Riipinen an. Dessen Stimme war rau von der durchwachten Nacht, und im Hintergrund zischte in kurzen Abständen der Inhalator. Während der Nacht war nichts Nennenswertes passiert, von Ketterä gab es immer noch keine Spur.

Koskinen blickte zum Fenster hinaus. Der Himmel war grau, und über dem Ahvenisjärvisee lag dicker Nebel. Dennoch beschloss er, mit dem Rad zur Arbeit zu fahren. Draußen war es kalt, der Wind biss ihm in die Wangen und versuchte unter den Anorak zu dringen. Koskinen steigerte das Tempo, und allmählich erwärmten sich die Muskeln.

Seine Kondition war blendend – genau zur richtigen Zeit, wie er es geplant hatte. Trotzdem wollte er auf den Pirkka-Lauf am nächsten Tag verzichten. Sie waren auf der Suche nach einem höchst gefährlichen Verbrecher. Da machte es keinen guten Eindruck, wenn der Ermittlungsleiter einen ganzen Vormittag lang durch den Wald rannte.

Es war erst zwanzig nach sieben, als er die steile Sorinkatu hinaufstrampelte und auf den Hof des Polizeigebäudes kurvte. Zwei Schupos im Overall standen rauchend vor der Tür. Bevor Koskinen auch nur »Guten Morgen« sagen konnte, begannen sie bereits über den Pirkka-Lauf zu reden und über die Ausdauer des Kommissars zu spekulieren. Der eine nannte ihn den »Gebrselassie von Hervanta« und fragte, wie er das Höhenlager überstanden habe.

Prompt widerrief Koskinen seine Entscheidung. Es war zu spät für einen Rückzieher, niemand würde einen Mörder als Grund akzeptieren.

Er lief die Treppe in den dritten Stock hinauf und fragte sich, ob es auch nur einen im Haus gab, der nichts von dem Lauf und der Wette wusste. Zum Glück begegnete ihm niemand, er kam ungesehen in sein Zimmer und zog sich um. Bei dem kühlen Wetter hatte er kaum geschwitzt.

Er hatte gerade die Hose angezogen, als an die Tür geklopft wurde und Ulla eintrat. Koskinen freute sich, sie zu sehen.

»Guten Morgen, du bist aber früh hier.«

Ulla erwiderte den Gruß nicht. Sie setzte sich auf den Besucherstuhl und wirkte immer noch so mürrisch wie in den letzten Tagen. Immerhin erklärte sie, weshalb sie so früh zur Arbeit gekommen war.

»Pekki hat mich gebeten, zeitig da zu sein und mit ihm die beiden Einbrecher zu vernehmen, die Adolf Kantola zusammengeschlagen haben.«

»Seid ihr damit etwa schon fertig?«

»Wieso denn nicht?«, gab Ulla hochnäsig zurück. »Der Zug, in dem sie gebracht wurden, war schon vor sechs in Tampere, und Pekki wollte die erste Vernehmung sofort durchführen. Ich war um halb sieben hier, und wir haben die beiden jeweils zehn Minuten einzeln befragt.«

Koskinen schloss den Schrank und setzte sich an seinen Schreibtisch.

»Und die Kinder?«

»Die Kinder? Welche Kinder?«

»Deine natürlich.«

»Was ist mit denen?«

»Wer kümmert sich um die, wenn du so früh zur Arbeit gehst?«

»Lundelin, wer denn sonst. Er ist um halb sechs nach Hause gekommen. Der kann seinen Kindern schließlich auch mal das Frühstück machen.«

Koskinen fragte sich, was mit ihm los war. Schon gestern Abend hatten seine Gedanken merkwürdige Wege eingeschlagen. Ullas Privatleben ging ihn nichts an, überhaupt nichts!

Er beeilte sich, auf das ursprüngliche Thema zurückzukommen. »Habt ihr aus dem Pärchen was rausgekriegt?«

»Der Junge leugnet alles. Dagegen brach das Mädchen innerhalb von drei Minuten zusammen. Pekki mit seiner heiseren Stimme kann so richtig schön gruselig klingen. Der Junge spricht bestimmt auch noch, wenn er erfährt, dass seine Freundin schon alles gestanden hat.«

»Und was hat sie gestanden?«

»Vier Einbrüche, alle in Einfamilienhäusern im Westen der Stadt.«

»Was haben sie mit der Beute gemacht?«

»Gegen Stoff eingetauscht.«

»Das hätte ich mir denken können«, seufzte Koskinen. »Riitta Makkonen hatte von ihrem Sohn ein zu rosiges Bild.«

»Mika hat keine Drogen genommen. Gerade deshalb haben ihm Nina und Petri ihre Beute anvertraut.«

»Also haben sie ihren schüchternen, schreckhaften Kumpel missbraucht«, sagte Koskinen erbost. »Indirekt haben sie Mika Makkonen umgebracht.«

Er sah Ullas verblüffte Miene und merkte selbst, dass diese Behauptung übertrieben war. Hastig kam er auf die Vernehmung zurück. »Was hat das Mädchen über den Einbruch in Ikuri berichtet?«

»Das hätte eine leichte Sache sein sollen. Nina und Petri wussten, wie krank Kantola war. Sie dachten, er würde nicht so leicht wach werden.«

Ulla schüttelte langsam den Kopf. »Da haben sie sich allerdings geirrt. Kantola war schon so vom Krebs zerfressen, dass er vor Schmerz nicht schlafen konnte. Er tauchte urplötzlich im Garten auf. Petri habe sich, so sagt Nina, dermaßen erschreckt, dass er dem alten Mann das Nächstbeste, was er finden konnte, auf den Kopf gehauen hat. Dabei handelte es sich zufällig um eine Statue, die einen Raben darstellt. Sie haben sie mitgenommen, es war ihre einzige Beute an dem Abend.«

»Kein Wunder, dass wir die Tatwaffe nicht gefunden haben.«

»Nina hat außerdem erzählt, dass Mika Makkonen an allem, was an dem Abend in Kantolas Garten geschah, völlig unschuldig sei.«

»Natürlich. Er lag zu der Zeit schon auf der Intensivstation.«

»Lass mich gefälligst ausreden!«, fauchte Ulla. »Nina meinte, dass Mika gegen den Einbruch bei Kantola gewesen sei und sie vorübergehend davon abgebracht hätte.«

Das müsste Riitta Makkonen hören, dachte Koskinen. Diese Nachricht würde der trauernden Mutter das Herz wärmen und ihr zumindest eine kleine Erleichterung verschaffen.

»Nina und Petri haben den Plan dann doch verwirklicht«, fuhr Ulla fort. »Angeblich waren sie so geschockt von Mikas Unfall, dass sie dringend neuen Stoff brauchten.«

Dann schnitt Ulla urplötzlich etwas ganz anderes an: »Wie lief es gestern Abend?«

»Gestern Abend?«, fragte Koskinen verwundert. »Hast du noch nicht gehört, dass einer der ›Gefallenen Engel‹ verschwunden ist?«

»Natürlich! Das hat mir Pekki schon erzählt. Ich will wissen, wie dein Abend verlaufen ist.«

Koskinen begriff, dass Ulla das Essen mit Ursula Katajisto meinte. Verlegen schob er die Sachen auf seinem Schreibtisch hin und her und sagte schließlich: »Daraus wird nichts.«

Ulla zog fragend die Augenbrauen hoch, und Koskinen erklärte: »Sie hat meine Psyche analysiert. Ist das etwa romantisch? Bei der ersten Verabredung kriegst du zu hören, was für eine kleine Seele du bist.«

Ulla brach in Gelächter aus. Koskinen hatte ihr weiches Lachen immer gemocht, und jetzt war es noch sprudelnder als sonst. Dennoch wunderte er sich darüber. Eben war sie noch mürrisch und schlecht gelaunt gewesen, und nun diese Heiterkeit. Und es war nicht mal ein schadenfrohes Lachen.

Ulla stand vom Besucherstuhl auf, wischte sich die Lachtränen aus den Augen und setzte sich auf die Schreibtischkante.

»Ihr habt euch aber wieder verabredet?«

Koskinen verzog das Gesicht. »Nein. Es wird sowieso nichts daraus.«

»Das kann man nie wissen.«

»Doch, das weiß ich.«

Ulla trug einen Kapuzenpulli und schwarze Jeans. Sie hatte die blonden Haare locker zum Zopf geflochten, und in ihren vergissmeinnichtblauen Augen schimmerten immer noch Lachtränen.

Sie nahm einen Kugelschreiber vom Tisch und zeichnete ein kleines Haus auf Koskinens Block.

»Zum Glück kommt meine Schwiegermutter heute zu uns«, erzählte sie. »Sie hat versprochen, die Kinder zu hüten, weil ihr liebes Söhnchen mal wieder in der Provinz zum Tanz aufspielt. Ich kann an beiden Tagen Überstunden machen.«

»Das ist gut«, sagte Koskinen. »Wie es aussieht, haben wir genug zu tun.«

Er wunderte sich immer noch über den Stimmungsumschwung. So ganz hatte er nie verstanden, was in Frauenköpfen vor sich ging. Und jetzt war es ihm noch schleierhafter.

Doch es blieb ihm keine Zeit, darüber nachzudenken. Es war fünf vor acht, sie mussten zur Besprechung. Pekki stand an der

Tafel und lieferte eine kurze Zusammenfassung der bisherigen Ermittlungen zu den Morden an Taavitsainen und Salmensuu. Viel gab es dazu nicht zu sagen. Dann berichtete er von Ketteräs Verschwinden und der Verhaftung des Taxiunternehmers Ilmari Suokas. Auch Tanse nahm an der Besprechung teil, sagte aber kein einziges Wort. Allerdings schüttelte er immer wieder unzufrieden den Kopf.

Sie machten schon vor neun Uhr Schluss. Koskinen wollte Ketteräs Eltern aufsuchen. Luttinen sollte Suokas vernehmen, und Kaatio würde in dem Teil der Sotkankatu, in dem Ketterä zuletzt gesehen worden war, von Tür zu Tür gehen und die Bewohner befragen. Sie beschlossen, dass Ulla ihn begleiten und die Physiotherapeutin vernehmen sollte. Da Ketterä seit mehr als einem Jahr bei ihr in Behandlung war, wusste die Therapeutin vielleicht etwas über ihn. Pekki und der Rest des Trupps sollten zur Wolfsstube fahren, um möglichst viele Informationen über Ketterä zu sammeln. Mäkitalo würde mitkommen und Ketteräs Zimmer unter die Lupe nehmen. Schließlich ordnete Koskinen noch an, dass kein Bewohner der Wolfsstube ohne Polizeischutz aus dem Haus gehen durfte.

Die Versammlung löste sich auf. Koskinen verließ den Raum als einer der Ersten. Tanse folgte ihm und zupfte ihn am Ärmel.

»Warte mal, Sakari.«

Koskinen drehte sich um und sah seinen Vorgesetzten fragend an.

Tanse wartete, bis niemand mehr in Hörweite war, bevor er sagte: »Die Verhaftung von Suokas.«

»Ja?«

»War sie begründet? Liegt genug gegen den Mann vor?«

»Ja-a …«, sagte Koskinen gedehnt. »Zu dem Schluss sind wir gekommen.«

»Wir?« Tanse schob sich näher an Koskinen heran. »Du bist

der Kommissar – über den Einsatz von Zwangsmitteln entscheidest du ganz allein. Darüber wird nicht im Team abgestimmt.«

»Klar«, antwortete Koskinen ungeduldig. »Ich lasse Suokas raus, wenn sich im Lauf des Tages nichts ergibt.«

Er wandte sich zum Gehen, doch Tanse räusperte sich.

»Es gibt noch etwas.«

»Was denn?«

Tanse musterte seinen fünfzehn Zentimeter größeren Untergebenen einige Sekunden, bevor er sagte: »Wie man hört, kommst du mit dem Fahrrad zur Arbeit.«

Koskinen wusste nicht recht, worauf Tanse hinauswollte. »Das stimmt«, antwortete er zögernd. »So verbindet man Vergnügen und Nutzen.«

»Ich habe gehört, dass du auch dienstlich mit dem Fahrrad unterwegs warst.«

»Wenn der Weg nicht zu weit ist, geht das genauso schnell wie im Auto und auf jeden Fall schneller als zu Fuß.«

Tanse schüttelte langsam den Kopf. »Das sieht nicht gut aus. Gar nicht gut.«

»Wieso …«

»Das müsstest du doch verstehen. Es ist ja wohl nicht schwer, sich vorzustellen, welchen Eindruck ein radelnder Kommissar in Trainingshose auf die Öffentlichkeit macht.«

Koskinen war sprachlos vor Bestürzung, und Tanse fuhr fort: »Hast du immer noch kein eigenes Auto?«

»Einen alten Volvo, aber den habe ich meinem Sohn gegeben, weil er einen weiteren Weg zur Arbeit hat.«

»Wo arbeitet er denn?«

»In Rahola.«

Koskinen war überzeugt, dass Tanse über Anttis Zivildienst Bescheid wusste. Es war ja überall darüber gesprochen worden.

Tanses Körpersprache sagte alles. Er zog mit einer heftigen Bewegung die Krawatte gerade, und seine Stimme klang gepresst.

»Du bist der erste Kommissar in diesem Haus, der keinen eigenen Wagen besitzt. So etwas habe ich noch nicht erlebt. Dabei bin ich schon seit der Steinzeit hier.«

Tanse drehte sich um und ging. Koskinen blickte ihm verwundert nach und wusste nicht, ob er lachen oder weinen sollte. Die Bemerkung über den radelnden Kommissar machte ihn wütend. In dieser Phase der Ermittlungen empfand er sie als Haarspalterei, und er musste an die alte Geschichte vom Feuerwehrhauptmann denken, der den jungen Männern der Freiwilligen Feuerwehr vorwarf, sie hätten das Feuer falsch gelöscht.

Aufgebracht ging er eine Etage höher und bog in den Flur ein, der zu seinem Büro führte. Schon von Weitem sah er die Antennenmütze und wunderte sich, dass er nicht explodierte. Im Gegenteil – er merkte, dass sein Ärger schwand.

»Was machst du denn hier?«, fragte er. »Heute ist Samstag.«

Milla legte den Kopf in den Nacken und sagte ernsthaft: »Gestern haben alle gesagt, sie müssten am Wochenende Überstunden machen wegen der Rollstuhlmorde. Deswegen bin ich hier.«

Koskinen amüsierte sich über den Eifer der Kleinen. Vielleicht konnte sie sich tatsächlich als Verbindungsperson zwischen den Ermittlern nützlich machen. Es war gut, wenn jemand wusste, wer sich gerade wo aufhielt.

»Na, dann machen wir uns an die Arbeit«, sagte er und ging weiter.

Er hörte Milla noch sagen: »Ein supergeiler Job ist das. Anderswo kriegt man keine Blumen vom Chef.«

Pekkis Zimmer war nicht weit vom Büro der Sekretärin entfernt. Die Tür stand offen, sicher hatte er das Gespräch im Flur gehört. Er eilte in Koskinens Dienstzimmer, schloss die Tür hinter sich und flüsterte: »Hast du dem Mützenmädchen die Rosen geschenkt?«

»Ja«, grinste Koskinen. »Die waren gestern im Angebot und …«

Pekki ließ ihn nicht ausreden. »Verdammt noch mal! Hast du was mit der?«

Erst jetzt verstand Koskinen, welche Schlüsse Pekki gezogen hatte. Er winkte ab und lachte: »Natürlich nicht.«

Pekki war noch nicht beruhigt. Er tigerte durch den Raum, und seine Stimme wurde immer heiserer.

»Du hast nichts zu lachen, wenn jemand davon erfährt. Stell dir mal vor, wie die Zeitungen das bringen würden: ›Pädophiler Kommissar‹. Das würde gar nicht gut aussehen.«

Koskinen amüsierte sich über das Missverständnis und freute sich zugleich über die ehrliche Besorgnis seines Kollegen. Ein Freund in der Not.

Er wollte erklären, was es mit den Rosen auf sich hatte, doch Pekki ließ ihn nicht zu Wort kommen.

»Ich wüsste eine Passende für dich.«

»Eine passende was?«

Pekki trat dicht vor Koskinen und sah ihn verschwörerisch an. »Sie heißt Laila und ist gerade richtig für dich. Sie tanzt auch nicht gern. Sie mag Feuerwehrleute, aber Polizisten mag sie noch lieber.« Pekki hob warnend den Zeigefinger. »Laila ist ansonsten ganz in Ordnung, aber man darf sie nicht gleich am ersten Abend ›Schätzchen‹ nennen. Du kannst tun, was du willst, aber sag nicht ›Schätzchen‹ zu ihr. Das mag sie nicht.«

Koskinen starrte Pekki mit offenem Mund an. Schon wieder einer, der ihm eine Frau verschaffen wollte!

Das Telefon klingelte. Koskinen scheuchte Pekki hinaus und meldete sich.

»Hier ist Lea Kalenius aus der Wolfsstube, guten Morgen.«

»Guten Morgen«, antwortete Koskinen. Er hätte die Frau allein an der Stimme erkannt. Sie klang so besorgt und verängstigt wie am vorigen Tag.

»Ich weiß nicht, ob es wichtig ist, aber ich dachte, ich rufe Sie besser an.«

»In dieser Phase der Ermittlungen gibt es nichts Unwichtiges«, versicherte Koskinen. »Selbst scheinbar nebensächliche Kleinigkeiten können uns weiterhelfen.«

Er hörte, wie sie erleichtert aufatmete.

»Sie hatten gefragt, wer einen Schlüssel zur Wolfsstube hat.«

»Ja.« Koskinen wurde aufmerksam.

»Bei der Liste habe ich etwas vergessen.«

Gespannt umklammerte Koskinen den Hörer und wartete, was die Frau zu sagen hatte.

»Wir hatten im letzten Sommer eine Vertretung, Pirkko-Liisa Rinne …«

»Ich weiß«, sagte Koskinen. »Pike.«

Er hörte einen tiefen Atemzug.

»Mir ist erst heute Nacht eingefallen, dass Pike im Juli den Generalschlüssel verloren hat. Er wurde bis heute nicht gefunden.«

21

Kuparinen hatte Koskinen nach langem Zögern einen der neuesten Dienstwagen ohne polizeiliche Kennzeichnung gegeben. Es war ein Opel Vectra mit Zweilitermotor, den Koskinen auf der Autobahn nach Nokia mühelos auf hundertvierzig Stundenkilometer hochjagte.

Der Anruf von Lea Kalenius beschäftigte ihn immer noch. Er hatte Pekki gebeten, eine Streife loszuschicken, und fragte sich nun, ob er besser selbst hätte hinfahren sollen. Aber sie hatten ohnehin alle Hände voll zu tun, und die Schupos waren tagsüber nicht ausgelastet. Es war vereinbart, dass sie Pirkko-Liisa Rinne aufs Präsidium holten, wo Koskinen sie nach seiner Rückkehr aus Nokia vernehmen würde.

Der Stadtteil hieß Kankaantaka, und das Haus befand sich in der Kotokatu. Dort verschandelte ein schmutzig-brauner Getreidesilo die Gegend. Koskinen schätzte seine Höhe auf vierzig Meter. Das Gebäude erhob sich am Ende der Straße wie ein Betondinosaurier und schien die ganze Umgebung zu bewachen.

Koskinen parkte vor der gestutzten Weißdornhecke und stieg aus. An der dreistufigen Treppe, die zur Haustür führte, war das Geländer auf der einen Seite entfernt worden, die Enden der abgesägten Stangen ragten noch aus dem Beton. Anstelle des Geländers war eine Rampe aus druckimprägniertem Holz angebracht worden. Es war unschwer zu erraten, für wen.

Die Klingel war ein altes Modell zum Drehen, und auch ihr Ton klang alt und brüchig. Nach einer Minute klingelte Koskinen erneut. Niemand öffnete. Er fluchte leise vor sich hin. Warum hatte er Hannu Ketteräs Eltern nicht angerufen und sich vergewissert, ob sie zu Hause waren?

Er wollte zum Wagen zurückgehen, blieb jedoch stehen und drehte sich um, als er einen kurzen Pfiff hörte. Hinter dem Holzzaun, der das Grundstück umgab, stand ein Mann.

»Wollen Sie zu den Ketteräs?«, fragte der Mann und steckte sich eine Zigarette zwischen die Lippen.

»Ja, will ich.« Koskinen ging auf ihn zu. Dem Himmel sei Dank für neugierige Nachbarn! Bei der Polizeiarbeit erwiesen sie sich oft als wahre Schatzgrube.

»Die sind nicht zu Hause«, sagte der Mann und zündete bedächtig die Zigarette an. Sein Gesicht war aufgedunsen, und obwohl es bereits Ende September war, trug er über seinem Schmerbauch nur ein löchriges Unterhemd und eine Hose mit Hosenträgern.

»Die Ketteräs sind nicht da«, wiederholte er seufzend und betrachtete eine Elster, die sich im Wipfel einer Birke niedergelassen hatte.

»Das habe ich gemerkt«, sagte Koskinen scheinbar gleichmütig. »Wo sind sie wohl hin?«

Der Mann fragte zurück: »Sind Sie ein Verwandter?«

»Nein.« Koskinen bemühte sich, seine Ungeduld zu verbergen. »Ich hätte nur gern mit den beiden gesprochen.«

»Vertreter?«

»So ähnlich.«

»Zu mir brauchen Sie nicht zu kommen«, sagte der Mann. Die Zigarette im Mundwinkel bewegte sich im Takt seiner Worte, und die Asche fiel auf sein Hemd. »Ich hab mal bei einem von euch ein Buch über die Olympischen Spiele gekauft. Da stand der Wurf, mit dem Rautavaara in London gewonnen hat, ganz falsch drin, und seitdem kauf ich keinem Klinkenputzer mehr was ab.«

»Gut zu wissen«, lachte Koskinen. »Bei Ihnen klingle ich nicht.«

»Heutzutage sind alle möglichen Heinis unterwegs.«

»Von denen gibt's genug«, nickte Koskinen zustimmend. »Aber wo mögen die Ketteräs sein?«

»In Lielahti.«

Die plötzliche Offenheit überraschte Koskinen. Der Mann kratzte sich den Bauch und fügte hinzu: »Iiro und seine Alte sind vor einer Viertelstunde losgefahren. Sie holen Liegestühle für den Garten.«

Koskinen fragte sich, warum jemand Ende September Gartenmöbel kaufte. Der Nachbar schien seinen Gedanken gelesen zu haben.

»Die sind um diese Jahreszeit billig, wenn die Läden ihre Sommerlager räumen.«

»Wann kommen sie wohl zurück?«

»Die Ketteräs?«

»Ja.«

»In einer Stunde, hat Iiro gesagt.«

Koskinen überlegte, ob er nach Lielahti fahren sollte. Aber wie sollte er die Ketteräs erkennen? Er beschloss, die Gelegenheit zu nutzen, und fragte: »Kennen Sie ihren Sohn?«

Der Nachbar wurde plötzlich von einem Hustenanfall gepackt. Er beugte sich vor, spuckte aus und ächzte dann mit rotem Kopf: »Hannu?«

»Haben die Ketteräs noch mehr Kinder?«

»Nein.« Der Mann wischte sich über den Mund und nahm die Zigarette wieder zwischen die Lippen. »Nur Hannu.«

»Und den kennen Sie?«

»Na klar. Wir wohnen schon mehr als dreißig Jahre hier. Ich erinnere mich noch, wie er laufen gelernt hat.«

Der Mann drückte seine Zigarette aus und schnipste die Kippe auf den Rasen der Ketteräs. »Sobald er es konnte, hat der Schlingel bei uns Äpfel geklaut.«

»Haben Sie Hannu in letzter Zeit öfter gesehen?«, fragte Koskinen gespannt.

»Nein. Der ist ja schon vor ewigen Zeiten weggezogen. Sie wissen wohl nicht, dass er Invalide ist.«

»Doch, das weiß ich.«

»Schon komisch, dass einem so was passieren kann«, sagte der Mann nachdenklich und legte die Arme auf den Zaun.

»Was denn?«, fragte Koskinen, obwohl er es wusste.

»Er war Skilaufen, einen steilen Hügel runter, und da hatte irgendein Irrer ein Seil über die Loipe gespannt. Hannu ist mit dem Kopf aufgeprallt, deshalb ist er gelähmt.«

Koskinen nickte und dachte ebenfalls: Wie kann jemandem so etwas passieren?

»Das wäre für jeden ein harter Schlag gewesen«, erzählte der Mann weiter. »Aber für Hannu ganz besonders. Der hat schon als Kind immer Sport getrieben. Mit achtzehn hat er sich gleich ein Motorrad gekauft. Eine uralte Royal Enfield.«

Er zeigte mit seinem nikotingelben Finger auf eine Ecke im Garten der Ketteräs. »Da hinten hat er immer an seinem heißen Ofen rumgebastelt, die Arme bis zu den Ellbogen mit Öl beschmiert. Er hatte einen Kumpel, mit dem er …«

Ein schnell näher kommendes, lautes Rollen übertönte seine Worte. Die Bahnstrecke verlief unmittelbar hinter den Häusern, und sie mussten warten, bis der Zug vorbeigefahren war. Zwei Lokomotiven zogen eine lange Kette von Güterwaggons, und Koskinen spürte im Gesicht den Luftzug, der dabei entstand.

»Das ist die Strecke nach Pori«, erklärte der Mann, als der Zug vorbeigefahren war. »Da bringen sie Papier nach Mäntyluoto in den Hafen.«

Koskinen überlegte, wie er das Gespräch wieder auf Hannu Ketterä lenken sollte. Doch es war bereits zu spät. Sein Gesprächspartner wandte sich ab und sagte über die Schulter: »Ich muss rein, meiner Alten beim Putzen helfen. So ist das samstags.«

Koskinen machte sich auf den Weg zum Wagen und dachte immer noch über die Frage nach, die der Mann am Zaun aufgeworfen hatte: Wie kann es jemandem so ergehen, wie es Hannu ergangen war? Das Schicksal hätte kaum blinder zuschlagen können.

Wenn das Schicksal überhaupt verantwortlich war. Vielleicht war die Leine gerade für Hannu Ketterä gespannt worden.

War das die Spur, die zur Lösung führen würde?

Es war jedoch kompliziert, diesem Gedanken zu folgen. In Koskinens Kopf wirbelten schon jetzt Dutzende von Fragen, die ebenfalls den Schlüssel zur Lösung liefern konnten. Oft genügte ein winziger Hinweis, um plötzlich die Wahrheit zu erkennen. Doch manchmal musste man quälend lange darauf warten.

Koskinen setzte sich in den Wagen und überlegte, wie er die Zeit bis zur Rückkehr der Ketteräs totschlagen sollte. Es lohnte sich nicht, zum Präsidium zu fahren, das waren hin und zurück zwanzig Minuten. Er beschloss, an der nächsten Tankstelle eine Kleinigkeit zu essen. Als er den Motor anließ, fiel ihm ein, dass Riitta Makkonen von ihrem Imbisslokal im Industriegebiet Myllypuro gesprochen hatte. Bis dorthin waren es höchstens zwei Kilometer.

Er bog nach links ab, fuhr nach Myllypuro und fand das Lokal auf Anhieb. Es lag zwischen einer Teppichreinigung und einer Reparaturwerkstatt für Haushaltsgeräte in der Mitte einer langen Industriehalle. An den Tischen saßen drei Männer in Overalls. Zwei aßen zuckrige Berliner, der Dritte löffelte eine Suppe. Koskinen musste zwei Minuten an der Theke warten, bis Riitta Makkonen mit einem Handtuch aus der Küche kam.

Sie erkannte ihn sofort und zuckte erschrocken zusammen.

»Was ist …«

»Nichts.« Koskinen lächelte beschwichtigend. »Ich habe in der Nähe zu tun und dachte, ich könnte hier etwas essen.«

Makkonen schien nicht ganz überzeugt. Sie sah Koskinen misstrauisch an und wedelte mit dem Handtuch in Richtung Küche. »Heute ist Samstag, und ich habe nur Zwiebel- oder Spinatsuppe oder Fleischklößchen mit Kartoffelpüree. Milch und Brot sind im Preis inbegriffen.«

»Fleischklößchen sind genau das Richtige«, lächelte Koskinen und zückte die Brieftasche.

Makkonen erwiderte sein Lächeln nicht. Offenbar wollte sie nicht glauben, dass der Kommissar rein zufällig in ihr Lokal gekommen war. Sie gab ihm das Wechselgeld und sagte barsch: »Nehmen Sie sich Milch und Brot und setzen Sie sich. Ich bringe das Essen gleich.«

Sie brauchte fünf Minuten, um die Portion herzurichten, und in dieser Zeit verschwanden die anderen Gäste. Koskinen kaute Roggenbrot und blickte sich um. Das Lokal war sauber und nett eingerichtet. Über den Tischen blühten Fuchsien in kupfernen Blumenampeln, und an den Wänden hingen Brotschieber mit eingebrannten Aphorismen zum Thema Essen.

Makkonen kam mit einem Teller aus der Küche und stellte ihn auf den Tisch. Sie wollte gleich wieder verschwinden, doch Koskinen hielt sie zurück.

»Haben Sie einen Moment Zeit?«

Die Frau blickte auf die leeren Tische, als überlegte sie, ob Koskinen Witze machte. Sie setzte sich zu ihrem einzigen Gast und fragte vorsichtig: »Worum geht es?«

Koskinen verteilte Ketchup auf dem Kartoffelpüree. Es war eine große Portion mit einem guten Dutzend Fleischklößchen.

»Um Ihren Sohn.«

Die Frau ließ den Kopf hängen, faltete die Hände auf dem

Tisch und seufzte: »Also doch. Sie haben weitere Verbrechen entdeckt, stimmt's?«

»Nichts dergleichen«, antwortete Koskinen. Er berichtete, was er von Ulla gehört hatte. Mikas Freunde waren in Oulu verhaftet und unter polizeilicher Bewachung nach Tampere gebracht worden. Nina hatte sofort alles gestanden und Mikas ablehnende Haltung unterstrichen. Wenn es nach Mika gegangen wäre, hätte es keinen einzigen Einbruch gegeben.

Ein vorsichtiges Lächeln flog über Riitta Makkonens Gesicht und ließ es noch zerbrechlicher aussehen. Ihre leuchtend roten Lippen betonten ihre blasse Haut und ihre blonde Haarfarbe. Die feinen Haare waren in der Mitte gescheitelt und über den Schläfen mit Haarklemmen befestigt.

Die Erleichterung verschwand so schnell von ihrem Gesicht, wie sie gekommen war. Sie seufzte.

»Mika hatte ein Herz aus Gold.«

Koskinen aß sein Kartoffelpüree und ließ der Frau Zeit, ihre Sehnsucht in Worte zu kleiden.

»Er hat mir immer im Haus geholfen, wenn ich ihn darum gebeten habe. Nur in allerletzter Zeit war er kaum noch zu Hause.« Sie machte eine kurze Pause und fügte dann leise hinzu: »Aber es gab ihn.«

Die Worte rührten Koskinen und riefen ihm seinen Anruf bei Antti in Erinnerung, der ihm den ganzen Morgen schwer im Magen gelegen hatte. Er hatte die Verabredung zum Fischen absagen müssen. Antti war bitter enttäuscht gewesen und hatte seinem Ärger hemmungslos Luft gemacht. Das Telefongespräch hatte im Streit geendet, wie so oft in Anttis Kindheit und Jugend.

Makkonen sprach bereits über etwas ganz anderes, als wollte sie ihren Schmerz in Worten ertränken. Sie berichtete von ihrer schwierigen Geschäftslage. Das Lokal warf kaum etwas ab, doch wenn sie die Preise erhöhte, verlor sie Gäste. Eine Aushilfe konnte sie nur selten einstellen. Die vergangene Woche hatte ein großes Loch in ihre Kasse gerissen, da sie drei Tage auf der Intensivstation verbracht hatte. Nach dem Tod ihres Sohnes hatte sie sich nur einen Ruhetag gegönnt und heute früh die Arbeit wieder aufgenommen.

Koskinen tunkte die letzten Fleischklößchen in die Soße und warf einen Blick auf die Wanduhr. Er spürte einen doppelten Gewissensbiss. Während seine Kollegen Jagd auf einen Mörder machten, der zwei wehrlose Menschen getötet hatte, saß er hier müßig herum. Andererseits widerstrebte es ihm, Riitta Makkonen mit ihrer Trauer alleinzulassen.

»Ich muss gehen«, sagte er. »Die Arbeit wartet.«

»Heute ist doch Samstag.«

»Das spielt bei der Polizei keine Rolle.«

»Natürlich, das verstehe ich«, sagte Makkonen und bemühte sich, tapfer zu lächeln.

Sie standen auf. Koskinen bedankte sich wortreich für das gute Essen und meinte jedes Wort ernst. Damit brachte er die Frau zum Lächeln, und diesmal lag etwas Neues darin, vielleicht ein Anflug von Heiterkeit.

»Haben Sie keine Frau, die für Sie kocht?«

»Nicht mehr. Ich habe mich vor zwei Jahren von ihr getrennt. Das heißt, eigentlich war es umgekehrt.«

»Dann sind Sie ganz allein?«

»Ja.«

»Haben Sie keine Kinder?«

»Einen zwanzigjährigen Sohn, Antti. Aber er hat auch schon seinen eigenen Haushalt.«

»Ein bisschen älter als mein Mika«, flüsterte die Frau, und sie kehrten in den Alltag zurück.

Riitta Makkonen nahm Koskinens Hand, drückte sie lange

und sagte mit ernstem Blick: »Ich will Sie nicht als Kunden anwerben, aber es wäre schön, wenn Sie gelegentlich wieder vorbeikämen.«

»Ganz bestimmt, vielleicht schon bald«, versprach Koskinen und ging zu seinem Wagen.

Er bog in die leere Straße ein, die das Industriegebiet durchschnitt, und kehrte über Sarpatti nach Nokia zurück. Unterwegs dachte er an Riitta Makkonen. Irgendetwas zog ihn zu ihr hin. Es war nicht nur Mitleid mit einer trauernden Mutter, es steckte mehr dahinter. Doch was das war, konnte er nicht benennen.

Das Handy riss ihn aus seinen verworrenen Gedanken. Er fragte sich bange, ob die Leiche gefunden worden war. Als er auf dem Display sah, dass der Anruf von Pekki kam, glaubte er die Antwort zu wissen.

Ganz so schlimm war Pekkis Nachricht nicht. Allerdings war sie auch nicht gut.

»Ketteräs Rollstuhl hat sich gefunden. Im selben Dickicht wie der vorige.«

Koskinen hielt am Straßenrand und stieg mit dem Handy aus.

»Bist du ganz sicher, dass es Ketteräs Stuhl ist?«

»Ja«, rief Pekki. Im Hintergrund war gleichmäßiges Stampfen zu hören.

»Wieso?«

»An der Rücklehne ist ein Aufkleber mit Name und Adresse.«

Koskinen atmete tief aus. Es gab keinen Zweifel mehr. Eine Wiederholung des Falls Taavitsainen. Es war nur noch eine Frage der Zeit, bis Ketteräs Leiche irgendwo in der Stadt entdeckt wurde.

»Der Rollstuhl befand sich in der Nähe des vorigen Fundorts? Beschreib die Stelle mal genauer!«

»Die beiden Stellen liegen nur ein paar Dutzend Meter auseinander. Im selben Dickicht. Ketteräs Rollstuhl war auf der Seite, die an die neue Straße grenzt. Die Weiterführung der Hauptverkehrsstraße nach Hervanta.«

»Ich weiß.« Koskinen sah die Stelle vor sich und wusste nun auch, woher das Stampfen im Hintergrund kam – von der Baustelle. Zwischen den beiden Straßen wurde das Fundament für neue Hochhäuser gelegt. Er war auf seiner Joggingrunde oft an der Baustelle vorbeigelaufen und hatte sich gefragt, warum ausgerechnet auf diesem engen Grundstück Hunderte von Wohnungen hochgezogen wurden. In der Umgebung hätte es eigentlich genug freien Platz gegeben.

»Lass die Stelle sofort absperren«, befahl Koskinen. »Und schnüffel an jedem Baum!«

»Jaja«, erwiderte Pekki säuerlich. »An Hundearbeit bin ich ja gewöhnt.«

»Lass dir Verstärkung schicken. Die Hauptsache ist jetzt, dass nichts übersehen wird.«

»Okay«, seufzte Pekki und rief gleich darauf: »Warte mal kurz!«

Koskinen wartete und horchte. Im Hintergrund wurde leise gesprochen, weiter weg rief jemand. Erst nach einer halben Minute fragte Pekki atemlos: »Rat mal, was sich noch gefunden hat.«

Koskinen kniff die Augen zusammen und kämpfte um seine Beherrschung. »Die Leiche?«

»Ist das die letzte Antwort des Kandidaten?«

»Pekki, zum Teufel!« Koskinen geriet in Wut. »Für deine Spielchen haben wir keine Zeit.«

»Ein Kissen«, sagte Pekki hastig. »Es lag weiter hinten im Gestrüpp.«

»Bring es zur Technik.«

»Ich hatte nicht vor, es mit nach Hause zu nehmen«, antwortete Pekki naseweis. »Aber ich weiß schon jetzt, dass sich Fasern dieses Kissens in Ketteräs Hals finden werden.«

»Wo mag nur die Leiche sein?«

»Das ist die Millionenfrage.«

»Genau«, sagte Koskinen und legte auf, bevor ihm eine boshafte Bemerkung entschlüpfte.

Kurz darauf fragte er sich, warum er eigentlich wütend geworden war. Pekki hatte doch nur ausgesprochen, was höchstwahrscheinlich ein Fakt war: Irgendwo lag der tote Ketterä.

Es war sinnlos, sich etwas vorzumachen.

Koskinen schloss den Wagen ab und zog los. Er wollte eine Weile in Ruhe nachdenken und ging über den leeren Parkplatz am Waldrand. Es war bereits Herbst, doch am Parkplatz warb immer noch ein Plakat der Freilichtbühne für die Aufführungen von *Michel aus Lönneberga*. Weiter unten schimmerte der Vihnusjärvisee zwischen den Bäumen hindurch. Der Wind trieb gelbe Birkenblätter über den leeren Strand, und auch die Wasserrutsche schien vor Kälte zu zittern.

Koskinen setzte sich auf die oberste Stufe der langen Holztreppe, die ans Ufer führte. Was würde als Nächstes geschehen? Hatte der Täter seine Mordlust gestillt, oder lauerte er bereits dem vierten Opfer auf? Was war er für ein Mensch – ein wahnsinniger Triebmörder oder, wie Pekki meinte, ein gnadebringender Todesengel, ein Psychopath, der sich in den Rang Gottes erhoben hatte?

Doch die Welt war voll von leidenden Menschen. Es gab sie nicht nur in der Wolfsstube.

Warum waren alle drei Opfer Bewohner dieses Hauses?

Koskinen merkte plötzlich, dass er nur Fragen hatte. Keine einzige Antwort. Und dennoch musste er fähig sein, schnelle und kluge Entscheidungen zu treffen. Sollte er zum Beispiel alle Einrichtungen für betreutes Wohnen und alle anderen Behindertenheime in der Stadt unter Polizeischutz stellen lassen? Das wäre wohl eine überdimensionierte Maßnahme, die nur für Panik sorgen würde.

Er beobachtete die dicht über dem Wasser fliegenden Schwalben. Der insgesamt warme September hatte offenbar ihre innere Uhr durcheinandergebracht, sie sammelten sich sehr spät für ihren Zug in den Süden. Sie hatten einen langen Weg vor sich, und Koskinen überlegte, wie viele von ihnen es bis nach Afrika schaffen würden. Wer schützte sie vor Raubvögeln, Ungewittern und den Netzen der Vogelfänger? Es gab so viele Schutzbedürftige. Wieder kam ihm Riitta Makkonen in den Sinn.

Als das Handy klingelte, zuckte Koskinen zusammen. Die Schwalben flogen auf, als sei der Klingelton ihr Abflugsignal. Koskinen zog das Handy widerstrebend aus der Tasche und dachte, nun sei es so weit, Pekki habe die Leiche im Dickicht gefunden.

Doch der Anruf kam von Kriminalmeister Antti Luttinen.

»Ich habe Suokas zwei Stunden lang vernommen – ohne Ergebnis. Was machen wir mit ihm?«

»Frag ihn noch, ob Ketterä bei der Fahrt zur Sotkankatu irgendetwas bei sich hatte.«

»Danach habe ich schon gefragt. Er hatte nichts dabei.«

»Ein Kissen zum Beispiel?«

Koskinen wusste selbst nicht recht, worauf er mit der Frage hinauswollte. Doch Luttinen antwortete, ohne zu zögern: »Nein. Suokas ist sich ganz sicher, dass Ketterä nichts bei sich hatte, auch nicht in dem Korb unter dem Stuhl.«

»Du hast gründliche Arbeit geleistet«, lobte Koskinen und berichtete vom Fund des Rollstuhls. »Allem Anschein nach haben wir es also mit einem dritten Mord zu tun.«

Luttinens selbstsicherer Kommentar überraschte ihn: »Suokas kann jedenfalls nicht der Täter sein. Er hat Ketterä samt Stuhl in der Sotkankatu abgesetzt, und von da an ist uns jede seiner Bewegungen bekannt.«

»Du hast recht«, sagte Koskinen und erinnerte sich an den Tadel seines Vorgesetzten. Sie hatten tatsächlich keine Beweise gegen Suokas. Andererseits war es vielleicht ein Glück für den Taxiunternehmer, dass sie ihn verhaftet hatten. Die Verdachtsmomente gegen ihn verringerten sich dadurch beträchtlich. Ketteräs Tod ging auf keinen Fall auf sein Konto. Und Koskinen konnte sich nicht vorstellen, dass die Wolfsstubenmorde von drei verschiedenen Tätern begangen worden waren.

»Lass den Mann laufen.«

»Verstanden!«

»Was hältst du von der ganzen Sache?«, fragte Koskinen und spürte Luttinens Verblüffung – der Kommissar sprach mit ihm wie mit einem Ebenbürtigen.

»Ich ... also ... Das Kissen erscheint mir seltsam, da wir ja mit Sicherheit wissen, dass Ketterä gestern nicht mehr in die Wolfsstube zurückgekehrt ist. Das bedeutet, dass er anderswo erstickt wurde, ich meine, dass das Kissen aus einer anderen Wohnung stammt. Oder ...«

Luttinen verstummte, und Koskinen drängte ihn.

»Oder?«

»Wenn es Ketteräs eigenes Kissen ist, müssen wir den Täter in der Wolfsstube suchen. Es muss jemand sein, der Zutritt zu Ketteräs Zimmer hat.«

»Eine gute Schlussfolgerung«, sagte Koskinen. »Es ist also vorrangig, die Herkunft des Kissens zu klären. Kümmerst du dich darum?«

»Jawohl!«, antwortete Luttinen, und Koskinen hatte den Eindruck, dass er im letzten Moment die Worte »Herr Kommissar« heruntergeschluckt hatte.

»Das Kissen ist auf dem Weg in die Technik. Sag Mäkitalo oder wer immer gerade Dienst hat, er soll die Fasern von dem Kissen sofort mit der sonstigen Bettwäsche vergleichen. Und dann fährst du zur Wolfsstube und passt auf, dass absolut niemand Ketteräs Zimmer betritt.«

»Verstanden.« Luttinen blieb seinem militärischen Stil treu. »Ich lasse Suokas frei. Dann gehe ich in die Technikabteilung und von dort zur Wolfsstube.«

Koskinen musste über Luttinens Eifer lächeln und fand lobende Worte: »Du hast gute Arbeit geleistet. Nur weiter so.«

Kurz bevor er die Verbindung unterbrach, glaubte er zu hören, wie Luttinen die Fersen zusammenschlug.

Er ging zurück zum Parkplatz. Von dort führte ein Pfad in den Wald, und Koskinen hatte plötzlich unbändige Lust zu joggen. Womöglich hätte er es getan, wenn er Laufschuhe und eine Trainingshose dabeigehabt hätte. Er setzte sich in den Wagen, ließ die Beine nach draußen hängen und wählte die Nummer der Ermittlungssekretärin.

Milla meldete sich sofort, und Koskinen brummte zerstreut: »Ich bin's.«

»Wer?«

»Koskinen.«

»Ach, du! Von wo rufst du an?«

»Aus Nokia.«

»Jagst du da den Mörder?«

»In gewisser Weise.«

»Wow! Irre!«

Koskinen konnte sich lebhaft vorstellen, wie die Antenne an Millas Mütze wackelte. Er war jedoch nicht zum Plaudern aufgelegt.

»Haben die Streifenbeamten Pirkko-Liisa Rinne schon gebracht?«

»Hier ist niemand abgeliefert worden.«

Koskinen sah besorgt auf die Uhr. Er hatte Pekki schon vor Stunden gebeten, die Frau holen zu lassen.

Doch Milla ließ ihm keine Zeit, um nachzudenken. »Du bist doch superfit, oder?«

»Wieso?«

»Ich frag bloß, weil hier ein Polizist vorbeigekommen ist, der von unten mit dem langen Kopf …«

»Turpeinen.«

»Ja, genau.«

»Was wollte er denn?«

»Er hat die letzten Wetten angenommen für den Lauf morgen. Ich hab auch dreißig gesetzt.«

Koskinen biss sich auf die Lippe. »Auf wen?«

»Auf dich«, juchzte Milla. »Ich verlass mich auf dich.«

»Danke.«

Koskinen schlug die Tür des Vectra so fest zu, dass den Garagenmeister Kuparinen der Schlag getroffen hätte, wenn er dabei gewesen wäre. Dann wendete er und fuhr zurück nach Kankaantaka.

22

Auf dem Hof der Ketteräs stand ein roter Samara, woraus Koskinen schloss, dass das Ehepaar vom Einkauf zurück war. Er parkte am Straßenrand und betrat das Grundstück – bedrückter und unsicherer als vor einer Stunde, als er noch nicht gewusst hatte, dass Hannu Ketteräs Rollstuhl gefunden worden war.

Offenbar war seine Ankunft nicht unbemerkt geblieben, denn die Tür ging auf, bevor er die Hand nach der Klingel ausstrecken konnte. Ein schmächtiger alter Mann mit schneeweißen Haaren kam mit ruckhaften Schritten auf die Vortreppe.

Als Koskinen sich vorstellte und sagte, er sei Kommissar, wurde der Mann unruhig. Er blickte sich verstohlen um und bat den Besucher rasch ins Haus. Koskinen kam der Aufforderung nach. Aus den Augenwinkeln sah er, dass der Nachbar rauchend am Zaun entlangschlich.

Ketterä schloss die Tür und wies den Weg ans andere Ende des Hauses. Auf dem Fußboden der hellen, verglasten Veranda standen, grob geschätzt, an die zwanzig Tüten mit Äpfeln und mehrere Kartons mit leeren Flaschen. Es war nicht schwer zu erraten, dass das Ehepaar Ketterä in allernächster Zeit eine Fahrt zur Entsaftungsstation plante.

Auf der Veranda erschien eine kleine, breithüftige Frau. Ihr gerötetes Gesicht verriet Neugier und Besorgnis. Koskinen beschloss, den Fund des Rollstuhls nicht zu erwähnen, und überlegte gleichzeitig, ob diese Entscheidung richtig war. Er wollte den Eltern nicht unnötig Angst einjagen. Noch war es verfrüht, von Hannus Tod zu sprechen – Sicherheit darüber bestand erst, wenn die Leiche gefunden wurde.

Koskinen gab beiden die Hand und erklärte vage, sein Besuch sei eine reine Formalität, die Polizei mache Routineüberprüfungen im Namen der allgemeinen Sicherheit. Iiro Ketterä ließ sich jedoch nicht so leicht hinters Licht führen. Er schien sich in der Polizeihierarchie auszukennen und erkundigte sich verwundert, wieso ein Kommissar Routinebesuche übernehme. Koskinen berief sich auf chronischen Personalmangel und fragte rasch, wann sie ihren Sohn zuletzt gesehen hätten. Daraufhin rang Kaija Ketterä unglücklich die Hände und klagte, Hannu kümmere sich kaum um seine Eltern. Sein letzter Besuch liege schon Monate zurück. Vor ein paar Tagen hätten sie am Telefon über Raimo Taavitsainens Tod gesprochen, doch danach habe der Junge nichts mehr von sich hören lassen.

An dieser Stelle unterbrach Iiro Ketterä seine Frau und sagte, er wisse, weshalb Koskinen da sei. Ihr Sohn sei verschwunden, nicht wahr? Koskinen versuchte ihn zu beschwichtigen. Von Verschwinden könne man noch nicht sprechen, womöglich sei Hannu bei irgendeinem Freund zu Besuch und habe nur vergessen, Bescheid zu sagen.

Bei Iiro Ketterä kam er damit nicht durch. Solche Freunde habe sein Sohn nicht. Er wisse, was los sei: Hannu sei verschwunden, und die Polizei nehme an, dass es ihm genauso ergangen war wie den beiden anderen Bewohnern der Wolfsstube. Genau genommen hätten sie das schon erraten, als gestern spätabends jemand aus der Wolfsstube angerufen und sich besorgt erkundigt hatte, ob Hannu bei ihnen sei. Als sie dann heute früh in der Zeitung von der Ermordung einer behinderten alten Frau lasen, habe sich ihr Verdacht bestätigt. Er schloss mit der vorwurfsvollen Frage, ob die finnische Polizei nicht fähig sei, die Bürger zu schützen.

Koskinen spürte Gewissensbisse, die dann von Kaija Ketteräs weinerlicher Stimme noch verstärkt wurden.

»Ich habe solche Angst, dass unserem Hannu das Gleiche zugestoßen ist wie Raimo. Das Schicksal hat sie ja auch früher hart getroffen. Zuerst wurde Raimo beim Tauchen gelähmt, und dann Hannu beim Skilaufen.«

»Haben Sie Raimo Taavitsainen gut gekannt?«

Die Frau sah Koskinen groß an, als verstünde sie seine Frage nicht. »Natürlich haben wir ihn gekannt. Als Kinder waren Hannu und Raimo doch die besten Freunde.«

»Tatsächlich?«, fragte Koskinen interessiert. »So lange kennen sie sich schon?«

»Von klein auf«, mischte sich Iiro Ketterä ein. »Wie Pech und Schwefel waren die beiden. Haben zusammen Fußball gespielt und Sport getrieben und all das gemacht, was Lausebengel eben tun. Sie waren auch gleichzeitig mit der Schule fertig, sind als Handlanger zu Tampella gegangen und haben sich Motorräder gekauft. Und dann ging's los, immer lustig durch die Dörfer, hinter jedem Fötzchen waren sie her.«

Kaija Ketterä sah ihren Mann wütend an. Wahrscheinlich schämte sie sich wegen seiner Ausdrucksweise.

»Raimo war wie ein Sohn für uns«, erklärte sie Koskinen. »Deshalb war es ja so ein Schock, als wir am Mittwoch die Nachricht gehört haben. Wie kann jemand einem Gelähmten so etwas antun?«

Koskinen merkte, dass Iiro Ketterä durch das Verandafenster immer wieder in den Nachbargarten blickte. Der Mann mit den Hosenträgern stand hinter dem Zaun, eine brennende Zigarette im Mundwinkel. Er unternahm keinen Versuch, seine Neugier zu verbergen.

»Der Scheißkerl spioniert die ganze Zeit. Hätte sich wohl denken können, dass wir Besuch von der Polizei kriegen.«

Ketterä sah Koskinen an und erklärte wütend: »Ulpukainen wohnt seit zweiunddreißig Jahren da drüben, genauso lange wie wir hier. Er hat Hannu und Raimo gut gekannt, seit sie Kinder waren.«

Koskinen las ihm am Gesicht ab, dass die nachbarschaftlichen Beziehungen in dieser Zeit nicht immer friedlich geblieben waren.

Ketterä hielt mit seiner Meinung auch keineswegs hinter dem Berg: »Das ist auch so ein Aasgeier. Ulpukainen. Kannst du dir vorstellen, was der am Mittwoch gesagt hat, als er von Raimos Tod gehört hat?«

Koskinen schüttelte den Kopf.

»Er hat uns am Abend besucht. Angeblich, um uns zu trösten, weil Hannus bester Freund gestorben war. Aber dann fing er an, es wäre bestimmt besser so. Jetzt bräuchte der arme Raimo nicht mehr zu leiden.« Ketterä schnaubte wütend und fügte hinzu: »Es hat nicht viel gefehlt, und ich hätte ihm die Fresse poliert.«

Koskinen musterte ihn nachdenklich. Aggressivität passte ganz und gar nicht zu dem Eindruck, den der kleine, weißhaarige Mann wohl auf jeden machte. Eher hätte man ihn für einen netten, Bonbons verteilenden Opa gehalten. Allerdings musste man bedenken, dass er in den letzten Jahren schwere Schicksalsschläge erlebt hatte.

Das Leid hatte auch Kaija Ketterä gezeichnet. Die Ähnlichkeit mit ihrem Sohn war unverkennbar. Trotz des Grauschimmers sah man, dass ihre Haare früher rot gewesen waren. Ihre Ohrläppchen liefen spitz zu, und ihre Augen waren leicht schlitzförmig. Jetzt standen Tränen darin, und ihre Stimme klang erstickt.

»So hat Ulpukainen im Dorf auch über unseren Hannu geredet: Es wäre besser, wenn er tot wäre, dann bräuchte er nicht mehr zu leiden. Er hat sich nicht getraut, es uns ins Gesicht zu sagen, aber wir haben es hintenherum gehört. Über Raimo hat er immer das gleiche Lied gesungen – von dem Moment an, als der arme Junge bei unserem Sommerhaus verunglückt ist.«

»Sommerhaus?« Koskinen merkte auf. »Ist Taavitsainen bei Ihrem Sommerhaus verunglückt?«

»Ja«, antwortete die Frau.

Im Gegensatz zu ihrem Mann siezte sie Koskinen. »Und stellen Sie sich nur vor – es war das erste Mal, dass die jungen Leute hingefahren sind. Wir hatten es im Sommer zweiundachtzig gekauft, aber Hannu hat seine Freunde erst vier Jahre später mitgenommen.«

»So war Hannu«, fiel ihr Iiro Ketterä ins Wort. »Ein geselliger Junge, aber im Sommerhaus war er lieber für sich. Er hat sich sogar eine eigene kleine Hütte gezimmert, versteckt im Wald, in der er im Sommer ganz allein schlief. Hannu hat diese Gegend geliebt. Bis er zum ersten Mal seine Freunde mitnahm.«

Kaija Ketterä wischte sich mit einem Schürzenzipfel die Tränen aus den Augen.

»Schlimmer hätte der Ausflug nicht enden können. Raimo ist beim Kopfsprung in den See auf einen Stein geprallt.«

»Wo steht das Sommerhaus?«, fragte Koskinen und holte sein Notizbuch hervor.

»In Teisko.«

»Könnte es sein, dass sich Hannu dort aufhält?«

»Nein.« Iiro Ketterä schüttelte den Kopf. »Wir haben es nach Hannus Unfall gleich verkauft. Es hingen zu viele Erinnerungen daran, wir wollten es nicht mehr haben.«

Aus den Tiefen des Hauses tapste ein alter, wackliger Spitz heran. Sein Fell war eisgrau, und auch seine Schnauze hatte die Farbe verloren. Der Hund schnupperte an Koskinens Hosenbein und wedelte müde mit dem Schwanz.

»Lysti, ab in dein Häuschen!« Ketterä öffnete die Tür. »Nun geh schon!«

Der Hund war entweder taub oder scherte sich nicht um die Befehle seines Herrchens. Er setzte sich auf Koskinens linken

Schuh, und der Kommissar ging in die Hocke, um ihm das Fell zu kraulen.

»Lassen Sie nur, er stört mich nicht.«

»Er ist schon sechzehn Jahre alt.« Kaija Ketterä betrachtete den Hund. Offenbar weckte er schmerzliche Erinnerungen, denn ihre Stimme klang wieder gepresst. »Lysti sehnt sich nach seinem Herrchen. Er ist Hannus Hund. Er begreift viel mehr, als man meint, und Hannus Lähmung war auch für ihn ein harter Schlag. Wie für uns alle.«

Sie musste eine Weile schlucken, bevor sie weitersprechen konnte. »Mir taten vor allem Sanni und die Kinder leid.«

»Sanni und die Kinder?«, fragte Koskinen, während ihm der Hund die Hand ableckte. »Wessen Kinder?«

»Hannus und Sannis natürlich.«

Koskinen richtete sich auf.

»Hat Hannu Frau und Kinder?«

»Er hatte«, korrigierte Iiro Ketterä. »Jetzt nicht mehr. Hannu hat sich ein Jahr nach seiner Lähmung von Sanni scheiden lassen.«

»Und die Kinder?«

»Die sind bei Sanni geblieben. Als Hannu seinen Unfall hatte, war das erste drei, und das zweite war gerade erst geboren.«

Koskinen spürte, dass Lysti ihn anstupste. Er hatte jedoch keine Geduld mehr, ihn zu streicheln. »Wo ist Sanni zu finden?«

»Sie hat wieder geheiratet und wohnt in Toijala.«

»Sind Sie nach der Scheidung in Kontakt geblieben?«

»Zu selten«, schniefte Kaija Ketterä. »Früher hat Sanni die Kinder in den Ferien für ein paar Tage zu uns gebracht, aber in diesem Sommer nicht mehr. Wenigstens telefonieren wir manchmal noch miteinander.«

»Zuletzt gestern«, sagte Iiro Ketterä. »Aber ich glaube, ihr neuer Mann mag es nicht, dass sie mit uns in Verbindung bleibt.«

»Ich hätte gern ihre Adresse«, bat Koskinen und blätterte sein Notizbuch um.

Kaija Ketterä ging mit schleppenden Schritten in die Küche. Lysti folgte ihr ebenso mühselig, er glaubte wohl, es gäbe etwas zu fressen.

»Was willst du mit Sannis Adresse?«, fragte Iiro Ketterä mit gerunzelter Stirn. »Bei ihr ist Hannu nicht. Sie haben seit der Scheidung nichts mehr miteinander zu tun gehabt.«

»Nur ein paar Routinefragen«, erklärte Koskinen.

Ketterä trat einen Schritt näher und senkte die Stimme, damit seine Frau ihn nicht hörte.

»Ihr befürchtet, dass es Hannu ebenso ergangen ist wie Raimo und dieser alten Frau in der Wolfsstube, stimmt's?«

»Darauf deutet nichts hin«, sagte Koskinen und verspürte wieder einen Stich. »Wir haben keinen Grund zu dieser Annahme.«

Abgesehen von dem Rollstuhl und dem Kissen, die im Dickicht gefunden worden waren, dachte er. Doch er brachte es nicht übers Herz, sie zu erwähnen. Und es war auch nicht nötig, solange die Leiche nicht entdeckt worden war.

Frau Ketterä kam mit einem Adressbuch mit hübsch besticktem Stoffeinband zurück. Vielleicht ein Geschenk der Enkelkinder. Sie schlug es an der richtigen Stelle auf und reichte es Koskinen.

»Sannis neuer Name ist so kompliziert, ich kann ihn immer noch nicht aussprechen.«

Der Name lautete »Sanni Standerskjöld«. Koskinen notierte ihn, schrieb Adresse und Telefonnummer dazu und steckte sein Notizbuch ein.

»Vielen Dank. Ich muss jetzt weiter«, sagte er und fügte wider besseres Wissen hinzu: »Sicher wird Hannu bald gefunden. Vielleicht ist er inzwischen schon wieder in der Wolfsstube aufgetaucht.«

Als er in den Augen der beiden einen schwachen Hoffnungsfunken aufglimmen sah, hatte er es plötzlich eilig, aus dem Haus zu kommen. Doch an der Tür fiel ihm eine Frage ein, die er von Anfang an hatte stellen wollen. Er drehte sich noch einmal um und kratzte sich verlegen im Nacken.

»Was ich Sie noch fragen wollte: Haben Sie eine Ahnung, wer damals die Leine über die Loipe gespannt haben könnte?«

Iiro Ketterä sah ihn verbittert an.

»Das fragt die Polizei uns? Müsste es nicht umgekehrt sein?«

Auch diesmal war seine Frau versöhnlicher. Sie sagte: »Die Polizei hat damals ermittelt, aber nur zwei Fußabdrücke im Schnee gefunden.«

»Und als der Schnee schmolz, wurden auch diese minimalen Ermittlungen eingestellt«, knurrte Ketterä.

»Es war ein Dummejungenstreich«, meinte seine Frau. »Irgendwelche Bengel, die sich einen Spaß erlauben wollten, ohne zu ahnen, welche Folgen er haben würde.«

Koskinen ging zu seinem Wagen. Beim Aufschließen sah er sich noch einmal um. Iiro und Kaija Ketterä standen auf der Treppe vor ihrem Haus und blickten ihm nach. Lysti saß mit hängender Zunge zwischen ihnen. Hinter dem Zaun mühte sich der Nachbar mit einer Schubkarre ab, und auf den Bahngleisen trugen schwarzgraue Krähen laut schreiend einen Kampf aus. Offenbar hatte der Zug irgendein Tier überrollt.

Koskinen fuhr langsam auf der Ilkantie nach Süden. Die neuen Informationen, die er bekommen hatte, stimmten ihn nachdenklich. Wie war es möglich, dass Hannu Ketteräs Familienverhältnisse nicht früher bekannt geworden waren? Warum hatte er seine Exfrau und die Kinder mit keinem Wort erwähnt?

Koskinen kurvte auf den Parkplatz an der Neste-Tankstelle, stellte den Motor ab und suchte in seinem Notizbuch nach der Nummer der Wolfsstube. Es dauerte lange, bis sich jemand meldete. Die Pflegerinnen hatten über ständige Eile geklagt, und Koskinen nahm an, dass keine von ihnen Zeit hatte, ans Telefon zu gehen. Er wollte schon aufgeben, da wurde am anderen Ende abgenommen.

»Wolfsstube, Lea Kalenius.«

Koskinen kam ohne Umschweife zur Sache. »Warum haben Sie mir nicht gesagt, dass Hannu Ketterä verheiratet war und zwei Kinder hat?«

Koskinen merkte, dass er unnötig barsch gesprochen hatte. Doch das war wohl nicht der Grund für die plötzliche Stille. Kalenius' tiefer Atemzug verriet ihm, was los war.

»Sie haben es auch nicht gewusst?«

»Nein. Ich hatte keine Ahnung.«

»Wie ist das möglich?«

»Die Menschen hier im Haus sind ganz normale Bewohner. Wir wissen über sie nur das, was sie uns erzählen.«

»Hatte Ketterä manchmal Besuch?«

»Nur von seinen Eltern, und die sind in letzter Zeit auch immer seltener gekommen.«

»Was könnte der Grund für diese Geheimniskrämerei sein?«

»Keine Ahnung«, antwortete Kalenius hitzig. »Ehrlich gesagt, macht mich diese Verlogenheit wütend.«

»Verlogenheit?«

»Was denn sonst!? Ich habe viele vertrauliche Gespräche mit ihm geführt. Dachte ich jedenfalls. Wir haben oft über seinen Unfall gesprochen, und Hannu hat immer wieder gesagt, zum Glück hätte er weder Frau noch Kinder, denen er zur Last fiele.«

Koskinen fand dieses Verhalten seltsam. Er hätte geglaubt, dass nach einem solchen Schicksalsschlag die Unterstützung durch die Familie unersetzlich wäre. Warum hatte Ketterä nicht einmal Kontakt zu seinen Kindern gehalten?

Kalenius unterbrach seine Denkpause.

»Entschuldigen Sie, aber ich bin in Eile.«

»Natürlich. Ich will Sie nicht länger aufhalten. Die Polizeiwache ist doch dort?«

»Ja. Ein Uniformierter lümmelt sich gerade auf dem Sofa hier im Foyer.«

Koskinen wünschte noch einen schönen Tag und legte auf. Er starrte auf den blaugrünen Reklamepfeiler der Tankstelle. Warum hatte Hannu Ketterä die Existenz seiner Exfrau und seiner Kinder verheimlicht? Grübeln brachte keine Lösung, doch es gab jemanden, der Koskinen vielleicht weiterhelfen konnte. Er tippte die Nummer ein, die er von Kaija Ketterä erhalten hatte.

Eine helle Mädchenstimme schallte ihm ans Ohr. »Katri.«

»Kann ich bitte mit Sanni Standerskjöld sprechen?«

Koskinen hatte Schwierigkeiten, den Nachnamen auszusprechen, doch das Ergebnis war offenbar akzeptabel, denn das Mädchen sagte fröhlich: »Mami ist nicht zu Hause. Sie ist einkaufen.«

»Wann kommt sie zurück?«

»In einer Stunde.«

Koskinen bedankte sich und legte auf. Nachdenklich trommelte er auf das Lenkrad und betrachtete die rot gestreiften Häuser an der anderen Straßenseite, die ihn an Bonbons erinnerten. Von Nokia nach Toijala waren es etwa fünfzig Kilometer. Hin und zurück eine knappe Stunde.

Kurz entschlossen ließ er den Motor an, lenkte den Wagen auf die Landstraße und machte sich auf den Weg nach Toijala. Doch schon nach dem ersten Kilometer kamen ihm Zweifel. Hatte er als Ermittlungsleiter Zeit für eine Fahrt, die sich womöglich als fruchtlos erwies? Andererseits zwangen ihn die neuen Informationen über Ketterä, den Fall noch einmal gründlich zu überdenken, und er wusste aus Erfahrung, dass ihm das am besten gelang, wenn er allein im Auto unterwegs war.

Er nahm die Abfahrt in Pitkänniemi, bog rechts ab und fuhr über die Brücke in Rajasalmi auf die westliche Umgehungsstraße. Das war die schnellste Strecke zur E 12. Als er an der Pirkka-Halle vorbeikam, klingelte sein Handy. Er beschloss, es zu ignorieren. Dass Ketteräs Leiche gefunden worden war, würde er noch früh genug erfahren.

Da sah er die Eltern vor sich – den gebeugten, weißhaarigen Vater und die untersetzte Mutter, den Hund Lysti, den er gestreichelt hatte. Er machte seinen Beschluss rückgängig und holte das Handy hervor.

Der Anrufer war ein Streifenbeamter.

»Pekki vom Gewaltdezernat hat uns heute früh beauftragt, eine Frau namens Pirkko-Liisa Rinne aufs Präsidium zu holen.«

»Ich weiß. Ist die Sache erledigt?«

»Nein«, antwortete der Polizist. »Allem Anschein nach hat sich die Frau in Luft aufgelöst.«

23

Die Streifenbeamten hatten mehrmals bei Pirkko-Liisa Rinne geklingelt und dann den Hausmeister geholt, der ihnen die Tür aufschloss. Schon im Flur hatten sie festgestellt, dass die Frau ihre Wohnung in panischer Eile verlassen haben musste. Aus dem Kleiderschrank waren Schubladen herausgezogen, und die Kleider waren wirr auf dem Boden verteilt. Das Licht brannte, in der Küche standen Wurst und Käse auf dem Tisch, und vor der Tür zum Bad lag ein nasses Handtuch.

Koskinen kaute bis nach Toijala auf der Nachricht herum. Wo war Pike abgeblieben? Und was hatte das alles zu bedeuten? Die Frau passte nicht zu den bisherigen Opfern, sie war sicher nicht vor ihrem Mörder geflohen. Das warf die nächste Frage auf: Welchen Grund hatte Pike, sich so überstürzt aus dem Staub zu machen?

Das Verhalten der Streifenbeamten beschäftigte den Kommissar nicht minder. Die beiden hatten ihre Befugnisse eklatant überschritten. Sie hatten kein Recht, in die Wohnung einzudringen, und das hätten sie wissen müssen. Oder hatte es ein Missverständnis gegeben? Vielleicht hatten die Schupoleute geglaubt, die Frau, die sie abholen sollten, werde eines schweren Verbrechens verdächtigt. War es möglich, dass Pekki sich so unklar ausgedrückt hatte? Das konnte sich Koskinen kaum vorstellen. Natürlich waren die beiden Verbrechen mehr als schwerwiegend, doch gegen Pirkko-Liisa Rinne bestand bisher kein begründeter Verdacht.

Weiter kam Koskinen mit seinen Überlegungen nicht, denn ein Straßenschild zeigte den Ortseingang an, und er stellte fest, dass seine Bildung eine große Lücke aufwies: Er kannte Toijala nicht.

Vor einer stillgelegten Tapetenfabrik ratterte eine Schar Jungen auf Mofas herum, und Koskinen lenkte seinen Vectra auf den Fabrikhof. Noch bevor er aussteigen konnte, gaben die jungen Burschen Gas. Womöglich hielten sie ihn für einen Polizisten – jedenfalls schoss die ganze Schar auf den Fußweg, der am Fluss entlangführte, und verschwand hinter dem alten Backsteingemäuer der Fabrik.

Das Schild an der Fabrikwand war als Zielscheibe für Luftgewehre benutzt worden, doch die Worte »unbefugter Aufenthalt« und »Fabrikgelände« waren noch zu entziffern. Direkt unter dem Schild stand ein streikendes Mofa. Der kaum fünfzehnjährige Besitzer versuchte es verzweifelt in Gang zu setzen. Der Motor gab keinen Mucks von sich, und Koskinen ging in aller Ruhe zu dem Jungen hin.

Er holte Sanni Standerskjölds Adresse hervor und fragte nach dem Weg. Dem Jungen stand die Erleichterung ins Gesicht geschrieben. Der glänzende schwarze Helm wirkte über den schmalen Schultern unverhältnismäßig groß, und die Stimme des Jungen kiekste wie eine verstimmte Geige, als er mit ausgestrecktem Finger Fahranweisungen gab.

Diese erwiesen sich als außerordentlich klar: an der nächsten Kreuzung nach links, an der Bibliothek vorbei, einen Kilometer in Richtung Urjala, und dann sah Koskinen auch schon die senfgelben Reihenhäuser an der linken Straßenseite.

Er stellte den Wagen auf dem Besucherparkplatz ab und ging das letzte Stück zu Fuß. Die Wohnung lag an der Giebelseite. Das Mädchen, das ihm öffnete, war höchstens acht, es hatte rote Haare, schmale Augen und spitz zulaufende Ohrläppchen. Koskinen dachte an den wundersamen Weg der Gene, die in immer neuen Generationen zum Vorschein kamen.

»Ist Frau Standrstkje …« Der Versuch war zum Scheitern verurteilt, und Koskinen korrigierte sich hastig: »Ist Sanni zu Hause?«

Die roten Zöpfe schaukelten, als das Mädchen sich umdrehte und rief: »Mamiii!«

Eine große, schlanke Frau um die dreißig erschien an der Tür und sah den Fremden neugierig an. Als Koskinen sagte, er komme von der Kriminalpolizei, erblasste sie. Sie forderte ihn mit einer Handbewegung zum Eintreten auf. Das Zopfmädchen hockte bereits im Schneidersitz vor dem Fernseher, und neben ihr saß ein etwas jüngerer Junge.

Die Frau führte Koskinen in die Küche. Man sah, dass sie gerade erst nach Hause gekommen war. Sie trug noch ein Stirnband aus grünem Fleece, das ihre blonden Haare hochschob, und die Einkaufstüte stand ungeleert auf dem Tisch. Bevor Koskinen etwas sagen konnte, fragte eine barsche Männerstimme: »Wer ist da?«

»Niemand«, rief die Frau zurück, und Koskinen registrierte die plötzliche Niedergeschlagenheit in ihrem Blick.

Ein untersetzter Mann mit Brille kam in die Küche. Er trug einen dunkelblauen Anzug und eine schwarze Seidenkrawatte. Bis auf die kleinen Haarbüschel über den Ohren war er völlig kahl. Koskinen überlegte, ob es sich um Sanni Standerskjölds neuen Ehemann handeln mochte. Der Mann war mindestens so alt wie er, eher ein paar Jahre älter.

Koskinen nannte Namen und Dienstgrad. Der Mann stellte sich nicht vor, sondern warf der Frau, die sich an die Spüle lehnte, einen verärgerten Blick zu.

»Was kann die Polizei von uns wollen?«

Die Frau zuckte die Achseln und starrte mit gerunzelter Stirn auf den Fußboden. Das aggressive Verhalten des Mannes ärgerte Koskinen.

»Mein Anliegen betrifft nur Ihre Frau.«

Der Mann setzte zu einer Antwort an, doch Koskinen hob abwehrend die Hand und wandte sich an Sanni Standerskjöld.

»Wussten Sie, dass Ihr Exmann Hannu Ketterä verschwunden ist?«

Die Frau nickte, ohne aufzublicken.

»Ja. Seine Mutter hat gestern am späten Abend angerufen und gesagt, eine Pflegerin hätte sich nach ihm erkundigt.«

Der Mann trat erbost einen Schritt vor. »Wieso wurde mir nichts davon gesagt?«, fragte er schneidend.

»Ich habe mir nichts dabei gedacht«, stöhnte die Frau und sah Koskinen an. »Hannu hat sich auch früher schon selbstständig gemacht. Er lebt ja nicht in einer geschlossenen Anstalt, sondern in einem ganz normalen Wohnheim.«

Koskinen überlegte, warum sie so verschreckt war. Fürchtete sie sich vor ihrem Mann oder vor etwas anderem? Die Farbe war ihr aus dem Gesicht gewichen, selbst die schmalen Lippen waren blass.

Und Koskinen ließ ihr keine Zeit, sich zu fassen. »Unter normalen Umständen würden wir nicht nach Hannu suchen, aber diesmal besteht Grund zur Sorge. In dem Wohnheim sind in dieser Woche schon zwei Morde geschehen.«

Die Frau schloss die Augen wieder und krümmte den Nacken, als erwarte sie einen Schlag ins Gesicht.

»Davon hat Hannus Mutter auch gesprochen.«

Ihr Mann ballte die Fäuste. »Nicht mal das hast du mir erzählt!«

Die Frau schob sich am Rand der Spüle entlang von ihrem Mann weg. Sie war ein paar Zentimeter größer als er, und Koskinen schätzte, dass Hannu, den er allerdings nie stehend gesehen hatte, ebenfalls etwas kleiner war als sie.

Trotz des Größenunterschieds schien Sanni Standerskjöld ihren Mann zu fürchten. In seiner Anwesenheit würde sie es wahrscheinlich nicht wagen, Koskinens Fragen zu beantworten.

»Ich möchte unter vier Augen mit Ihrer Frau sprechen«, sagte Koskinen und brachte den Mann damit noch mehr in Rage.

»Das kommt nicht infrage!«

»Dann muss ich sie aufs Revier mitnehmen.«

»Ach nee!« Der Mann bemühte sich um einen spöttischen Ton. »Zu einer offiziellen Vernehmung, wie? Liegt irgendein Verdacht gegen meine Frau vor?«

Koskinen kam nicht dazu, zu antworten, denn die Frau streckte den Arm aus und flehte: »Lass uns allein! Bitte!«

Die Stimme des Mannes bebte drohend. »Na gut.«

Er wirbelte herum und verließ die Küche. Ein paar Sekunden später wurde die Haustür zugeknallt. Die Frau zuckte zusammen, als wäre ein Kanonenschuss gefallen. Auch die Kinder kamen angelaufen, fragten, was passiert sei, und musterten schüchtern den fremden Mann in der Küche.

Die Frau schickte die Kinder zum Fernseher zurück. Sie schloss die Tür und setzte sich erschöpft an den Esstisch, auf dem immer noch die Einkaufstüte stand. Koskinen nahm am anderen Tischende Platz. Er ließ der Frau Zeit, sich zu sammeln. Das heftige Heben und Senken ihrer Brust unter dem weißen Pullover verriet, wie wild die Gefühle in ihr tobten.

Allmählich beruhigte sich Sanni Standerskjöld. Sie riss sich das Stirnband vom Kopf, schüttelte ihre Locken und begann zu sprechen, langsam und mit immer noch bebender Stimme. Sie erzählte von Hannus Behinderung, die ihr ganzes Leben aus der Bahn geworfen hatte.

Ab und zu verstummte sie, kratzte mit ihren rot lackierten Fingernägeln angetrockneten Joghurt vom Wachstuch und sprach dann weiter. Sie erzählte, wie sie versucht hatten, ihr gemeinsames Leben weiterzuführen, sobald Hannu von der ersten Reha nach Hause gekommen war. Sanni Standerskjöld hatte ihr Bestes getan, aber das Leben mit zwei kleinen Kindern und einem gelähmten Mann war nach und nach über ihre Kräfte gegangen.

»Ich habe es versucht.« Sie schüttelte bekümmert den Kopf. »Gott allein weiß, wie sehr ich mich bemüht habe.«

Koskinen nahm eine Rolle Küchenkrepp von der Arbeitsplatte hinter ihm und reichte sie der Frau.

Sie riss ein Stück ab, trocknete sich die Augen und fuhr fort: »Dann kam ich eines Tages mit den Kindern vom Spielplatz, und Hannu erwartete uns an der Tür. Ich hatte den Kinderwagen kaum aus dem Aufzug gekriegt, als er erklärte, er wolle die Scheidung. Sofort. Da half nichts, weder meine Tränen noch die Bitten meiner Schwiegereltern. Schon drei Wochen später zog er aus. Er hatte eine Wohnung in der Wolfsstube bekommen, und ich blieb mit den Kindern allein. Physisch wurde mein Leben vielleicht leichter, aber die seelische Leere war entsetzlich. Hannu hat kein einziges Mal Verbindung mit mir oder den Kindern aufgenommen und uns auch nicht erlaubt, ihn zu besuchen.«

Sanni Standerskjöld stand auf, nahm ein Glas aus dem Geschirrschrank und füllte es mit Leitungswasser.

Koskinen fragte: »Kannten Sie Raimo Taavitsainen?«

Ihr Schreck war nicht zu übersehen. Sie fuhr so heftig herum, dass Wasser auf den Fußboden schwappte. »Ich ... natürlich kannte ich Raimo«, sagte sie zögernd. »Wir waren schon als Kinder in derselben Clique, wir gehörten zum Sportverein Nokian Pyry und spielten Fußball. Alle, auch die Mädchen. Als wir größer waren, ging unsere Clique zum Tanzen in den Jugendclub, wir haben gemeinsam unsere erste Flasche Schnaps gekauft und so weiter.«

Koskinen ahnte, dass Sanni Standerskjöld ihm etwas verheimlichte. Sie bückte sich, um das Wasser aufzuwischen, und fuhrwerkte heftig mit dem Putztuch herum, als wolle sie ihre Verwirrung dahinter verbergen.

So leicht ließ Koskinen sie jedoch nicht davonkommen.

»Sie haben etwas ausgelassen, nicht wahr?«

»Wieso …«

»Es bringt nichts, mir etwas zu verheimlichen«, sagte Koskinen und zeigte auf den Stuhl. »Setzen Sie sich und spucken Sie es aus! Früher oder später kommt es ohnehin ans Licht.«

Die Frau warf das Tuch ins Becken und stützte sich mit beiden Händen auf die Spüle. Sie seufzte tief und sagte, ohne den Kopf zu wenden: »Also gut. Ich war zuerst Raimos Freundin. Auch danach noch, nachdem er vom Badesteg beim Sommerhaus der Ketteräs auf einen Stein gesprungen war.«

Plötzlich drehte sie sich um. Tränen strömten über ihre blassen Wangen. »Das ist mein Schicksal! Ich hatte in meinem Leben zwei Männer, zweimal die große Liebe, und beide habe ich auf die gleiche entsetzliche Weise verloren.« Ihr Weinen verwandelte sich in trostloses Jammern. »Bin ich ein böser Geist? Eine Hexe, deren Liebe Männer ins Verderben stürzt, sodass sie bis an ihr Lebensende behindert sind? Manchmal frage ich mich, wann auch der Dritte als Krüppel nach Hause kommt.«

Koskinen äußerte sich nicht dazu. Er zeigte auf den leeren Stuhl und schob die Küchenkrepprolle über den Tisch. Die Frau schniefte, setzte sich fügsam hin und schlug die Hände vors Gesicht. Koskinen ließ ihr Zeit, die Fassung wiederzugewinnen, bevor er fragte: »Wie kam das?«

»Was?«

»Warum haben Sie den Freund gewechselt?«

Sanni Standerskjöld legte die Hände auf den Tisch. In beiden hielt sie ein nasses Stück Küchenkrepp.

»Raimos Unfall war ein schrecklicher Schlag für mich. Ich habe ihn so wahnsinnig geliebt, wie es nur ein siebzehnjähriges Mädchen kann. Fast genauso furchtbar war es für Hannu. Er war Raimos bester Freund. Was konnten wir anderes tun, als uns gegenseitig zu trösten? Dazu wäre kein Außenstehender besser imstande gewesen. Und dann kam es eben so ...« Sie sah Koskinen aus rot verweinten Augen an. »Sie wissen schon.«

»Sie haben sich ineinander verliebt?«

»Ja.« Als die Frau nickte, fielen Tränen auf das Wachstuch. »Es ist einfach passiert.«

Natürlich verstand Koskinen die Situation. Was wäre menschlicher als zwei junge Leute, die sich gegenseitig Halt gaben und sich plötzlich blindlings ineinander verliebten. Als Kriminalermittler im Dienst hielt er sich jedoch nicht damit auf, die Feinmechanik der menschlichen Psyche zu analysieren.

»War Raimo deshalb verbittert?«

Die direkte Frage ließ die Frau zusammenzucken.

»Zuerst haben wir uns nicht getraut, es ihm zu erzählen. Wir haben unsere Beziehung jahrelang geheim gehalten. Das war eine schwere Zeit. Ich habe Raimo ab und zu in der Rehaklinik besucht. Damals konnte er nicht mal die Arme bewegen. Irgendwie liebte ich ihn immer noch – es war entsetzlich, mit so einer Lüge zu leben.«

»Aber schließlich mussten Sie ihm die Wahrheit sagen?«

»Nein, das habe ich nicht getan. Ich weiß bis heute nicht, wie Raimo davon erfahren hat, oder ob er es einfach ahnte. Aber an einem Sonntag, als ich ihn besuchte, hat er plötzlich ganz ruhig gefragt, wann Hannu und ich heiraten wollen.«

»Und er hat keinerlei Hass gezeigt?«

»Nein. Im Gegenteil. Er hat Hannu und mir ein teures Geschenk gemacht, als wir dann im nächsten Sommer heirateten.«

»Was für ein Geschenk?«

»Eine Reise ins Ausland.«

»Wohin?«

Die Frau zog die Augenbrauen hoch, sie wunderte sich wohl über Koskinens unersättliche Neugier.

»Nach Italien. Zur Fußball-WM.«

Plötzlich hob sie den Kopf, als wäre sie aus einem Traum erwacht. »Wo ist Tuure bloß hin? Wenn er nur nicht ...«

Sie brach ab. Koskinen spürte ihre Angst. Sanni Standerskjöld würde es nicht verkraften, wenn auch ihrem dritten Mann etwas zustieße.

Als sie weitersprach, schnell und atemlos, wusste Koskinen nicht, ob sie ihren Mann verteidigen wollte oder sich selbst.

»Tuure ist furchtbar aufbrausend, aber eigentlich ist er lieb. Als Hannu seinen Unfall hatte und ich mit den Kindern allein blieb, hat er sich um uns gekümmert. Wie viele Männer wären dazu bereit, die Verantwortung für zwei kleine Kinder zu übernehmen?«

Koskinen überlegte, wie rein und uneigennützig Tuure Standerskjölds Fürsorglichkeit sein mochte, unterbrach die unerwartete Redeflut jedoch nicht.

»Tuure war damals mein Vorgesetzter bei der Genossenschaftsbank in Tampere. Dass er zwanzig Jahre älter ist, stört mich nicht, dafür ist er so fürsorglich. Manchmal ist er ein bisschen eifersüchtig und jähzornig, aber er hat ein Herz aus Gold. Vor zwei Jahren wurde er als Filialleiter hierherversetzt, und seitdem läuft alles besser. Wenn er nur nicht ...«

Die Frau verstummte und starrte ängstlich auf die Tür. Koskinen klopfte ihr beruhigend auf den Arm. »Er kommt bald zurück, glauben Sie mir! Was er vorhin gehört hat, kann jeden aus der Fassung bringen. Er wird sich schon wieder beruhigen.«

Koskinen glaubte selbst nicht an das, was er sagte. Tuure Standerskjölds Verhalten irritierte ihn. War der Mann so eifersüchtig, dass er ausrastete, wenn vom ersten Gatten seiner Frau auch nur gesprochen wurde? Von einem Behinderten, der vermisst wurde und aller Wahrscheinlichkeit nach in höchster Gefahr schwebte? Wenn er überhaupt noch lebte.

Der Gedanke ließ Koskinen aufspringen. »Ich fahre jetzt wieder nach Tampere.«

Er streckte die Hand aus. Sanni Standerskjöld ergriff sie zögernd und stammelte: »Glauben Sie, dass Hannu gefunden wird … lebend?«

»Ich hoffe es jedenfalls«, antwortete Koskinen. »Und ich verspreche Ihnen, mein Bestes zu tun.«

»Danke«, wisperte die Frau und blieb allein in der Küche sitzen.

Im Hinausgehen sah Koskinen, dass die Kinder dem Fernseher den Rücken zuwandten und ihn verängstigt anblickten. Er hätte ihnen gern etwas Aufmunterndes gesagt, doch da ihm auf die Schnelle nichts einfiel, winkte er nur. Die Kinder reagierten nicht darauf, und noch draußen vor dem Haus verfolgten ihn ihre großen, erschrockenen Augen.

Die Sonne ging bereits unter, als er den Wagen auf die Autobahn nach Tampere lenkte. Die Fahrt nach Toijala hatte ihm weitere Rätsel beschert. Die Beziehungen zwischen Taavitsainen und Ketterä brachten eine ganz neue Perspektive in den Fall. Koskinen grübelte erfolglos darüber nach, wie sich daraus ein Motiv für die Taten konstruieren ließe.

Wenn irgendwer ein Motiv gehabt hätte, dann Taavitsainen. Er hatte allen Grund gehabt, Ketterä, der ihm die Freundin ausgespannt hatte, zu hassen.

Aber Taavitsainen war vier Tage vor Ketteräs Verschwinden gestorben. Also wieder Fehlanzeige.

Koskinen hatte gerade die Raststätte Pirkanhovi passiert, da klingelte sein Handy. Das Geräusch weckte die Angst, die den ganzen Tag über in seinem Unterbewusstsein gehockt hatte. Nicht jetzt! Bitte nicht jetzt, dachte er und sah Sanni Standerskjölds leidvolles Gesicht vor sich, ihre von vielfachem Verlust und Schmerz gezeichneten, verweinten Augen.

Er wollte nicht hören, dass Hannu Ketteräs Leiche gefunden worden war. Dennoch meldete er sich.

»Pekki hier. Schlechte Nachrichten.«

»Ich wusste es!«, sagte Koskinen gepresst. »Schieß los! Wo habt ihr die Leiche gefunden?«

Pekki schwieg einen Moment, bevor er antwortete: »Von Ketterä gibt es immer noch keine Spur, aber Tapani Harjus liegt mit Schädelbruch im Hatanpää-Krankenhaus.«

»Was?!«

»Du hast ganz richtig gehört. Jemand hat ihn in seinem Rollstuhl die Treppe zum Fitnessraum runtergestoßen.«

Koskinen war wie gelähmt. Das vierte Opfer! Ebenso wehrlos wie die vorigen. Das würde er nie verzeihen – weder sich selbst noch anderen.

Der Schock entlud sich in brodelnder Wut.

»Himmelherrgottnochmal!«, brüllte er. »War denn kein Wächter da?«

»Doch, doch. Aber der saß gerade bei Kaffee und Kuchen in der Küche, als er Harjus' Schrei hörte und der Rollstuhl die Betontreppe runterdonnerte.«

Koskinen fluchte selten über Kollegen, doch diesmal tat er sich keinen Zwang an. »Wer war denn der verdammte Blödhammel?«

»Nach dem Namen habe ich nicht gefragt. Ich habe nämlich alle Hände voll zu tun und …«

»Klar«, fiel ihm Koskinen ins Wort. »Hast du vorhin gesagt, dass Harjus nach Hatanpää gebracht wurde?«

»Genau.«

Koskinen schimpfte wieder los. »Warum, zum Teufel? Die Uniklinik ist doch gleich nebenan!«

»Du weißt doch, wie es läuft.« Pekki lachte spöttisch. »In Tampere kommt man leichter in den Himmel als in die Notaufnahme der Uniklinik. Wenn man nicht gerade im Sterben liegt.«

Koskinen musste zugeben, dass Pekki recht hatte. Gleichzeitig spürte er einen Hoffnungsschimmer. Vielleicht lag Tapani Harjus doch nicht im Sterben.

24

Die ersten Streithähne des Samstagabends waren bereits zur Notaufnahme des Städtischen Krankenhauses Hatanpää gebracht worden. Der eine blutete am Auge, der andere spuckte Zahnsplitter aus. Zwei Streifenpolizisten im Overall hielten die beiden davon ab, sich erneut an die Gurgel zu gehen. Verbal setzte sich der Kampf der Säufer jedoch fort, und Morddrohungen flogen hin und her. Dabei ging es nur um geklauten Schnaps.

Koskinen lief an dem Grüppchen vorbei und grüßte die Polizisten mit einem raschen Winken. Die erste Krankenschwester, die er ansprach, konnte ihm gleich weiterhelfen: Der Mann aus Kissanmaa, der vor einer Stunde eingeliefert worden war, liege im Soforthilferaum drei, am Ende des linken Flurs. Koskinen eilte hin und hätte beinahe die Tür ins Gesicht bekommen, denn gerade in diesem Moment verließ eine Ärztin das Behandlungszimmer.

»Ich bin der Kommissar, der den Fall Tapani Harjus untersucht«, sagte Koskinen und zeigte auf die Tür. »Wie geht es ihm?«

Die Ärztin sah ihn prüfend an. »Sie wissen wohl, dass er gehbehindert ist?«

»Ja.«

»In Anbetracht dessen geht es ihm recht gut.«

Koskinen atmete erleichtert auf. »Er überlebt?«

»Diesen Sturz auf jeden Fall.«

»Ist er bei Bewusstsein?«

»Er war nicht lange bewusstlos.« Die Ärztin warf einen Blick auf das Krankenblatt. »Ich vermute, dass es nur eine leichte Gehirnerschütterung ist, aber wir machen vorsichtshalber noch eine Röntgenaufnahme.«

Pekki hatte am Telefon gesagt, Harjus liege mit Schädelbruch im Krankenhaus. Vermutlich hatte auch er die Information aus zweiter Hand erhalten, und irgendwer hatte maßlos übertrieben. Doch das verdross Koskinen keineswegs. Wenn Harjus seinen Angreifer gesehen hatte, konnten die Wolfsstuben-Fälle womöglich noch vor der Ziehung der Lottozahlen geklärt werden.

Die Ärztin blickte demonstrativ auf ihre Uhr. An einem Samstagabend hatte in der Klinik niemand Zeit für lange Gespräche.

Koskinen zeigte erneut auf die Tür. »Darf ich mit ihm sprechen?«

Die Frau funkelte ihn verärgert an. »Kann das nicht warten?«

»Nein. Es könnte einem anderen das Leben retten.«

»Na gut. Aber nur ein paar Minuten. Er wird bald zum Röntgen geholt.«

Die Frau ging mit wiegenden Schritten davon, und Koskinen betrat den Behandlungsraum, wo ihm der Geruch starker Desinfektionsmittel entgegenschlug. Tapani Harjus war allein. Er lag mit geschlossenen Augen in einem hohen Bett. Beide Arme waren geschient, und den Kopf bedeckte eine Gazehaube.

Koskinen trat an das Bett. Aus der Nähe sah er eine Wunde an Harjus' Kinn und eine bläuliche Schwellung an seiner Unterlippe. Er zuckte zusammen, als Harjus plötzlich die Augen aufschlug. Obwohl die Ärztin ihm gerade gesagt hatte, unter den gegebenen Umständen gehe es dem Patienten gut, hatte er das Gefühl, die Auferstehung eines Toten mitzuerleben.

Harjus musterte den Mann an seinem Bett. Allem Anschein nach funktionierte auch sein Gedächtnis noch, denn er sagte mühsam: »Bist du mit dem Rad da?«

»Nein.« Koskinen schüttelte den Kopf. »Mit dem Firmenwagen.«

»Mich haben sie mit Blaulicht hergebracht.«

»Ich weiß«, sagte Koskinen. »Wie geht es dir?«

»Na, wie schon, ich fühl mich wie ein Engel. Bloß ohne Flügel und mit blutigem Gewand. Jetzt könnte ich ein Schnäpschen vertragen. Hast du was dabei?«

Als Koskinen den Kopf schüttelte, schimpfte Harjus, so gut es sein lädierter Mund zuließ: »In den Krimiserien haben die Bullen immer einen Flachmann in der Tasche.«

»Über mich gibt es noch keine Serie«, antwortete Koskinen und beschloss, zur Sache zu kommen. Er beugte sich zu Harjus hinunter und fragte gespannt: »Wer hat dich die Treppe runtergestoßen?«

Harjus schloss die Augen und flüsterte: »Der Teufel.«

Koskinen überlegte, was das bedeuten sollte. Unter Harjus' Gazehaube waren mehrere, teils bereits blutdurchtränkte Mullauflagen zu sehen. Die Kopfwunde war offenbar groß. Wer sie vernäht hatte, war leicht davongekommen, denn Harjus hatte den Kopf schon vorher kahl geschoren gehabt, wie es sich für einen anständigen Bandido gehörte.

»Wen meinst du mit dem Teufel?«

Harjus riss die Augen auf. »Mich selbst.«

Koskinen sah ihn verblüfft an. »Willst du etwa sagen …«

»Genau! Mich hat keiner gestoßen. Ich hab selbst mit meinem Stuhl im Flur Anlauf genommen und auf die Treppe gezielt. Ich wollte mit dem Kopf voran gegen die Betonwand knallen.«

Er zog eine Grimasse, die sein beuliges Zahnfleisch freilegte. »Aber mir gelingt ja nie was.«

Koskinen war erleichtert und enttäuscht zugleich. Es hatte keinen weiteren Mordversuch gegeben, andererseits lag der Fall nach wie vor im Dunkeln. Doch er ließ seine Gefühle nicht erkennen, sondern fragte ruhig: »Warum?«

Harjus atmete eine Weile schwer und stellte dann eine Gegenfrage: »Würdest du es vorziehen, unter einem Kissen zu ersticken?«

»Du hattest also Angst?«

»Raimond und Hannu sind hinüber, ich bin der einzige ›Gefallene Engel‹, der noch übrig ist.«

»Weißt du, was Hannu passiert ist?«

»Das ist wohl nicht schwer zu erraten.«

»Wo finden wir ihn?«

»Danach darfst du mich nicht fragen. Ich weiß noch weniger über Hannus Schicksal als du.«

Die Antwort überzeugte Koskinen nicht. Harjus verzog das Gesicht, Schweiß lief ihm über die Schläfen. Er hatte offenbar starke Schmerzen, und Koskinen wusste, dass eine Vernehmung unter diesen Umständen mehr als fragwürdig war.

Dennoch ließ er nicht locker. »Aber warum Rauha Salmensuu? Sie gehörte doch nicht zu eurer Bande.«

»Die arme Rauha«, ächzte Harjus. »Sie musste nur sterben, weil er zeigen wollte, was für eine Bestie er ist.«

»Wer?«

»Der Killer.«

Koskinen dachte über die Antwort nach. Aus dieser Perspektive hatte er den Fall bisher noch nicht betrachtet. War krankhafter Narzissmus der Grund für den Tod der alten Frau? Hatte der Täter einen der Morde nur deshalb begangen, um vom Schema abzuweichen? Wenn das zutraf, hatten sie es mit einem noch gefährlicheren Psychopathen zu tun, als sie bisher geglaubt hatten.

Koskinen beugte sich ganz dicht an Harjus' Ohr heran und flüsterte: »Du weißt, wer es ist, oder?«

»Nein …« Als Harjus versuchte, den Kopf zu schütteln, entfuhr ihm ein Schmerzensschrei. Offenbar hatte er sich bei dem Sturz auch den Nacken verrenkt.

Dennoch ließ ihn Koskinen nicht in Ruhe. »Jedenfalls hattest du solche Angst, dass du dich umbringen wolltest, bevor es jemand anders tut.«

»Ja«, stöhnte Harjus. »Aber ich habe es wieder mal verpatzt. Ein echter Loser, oder?«

Koskinen äußerte sich nicht dazu und fragte scheinbar gleichgültig: »Wieso hast du es damals vor neun Jahren versucht?«

»Willst du das wirklich wissen?«

»Sonst hätte ich nicht gefragt.«

Harjus starrte ausdruckslos an die Decke und sagte: »Ich hatte im Suff mein Auto zu Schrott gefahren.«

Koskinen sah ihn ungläubig an. Wegen so etwas nahm man sich doch nicht das Leben.

»Du denkst, ich lüge.« Harjus verdrehte die Augen. »Das war nicht irgendein Auto. Es war ein Cadillac Coupe DeVille, Baujahr '64, ungelogen das schönste Exemplar in ganz Finnland. Er hatte einen V8-Motor, Spitzengeschwindigkeit 190 Stundenkilometer, die Sitze waren mit blauem Leder bezogen, und alle glänzenden Teile bis zum Tacho waren verchromt. Ich hatte fünf Jahre daran gearbeitet, sogar die Ventile waren präziser eingestellt als der Herzschrittmacher meines Opas.«

Koskinen hörte verdattert zu. Der Mann sprach so zärtlich und liebevoll wie von einer angebeteten Frau.

»Benzin hat der Ville reichlich geschluckt, 23 Liter auf 100 Kilometer, aber er hat seinen Treibstoff brav zurückgezahlt. Zeitweise habe ich mit ihm richtig gut verdient. Und dann hatte ich an Mittsommer einen Auftrag bei einer Hochzeit in Hämeenkyrö. Ich habe das Brautpaar in meinem Cadillac von der Kirche nach Päivölä gefahren, wo gefeiert wurde. Das war eine richtige Protzfeier, beide Familien hatten reichlich Kohle. Ich durfte sogar die Blechdosen hinter dem Auto berechnen. Es gab kübelweise Hausbier, sie haben mir immer wieder nachgeschenkt. Keiner hat gefragt, ob ich noch fahren muss.«

Das Sprechen schien Harjus Schmerzen zu bereiten, doch er erzählte hartnäckig weiter. »Ich bin dann mitten in der Nacht mit offenem Verdeck zurück nach Tampere geprescht, war aber noch nicht mal bis Ylöjärvi gekommen, als mir der Ville aus dem Ruder lief. Er war total hin, bis zur letzten Schraube an der Ölwanne.«

»Und was ist dir passiert?«

»Nichts. Säuferglück.« Harjus stieß mit der Zunge an die geschwollene Unterlippe und verzog schmerzhaft das Gesicht. »Aber meinen Job war ich los. Ich war nämlich Jugendarbeiter bei der Kirche. Und als mir meine Freundin den Verlobungsring zurückgeschickt hat, war das Maß voll.«

»Und da bist du im *Hotel Olympia* auf das Dach geklettert?«

»Ja. Aber es war nicht hoch genug, ich bin am Leben geblieben. Die Ärzte sagten, ich hätte Glück gehabt. Nur der vierte Nackenwirbel war gebrochen. Stell dir das vor! Die Arschlöcher haben mir gratuliert!«

Koskinen wunderte sich nicht mehr über Harjus' Bitterkeit. Natürlich hatte der Mann seinen Zustand selbst herbeigeführt, aber er hatte auch reichlich Pech gehabt. Ein Rückschlag war auf den anderen gefolgt: die Enttäuschung, nicht in die Paralympics-Mannschaft gewählt zu werden, der aufgeflogene Hormonschmuggel, der Verlust des zweiten amerikanischen Schlittens vor einem Jahr. Kein Wunder, dass sein Selbstzerstörungstrieb immer mächtiger geworden war.

Es war, als hätte Harjus Koskinens Gedanken gelesen und wolle sie sofort widerlegen. »Wenn ich durchkomme, werde ich eines Tages wieder laufen können.«

Harjus konnte die Unterlippe nicht mehr bewegen, seine Worte wurden immer undeutlicher. »In Frankreich haben die Ärzte schon Gelähmte zum Laufen gebracht. Sie implantieren einen Mikrochip ins Rückenmark, der das Nervensystem wieder in Gang setzt. Sobald ich das Geld kriege, ziehe ich dahin.«

Koskinen wunderte sich, dass der Mann zwei Stunden nach seinem Selbstmordversuch plötzlich voller Hoffnung und Lebenslust war. Er legte die Hand auf den Bettrand und fragte: »Von welchem Geld sprichst du?«

Harjus antwortete mit einem kaum merklichen Kopfschütteln. Koskinen kam nicht dazu, seine Frage zu wiederholen, denn zwei große Krankenpfleger erschienen.

»Wir bringen Tapani Harjus jetzt zum Röntgen.«

Sie packten das Bett an beiden Seiten und schoben es aus dem Zimmer. Koskinen ging nebenher und fragte noch einmal: »Wer hat Raimond und Rauha umgebracht?«

»Ich weiß es nicht. Wirklich nicht ...«

Das Flüstern endete in schmerzlichem Stöhnen, und Koskinen sah, dass Harjus Todesangst hatte.

Die Pfleger verschwanden mit dem Patienten in einer anderen Abteilung. Koskinen starrte auf die Glastür. Er war überzeugt, dass Harjus nicht die Wahrheit gesagt hatte. Der Mann wusste mehr, als er zuzugeben wagte.

Aber wovor hatte er solche Angst, dass er es vorzog, sich an einer Betonwand den Schädel einzuschlagen, als der Polizei zu verraten, wer ihn bedrohte?

Koskinen ging nachdenklich hinaus. Gleich neben dem Eingang übergab sich jemand, eine junge Frau, die ein dick eingewickeltes Baby im Arm hielt, lief von der Bushaltestelle zur Klinik, und aus der Innenstadt näherte sich der nächste Rettungswagen. Es war Samstagabend, der Beginn einer lebhaften Nacht.

Auf der Hämeenkatu herrschte bereits munteres Treiben. Der Regen hatte aufgehört, und der Abend war warm. Auf den Gehwegen drängten sich die Leute, als Koskinen durch das

Stadtzentrum nach Kissanmaa fuhr. Doch schon nach einigen hundert Metern leerten sich die Straßen, und auch auf der Sudenkatu war niemand mehr unterwegs.

Vor der Wolfsstube standen der Saab der Schupo, der VW der Technik und Pekkis alter Corolla. Unmittelbar vor dem Tor war ein kleiner roter Fiat geparkt. Koskinen überlegte, ob der Wagen womöglich dem als Wächter eingesetzten Polizisten gehörte, und merkte, dass sein Ärger wieder hochkam. Er warf im Vorbeigehen einen Blick in den Fiat. Die Rückbank war heruntergeklappt und der Wagen voll beladen mit zwei prallen Stofftaschen, einer Kiste Bier und einer gelben Propangasflasche. Also handelte es sich wohl nicht um das Fahrzeug des Polizisten. In der nächsten Sekunde wunderte sich Koskinen über sich selbst. Hatte er etwa vorgehabt, seine Wut über den Fehler des Wächters an dessen Auto auszulassen?

Lea Kalenius öffnete beim ersten Klingeln.

»Gut, dass Sie kommen«, begrüßte sie den Kommissar. »Es ist einfach schrecklich!«

Ihr schmales Gesicht war kreidebleich, und die dunklen Schatten unter den Augen betonten die hohen Wangenknochen. Die Frau sah aus, als hätte sie seit ewigen Zeiten nicht mehr geschlafen. Sie ließ Koskinen eintreten, folgte ihm ins Foyer und fragte: »Sie bleiben doch über Nacht?«

»Warum?«

Koskinen drehte sich um, und Lea Kalenius stieß gegen ihn. Sie schauten sich verwundert an, dann erklärte Kalenius: »Wir haben Angst, allein zu sein. Heute hat der Mörder versucht, Tapani umzubringen.«

Koskinen verstand ihre Furcht. In der Wolfsstube wusste man ja noch nicht, was in Wahrheit hinter Harjus' Sturz steckte. Aber er nahm sich nicht die Zeit für lange Erklärungen, sondern blickte sich suchend um. Offenbar ermittelten Pekki und die anderen

Männer der Kriminalpolizei in den Zimmern von Ketterä und Harjus. Auf dem Sofa im Foyer saß nur ein Polizist in Uniform.

Kalenius erriet, nach wem Koskinen Ausschau hielt. »Falls Sie sich fragen, wo Ihre Kollegen stecken: Einer ist da unten an der Treppe zugange. Ein ziemlich großer, jüngerer Mann. Er hat uns allen verboten, die Treppe zu betreten.«

Koskinen bat sie, sämtliche anwesenden Mitarbeiterinnen und Polizisten ins Foyer zu holen, da er etwas mitzuteilen habe.

Kalenius machte sich wortlos auf den Weg, und Koskinen begab sich zur Treppe am anderen Ende des Foyers, ging ein paar Stufen hinunter und sah dort unten einen Mann im weißen Schutzanzug.

»Grüß dich.« Mäkitalo hob den Kopf. »Nichts gefunden. Außer dem zerdepperten Rollstuhl. Den habe ich in den Wagen gelegt, nach Fingerabdrücken suche ich erst bei uns im Labor.«

»Nicht nötig.«

Mäkitalo sah Koskinen verwundert an. Als er hörte, dass Tapani Harjus den Sturz selbst herbeigeführt hatte, sammelte er in aller Ruhe sein Werkzeug ein, klappte den Metallkoffer zu und zeigte auf die Wand. »Da ist er aufgekommen.«

Koskinen entdeckte einen braunen Blutfleck an der Betonwand und eine getrocknete Lache auf dem Boden.

»Er hat Glück gehabt«, sagte Mäkitalo. »So mancher hätte das nicht überlebt.«

Während sie die Treppe hinaufgingen, dachte Koskinen an das, was Harjus in der Klinik über sein Pech gesagt hatte.

Lea Kalenius hatte bereits alle zusammengerufen. Pekki und Kaatio schauten Koskinen erwartungsvoll an, neben Kalenius standen die beiden anderen Pflegerinnen Anniina Salonen und Kaarina Kauppila, und durch die offene Tür zum Saal sah man einige Hausbewohner reglos in ihren Rollstühlen sitzen wie halb fertige Statuen.

Koskinen räusperte sich und berichtete über seinen Besuch in der Klinik. Er schilderte Harjus' relativ gute Verfassung und erklärte die Ermittlungen in diesem Fall für beendet. Auch die Bewohner könnten beruhigt schlafen gehen, es habe sich nicht um einen Mordversuch gehandelt.

Anschließend winkte er Pekki und Kaatio beiseite und fasste kurz zusammen, was er in Nokia und Toijala erfahren hatte.

»Die besten Freunde seit der Kindheit?«, fragte Pekki verblüfft. »Und Ketterä hat Taavitsainen die Freundin ausgespannt? Das ist ja das reinste Dreiecksdrama.«

»Aber bringt uns das irgendwie weiter?«

Kaatio rieb sich den Nacken und sagte: »Wenn Ketterä zuerst gestorben wäre, würde es Sinn ergeben, aber so nicht.«

Koskinen war der gleichen Meinung. Sie sahen sich eine Weile ratlos an, dann fiel Koskinen eine Frage ein.

»Wurde Pirkko-Liisa Rinne inzwischen gefunden?«

»Nein.« Pekki schüttelte den Kopf. »Keine Spur von der Dame.«

»Das ist seltsam.«

»Seltsam?«, schnaubte Pekki. »Es stinkt.«

»Wonach?«

»Nach Flucht.«

»Wovor flieht sie? Vor dem Schuldigen oder der Schuld?«

»Egal. Jedenfalls ist sie irgendwie in die Sache verwickelt.«

»Wieso bist du so sicher?«

»Glaub mir, das Gerede vom verlorenen Schlüssel war gelogen. Rinne hat schon im Sommer Pläne geschmiedet und den Schlüssel geklaut.«

»Das könnte natürlich sein«, sagte Koskinen nachdenklich. »In diesem Fall müssen wir sie dringend finden.«

»Das meine ich auch. Ich habe Ulla den Auftrag gegeben, die Fahndung zu leiten.«

»Und Ketteräs Zimmer?«, erkundigte sich Koskinen. »Habt ihr es untersucht?«

»Bis in den letzten Winkel. Aber wir haben nichts gefunden, das uns weiterhilft.«

»Sehen wir es uns trotzdem noch mal an.«

Pekki ging Koskinen voran. Ketteräs Zimmer hatte den gleichen Grundriss wie Taavitsainens und Salmensuus. Das Einzige, das einem sofort ins Auge stach, war das Klavier an der Wand, das so viel Platz beanspruchte, dass außer Bett und Tisch kaum noch etwas in den Raum passte. Nicht einmal ein Klavierhocker – aber den brauchte Ketterä ja ohnehin nicht.

Koskinen suchte nach Fotos von den Kindern. Er wollte wissen, ob Ketterä irgendein Erinnerungsstück an seine Familie besaß, und sei es eine Kinderzeichnung. Er entdeckte jedoch nichts. Das gerahmte Bild des Hundes Lysti auf dem Nachttisch erschien ihm geradezu grotesk.

»Gut, wir gehen jetzt. Aber versiegelt die Tür.«

»Und wenn Ketterä doch zurückkommt?«, fragte Pekki. »Seine Leiche haben wir schließlich immer noch nicht gefunden.«

»Dann soll er das Siegel eben abreißen.«

Sie kehrten ins Foyer zurück. Die Streifenbeamten waren bereits gegangen. Bis auf einen. Auf dem Sofa saß ein junger Mann, kaum über zwanzig. Die Uniform wies ihn als Praktikanten der Polizeischule aus, und Koskinen reimte sich einiges zusammen.

»Du hast hier Wache gehalten?«

»Ja.« Der Mann sprang auf.

Koskinen beschrieb mit der Hand einen weiten Bogen quer durch die Eingangshalle, bis zur Treppe. »Wo warst du, als einer der Hausbewohner in voller Fahrt durch die Halle rollte und die Treppe hinunterstürzte?«

Der große Adamsapfel des Mannes hüpfte auf und ab. »In der Küche.«

»Was hast du da gemacht?«

»Eine der Mitarbeiterinnen hat mich zum Kaffee geholt.«

»Kaarina?«

Der junge Mann nickte, und Koskinen trat aufgebracht einen Schritt näher.

»Von jetzt an bleibst du hier! Du rührst dich nicht vom Fleck, selbst wenn dich eine ganze Herde Pornostars weglockt.«

»Ja«, sagte der Mann mit dünner Stimme. »Ich bleibe hier.«

»Wann kommt deine Ablösung?«

»Um zehn.«

»Auch einer von der Polizeischule?«

»Ja. Wir bekommen dafür Praktikumsstunden angerechnet.«

Koskinen nickte müde. Seine Wut hatte ein neues Ziel gefunden. Er holte sein Handy aus der Tasche und ging beiseite, um zu telefonieren.

Lepola von der Schutzpolizei war gerade dabei, die Sauna zu heizen. Vielleicht hatte er auch schon vom Saunabier gekostet, denn seine Stimme klang fröhlicher als sonst.

»Na, was macht unser Haile?«

Koskinen hatte sich vorgenommen, seine Kritik sachlich zu äußern, doch mit seiner Frotzelei machte Lepola diese Absicht zunichte. Koskinen putzte ihn herunter. Er habe um Polizeiwache für die Wolfsstube gebeten, stattdessen aber einen pickligen Jüngling bekommen. Wie könne man einen Praktikanten für eine so verantwortungsvolle Aufgabe einsetzen? Zum Glück sei man diesmal mit einer Gehirnerschütterung und Prellungen davongekommen, aber es hätte ebenso gut Tote geben können.

Als Lepola endlich was sagen konnte, klang seine Stimme nicht mehr freundlich: »Für solche Aufgaben sind auch früher schon Praktikanten eingesetzt worden. Und du solltest nicht bei jeder Gelegenheit der Schupo die Schuld geben, Koskinen!«

Koskinen erriet, worauf Lepola anspielte: auf den Montagabend, die Streife 341 und den Rollstuhl im Gebüsch. Er schwieg, und Lepola fuhr erbost fort.

»Wir haben nicht genug Leute, um nächtelang ein einziges Haus zu bewachen. Genau die Männer fehlen uns dann auf den Straßen. Es wird ja jetzt schon darüber gemeckert, dass die Polizei nirgends zu sehen ist, obwohl an jeder Straßenecke Messer und Fäuste geschwungen werden.«

»Das weiß ich doch«, seufzte Koskinen resigniert, und Lepolas Stimme wurde eine Spur freundlicher.

»Ich schicke für die Nacht eine Streife hin. In solchen Fällen wäre Outsourcing ganz praktisch. Dann könnten wir einfach Männer eines Wachdienstes in das Pflegeheim bestellen.«

»Es ist ein Heim für betreutes Wohnen«, verbesserte Koskinen und legte auf. Lepolas Worte irritierten ihn. Begrüßte der Mann etwa die Outsourcingpläne?

Koskinen bemerkte eine große Gestalt an der Tür zum Saal. Offenbar hatte Anniina Salonen schon eine ganze Weile dort gestanden und gelauscht. Rasch rekapitulierte er, was er am Telefon von sich gegeben hatte. Es waren wohl keine Geheimnisse gewesen, und vermutlich wurde Salonen auch nur von typisch weiblicher Neugier angetrieben.

Er ging zu ihr und fragte: »Was machen Sie denn hier so spät am Abend – obendrein an einem Samstag?«

»Der ganze Tag war einfach schrecklich«, sagte Salonen. »Kaarina wäre nicht allein zurechtgekommen. Selbst zu dritt haben wir es kaum geschafft. Lea stand wieder kurz vor einem Nervenzusammenbruch. Es hat nicht viel gefehlt, dass sie wieder Mordgelüste bekommen hätte.«

Koskinen überlegte, ob der letzte Satz versehentlich oder in voller Absicht gefallen war. Er hakte jedoch nicht nach, sondern ließ Salonen weiterreden.

»Hier sind vom frühen Morgen an Polizisten rumgerannt,

und wir mussten alle naselang die seltsamsten Fragen beantworten. Sie haben sich gewundert, dass wir nicht wissen, was Hannu anhatte, als er gestern weggefahren ist. Und wohin er gegangen sein könnte. Auch über seine Finanzen hätten wir Bescheid wissen sollen. ›Wie viel Geld hatte Hannu auf dem Konto und wie viel in der Brieftasche?‹ Was geht uns das an?«

Salonens schwere Brüste wackelten, als sie ihren Bericht mit weit ausladenden Gesten unterstrich. »Ich musste bei all der Eile hinter den Polizisten hertraben, mal hierhin, mal dahin. Hannus Zimmer musste bis in den letzten Winkel durchsucht werden. Woher soll ich wissen, was fehlt, und was er mitgenommen hat? Es ist einfach furchtbar.«

Trotz ihrer Körpergröße wirkte Anniina Salonen plötzlich schwach und verletzlich. Koskinen beeilte sich, sie zu trösten.

»Es ist bald vorbei. Hier kann nichts mehr passieren. Für die Nacht kommt eine Polizeistreife her und bewacht das Haus.«

Die Frau sah Koskinen ernst an. Sie wirkte kein bisschen erleichtert, und Koskinen versicherte: »Früher oder später fassen wir den Täter. Das ist uns bisher noch immer gelungen.«

»Hoffentlich«, sagte Salonen. »Ich gehe jedenfalls jetzt. Ich bleibe bis Montag früh zu Hause und rühre keinen Finger.«

Sie machte sich auf den Weg zu den Personalräumen. Ihre Schritte waren kaum verklungen, als Lea Kalenius aus dem Saal in die Eingangshalle kam. Koskinen hatte das gleiche Gefühl wie vorhin bei Salonen: Sie hatte an der Tür gestanden und gelauscht.

»Was hatte unsere kleine Anniina denn?«, fragte Kalenius in unbeschwertem Ton. »Herzenskummer?«

Als sie näher kam, sah Koskinen, dass ihre Sorglosigkeit nicht echt war. Sie lächelte, doch ihr Gesicht blieb angespannt.

»Nichts Besonderes«, antwortete er im gleichen lockeren Ton. »Ganz alltägliche Dinge.«

Lea Kalenius schien in den letzten Tagen noch mehr Gewicht verloren zu haben. Die dunklen Ringe unter den Augen und die aufgesprungenen Lippen zeugten von durchwachten Nächten. Doch ihre Stimme klirrte metallisch hart.

»Sie sollten nicht alles für bare Münze nehmen, was das Honigkuchenpferd so erzählt.«

Koskinen war verblüfft über ihren Ton, schrieb ihn jedoch der angespannten Situation zu. Es war kein Wunder, dass die Nerven der Mitarbeiterinnen blank lagen. »Sie können auch gehen«, sagte er. »Sie brauchen sicher Schlaf.«

Kalenius sah ihn aus ihren großen braunen Augen an. Ihre vollen Lippen waren leicht geöffnet, und ihr Brustkorb hob und senkte sich heftig. Ihr schien etwas auf der Seele zu lasten, für das sie keine Worte fand.

Koskinen trat einen Schritt näher, fasste sie am Arm und sagte aufmunternd: »Sie können mir ruhig erzählen, was Sie bedrückt.«

»Ich habe Angst«, seufzte Kalenius. »Entsetzliche Angst.«

»Das brauchen Sie nicht. Heute Nacht wird eine Streife hier sein.«

»Hier habe ich keine Angst, aber da draußen. Ich traue mich nicht mal nach Hause. Ich bin ganz sicher, dass er mir irgendwo auflauert und sich auf mich stürzt.«

»Wer?«, fragte Koskinen und brachte Kalenius damit erst recht in Fahrt.

»Der Mörder natürlich! Wer denn sonst?«

Koskinen dachte an den Nervenzusammenbruch und die lange Krankschreibung der Pflegerin und hatte Verständnis für ihren an Hysterie grenzenden Angstzustand. Lea Kalenius schien überdurchschnittlich sensibel zu sein.

Er fragte besorgt: »Wo wohnen Sie?«

»In Hervanta, in der Kanjoninkatu.«

»Ich kann Sie nach Hause bringen.«

Die Frau seufzte erleichtert auf und ging sich umziehen. Koskinen wechselte inzwischen einige Worte mit dem Polizeischüler. Stammelnd und sichtlich besorgt fragte der junge Mann, wie sich der Vorfall auf seine Praktikumsbewertung und sein Abschlusszeugnis auswirken würde. Koskinen beruhigte ihn: In keiner Weise, soweit es von ihm abhänge. Dann ging er hinaus und ließ einen erleichterten und vermutlich doppelt aufmerksamen Wächter zurück.

Er saß im Wagen und betrachtete gedankenverloren das Wohnheim. Das flache, längliche Holzgebäude wirkte in der abendlichen Dunkelheit schutzlos. Außer an den hohen Fenstern der Eingangshalle waren überall die Vorhänge zugezogen. Sie hatten alle unterschiedliche Farben und Muster, aber die Angst hinter ihnen war die gleiche. Es war ein kollektives Entsetzen vor einer unbekannten Bedrohung.

Nach fünf Minuten kamen die Frauen aus dem Haus. Kalenius stieg bei Koskinen ein, Salonen fuhr im Fiat vor ihnen her. An der Kreuzung bei der Klinik trennten sich ihre Wege. Koskinen fuhr in gemächlichem Tempo und versuchte unterwegs, Lea Kalenius durch lockeres Geplauder zu beruhigen. Er erzählte ihr, dass er selbst seit fast zwanzig Jahren in Hervanta wohnte, und zitierte aus dem Gedächtnis die neuesten Statistiken, wonach die Verbrechensrate im Verhältnis zur Einwohnerzahl in diesem Stadtteil niedriger war als der gesamtstädtische Durchschnitt.

Diese Informationen schienen jedoch keine Wirkung auf die Frau zu haben. Sie starrte schweigend vor sich hin und hielt den Sicherheitsgurt mit beiden Händen umklammert. Koskinen bog hinter der Brücke rechts ab und ließ sich zu einem vierstöckigen Haus aus rotem Backstein dirigieren.

Kalenius stieg nicht gleich aus. Sie sah Koskinen an und bat schüchtern: »Würden Sie mitkommen? Ich könnte uns Tee kochen und eine Kleinigkeit zu essen machen.«

Die Einladung brachte Koskinen in Verlegenheit. »An sich gern, aber in dieser Situation geht es leider nicht.«

Kalenius wirkte enttäuscht, und Koskinen sprach ihr Mut zu. »In Ihrer Wohnung brauchen Sie keine Angst zu haben. Ich warte hier, bis Sie dort sind. In welchem Stock wohnen Sie?«

»Im dritten. Die Fenster gehen zu dieser Seite.«

Kalenius bedankte sich fürs Mitnehmen, stieg aus und lief wie gehetzt über die Straße. Koskinen wartete, bis im dritten Stock das Licht anging und die Frau ihm zuwinkte.

Dann wendete er und fuhr zurück ins Stadtzentrum. Schon auf der Schnellstraße packte ihn Reue. Er hätte die Einladung doch annehmen sollen. Aber im Präsidium wartete noch Arbeit auf ihn, und auch den Vectra hätte er längst zurückgeben müssen.

Es war das erste Mal seit langer Zeit, dass er sich wünschte, ein Auto zu besitzen.

25

Kuparinen wartete in der Garage. Sobald er den Vectra hereinrollen sah, huschte er aus seinem Verschlag. Er ging um den Wagen herum, besah ihn sich genau und prüfte gelegentlich mit dem Finger, ob ein Fleck, den er entdeckt hatte, ein Kratzer war oder nur ein harmloser Schlammspritzer. Schließlich beugte er sich noch über das Armaturenbrett.

»Du bist ja mehr als zweihundert Kilometer gefahren!«

Koskinen wollte seinen Ohren nicht trauen. »Behauptest du etwa, du hättest den Kilometerstand aller Karren im Kopf?«

Kuparinen sagte nichts dazu. Er warf noch einen Blick unter die Motorhaube und gähnte demonstrativ.

»Jetzt kann ich endlich nach Hause. Meine Alte hat die Sauna längst geheizt.« Mit einem vorwurfsvollen Blick Richtung Koskinen fügte er hinzu: »Unsereins hat schließlich auch ein Privatleben.«

Das bezweifelte Koskinen. Manchmal hatte er das Gefühl, dass Kuparinen in der Garage wohnte.

Er fuhr mit dem Lift in den dritten Stock. Im Polizeigebäude war es still, die Gänge waren verwaist. Als er in seinem Zimmer das Licht einschaltete, entdeckte er als Erstes den Schokoriegel auf seinem Schreibtisch. Er lag auf einem handtellergroßen Stück Papier mit einem schief gezeichneten Herz, in dem in großen Buchstaben »Milla« stand.

Koskinen lächelte belustigt und setzte sich an seinen Computer. Er loggte sich ins Melderegister ein. In ganz Tampere gab es nur eine Lea Kalenius, und er klickte gespannt die zusätzlichen Angaben zu ihrer Wohnung an. Unter dieser Adresse war nur Lea gemeldet.

Koskinen starrte auf den Bildschirm und überlegte, was er

eigentlich suchte. Plötzlich ärgerte er sich über seine Fantasterei. Er hatte sich den ganzen Tag über merkwürdig benommen. Rasch loggte er sich aus dem Melderegister aus und klickte sein Mailfach an. Im Lauf des Tages waren vier neue Mails gekommen – von Taru Luttinen, Ursula Katajisto, Raija Koskinen und Ilari Tiikko.

Er begann mit der, die ihn am meisten interessierte. Taru schrieb: »Danke, Sakari! Ich wusste, dass ich mich auf dich verlassen kann. Luttinen ist wie ausgewechselt und voller Energie.«

Koskinen überlegte, was Taru mit Luttinens Energie meinte. Ihr Dank wirkte aufrichtig, wärmte ihm aber keineswegs das Herz. Im Gegenteil.

Er wählte rasch die nächste Mail. »Ich habe mit Antti gesprochen. Dass du in Eile bist, versteht er, aber er fragt sich, ob du zu viel arbeitest, ob dir überhaupt noch Zeit für dich selbst bleibt. Natürlich machen wir uns immer noch Sorgen um dich.«

Auch Raijas Nachricht besserte seine Stimmung nicht. Er wusste nicht, wie er sich dazu stellen sollte, und ob zwischen den Zeilen die Vorwürfe mitschwangen, die Raija ihm immer wieder gemacht hatte. Um das beurteilen zu können, hätte er ihre Stimme hören müssen. Früher telefonierten die Menschen noch miteinander, aber in der heutigen Zeit der Mails und SMS kommunizierte man nur noch mit kalten Buchstaben, aus der Distanz. Das gesprochene Wort war dem haushoch überlegen. Oft verriet schon der Tonfall die Stimmung des Gesprächspartners, und manchmal sagte sogar Schweigen mehr als hundert Mails.

Ursula Katajistos Nachricht war kurz: »Danke für den netten Abend. Wann sehen wir uns wieder?« Koskinen überlegte, was an dem Abend nett gewesen sein sollte, und öffnete die Mail von Tiikko: »Die Schwester meiner Alten war gestern zu Besuch. Ich habe angedeutet, dass wir einen unbeweibten Kommissar im Haus haben. Irmeli war ganz begeistert. Soll ich ein

Treffen für euch organisieren? Sie sieht gut aus, das kannst du mir glauben.«

Tiikkos Eifer brachte Koskinen zum Lachen. Er hörte nicht, dass die Tür geöffnet wurde.

»Was gackerst du denn da ganz allein? Hast du die Patience geschafft?«

Ulla kam herein, und Koskinen sah sie verwundert an.

»Du arbeitest noch?«

»Arme Leute müssen schuften und …« Sie brach mitten im Satz ab, als sie den Schokoriegel entdeckte. »Ist der von Tarus Vertretung, dem Mützenmädchen?«

»Milla.« Koskinen fuhr den Computer herunter. »Ja.«

Ulla setzte sich auf den Schreibtisch und runzelte besorgt die Stirn. »Stimmt das, was Pekki sagt?«

Koskinen war beunruhigt. »Hat Pekki das etwa allen erzählt?«

»Nur mir«, sagte Ulla und sah Koskinen ernst an. »Ist das Mädchen nicht ein bisschen zu jung?«

Koskinen schüttelte den Kopf und erklärte, was es mit den Rosen auf sich hatte. Er erzählte, dass er sie ursprünglich für Ursula Katajisto gekauft habe, dann aber unsicher geworden sei und schließlich Milla den Strauß gegeben habe. Milla habe gejubelt, und er sei auf die Idee gekommen, die Rosen als Entschuldigung für seinen Wutanfall zu deklarieren, den er bekommen habe, weil Milla auf eigene Faust sein Schwarzes Brett geordnet und dabei das Segel-Foto zum Altpapier geworfen hatte.

Er schälte die Schokolade aus dem Papier. »Offenbar ist das Millas Zustimmung zum Waffenstillstand.«

Koskinens Erzählung brachte Ulla zum Lachen. »Ursula hat also keine Blumen bekommen.« Plötzlich schluckte sie ihr Lachen herunter und schüttelte mit gespieltem Ernst den Kopf. »Das war ein Fehler. Womöglich hätten die Blumen den Abend gerettet, und du wärst bei …«

Koskinen stopfte ihr mit einem halben Schokoriegel den Mund. Die andere Hälfte aß er selbst. Seit den Fleischklößchen bei Riitta Makkonen war schon ein halber Tag vergangen, und die Schokolade schmeckte herrlich. Er spielte mit dem Gedanken, in Millas Schubladen zu kramen und Nachschub zu suchen.

Auch Ulla hatte es geschmeckt. Sie leckte sich zufrieden die Lippen und sagte: »Ich habe eine Neuigkeit für dich.«

»Was denn?«

»Die im Sommer gefeuerte Pflegerin aus der Wolfsstube wurde gefunden.«

»Pirkko-Liisa Rinne?«

»Ja. Es war eine Wahnsinnsarbeit. Nicht mal ihre Eltern wussten, wo sie steckte. Sie haben mir eine lange Liste mit Namen und Telefonnummern gegeben, aber allem Anschein nach hat sie mit den meisten ihrer Freunde gebrochen, von Nachbarn und flüchtigen Bekannten ganz zu schweigen. Ich habe eben erst Rinnes ehemalige Mitbewohnerin erreicht und von ihr erfahren, dass Pirkko-Liisa heute Brautjungfer bei der Hochzeit einer Schulfreundin ist.«

Koskinen fasste einen raschen Entschluss. »Gehen wir hin und reden mit ihr.«

»Jetzt sofort?«

»Was haben wir denn sonst?«

»Nicht viel.«

»Der Täter hat Zutritt zur Wolfsstube. Davon müssen wir ausgehen. Lea Kalenius hat mir heute früh berichtet, dass Pike im Sommer ihren Schlüssel verloren hat. Er wurde damals überall gesucht, aber nicht gefunden.«

»Da kann was dran sein«, meinte Ulla und rutschte von Koskinens Schreibtisch. »Also los.«

»Wo wird die Hochzeit gefeiert?«

»In Kangasala.«

Koskinen wollte Kuparinen nicht mehr behelligen – er rief bei der Einsatzzentrale an und bat um einen Streifenwagen.

Zehn Minuten später saßen sie im Fond eines Saab. Während der Fahrt berichtete Koskinen Ulla von den Ereignissen des Tages: der Befragung von Hannu Ketteräs Eltern, der Fahrt nach Toijala und schließlich von Tapani Harjus' ungeschicktem Selbstmordversuch. Zwei Dinge ließ er aus: Riitta Mikkonens Imbiss und die Fahrt nach Hervanta mit Lea Kalenius.

Der Fahrer des Streifenwagens hielt vor einem hundertjährigen, zweistöckigen Backsteinkoloss, einer ehemaligen Orgelfabrik. In den letzten Jahrzehnten waren kaum noch Kirchen und Bethäuser gebaut worden, die Herstellung von Orgeln rentierte sich nicht mehr. Die Fabrik war geschlossen worden, und ein Hotel- und Restaurantbetrieb hatte die Räume übernommen.

Im Erdgeschoss befanden sich ein Pub und die Hotelrezeption. Die Räume in der oberen Etage wurden für Festveranstaltungen vermietet. Von dort schallte fröhliche Musik herunter, und Koskinen erkannte den *Pyynikki-Walzer*.

Ulla ging die Treppe hinauf und trällerte: »Oh, weißt du noch, wie wir vorzeiten im silbernen Schimmer des Monds …«

Plötzlich drehte sie sich zu Koskinen um und sagte: »Heute tanzen wir, Sakari!«

»Kommt gar nicht infrage!«

Der alte Fabriksaal war mit bunten Blumen und silbern schimmernden Vorhängen festlich geschmückt. Die massiven Holzpfeiler, die die Decke trugen, waren mit rosa Pappherzen und Seidenrosetten verziert.

Koskinen und Ulla blieben an der Tür stehen. Sie erregten sofort Aufmerksamkeit unter den Gästen, was Koskinen nicht wunderte, denn er hatte ein kariertes Hemd und ein graues Cordsamtjackett an, Ulla einen Kapuzenpullover und schwarze Jeans.

Ein Herr mit grauen Schläfen kam auf sie zu. Er trug einen dunklen Anzug mit einer weißen Rose im Knopfloch. Koskinen überlegte, ob er der Vater des Bräutigams oder der Braut war.

»Es tut mir leid, das ist eine geschlossene Gesellschaft.«

»Wir wollen Ihr Fest nicht stören«, sagte Koskinen. »Wir möchten nur kurz mit Pirkko-Liisa Rinne sprechen.«

»Warum?«

»Es geht um eine Privatangelegenheit.«

»Warten Sie hier, ich hole sie.«

Der Mann verschwand unter den Gästen. Offenbar hatte die Feier schon vor Stunden begonnen. Einige Gäste schienen der Bewirtung eifrig zugesprochen zu haben, und bei manchen erinnerte der Walzer eher an eine Bockpolka. Das Brautpaar tanzte jedoch tadellos, mit langen Schritten und weiten Schwüngen. Koskinen hörte einen tiefen Seufzer. Ulla betrachtete das Paar mit verträumtem Blick.

Eine der Tänzerinnen verließ die Tanzfläche. Koskinen erkannte sie erst, als sie fast vor ihm stand. Pirkko-Liisa Rinne hatte sich seit ihrer Begegnung am Donnerstag völlig verwandelt. Sie trug jetzt ein eng anliegendes, schwarzes Seidenkleid. Ihren Hals bedeckte ein nachtblaues Tuch, und die pechschwarzen Haare waren hochtoupiert. Auf ihre Piercings hatte sie allerdings nicht verzichtet.

Sie sah Koskinen und Ulla verärgert an. »Was wollt ihr von mir?«

»Nur ein paar Fragen«, beschwichtigte Koskinen und zeigte auf Ulla. »Das ist Kriminalmeisterin Lundelin.«

Pirkko-Liisa nickte Ulla mürrisch zu. »Ich bin Pike.« Im selben Moment erschrak sie. »Sagt bloß nicht, dass ihr euch bei Helis Vater als Polizisten vorgestellt habt.«

»Natürlich nicht.« Koskinen hob beruhigend die Hand. »Wir haben nur gebeten, mit Ihnen sprechen zu dürfen.«

»Dann beeilt euch, ich hab meinen heutigen Lover auf dem Parkett gelassen.«

»Nach unserer letzten Begegnung gab es einen zweiten Mord in der Wolfsstube.«

»Das habe ich im Radio gehört«, sagte Pike mit bebender Stimme. »Die arme Rauha. Welches Schwein ist zu so etwas fähig? Ich kann das nicht begreifen.«

»Und das ist noch nicht alles«, fuhr Koskinen fort. »Gestern ist Hannu Ketterä verschwunden.«

»Und?«

»Wissen Sie vielleicht, wo er sein könnte?«

Pike warf das verrutschte Tuch wütend über die Schulter. »Woher soll ich das wissen? Glauben Sie etwa, er wäre zu mir gekommen?«

»Keineswegs«, sagte Koskinen heuchlerisch. Er würde sich hüten, Pike zu verraten, dass ihre Wohnung bereits überprüft worden war. Das sollten die Schupos selbst erklären, wenn nötig. Doch als er an die Beschreibung der chaotischen Wohnung dachte, entschlüpfte ihm eine unvorsichtige Bemerkung: »Hatten Sie es heute Morgen eilig?«

»Und wie«, lachte Pike. »Ich hatte versprochen, die Braut gleich am Morgen zu schminken, aber ich hab verschlafen. Dann konnte ich meine neue Strumpfhose nirgends finden und hatte nicht mal Zeit …« Sie klappte plötzlich den Mund zu und sah Koskinen entgeistert an. »Wieso?«

»War nur so eine Frage«, sagte Koskinen und wechselte hastig das Thema. »Kommen wir noch einmal auf Ketterä zurück. Haben Sie irgendeine Idee, wohin er gefahren sein könnte?«

»Nein.«

»Hat er vielleicht mal irgendeinen Ort erwähnt, von dem die anderen nichts wussten?«

»Warum hätte er mir davon erzählen sollen?«

»Sie haben sich besser mit den ›Gefallenen Engeln‹ verstanden als die anderen Pflegerinnen.«

»Scheiße!«, zischte Pike. »Das hätte ich mir ja denken können.« Sie verzog den breiten Mund zu einem verächtlichen Grinsen. »Ich war nicht als Nutte da! Und andere hatten auch ihre Lieblinge.«

Koskinens Interesse erwachte. »Wie meinen Sie das?«

»Ich hab an meinem letzten Arbeitstag aufgeschnappt, dass eine der barmherzigen Schwestern engere Beziehungen zu einem Bewohner hat.«

»Zu Taavitsainen, Ketterä oder Harjus?«

»Wenn ich das wüsste. Zu Taavitsainen eher nicht.«

»Und um welche Pflegerin handelte es sich?«

»Weiß ich auch nicht, das war bloß so ein Gerücht. Fragen Sie die mit den großen Titten.«

»Anniina Salonen?«

»Genau.«

Koskinen erinnerte sich an seinen letzten Besuch in der Wolfsstube und an seine Gespräche mit den beiden Pflegerinnen. »Kalenius hat Salonen heute als ›Honigkuchenpferd‹ bezeichnet und gesagt, man könne ihr kein Wort glauben.«

»Na so was!« Pike lachte auf. »Lea hat nicht bloß schwache Nerven, sie ist auch paranoid. Sie bildet sich ein, dass Anniina hinter ihrem Rücken Ränke schmiedet und sich bei den Bewohnern einschmeichelt.«

»Haben Sie die Gerüchte von ihr gehört?«

»Nein, von ein paar Leuten im Haus.«

»Können Sie mir die Namen nennen?«

Pike warf einen ungeduldigen Blick zur Tanzfläche und fauchte: »Wie soll ich mich jetzt noch an die Namen erinnern? Es ist fast drei Monate her, seit ich da rausgeflogen bin.«

Ulla hatte es Koskinen überlassen, die Fragen zu stellen, und meldete sich erst jetzt zu Wort. »Könnte es Rauha Salmensuu gewesen sein?«

»Bestimmt nicht! Rauha war der allerliebste Mensch im ganzen Haus. Außerdem konnte sie nicht richtig sprechen.«

Koskinen dachte an die Szene, die Kaatio ihm beschrieben hatte. »Rauha Salmensuu hat zu einem unserer Ermittler mehrmals gesagt, sie wolle nicht tanzen. Was könnte sie damit gemeint haben?«

»Komisch«, sagte Pike nachdenklich und fuhr sich mit der Zunge über die Lippe. Erst jetzt sah Koskinen, dass auch ihre Zunge gepierct war.

»Aus Rauhas Worten wurde man nicht immer schlau. Höchstens mit viel Zeit und Geduld. Außer Anniina und mir hat sie eigentlich keiner verstanden.«

»Was fällt Ihnen bei den Worten ›kein Tanz‹ ein?«

»Kein Tanz ...«, wiederholte Pike mit geschlossenen Augen. »›Tanz‹ kann was ganz anderes bedeuten. ›Hans‹ oder ›Trance‹ oder was weiß ich.«

»Fast wie ›Transit‹«, sagte Ulla, und Koskinen verstand sofort, was sie meinte. Sie sahen sich an. Hatte Rauha Salmensuu versucht, den Polizisten etwas über den Wagen zu sagen, der Taavitsainen abgeholt hatte? Koskinen kam jedoch nicht dazu, den Gedanken weiterzuspinnen.

Unter den Hochzeitsgästen waren viele Kinder. Die Kleinsten drängten sich müde an ihre Eltern und wollten endlich nach Hause. Die Größeren machten sich einen Spaß daraus, im Haus herumzulaufen. Zwei Mädchen kamen mit glühenden Wangen in den Saal gerannt. Die eine rief so laut, dass sie sogar die Musik übertönte: »Warum steht da draußen ein Polizeiauto?«

Pike biss sich entsetzt auf die Lippe.

»Seid ihr etwa im Streifenwagen gekommen?«

»Wir sind von der Polizei.«

»Was sollen die Leute denken?«, stöhnte Pike und warf einen Blick über die Schulter. Dann zischte sie Koskinen an: »Ihr verdammten Schweine! Ich lass mir von euch nicht das Fest verderben. Verpisst euch, und zwar schnell!«

Koskinen ließ sich nicht aus der Ruhe bringen. »Eine Frage noch, dann gehen wir.«

Pike trat ungeduldig von einem Bein auf das andere. »Dann fragen Sie schon.«

»Ich habe gehört, dass Sie im Sommer den Generalschlüssel der Wolfsstube verloren haben.«

Statt einer Antwort fauchte Pike: »Wer hat das gesagt?«

»Das tut nichts zur Sache«, erwiderte Koskinen. »Erinnern Sie sich, bei welcher Gelegenheit der Schlüssel verschwunden ist?«

»Jetzt kapier ich! Ihr glaubt, ich hätte die beiden umgebracht. Ist doch so, oder? Ich hab den Schlüssel eingesteckt und behauptet, ich hätte ihn verloren. Und dann bin ich bei Nacht in die Wolfsstube geschlichen und hab Raimond und Rauha abgemurkst. Wahnsinn!«

Pikes Ausbruch mündete in unkontrolliertem Zittern. Sie schlang die Arme um sich und umklammerte die Ellbogen, um es zu stoppen.

»Den Verdacht haben wir wirklich nicht«, begütigte Koskinen. »Uns interessiert nur, was aus dem Schlüssel geworden ist.«

»Jemand hat ihn geklaut!«

»Erzählen Sie mal genauer.«

Pike sah Koskinen und Ulla von unten herauf an, als bezweifle sie, dass die beiden ihr auch nur ein Wort glauben würden. Mit noch immer bebender Stimme sagte sie: »Es war ein ganz normaler Tag. Wahnsinniger Stress, wie immer. Man musste echt rotieren, um alles zu schaffen. Ich bin von einem Zimmer ins andere getrabt – zum Waschen, Aufräumen und Arzneiverteilen. Tagsüber lassen viele ihre Käfigtür auf, da braucht man den Schlüssel nicht. Ich hab ihn irgendwo hingelegt, und als ich ihn wieder brauchte, hab ich gemerkt, dass er nicht in der Kitteltasche war. Ich bin in alle Zimmer, in denen ich gewesen war. Kalenius und Salonen haben mir geholfen, und bald hat das ganze Haus nach dem Schlüssel gesucht. Aber er ist nicht wieder aufgetaucht.«

»Und Sie glauben, jemand hat ihn eingesteckt?«

»Garantiert. Ich muss ihn aus Versehen irgendwo abgelegt haben, wo ihn jeder schnappen konnte.«

»Es kann also nur ein Bewohner oder jemand vom Personal gewesen sein.«

»Nicht unbedingt. Die Leute kriegen ja auch Besuch. Manchmal rennen da so viele rum, dass man kaum seine Arbeit tun kann. Und die Verwandten können so was von ätzend sein! Die wissen alles besser. Aber pflegen wollen sie ihre Angehörigen nicht. Die geraten schon in Panik, wenn man sie bittet, ihrer alten Mutter die Windeln zu wechseln.«

Damit weitet sich der Kreis erheblich aus, dachte Koskinen verdrossen. Er merkte, dass ihnen immer wieder neugierige Blicke zuflogen. Die Leute tuschelten, einer zeigte sogar mit dem Finger auf sie.

Koskinen beschloss, die Befragung zu beenden. Sie hatten tatsächlich nicht das Recht und auch nicht den Wunsch, Pirkko-Liisa Rinne das Fest zu verderben. »Machen wir Schluss. Wo sind Sie morgen zu erreichen?«

»Wenn ich das wüsste«, grinste Pike. »Helis Bräutigam spielt Basketball, seine ganze Mannschaft ist hier. Kann gut sein, dass ich mir einen anlache.«

Die überdurchschnittlich großen jungen Männer unter den Gästen waren Koskinen bereits aufgefallen. Er hatte auch bemerkt, wie nüchtern Pike trotz der späten Stunde noch war. Offenbar hatte sie beschlossen, sich zurückzuhalten, um ihr Glück nicht zu verpassen.

»Ich drücke Ihnen die Daumen«, sagte Ulla lächelnd und warf noch einen wehmütigen Blick auf die Tanzenden. Koskinen musste sie am Ärmel zupfen, um sie zum Aufbruch zu mahnen.

Auf dem Rückweg saßen sie schweigend im Wagen. Über Funk wurden in regelmäßigen Abständen Streifen in verschiedene Teile der Stadt geschickt. Hier war ein Schaufenster zerbrochen, dort stritten sich zwei um eine Frau. In Pispala brannte ein Müllschuppen, und in Viinikka verprügelte ein Angetrunkener seine Frau. Immer wieder mussten Säufer in die Ausnüchterungszelle gebracht werden. Im Lauf der Nacht würde es noch viele solcher Transporte geben.

Koskinen lauschte dem leisen Gespräch der Streifenpolizisten auf der Vorderbank. Die Bedrückung, die das geplante Outsourcing verursacht hatte, entlud sich in Schadenfreude. Die beiden Polizisten witzelten darüber, dass sich demnächst die Tanten von der Fürsorge um die Mitbürger kümmern müssten, die auf Kneipenklos und Parkbänken versackt waren.

Vorläufig hatte die Polizei mehr als genug zu tun. Koskinen hatte ein schlechtes Gewissen, als er daran dachte, dass er in der hektischsten Zeit, am Samstagabend, einen Streifenwagen samt Besatzung eine Stunde lang in Beschlag genommen hatte, um einem von Basketballern träumenden Partygirl ein paar Fragen zu stellen.

Im Präsidium wollte Ulla noch Kaffee kochen. Koskinen ging in sein Zimmer. Er starrte minutenlang auf den leeren Block, der vor ihm lag, und rekapitulierte, was sie von Pirkko-Liisa Rinne erfahren hatten. Zumindest in Sachen Schlüssel hatten sie ein wenig Klarheit gewonnen. Es war gut möglich, dass der Mörder mit dem Schlüssel, den Pike verloren hatte, ins Haus und in die Zimmer der Opfer gelangt war.

Ein anderer Punkt beschäftigte Koskinen weitaus mehr. Pike hatte angedeutet, dass eine weitere Pflegerin der Wolfsstube in einer besonders engen Beziehung zu einem der männlichen Bewohner stand. Und sie hatte ziemlich deutlich zu verstehen gegeben, dass es sich um Anniina Salonen handelte. Koskinen überlegte, ob Pike damit nur ihren eigenen Ruf verbessern wollte, ob sie wegen ihrer Kündigung verbittert war, oder ob etwas ganz anderes dahintersteckte.

Er beschloss, Anniina Salonen zu fragen. In seinem Notizbuch standen die Adressen und Telefonnummern aller Mitarbeiterinnen der Wolfsstube. Salonen meldete sich auch nach dem zehnten Klingeln nicht. Seltsam – sie hatte doch gesagt, sie wolle das ganze Wochenende zu Hause verbringen. Konnte es sein, dass sie irgendwie in den Fall verwickelt war? Lea Kalenius hatte jedenfalls überraschend negativ über ihre Kollegin gesprochen.

Ulla kam mit einer Tasse Kaffee herein.

»Was meinst du, schlägt er noch mal zu?«

Koskinen legte den Hörer auf und fragte: »Wer?«

»Wer?!«, schnaubte Ulla. »Der große böse Wolf!«

»Ach ja, natürlich.« Koskinen rieb sich die Stirn. »Wenn wir nur wüssten, was Ketterä passiert ist, dann wäre die Frage leichter zu beantworten.«

Ulla pustete auf ihren Kaffee und sagte nachdenklich: »Könnte Ketterä zwei Rollstühle besitzen?«

Koskinen sah sie fragend an. »Wie kommst du darauf?«

»Weiß nicht.« Ulla zuckte die Achseln. »Fiel mir nur gerade ein.«

»Eher sollten wir darüber nachdenken, wie Ketterä aus der Sotkankatu verschwunden ist, nachdem Suokas ihn dort abgesetzt hatte.«

»Mmh«, brummte Ulla, den Mund voll Kaffee. »Da fällt mir

ein, dass ich dir noch gar nicht von dem Gespräch mit der Physiotherapeutin erzählt habe. Sie weiß nichts über Ketteräs Privatleben. Sie haben kaum miteinander geredet. Ketterä hatte nämlich bei den ersten Behandlungen versucht, sie zu begrapschen, aber sie hat ihm erklärt, sie würde ihn hochkant rauswerfen, wenn er ihr auch nur einen Klaps auf den Po geben würde. Danach haben sie nur noch über das Wetter gesprochen, und auch das nur mit zwei Sätzen: ›Es regnet‹ oder ›Die Sonne scheint‹.«

»Kaatio hat in der Nachbarschaft niemanden aufgetrieben, der gestern Abend einen Mann im Rollstuhl gesehen hat.«

Ulla blies die Wangen auf und ließ die Luft entweichen: »Puff! Er ist entschwunden wie ein Geist.«

»So sieht es aus.«

»Aber wie kann ein Gelähmter ohne Rollstuhl einfach so verschwinden?«

»Da gibt es nicht viele Möglichkeiten«, seufzte Koskinen pessimistisch. »Er liegt irgendwo ohne Matratze und ohne Decke und friert trotzdem nicht mehr.«

Ulla hatte ihre Kaffeetasse geleert. Sie stand auf, dehnte den Rücken und gähnte. »Ich bin hundemüde.«

»Geh ruhig nach Hause. Was sollen wir hier noch? Die Fahndung nach Ketterä ist in Gang, und während der Nacht koordiniert Riipinen die Suche.«

»Du solltest auch schlafen gehen.«

Koskinen fragte lauernd: »Warum?«

»Damit du morgen beim Lauf nicht schlappmachst.«

Koskinen blickte an die Decke und seufzte: »Hast du etwa auch gewettet?«

»Nein«, lächelte Ulla. »Aber ich möchte, dass du die Großmäuler von der Schupo besiegst.«

»Mal sehen, ob ich überhaupt mitlaufe.«

»Was soll das denn heißen?«

»Was macht das für einen Eindruck, wenn der Leiter des Teams, das einen dreifachen Mord aufzuklären hat, stundenlang durch den Wald trabt?«

»Ach du«, stöhnte Ulla. »Du leidest mal wieder unter dem Koskinen-Syndrom.«

»Unter was?«

»Du redest dir Schuldgefühle ein. Aber selbst du hast ein Recht auf Freizeit. Die Polizeiarbeit kann nicht dein ganzes Leben ausfüllen.«

Koskinen gestand sich ein, dass Ulla recht hatte. Er allein konnte nicht die ganze Welt beschützen. Das hatten die letzten Tage deutlich bewiesen.

Er stand auf und dachte laut: »Ein kaltes Bier wäre jetzt das Richtige.«

Ulla fasste ihn am Arm. »Das würde mir auch schmecken!«

»Dann gehen wir doch!«

»Du weißt, dass ich nichts trinken darf.«

»Ach ja, richtig«, murmelte Koskinen verlegen.

Ulla schaute ihn mit unstetem Blick an. »Toll wäre es schon. Und meine Schwiegermutter hütet ja heute und morgen die Kinder.«

Koskinen sah Ulla an, wie heftig sie mit sich kämpfte. Aber er wollte sie auf keinen Fall in Versuchung führen. Vor einigen Jahren hätte ihre Alkoholkrankheit beinahe ihre Laufbahn bei der Polizei beendet, und auch Koskinen hatte sich damals schwer ins Zeug gelegt, um ihr aus der Sucht herauszuhelfen.

»Gehen wir lieber nach Hause.«

»Ist wohl besser. Ich weiß ja, was passiert, wenn ich auch nur einen Tropfen trinke. Dann hänge ich wieder drin.« Ulla nahm ihre Kaffeetasse und ging niedergeschlagen zur Tür.

»Warte mal«, rief Koskinen ihr nach. »Darf ich dich was fragen?«

Ulla drehte sich um und spitzte die Lippen. »Was denn?«

»Wegen Mittwoch.« Koskinen kratzte sich verlegen im Nacken. »Ich zerbreche mir den Kopf über deinen Arztbesuch.«

»Ich hab gelogen«, antwortete Ulla hastig. »Ich war nicht beim Arzt.«

»Wo denn dann?«

»In Hämeenlinna, ein Haus besichtigen.«

Sie trat auf Koskinen zu und sagte leise: »Im städtischen Orchester in Hämeenlinna wird demnächst die Stelle des stellvertretenden Stimmführers der Schlaginstrumente frei, und Lundelin hat die Chance auf einen festen Job. Stell dir vor, wie schön es wäre, wenn dieser Tourneezirkus ein Ende hätte und wir ein normales Familienleben führen könnten.«

Ulla schwieg eine Weile und flüsterte dann: »Verzeihst du mir?«

»Was denn?«

»Dass ich euch beschwindelt habe. Alles ist noch so unsicher, deshalb wollte ich nicht einmal mit dir darüber reden.«

»Das verstehe ich«, beteuerte Koskinen. »Aber dann hast du ja einen langen Weg zur Arbeit. Mindestens eine Stunde.«

»Ich versuche eine Stelle in Hämeenlinna zu bekommen.«

Koskinen öffnete den Mund, brachte aber kein Wort heraus. Sein Gaumen war plötzlich trocken. Er schob den Stuhl unter den Tisch, zog ihn wieder hervor, stieß ihn gegen die Wand und erneut unter den Tisch. Schließlich kamen die Worte mit rauer Stimme, es klang, als würde eine alte Tapete von der Wand abgerissen. »Das kannst du nicht machen. Wir … Ich komme doch ohne dich nicht klar.«

»Mir fällt es ja auch schwer.«

Ulla legte die Arme um Koskinens Hals und pochte ihm mit der Kaffeetasse an den Kopf. Koskinen erwiderte die Umarmung und spürte Ullas weichen Körper an seinem, den Schwung ihres Rückens unter seinen Händen und roch den Apfelduft ihrer Haare. Er legte die Wange an ihren warmen Hals.

Ulla machte sich behutsam von ihm los.

»Morgen müssen wir wieder arbeiten«, keuchte sie.

Koskinen ließ die Arme hängen und wusste nichts zu sagen. Sie sahen sich an. Ullas Wangen glühten, ihre Haare waren verwuschelt.

»Ich …«

»Sag es nicht.« Ulla legte einen Finger vor den Mund. »Morgen tun wir so, als wäre nichts gewesen.«

Koskinen blieb allein zurück. Er starrte minutenlang auf die geschlossene Tür und versuchte seine verworrenen Gefühle halbwegs in den Griff zu bekommen. Es war ihm unmöglich, jetzt noch zu arbeiten. Und mitten in der Nacht hätte er ohnehin nicht mehr viel tun können.

Aber es war sinnlos, ins Leere zu starren. Er zog die Fahrradkluft an. Gegen Mitternacht würde er in Hervanta sein. Dann blieben ihm sieben Stunden Schlaf, bevor er zum Start nach Valkeakoski fuhr. Das würde reichen.

Er holte sein Fahrrad vom Hof, fuhr die Sorinkatu hinunter und sah Ulla am unteren Ende des Abhangs. Als er sie erreicht hatte, fuhr er im Schritttempo neben ihr her und überlegte, was er sagen sollte.

Ulla kam ihm zuvor: »Hast du dir immer noch keinen Helm zugelegt? Was glaubst du, wer du bist? Ein besonders harter Bursche? Heutzutage ziehen sogar die Halbstarken bei Frost eine Mütze an.«

Koskinen hörte zu und dachte bei sich, dass es seit seiner Scheidung auffällig viele für ihre Pflicht hielten, Raijas bevormundende Rolle zu übernehmen. Und er wusste nicht, ob er sich darüber freuen sollte oder nicht.

»Ich verspreche dir, einen Helm zu kaufen«, sagte er und setzte in Gedanken hinzu: spätestens nächstes Jahr.

Ulla grinste ihn liebevoll an. »Du einsamer Reiter in der Nacht.«

Damit bog sie in die Jokikatu ein. Zu Fuß war sie von dort in einer Viertelstunde zu Hause. Sie winkten sich noch einmal zu, dann fuhr Koskinen nach links, Richtung Hervanta.

Er war ganz allein auf dem dunklen Fahrradweg. Die Strecke erschien ihm länger als sonst, und er warf von Zeit zu Zeit einen Blick auf die Gangschaltung. Bei jedem Hügel kam es ihm vor, als hätte er den falschen Gang eingelegt.

26

Der Sonntag war heiter und windstill. Die Morgensonne stand eine Handbreit über den Baumwipfeln. Ihre schrägen Strahlen beleuchteten das herbstliche Farbspektrum: den braun gefleckten Wald und die endlose Kette grellbunter Sportanzüge.

Die Jogger störten den Frieden der Natur nicht. Der Sand des Waldweges knirschte im monotonen Rhythmus der Laufschuhe, und die Vögel, die sich zum Flug in den Süden versammelten, zwitscherten den Takt dazu. Der Start lag schon mehr als eine Stunde zurück, und Koskinen war schneller gelaufen als geplant.

Er wollte in Sichtweite von Kangas und Havakainen bleiben, obwohl ihm ihr Tempo eine Spur zu schnell erschien. Die Taktik der beiden war ihm bereits in Valkeakoski klar geworden. Sie versuchten, ihren Konkurrenten auf den ersten zwei Kilometern nach dem Start, einem Straßenabschnitt, abzuhängen und ihm von Anfang an den Zahn zu ziehen. Koskinen hatte jedoch mitgehalten. Er hatte sich an den Gedanken geklammert, dass das Tempo auch seine Gegner weichkochen würde.

Die Strecke führte immer wieder über kurvenreiche und hüglige Waldpfade. Koskinen suchte nach dem richtigen Schrittrhythmus. Kurze, schnelle Schritte kosteten weniger Kraft als lange Sprünge von Stein zu Stein, die für die Oberschenkel das reinste Gift waren. Er steuerte den Takt über den Atem: langsam einatmen, zweimal kurz ausatmen, die Luft zirkulierte gleichmäßig durch die Lunge.

Nach den ersten hektischen Kilometern lief er immer lockerer. Als die Muskeln sich erwärmten und der Schweiß zu strömen begann, verwandelte sich die Plackerei in einen angenehmen Endorphinrausch. Dennoch wurde Koskinen sein

Schuldgefühl nicht völlig los. Noch beim Klingeln des Weckers hatte er sich überlegt, ob er den Lauf ausfallen lassen sollte. Er hatte bei der Arbeit angerufen und sich erkundigt, ob es etwas Neues gab. Doch die Suche nach Hannu Ketterä war während der Nacht fruchtlos geblieben. Riipinen hatte versprochen, mindestens bis mittags im Dienst zu bleiben, und auch Pekki würde bald zur Arbeit kommen. Daraufhin hatte sich Koskinen entschlossen, doch an den Start zu gehen.

Rantanen hatte zugesagt, ihn nach Valkeakoski zu bringen, und sein Saab hatte Koskinen um Viertel nach acht an der Endhaltestelle der Linie 23 erwartet. Er hatte den Beifahrersitz bekommen – Kangas und Havakainen saßen hinten. Die beiden begannen sofort mit der psychologischen Kriegsführung. Sie prahlten mit ihrer Superkondition und kündigten völlig utopische Tempointervalle an. Dann klopften sie Koskinen auf die Schulter und meinten, sie würden am Ziel auf ihn warten. Bis er dort ankäme, hätten sie sich schon in der Sauna erfrischt.

Die Laufstrecke überquerte die Landstraße von Lempäälä nach Kangasala, auf der vor einigen Jahren noch die Beschleunigungsetappe der Rallye Finnland gefahren worden war. Von dort war es nur noch ein Kilometer zum Versorgungspunkt in Taivalpirtti. Koskinen verlängerte seine Schritte. Er hatte schon zwanzig Kilometer hinter sich, und der plötzliche Ruck rächte sich in Gestalt eines stechenden Schmerzes im Oberschenkel. Dennoch lohnte sich die Qual. Er erreichte die Trinkstation zur selben Zeit wie Kangas und Havakainen.

Die beiden konnten ihre Verblüffung nicht völlig verbergen, bemühten sich aber mannhaft, ein arrogantes Grinsen aufzusetzen.

»Du bist also auch noch dabei?«, fragte Kangas scheinbar verwundert, und Havakainen hob belehrend den Zeigefinger: »Jetzt geht es erst richtig zur Sache.«

Das wusste Koskinen auch so. Die letzten dreizehn Kilometer sogen einem alle Kraft aus dem Leib, sofern man überhaupt noch welche hatte. Kangas und Havakainen schnappten sich einen Becher Energiegetränk vom Tisch und liefen weiter. Koskinen leerte zwei Becher, trank anschließend noch eine Portion Blaubeersaft und stopfte sich ein paar Scheiben Salzgurken in den Mund. Er wusste, wie wichtig es war, in dieser Phase aufzutanken. Bis zum nächsten Versorgungspunkt waren es sechs Kilometer – eine qualvoll lange Etappe, wenn man durch Dehydrierung Muskelkrämpfe bekam.

Schon nach einem halben Kilometer hatte Koskinen Kangas und Havakainen wieder eingeholt. Er hängte sich an ihre Fersen und passte sich ihrem Rhythmus an. Er wunderte sich selbst, wie leicht ihm das Laufen fiel, er hatte das Gefühl, die beiden mühelos überholen und die Führung übernehmen zu können.

Bald darauf erkannte er die Taktik. Die Männer spielten Katz und Maus mit ihm. Sie hatten ihn absichtlich aufschließen lassen, zogen das Tempo aber auf dem Landstraßenabschnitt hinter Koivuviita sofort wieder an. Der Abstand stieg im Nu auf dreißig Meter und vergrößerte sich noch, als sich Kangas und Havakainen an der Spitze abwechselten und das Tempo forcierten.

Koskinen versuchte einen Kilometer weit mitzuhalten. Er biss die Zähne zusammen und setzte Arme und Schultern ein. Doch schließlich musste er kapitulieren. Die Lunge drohte ihm zu platzen. Er drosselte das Tempo, damit seine Atmung wieder gleichmäßig wurde. Wegen einer albernen Wette wollte er sein Leben nicht aufs Spiel setzen. Es würde ihn nicht ruinieren, seine Gegner einen Abend lang freizuhalten. Auch der Gesichtsverlust würde ihn sicher nicht lange schmerzen. Er hatte ja von Anfang an als unterlegen gegolten.

Das langsamere Tempo verringerte die Belastung der Lunge sofort, und der gleichmäßige Abschnitt auf der Landstraße lief sich ohnehin leicht. Der Joggingrausch nahm wieder zu. Die Beine arbeiteten mechanisch, und es kam so wie immer: Die körpereigene, vom Gehirn produzierte Droge Endorphin strömte durch die Adern, und bald hatte Koskinen das Gefühl, sich von seinem Körper zu lösen.

Seine Gedanken liefen auf Hochtouren, und aus dem Unterbewusstsein stiegen in willkürlicher Reihenfolge Blasen auf: Ullas überraschende Umzugspläne, Anttis neuer Spleen und Riitta Makkonens Lächeln, das so schnell verflogen war wie eine Sternschnuppe. Von dort sprangen die Fantasiebilder zu beruflichen Fragen und Dingen, die bei den Ermittlungen zum Vorschein gekommen waren: die Jugendfreundschaft zwischen Taavitsainen und Ketterä, der Fund beider Rollstühle im selben Dickicht in Hervanta, Harjus' selbstzerstörerische Furcht und schließlich Lea Kalenius' seltsame Worte vom Honigkuchenpferd.

Koskinen sah die Ereignisse der vergangenen Woche wie in einem zitternden und schwankenden Film. Zwischendurch wurde das Bild undeutlich, als hätte man entscheidende Szenen herausgeschnitten. Dann klärte es sich wieder, hielt bei einem einzelnen Moment an und ging zu einem anderen über. Zum Schluss sprangen Koskinens Gedanken zwischen zwei Momentaufnahmen hin und her: Rauha Salmensuu saß in ihrem Rollstuhl und wiederholte unverständliche Worte – Pirkko-Liisa Rinne im schwarzen Festkleid sprach von einer Pflegerin, die begriff, und von der Kunst des Zuhörens. Zwischen diesen beiden Bildern entstand allmählich eine Verbindung, und bald sah Koskinen sie so deutlich wie die schnurgerade Landstraße, die vor ihm lag.

Die Erkenntnis trieb seinen Puls in die Höhe, und er forcierte unwillkürlich das Tempo. Schon nach kurzer Zeit begannen seine Beine zu schmerzen. Er war bereits bei der Kurve in

Matinlahti, an der Grenze zwischen Lempäälä und Tampere. Von hier an war die Straße asphaltiert, was das Laufen nicht leichter machte. Der harte Straßenbelag schlug gegen die Fußsohlen, und der Schmerz strahlte bis in die Waden. Dennoch verlangsamte Koskinen das Tempo nicht, er krümmte sich nur und keuchte: *lange einatmen – zweimal kurz ausatmen, huuh-hu-hu, huuh-hu-hu.*

Ein gelöster Knoten allein genügte nicht, um das ganze Knäuel zu entwirren. Neue Fragen verlangten nach Antwort. Seit Freitag war Koskinen von irgendetwas geplagt worden, das er nicht zu fassen bekam. Jemand hatte beiläufig etwas scheinbar Nebensächliches gesagt. Es musste aber wichtig sein, sonst hätte es sich nicht wie eine Klette ans Unterbewusstsein geheftet.

Nach dem steilen Anstieg ging es bergab. Koskinen lief leicht und federte die Schritte mit den Knien ab. Dann führte die Strecke wieder auf einen Waldweg. Irgendwo plätscherte Wasser, und die Gedanken strömten schneller. Auf den nächsten hundert Metern wurde das Bild schärfer: Lea Kalenius hatte von Hannu Ketteräs musikalischem Hobby erzählt und ganz nebenbei erwähnt, dass ihm der Lions Club in Nokia ein Klavier geschenkt, und dass Anniina Salonen dieses im Juli mit ihrem Wagen zur Wolfsstube gebracht hatte.

Der Pfad gab unter den Füßen leicht nach, das Tempo stieg erneut, und Koskinen spürte, dass er der Lösung nahe war. Es fehlte nur noch ein einheitlicher und sinnvoller Plot, der die einzelnen Situationen und Ereignisse verband.

Als Koskinen den Versorgungspunkt in Vormisto erreichte, erhaschte er gerade noch einen Blick auf Kangas und Havakainen. Die beiden hatten bereits getrunken, liefen weiter und verschwanden in der Unterführung unter der alten Straße nach Hervanta. Koskinen fühlte sich versucht, ihnen nachzusetzen.

Er beherrschte sich jedoch: Nichts zu trinken hätte sich spätestens bei den langen Steigungen in Suolijärvi gerächt.

Der Versorgungspunkt wurde von Freiwilligen des Sportvereins Tampereen Taivaltajat betreut. Koskinen schnappte sich einen Pappbecher, kippte den Saft in sich hinein und ächzte: »Kann man hier telefonieren?«

Die Frau im rot-weißen Anorak, die er gefragt hatte, lächelte ihn spitzbübisch an. »Brauchen Sie ein Taxi?«

»Ich bin Polizist«, erklärte Koskinen ungeduldig. »Es geht um eine dienstliche Sache.«

»Ach so.« Die Frau wurde ernst. »Eine Telefonzelle gibt es hier nicht, aber ich leihe Ihnen mein Handy.«

Sie holte das Telefon aus der Anoraktasche und hielt es Koskinen hin. Er trat ein paar Schritte beiseite und ließ sich von der Notrufzentrale mit Pekki verbinden.

»Ruf alle zusammen«, sagte er, ohne sich mit Erklärungen aufzuhalten. »Ich bin in einer Stunde da.«

Er hörte ein Ächzen.

»Warum?«

»Sag ich dann. Ich hab's eilig.«

»Von wo rufst du an?«

»Von irgendwo draußen«, antwortete Koskinen wie ein Frontkämpfer. »Ich bin beim Joggen.«

»Hat dir der Schweiß etwa das Gehirn erweicht?«, fragte Pekki heiser. »Die Gefahr besteht nämlich beim Sport. Deshalb werde ich nie …«

Koskinen fiel ihm barsch ins Wort. »Tu, was ich gesagt habe! Das ganze Team aufs Präsidium – sofort. Und schick mir einen Wagen zum Kurszentrum Nirva.«

»Warum?«

»Da ist das Ziel.«

»Warum trabst du nicht gleich bis hierher?«

Koskinen holte wütend Luft, und das reichte, um Pekki zu überzeugen.

»Okay, okay. Ich schicke einen Wagen zum Ziel. Hast du es noch weit?«

»Sechs Kilometer.«

»Dann viel Spaß.«

Koskinen unterbrach die Verbindung und gab das Handy zurück. »Was bin ich schuldig?«, fragte er und begriff im selben Moment, dass er keinen Heller in der Tasche hatte.

»Schon gut«, winkte die Frau ab. »Sie haben sicher nicht nach China telefoniert.«

Die Laufstrecke verlief durch einen angenehm duftenden Sumpf und stieg dann auf trockenem Waldboden leicht an. Die letzte Etappe kannte Koskinen wie seine Westentasche. Sie führte über den Joggingweg am Suolijärvisee und enthielt mehrere an den Kräften zehrende Steigungen. Koskinen wusste, dass er genug Energie in den Beinen hatte, wenn nur die Lunge mitspielte. Oft genug hatten ihn Seitenstiche gebremst.

Er verbot sich, die Kilometer zu zählen, und konzentrierte sich ganz auf die Atmung – langsam ein, zweimal schnell aus –, das löste die Gedanken vom Laufen. Sie kehrten zur Wolfsstube zurück. Er rekapitulierte die neuen Aspekte, die sich während des Laufs herausgebildet hatten. Und mit jedem Schritt wuchs seine Sicherheit. Dennoch blieben viele offene Fragen. Er versuchte nicht, sie mit Gewalt zu lösen, sondern ließ das Unterbewusstsein in Ruhe arbeiten. Der Lauf ging weiter, der Puls stieg und sank, und wieder fielen einige Puzzlesteinchen auf ihren Platz. Sogar für die Gasflasche fand sich plötzlich eine Erklärung.

Die Strecke führte vom See weg, am letzten Versorgungspunkt vorbei und von dort auf den letzten, drei Kilometer langen Abschnitt, hinter dem endlich das Ziel winkte. Die Kette der Läufer wurde dünner. Nur wenige liefen noch in Gruppen, und immer häufiger überholte Koskinen einen langsameren Teilnehmer. Viele gingen eher, als dass sie liefen.

Plötzlich sah er einen Trainingsanzug, der ihm bekannt vorkam. Kangas humpelte mühsam vorwärts und rieb sich dabei den linken Oberschenkel. Koskinen holte ihn ein und drückte die Brust heraus, als wäre er gerade erst gestartet.

»Was ist los?«

Kangas sah ihn mit schmerzverzerrtem Gesicht an. »Krampf im Oberschenkel.«

»Du hättest sorgfältiger auftanken sollen«, kommentierte Koskinen und rannte weiter. Es war, als hätte er irgendwo einen neuen Energiespeicher entdeckt. Er lief weich und fließend und hatte nun sogar Kraft genug, seine Umgebung wahrzunehmen.

Im Weidengehölz unter der Stromleitung am Wegrand herrschte Gedränge. Die Startnummern, die zwischen den Bäumen hindurchschimmerten, waren auffallend niedrig. Bei langen Läufen bekamen immer einige Helden Probleme mit dem Magen, der die starken Sportgetränke nicht verdauen konnte. Die Folge war, dass sich der Darm entleerte wie eine Feuerspritze.

Am Ende einer langen Anhöhe sah Koskinen einen langen Lulatsch mit gekrümmten Schultern, den er an den Haaren erkannte. Es war Havakainen. Er lief mit ungleichmäßigen, zuckenden Schritten, und die herabhängenden Arme verrieten, dass seine Kräfte weitgehend erschöpft waren. Bis zum Ziel waren es nur noch zwei Kilometer. Koskinen rechnete sich aus, dass er Havakainen trotzdem einholen konnte, wenn er gleichmäßig das Tempo steigerte. Das war allerdings leichter gedacht als getan. Die Distanz verringerte sich nur um einige Meter, obwohl er sich verbissen weiterkämpfte.

Andere hatten es verstanden, ihre Kräfte besser einzuteilen. Eine junge Frau um die zwanzig mit fliegenden Zöpfen und einem sportlichen Stirnband überholte Koskinen leichtfüßig.

Er erkannte seine Chance, heftete sich an die Frau und passte seinen Laufrhythmus ihren Schritten an. Einfach war es allerdings nicht. Während die Frau in aufrechter Haltung den Hügel hochlief, musste sich Koskinen gekrümmt vorankämpfen. Seine Beine arbeiteten nur noch, weil er sie zwang, und seine Lunge schrie nach Luft. Er starrte auf das schwarze Trikot vor sich, auf die Oberschenkel, die es umhüllte, und auf den rhythmisch schaukelnden Hintern. Seine einzige Kraftquelle.

Er erreichte die letzte Gerade vor dem Kurszentrum Nirva und dem Ziel des Pirkka-Laufs. Havakainen sah Koskinen erst, als dieser zu ihm aufschloss und an ihm vorbeizog. Vor Verblüffung versäumte er es, sofort die Verfolgung aufzunehmen, und bald war die Entfernung zu groß, um den Gegner noch einzuholen.

Auf den letzten Metern versuchte Koskinen, auch noch die junge Frau zu überholen. Sie bemerkte es und legte fröhlich einen leichtfüßigen Endspurt hin. Koskinen torkelte mit wackligen Knien über die Ziellinie, dann wurde ihm schwarz vor Augen. Er lehnte sich an eine Barriere und wartete darauf, dass sich sein Puls beruhigte, der bei zweihundert liegen musste. Plötzlich spürte er, dass ihm jemand auf den Rücken klopfte, und hörte durch sein Keuchen hindurch Havakainens anerkennendes Schnaufen: »Du bist wirklich ein Teufelskerl.«

Als sich die Läufer anstellten, um ihre Medaille in Empfang zu nehmen, konnte nicht einmal der aufkommende Wind den Gestank nach Schweiß und ranzigem Liniment vertreiben, der wie eine unsichtbare Wolke über ihnen schwebte. Jeder bekam zu der Medaille noch eine Flasche Energiegetränk. Koskinen leerte seine in langen, gierigen Zügen und beobachtete gleichzeitig, wie auch Kangas ins Ziel humpelte.

Kangas nahm seine Startnummer ab und kam mit ausgestreckter Hand auf seinen Konkurrenten zu.

»Jetzt gehen wir in die Sauna und dann zum Bier. Du darfst auf unsere Kosten saufen bis zum Abwinken. Das hast du dir redlich verdient.«

Koskinen ließ sich von Kangas die Hand schütteln. Da sah er, wie ein Streifenwagen beim Kurszentrum vorfuhr.

»Geht schon mal vor. Ich muss noch kurz aufs Präsidium, etwas erledigen.«

Der getrocknete Schweiß hatte ein weißes Salzband auf Havakainens dichten Augenbrauen hinterlassen, und seine Haare standen hoch wie gestärkt. »Noch aufs Präsidium?« Er kratzte sich am Ohrläppchen. »Bist du etwa ein Workaholic?«

»Natürlich nicht, Gott behüte«, antwortete Koskinen und zwängte sich mit steifen Gliedern auf die Rückbank des Saab.

Vorne saßen zwei altgediente Schupomänner, Kortesniemi und Kapanen. Es war allgemein bekannt, dass die beiden mit Vorliebe am Wochenende arbeiteten, um ihre Rentenansprüche zu erhöhen.

»Herzlichen Glückwunsch, Sakari!«

Kapanen, der am Steuer saß, sah Koskinen im Rückspiegel an und fügte hinzu: »Du hast unsere Burschen also tatsächlich geschlagen.«

»Woher weißt du das denn schon?«

»Niininen von der Einsatzzentrale hat es gerade über Funk an alle durchgegeben.«

Koskinen musste lachen. Er lehnte sich entspannt zurück und legte die Arme auf die Lehne. Er fühlte sich merkwürdig leicht. Als wäre er gar nicht gelaufen.

27

Koskinen hatte sich in Gedanken alles zurechtgelegt. Er ging als Erstes zur Toilette und wusch sich das Gesicht mit kaltem Wasser. Dann führte er in seinem Dienstzimmer drei Telefongespräche. Zuerst rief er beim Kfz-Zulassungsregister an, dann in Nokia und schließlich in Jyväskylä. Gleichzeitig zeichnete er eine Karte auf seinen Block. Das Karopapier füllte sich mit verschlungenen Linien, Kreisen und hierhin und dorthin zeigenden Pfeilen. Selbst ein Meister im Orientierungslauf wäre nicht schlau daraus geworden.

Die Gedanken und Theorien, die während des Laufs entstanden waren, fanden ihre Bestätigung. Nur eine Frage blieb offen, und keine der Markierungen auf dem Block lieferte eine Antwort. Koskinen schrieb »WARUM« über seine Kritzeleien und starrte mit gefurchter Stirn auf das Wort.

Erst als das Telefon klingelte, schrak er auf.

»Pekki hier. Ich wollte bloß mal fragen, ob sie dich zum Dopingtest dabehalten haben. Es ist schon zehn nach.«

»Ich bin gleich bei euch.«

Koskinen riss das Papier ab, steckte es in die Tasche zu der Medaille und der Dose mit dem Flickzeug für sein Fahrrad und ging eine Etage nach unten. Auf der Treppe machte sich die Anstrengung des Laufs bemerkbar. Seine Beine waren steif wie Birkenscheite, und bei jeder Stufe spürte er einen schmerzhaften Stich im Kniegelenk.

Er betrat das Konferenzzimmer und rief schon an der Tür: »Hier herrscht ja ein Andrang wie beim Jagdfest in Hyrynsalmi.«

Pekki hatte das ganze Team zusammengetrommelt. Außer ihm saßen Ulla, Kaatio und Luttinen am Tisch. Sogar Riipinen war noch geblieben, um zu hören, was Koskinen zu sagen hatte.

Pekki und Kaatio stellten eine saure Miene zur Schau.

»Verdammt noch mal, musste das wirklich sein?«

Koskinen fragte sich, was Pekki meinte. Es kam immer wieder vor, dass die Ermittler am Sonntag zur Arbeit gerufen wurden, manchmal sogar aus dem Weihnachtsschmaus heraus, und oft aus viel geringfügigerem Anlass als jetzt.

Der Grund für die Gereiztheit klärte sich jedoch rasch.

»Du hast gewonnen«, jammerte Pekki.

Kaatio blickte grimmig auf seine Fingernägel. »Pekki und ich sind jeweils um zwei Hunderter ärmer.«

Riipinen sog an seinem Inhalator und hustete: »Ich hab auch einen Hunderter verloren.«

»Man kann sich auf nichts mehr verlassen.«

Ulla konnte ihr Lachen nicht unterdrücken. »Wer hat euch denn gezwungen zu wetten? Außerdem ist das illegal. Irgendwer hätte eine polizeiliche Erlaubnis beantragen müssen. Euch ist ganz recht geschehen.«

Pekki und Kaatio funkelten Ulla böse an. Luttinen dagegen saß aufrecht auf seinem Stuhl und hatte die Hände auf den Tisch gelegt wie beim Fingernagelappell. Sein Scheitel war schnurgerade gezogen. Die raspelkurz geschnittenen Haare an den Seiten ließen seine Ohren noch abstehender wirken.

»Es steht im Lotteriegesetz.«

Alle Köpfe drehten sich zu Luttinen.

»Was?«

»Wer unerlaubt und ohne behördliche Genehmigung eine Wette veranstaltet, kann mit einer Geldstrafe oder bis zu sechs Monaten Haft bestraft werden.«

Koskinen sah Luttinen frustriert an. Der Mann war nicht ganz unschuldig an den Sticheleien gegen ihn. Manchmal schien er sie direkt zu provozieren.

Pekki und Kaatio, die ihr Geld verloren hatten, kochten vor

Wut – es fehlte nicht viel, und sie würden Luttinen hinauswerfen.

Koskinen beschloss, ihn noch einmal zu retten. »Ein guter Witz«, sagte er und lachte gekünstelt. »Anttis Humor ist schön schräg.«

»Ziemlich seltsam ist er«, brummte Pekki. »Um nicht zu sagen: infantil.«

Koskinen schlug am Flipchart ein leeres Blatt auf, obwohl er ursprünglich nicht vorgehabt hatte, etwas zu schreiben.

»Ihr wundert euch sicher, weshalb ihr hier seid.«

»Durchaus nicht«, höhnte Kaatio. »Was könnte es Schöneres geben, als mitten an einem langweiligen freien Tag das schicke Outfit des Kommissars zu bewundern.«

Koskinen schaute an sich herunter. Er steckte immer noch in seiner Joggingkluft. Nicht nur die Schuhe waren schlammverkrustet, auch die Hosenbeine waren fast bis zum Knie mit getrocknetem Modder gesprenkelt. Es war zwar ein warmer, trockener Tag, doch die Laufstrecke hatte teils durch feuchte Gebiete geführt.

Er beschloss, nicht weiter auf die kleine Stichelei einzugehen, drehte sich um und schrieb »Kein Tanz« an das Flipchart. Dann zeigte er auf Kaatio.

»Diese Worte hast du in der Wolfsstube gehört.«

»Ja«, sagte Kaatio unsicher. »So klang Rauha Salmensuus Gebrabbel jedenfalls.«

Koskinen schrieb darunter: »Kein Transit«. Er drehte sich um und hoffte, einen Funken der Erkenntnis in den Augen seiner Mitarbeiter zu sehen. Ulla war jedoch die Einzige, die nickte. Aber für sie war dieser Punkt ja auch nicht mehr neu.

Pekki und Kaatio dagegen schüttelten synchron den Kopf, wie zwei Marionetten, die an denselben Strippen hingen.

»Willst du etwa sagen, sie hätte Suokas' Auto gemeint?«

»Genau das.«

»Salmensuu war Tetraplegikerin. Sie kam nicht ohne Hilfe aus dem Bett. Wie könnte sie also gesehen haben, dass der Wagen kein Transit war?«

»Gesehen vielleicht nicht – aber gehört.«

»Wie soll eine siebzigjährige Frau Autotypen allein am Geräusch unterscheiden?«

Koskinen merkte, dass er in die Defensive geraten war. Er erklärte mit übermäßiger Hast: »In Rauha Salmensuus Leben tat sich nicht viel. Die Taxifahrten waren das Einzige, das Abwechslung in ihren Alltag brachte. Da registriert man sicherlich Typen und Modelle, bis hin zum Motorengeräusch.«

Er merkte, dass sich die ungläubigen Mienen nicht erhellten. Das stürzte ihn endgültig in Verwirrung. Seine lückenlose Theorie war wohl doch nur eine Illusion, die ihm der Joggingrausch vorgegaukelt hatte. Und jetzt beschlich ihn lähmende Unsicherheit. Es war, als hätte er einen Kater. Er hatte das Team im Rausch zusammengetrommelt, mitten am Sonntag – und wegen nichts und wieder nichts.

Doch nun konnte er nicht mehr zurück.

»Lea Kalenius hat mir einmal erklärt, dass das Gehör von Menschen, die sich nicht bewegen können, bestimmte Geräusche außergewöhnlich genau registriert. Rauha Salmensuu war ein Musterbeispiel. Sie hatte im Lauf der Jahre gelernt, die Invataxis, die die Wolfsstube bedienten, am Klang zu unterscheiden. Und der Wagen, der am häufigsten dort vorfuhr, war natürlich der Transit von Ilmari Suokas.«

Plötzlich merkte Koskinen, dass er in flehentlichem Ton sprach – *glaubt mir doch, seid so lieb* –, und dass Pekki und Kaatio bedeutsame Blicke tauschten. Das brachte sein Blut in Wallung. Er hätte beinahe gebrüllt: *Dann haut doch ab, ihr Schafsköpfe, wenn ihr etwas derart Sonnenklares nicht begreift.*

Da kam ihm plötzlich Ulla zu Hilfe. »Rauha hatte Motorengeräusche gehört. Sie erkannte den Wagen nicht, aber eins stand für sie fest: Es war auf keinen Fall Suokas' Transit.«

Koskinen sah Ulla dankbar an und griff den Faden auf.

»Genau das hat Salmensuu am Mittwoch mir und später auch Kaatio zu erklären versucht. Aber wir haben ihre Worte falsch verstanden.«

»Und wie ist dir plötzlich diese neue Interpretation in den Sinn gekommen?«

»Die ist nicht in meinem Kopf entstanden«, sagte Koskinen und lächelte Ulla zu. »Ulla und ich haben gestern Abend mit der Pflegerin gesprochen, der im Sommer in der Wolfsstube gekündigt wurde. Pirkko-Liisa Rinne hat uns einen wertvollen Hinweis gegeben. Sie sagte, das Wort ›Tanz‹ könne etwas ganz anderes bedeuten, und daraus hat Ulla dann sehr klug ›Transit‹ abgeleitet.«

Ullas Schultern bebten plötzlich, als friere sie.

»Wenn das stimmt, ist Salmensuu ihr gutes Gehör zum Verhängnis geworden.«

Pekki flüsterte in höhnisch düsterem Ton: »Die Alte, die zu viel wusste.«

»Und der andere Bewohner der Wolfsstube hat Stuss geredet?«, fragte Kaatio skeptisch. »Der hat doch behauptet, er hätte Suokas' Auto gesehen.«

Koskinen machte sich die Frage zunutze. »Taisto Toivakkas Beobachtung sagt uns, dass das Auto zumindest teilweise Ähnlichkeit mit einem Transit hat. Es handelt sich also um ein größeres Fahrzeug, vermutlich um einen Lieferwagen.«

»Da sind wir ja schon weit gediehen«, lachte Kaatio spöttisch. »Der Kreis der Verdächtigen ist enorm eingeschränkt: alle, die einen Lieferwagen besitzen oder fahren.«

»So schlimm ist es nicht«, beschwichtigte Koskinen. »Wenn

wir Suokas wegnehmen, müssen wir nur herausfinden, wessen Wagen es war.«

»Wessen Wagen!«, schnaubte Kaatio. »Darüber können wir uns den Rest des Tages den Kopf zerbrechen.«

»Nicht nötig.« Koskinen schüttelte theatralisch den Kopf. »Ich habe die Antwort schon gefunden.«

Er genoss die Reaktion seines Publikums. Sogar Luttinen vergaß seine militärische Haltung, fuhr sich verwundert durch die Haare und brachte seinen akkuraten Scheitel durcheinander.

Ulla flüsterte gespannt: »Sag schon!«

»Der Wagen gehörte Anniina Salonen. Der großen Pflegerin aus der Wolfsstube.«

»Da bist du auf dem Holzweg!«, jubelte Kaatio. »Salonen hat einen kleinen roten Fiat. Den verwechselt selbst ein Blinder nicht mit einem Lieferwagen, nicht mal anhand der Rückleuchten. Und schon gar nicht am Geräusch.«

Koskinen lächelte Kaatio so kameradschaftlich an, wie er nur konnte. »Hör doch erst mal zu! Hat irgendwer von euch mitgekriegt, dass Ketterä musiziert?«

»Es war die Rede davon, dass er auf dem Klavier geklimpert hat«, sagte Pekki und verzog abschätzig den Mund. »Was, zum Teufel, spielt das für eine Rolle?«

»Das Geklimper ist wichtig.« Koskinen ließ die Finger über imaginäre Tasten wandern. »Lea Kalenius hat mir erzählt, dass der Lions Club in Nokia das musikalische Hobby des ehemaligen Mitbürgers der Stadt fördern wollte und ihm ein Klavier schenkte. Lea hat außerdem beiläufig erwähnt, dass Anniina Salonen das Instrument im Juli in die Wolfsstube gebracht hat.«

Da die anderen immer noch nicht erkannten, worauf Koskinen hinauswollte, fuhr er fort: »Ich habe es auch nicht sofort kapiert. Die Sache ist mir zwei Tage im Kopf herumgespukt, aber ich bin erst heute darauf gekommen. Um ein Klavier zu transportieren, braucht man ein großes Auto.«

»In einen kleinen Fiat passt es jedenfalls nicht«, sagte Ulla und riss auch Luttinen mit.

»Das heißt, Anniina Salonen hat zwei Wagen.«

Koskinen belohnte ihn mit eifrigem Nicken.

»Genau! Ich habe es gerade bei der Kfz-Stelle überprüft. Salonen fährt außer dem Fiat auch einen Toyota Hiace, Baujahr '91. Als Besitzer ist ein gewisser ›Uolevi Salonen‹ eingetragen. Da Anniina nicht verheiratet ist, nehme ich an, dass dieser Uolevi ihr Vater oder ihr Bruder ist.«

Ulla stützte das Kinn auf die Hände und lächelte Koskinen ebenso herzlich wie ungläubig an. »Du meinst also im Ernst, Salonen hätte Taavitsainen in der Nacht aus der Wolfsstube geholt?«

Da Koskinen schwieg, fuhr sie fort: »Und sie hätte demnach auch Hannu Ketterä in der Sotkankatu eingesammelt, nachdem Suokas mit seinem Invataxi weggefahren war? Das sind ziemlich kühne Hypothesen.«

Ullas unerwarteter Zweifel verblüffte Koskinen. Er hatte gerade sein Selbstvertrauen zurückgewonnen, doch nun fragte er sich schon wieder, ob seine Theorie absurd war.

Zur allgemeinen Überraschung sprang Pekki auf. »Zum Teufel noch mal!«, rief er. »Habe ich es nicht gleich gesagt?«

»Was denn?«

»Ich hatte also doch recht. Ich wusste von Anfang an, dass wir es mit einem Irren zu tun haben, der sich für einen Teilzeitgott hält. Hat man doch alles schon gesehen. Salonen glaubt, Barmherzigkeit zu üben, indem sie Leidende erlöst. Erst hat sie Taavitsainen von seinem Leid befreit, dann Salmensuu und schließlich auch noch Ketterä. Die Amazone hätte wahrscheinlich die ganze Wolfsstube entvölkert, wenn *wir* ihr nicht auf die Spur gekommen wären.«

Koskinen amüsierte sich über das »wir«. Er holte Pekki unsanft auf den Boden zurück. »Ganz so war es sicher auch nicht. Wahrscheinlich hat Salonen keiner Fliege etwas zuleide getan.«

Der laute Jubel hatte Pekkis chronisch entzündete Stimmbänder gereizt. Er setzte sich hin und krächzte: »Wieso denn nicht, Herrgottnochmal?«

»Erstens würde ein Sterbehelfer, wie du ihn profilierst, nicht bei Randalierern anfangen, sondern bei denen, die still leiden. Deshalb spricht der Fall Taavitsainen gegen deine Theorie.«

Ulla schwenkte wieder in Koskinens Lager über und fuhr da fort, wo er stehen geblieben war. »Es muss sich um eine Auseinandersetzung zwischen den ›Gefallenen Engeln‹ handeln.«

Pekki wollte diese Behauptung nicht schlucken. »Salonen ist also gar nicht beteiligt?«

»Vermutlich doch«, sagte Koskinen. »Aber selbst wenn sie zehn Lieferwagen hätte, würde sie das noch nicht zur Mörderin machen. Und ich glaube auch nicht, dass Ketterä in Gefahr ist.«

»Vergiss den Rollstuhl nicht, der gestern in Hervanta gefunden wurde.« Pekki hob warnend die Hand. »Inzwischen steht auch einwandfrei fest, dass es sich bei dem Kissen um Ketteräs handelt.«

»Daran habe ich keine Sekunde gezweifelt«, antwortete Koskinen freundlich und wandte sich dann an Ulla. »Ich hätte gestern deine Überlegung, ob Ketterä zwei Rollstühle hatte, ernster nehmen sollen. Offenbar ist der in Hervanta gefundene Stuhl nur deshalb an den Straßenrand geworfen worden, um uns in die Irre zu führen. Darauf wolltest du doch hinaus?«

»Ich weiß nicht.« Ulla zupfte sich nachdenklich am Ohrläppchen. »Vielleicht irgendwie unterbewusst.«

Kaatio hatte nicht seinen besten Tag. Er rieb sich die geröteten Augen und erklärte missmutig: »Ich versteh gar nichts.

Salonen hat Taavitsainen in ihrem Lieferwagen transportiert, ist aber unschuldig. Ketteräs Rollstuhl wurde im Dickicht gefunden, aber der Mann ist wohlauf. Was spinnst du dir eigentlich zurecht, Koskinen?«

»Die Lösung«, lächelte Koskinen und beschloss, auch die restlichen Karten auf den Tisch zu legen. »Der Gedanke begann eigentlich schon gestern Abend zu keimen, als wir in Kangasala mit Pirkko-Liisa Rinne gesprochen haben. Pike erzählte ein interessantes Detail: Sie und Anniina Salonen waren die Einzigen in der Wolfsstube, die Rauha Salmensuu verstehen konnten. Offenbar waren die anderen, einschließlich Lea Kalenius, zu hektisch und nervös, um genauer hinzuhören.«

Er bemerkte das Interesse in den Augen seiner Zuhörer und fuhr mit neuer Selbstsicherheit fort: »Mir fiel heute beim Laufen eine Szene ein, die sich am Mittwoch in der Wolfsstube abgespielt hat. Rauha Salmensuu saß in ihrem Rollstuhl und versuchte etwas zu erklären. Ihre Worte kann außer mir, Lea Kalenius und Anniina Salonen niemand gehört haben.«

Koskinen wanderte beim Sprechen auf und ab und merkte, dass seine Oberschenkelmuskeln steif wurden. Doch er war zu aufgeregt, um sich hinzusetzen, während er seine Fragen in den Raum stellte: »Warum hat Anniina Salonen nicht reagiert, obwohl sie verstand, was Salmensuu sagte? Warum hat sie mir nicht erklärt, was die alte Frau meinte?«

Da niemand antwortete, tat Koskinen es selbst. »Weil sie Taavitsainens Mörder schützen wollte.«

Statt Applaus hörte er nur ungläubiges Gemurmel.

»Das ist deine große Erkenntnis?«

»Es gibt noch mehr«, sagte Koskinen. »Pike hat auch erzählt, dass eine Pflegerin ein Verhältnis mit einem der Bewohner angefangen habe, und sie hat ziemlich direkt auf Anniina Salonen hingewiesen.«

»Nichts als Andeutungen«, sagte Pekki kühl. »Das bittere Gerede einer entlassenen Schlampe.«

Koskinen fuhr fort, als hätte er nichts gehört: »Das Zweite, das mir beim Joggen in den Sinn kam, ist die Gasflasche in Anniina Salonens Fiat.«

»Gasflasche?«, wiederholte Kaatio ungläubig. »Sagtest du ›Gasflasche‹?«

»Ja. Eine gelbe Propangasflasche. Die habe ich gestern beim Vorbeigehen in Salonens Fiat gesehen.«

»Was in aller Welt geht uns eine Gasflasche an?«

Koskinen ließ den Blick geheimnisvoll durch die Runde schweifen. »Wo braucht man eine Gasflasche?«

Luttinen meldete sich wie ein Schuljunge.

»Na?«

»Zum Beispiel auf einem Boot, im Sommerhaus oder …«

»Sehr gut, Antti!«, lobte Koskinen. »Du hast es als Erster kapiert.«

Luttinen errötete vor Freude. Allerdings sah man ihm am Gesicht an, dass ihm schleierhaft war, was er angeblich kapiert hatte. Auch die anderen hatten keinen blassen Schimmer.

Riipinen sog an seinem Inhalator und hustete, als hätte er echten Rauch eingeatmet. »Vielleicht liegt es ja am Schlafmangel, aber ich komm längst nicht mehr mit.«

»Wartet nur ab.« Koskinen hob den Zeigefinger. »Ich war gestern bei Ketteräs Eltern in Nokia, und da kam die Rede auch auf deren Sommerhaus.«

»Was ist damit?«

»Kaija Ketterä erzählte, dass Raimo Taavitsainen seinen verhängnisvollen Sprung vom Badesteg ebendieses Sommerhäuschens gemacht hat. Und sie hatte noch eine interessante Information: Ihr Sohn hat sich dort wohlgefühlt und die Hütte geradezu geliebt. Aber nachdem er selbst ebenfalls gelähmt war, wollte er nicht mehr hin. Deshalb haben die Ketteräs das Haus im nächsten Sommer verkauft.«

Kaatio rieb sich die Schläfen, Ulla gähnte, und Pekki verzog den Mund. Man sah ihnen an, dass sie keine Ahnung hatten, worauf ihr Kommissar abzielte.

»Passt gut auf!«, fuhr Koskinen fort. »Ich habe vorhin bei Iiro Ketterä angerufen und gefragt, wem er das Sommerhaus verkauft hat. Er erinnerte sich sofort an den Namen. Der Käufer war ein gewisser ›Sundqvist‹, der als Ingenieur bei Sonera gearbeitet hat. Ich habe seine Telefonnummer bekommen und ihn glücklicherweise zu Hause erreicht. Er hat erzählt, er sei im Frühjahr aus beruflichen Gründen nach Jyväskylä gezogen und habe die Hütte deshalb im Juli weiterverkauft.«

Koskinen legte eine kleine Kunstpause ein, bevor er seine Bombe platzen ließ. »Er konnte mir auch sagen, an wen. Nämlich an Annina Salonen.«

Alle starrten ihn stumpfsinnig an, und seine Siegesgewissheit bröckelte erneut. Vielleicht waren seine Schlussfolgerungen doch nur Trugbilder, die das Endorphin ihm vorgegaukelt hatte.

Pekki saß mit krummen Schultern da und stützte die Arme auf den Tisch. Er sah Koskinen durch seine schwarz gerahmte Brille herablassend an. »Glaubst du armer Tropf etwa, Ketterä hätte Taavitsainen und Salmensuu ermordet? Und Anniina Salonen sei seine Komplizin?«

Koskinen breitete die Arme aus. »So ungefähr.« Er schaute Ulla um Unterstützung heischend an, doch sie rieb sich die Nase und schaute aus, als überlege sie gerade, was sie ihren Kindern zum Abendessen auftischen sollte.

Luttinen dagegen meldete sich zu Wort: »Ich glaube, der Kommissar hat recht.«

Pekki kümmerte sich nicht um Luttinens einschleimenden Kommentar. Er starrte Koskinen herausfordernd an und fragte: »Warum hätte Ketterä Taavitsainen umbringen sollen? Umgekehrt würde man es ja verstehen. Taavitsainen hatte allen Grund, Ketterä zu hassen, weil der ihm gleich nach dem Unfall die Freundin ausgespannt hatte.«

Koskinen hatte keine Antwort parat. Nur eine schwache Ahnung, die er jedoch vorläufig für sich behalten wollte. Bei seiner Müdigkeit würde er die Zweifel und Frotzeleien der anderen nicht mehr lange ertragen.

Er versuchte seine Unsicherheit zu verbergen und sagte scheinbar gelassen: »Ich bin sicher, dass sich das Motiv klärt, sobald wir die Beteiligten befragen.«

Auch das riss niemanden mit, und nun erhob Riipinen seinerseits Einwände: »Was ist mit Salmensuu? Was hatte Ketterä davon, die arme, harmlose Frau umzubringen?«

Als wolle er seine Frage damit unterstreichen, zog Riipinen an seinem Inhalator, und das Geräusch ließ Kaatio ausrasten.

»Verdammt noch mal, musst du die ganze Zeit an deinem beschissenen Schnuller nuckeln?«

Riipinen nahm beleidigt den Inhalator aus dem Mund. »Du kannst leicht die Klappe aufreißen, du hast keine zwanzig Stunden am Stück gearbeitet.«

»Warum lutschst du nicht am Daumen? Das macht weniger Lärm.«

»Was ich lutsche, ist meine Sache.«

»Du kommst ja doch nicht vom Rauchen los.«

Das war zu viel für Riipinen. Er zeigte mit seinem Zigarettenersatz auf Kaatio und sagte mit bebender Stimme: »Wieso nicht? Koskinen hat es doch auch geschafft.«

An diesem Punkt mischte sich Ulla ein. »Koskinen spielt in einer ganz anderen Liga als ihr.«

Alle fünf Männer sahen sie an. Ullas Wangen färbten sich rot, und auch das Grinsen gelang ihr nur halb.

»Was ich meine, ist: Wer von euch könnte dreiunddreißig Kilometer laufen und wäre danach noch so smart?«

»Von wegen smart«, schnaubte Kaatio, und Pekki gab seinen Senf dazu: »Kannst du mir mal sagen, Ulla, inwiefern es smart ist, mit einer Nummer an der Brust durch den Wald von Valkeakoski nach Tampere zu rennen und obendrein einen Hunderter dafür zu zahlen? Mit dem Bus käme man billiger davon.«

Koskinen merkte, dass die Erörterung wieder in fruchtloses Geplänkel mündete, und überlegte, ob es überall so zuging oder ob sich ausgerechnet in seinem Team die seltsamsten Exemplare der ganzen Polizei versammelt hatten.

»Es ist sinnlos, dass wir uns hier zanken«, sagte er laut. »Alles klärt sich, wenn wir hinfahren. Salonens Sommerhaus liegt in Asuntila bei Teisko. Dieser Sundqvist hat mir den Weg genau beschrieben. Es ist nicht weit von hier.«

Er rechnete mit einer weiteren Woge der Ablehnung, doch seine Leute überraschten ihn erneut.

»Fahren wir mit unseren eigenen Wagen?« Kaatio sah die anderen fragend an. »Oder holen wir uns Dienstkutschen?«

Riipinen strich sich nachdenklich über den dichten Schnauzbart. »Sollten wir zur Unterstützung ein paar Streifenwagen anfordern?«

»Warum denn?«, fragte Pekki. »Wir sind doch fünf Menschen und eine Frau, und unser Gegner ist gelähmt.«

Koskinen mischte sich ein, bevor die Frotzelei wieder in Streit ausartete. »Vier Personen reichen. Ich fahre bei Kaatio mit, und Pekki folgt uns mit Ulla.« Dann wandte er sich an Riipinen. »Kalevi, du kannst nach Hause gehen und dich ausschlafen. Du warst schon lange genug wach.«

Riipinen holte den Inhalator aus der Tasche und fummelte daran herum, als könne er sich nicht entscheiden, ob er ihn in den Mund stecken sollte oder nicht.

»Vor heute Abend gehe ich nicht schlafen. Das war jetzt meine letzte Nachtschicht, ich muss mich wieder an einen anderen Rhythmus gewöhnen. Vielleicht zische ich ein paar Bierchen, das gibt die richtige Bettschwere.«

»Du Glückspilz«, lachte Koskinen und wandte sich an Luttinen. »Du bleibst hier.«

Luttinen konnte seine Enttäuschung nicht verbergen, und Koskinen fügte rasch hinzu: »Ein kompetenter Mann muss hierbleiben. Für den Fall, dass wir völlig auf dem Holzweg sind und der Mörder inzwischen ganz woanders zuschlägt.«

So durchsichtig die Ausrede auch war – sie wirkte. Luttinen straffte sich und hob das Kinn: »Verstanden!«

Pekki und Kaatio hatten ihre Wagen auf dem engen Parkplatz im unteren Hof abgestellt. Koskinen spürte, dass seine Beine immer steifer wurden, es fiel ihm schwer, mit den anderen mitzuhalten. Er hätte gleich nach dem Lauf eine Massage gebraucht.

Kaatio war nicht in Redelaune. Er starrte grimmig auf die Fahrbahn, sah ab und zu im Rückspiegel nach, ob Pekki ihnen folgte, und lehnte dann wieder merkwürdig gekrümmt über dem Lenkrad. Erst auf der neu gebauten Geraden bei Eerola machte er sich Luft. »Rate mal, was mich fuchst, Koskinen!«

»Na?«

»Warum zum Teufel verhätschelst du Luttinen neuerdings?«

»Tu ich das?«

»Hör schon auf! Das sieht doch ein Blinder mit Krückstock. Selbst wenn Luti den größten Blödsinn verzapft, springst du sofort für ihn in die Bresche.«

Das konnte Koskinen nicht abstreiten. »Ich erzähl dir was. Aber das bleibt absolut unter uns.«

»Habe ich jemals herumgetratscht?«

Koskinen dachte an den Dienstagmorgen, als Kaatio Kangas und Havakainen von seiner Absicht erzählt hatte, am Pirkka-

Lauf teilzunehmen. Auch diese Information war nicht für die Öffentlichkeit bestimmt gewesen. Doch er ärgerte sich nicht mehr darüber. Im Gegenteil.

»Taru hat mich am Donnerstag angerufen«, begann er. »Sie hat mir verboten, es irgendwem zu sagen, aber bei dir mache ich eine Ausnahme …« Er überlegte, wie er fortfahren sollte, und Kaatios misstrauischer Blick brachte ihn ins Stottern. »Wir … du und ich, wir sitzen, was Taru angeht, im selben Boot – oder besser gesagt, wir haben sozusagen das Boot verpasst.«

Kaatio brummte etwas und beugte sich so weit vor, dass seine Nasenspitze beinahe die Windschutzscheibe berührte. Koskinen berichtete in allen Einzelheiten von Tarus Anruf. Er erzählte, wie überrascht er selbst von den Mobbingvorwürfen gewesen war, welche Gefühle sie bei ihm ausgelöst hatten, und wie er beschlossen hatte, die Sache zumindest von seiner Seite aus in Ordnung zu bringen.

Er sah Kaatio an und sagte versöhnlich: »Luti hat nicht gerade das Pulver erfunden, aber wir sollten trotzdem versuchen, mit ihm klarzukommen.«

Kaatio brütete noch einen halben Kilometer lang, bevor er endlich den Mund aufmachte.

»Na gut. Aber nur wegen Taru. Und irgendeine Grenze muss die Sache haben. Du darfst Luti nicht die besseren Fälle zuschanzen.«

Koskinen seufzte erleichtert auf. »Bestimmt nicht.«

Sie kamen an der Kirche in Teisko vorbei, und Koskinen holte die Fahranleitung aus der Tasche. Der Weg schlängelte sich durch fruchtbares Ackerland. Die Sonne stand noch hoch am Himmel und brachte die Farbenpracht der Herbstlandschaft zur Geltung. Rechts schimmerte hinter Feldern und Bäumen ein silbriges Gewässer – der Kaletonjärvisee, an dessen östlichstem Zipfel ihr Ziel lag.

Ein stillgelegter grauer Transformator war der erste Orientierungspunkt, den Sundqvist Koskinen genannt hatte. Ein paar hundert Meter weiter kam links des Wegs eine große, rot gestrichene Dreschscheune auf einem Hügel in Sicht. Koskinen wies Kaatio an, langsamer zu fahren.

An einem Schuppen bogen sie rechts ab. Der Weg wurde schmal und holprig, in der Mitte wuchs Gras, und ein langohriger Hase sprang in das Weidengebüsch am Wegrand. Kurz vor dem Ufer machte der Weg eine Biegung nach links. Zwischen Weg und See standen vereinzelte Sommerhäuschen. Das sechste war das gesuchte.

Koskinen sah den Lieferwagen schon von Weitem. Er stand unter einer großen Raubirke, die mit ihren Blättern eine bunte Flickendecke auf das Autodach gelegt hatte. Koskinen atmete erleichtert auf. Die Fahrt war nicht ganz umsonst gewesen, irgendwer musste in der Sommerhütte sein.

Dennoch spürte er zunehmende Spannung. Bisher beruhte immer noch alles auf bloßen Vermutungen.

Kaatio hielt an der anderen Seite der Birke. Auf der Wiese blühte noch weiße Acker-Hundskamille, und auch ein paar bunte Schmetterlinge trotzten dem Herbst. Koskinen ging mit steifen Beinen zu dem Lieferwagen und verglich das Kennzeichen mit dem, das er vom Kfz-Register bekommen hatte. Er nickte wortlos. Pekki ließ seinen Corolla etwas weiter entfernt stehen. Koskinen übernahm die Führung, sie gingen mit leisen Schritten und gaben keinen Laut von sich.

Ein etwa zwei Meter breiter, grasbewachsener Pfad führte zur Hütte. Er schlug einen Bogen um ein dichtes Fichtenwäldchen und endete in einer kleinen Idylle. Das moosgrün gestrichene Häuschen stand unmittelbar am Ufer. Weiter oben begrenzte ein längliches Wirtschaftsgebäude das Grundstück, dazwischen lag eine ebene Fläche mit Gartenschaukel, Grill und

Lupinenbeeten. Die Hundehütte, deren Anstrich abgeblättert war, schien seit Langem unbewohnt zu sein.

Koskinen forderte die anderen mit einer Handbewegung auf, zu warten. Er ging zur Veranda und klopfte an die getäfelte Tür. Als er keine Antwort bekam, fasste er nach der Klinke. Die Tür war nicht abgeschlossen. Er vergaß die einfachsten Sicherheitsvorkehrungen und trat ein, ohne sich irgendwie zu schützen. Die gefährlichste Waffe, mit der er rechnete, war ein Kissen.

Im Haus war niemand. Zwischen den geblümten Vorhängen hindurch warf die Sonne einen schmalen Lichtkeil in das Zimmer. An der Wand stand eine Liege aus Holz, in der Mitte ein schmaler Esstisch, darauf eine mit bunten Herzen verzierte Keramikvase und eine verrußte, nach Kerosin riechende Öllampe. An der rechten Wand befand sich eine Kochnische mit einer schmalen Arbeitsfläche, einem Wassereimer, Gasherd und Töpfen.

In der Vase steckten Heidekraut und ein Strauß Kamille. Eine Kamillenblüte lag auf dem Tisch. Die Blütenblätter waren abgezupft, als hätte jemand das Orakel befragt: *er liebt mich, liebt mich nicht, liebt mich.*

Auf den ersten Blick wies nichts darauf hin, dass Hannu Ketterä jemals hier gewesen war. Koskinen kehrte auf die Veranda zurück. An ihrem Ende befand sich eine zweite Tür, die in die Sauna führte. Als er hineinspähte, nahm er den Geruch eines feuchten Saunaquasts wahr. Er legte die Hand an den Waschkessel und zog sie rasch wieder zurück. In dem Kessel war gerade erst Wasser erhitzt worden.

Koskinen betrat den schmalen Umkleideraum. An der Wand war ein längs gespaltener und entrindeter Baumstamm als Garderobe befestigt. Die Aststümpfe dienten als Haken. An ihnen hingen Handtücher und verschiedene Kleidungsstücke. Es schien sich ausnahmslos um Frauenkleidung zu handeln. Koskinen wollte bereits hinausgehen, als ihm plötzlich etwas ins Auge fiel.

An der Giebelwand des Umkleideraums war eine schmale Tischplatte befestigt, auf der ein fast bodenlanges Tischtuch lag. Es verbarg jedoch nicht alles. In dem schmalen Streifen zwischen dem Tuch und dem Fußboden war ein Stück schwarzer, glatter Gummi zu sehen. Koskinen hob das Tuch an und pfiff leise. Unter dem Tisch war ein zusammengefalteter leichter Rollstuhl verstaut.

Er hütete sich, den Stuhl anzufassen. Sie würden ihn in einem Plastiksack im Wagen verstauen. Wenn Ketterä nicht bald auftauchte und der Fall sich weiter in die Länge zog, würden die Kriminaltechniker eine ebenso gründliche Untersuchung durchführen müssen wie vor einigen Tagen an Taavitsainens Stuhl.

Koskinen kehrte auf den Hof zurück und berichtete von seinem Fund. Pekki klopfte ihm anerkennend auf die Schulter.

»Du hattest also doch recht! Aber wo stecken Salonen und Ketterä?«

»Das werden wir schon rausfinden«, sagte Koskinen und blickte sich um. »Auf dem See sind sie jedenfalls nicht.«

Am Ufer lag ein grünes Glasfaserboot mit einer leeren Reuse. Der See war an dieser Stelle schmal, zwischen dem Schilfrohr verbarg sich die Mündung eines kleinen Flusses. Bestimmt ein guter Fischgrund, dachte Koskinen, und wie zur Bestätigung glitt ein Paddelboot durch das Schilf. Darin saßen ein bärtiger, buckliger Mann und ein etwa fünfzehnjähriger Junge. Der Mann paddelte mit langen, ruhigen Schlägen, der Junge fischte mit der Schleppangel. Ein Polartaucher mit gestreiftem Hals tauchte vor dem Boot und erschien kurz darauf am anderen Ende der kleinen Bucht wieder an der Oberfläche.

Plötzlich unterbrach Ulla die Stille: »Guckt mal, da drüben.«

Die Männer blickten in die Richtung, die Ulla wies. Aus dem Wäldchen hinter dem Haus näherte sich eine Frau mit einem Eimer. Koskinen erkannte Anniina Salonen sofort. Sie trug ein enges Trikot, das ihren kräftigen Körperbau betonte. Ihre Schultern waren breit, die Armmuskeln stark ausgeprägt. Koskinen fühlte sich an eine Weltmeisterin im Speerwurf erinnert.

Als Salonen die Polizisten auf dem Hof entdeckte, verlängerte sie ihre Schritte. Sie kannte alle vier von den Befragungen in der Wolfsstube.

»Ist Hannu gefunden worden?«, fragte sie schon aus zehn Metern Entfernung. Sie blieb stehen und sah Koskinen atemlos an. »Sagen Sie bloß nicht, dass ihm etwas zugestoßen ist!«

»Wir wissen nicht, wo Ketterä ist. Wir sind gerade auf der Suche nach ihm.«

»Hier?«

»Ja.«

»Was sollte er denn hier tun?«

Koskinen betrachtete die Frau prüfend. Sie wirkte aufrichtig verwundert, und doch glaubte er irgendetwas zu ahnen. Vielleicht hatte sie ihre Frage zu rasch gestellt.

Salonen hatte ein rotes Tuch um den Kopf gebunden, an dem Fichtennadeln und dünne graue Bartflechten hingen.

Koskinen fragte scharf: »Was haben Sie im Wald gemacht?«

»Pilze gesucht.« Sie zeigte den leeren Eimer. »Es gab aber keine. Zu trockenes Wetter.«

Koskinen hätte sich gern hingesetzt. Er spürte einen pochenden Schmerz in den Beinen, der bis zur Hüfte ausstrahlte und ihn ungeduldig machte. »Reden wir nicht drumherum«, drängte er. »Sie behaupten also, dass Hannu Ketterä nie hier gewesen ist?«

»Das habe ich nicht gesagt«, erwiderte Salonen. »Im Sommer war er oft hier. Das Häuschen hat früher seinen Eltern gehört.«

»Wie ist es in Ihren Besitz gekommen?«

»Hannu hatte von einem Bekannten gehört, dass es zum Verkauf stand. Und ich hatte schon lange nach einer Sommerhütte gesucht. Ich habe ein bisschen Geld gespart, und für den Rest habe ich einen Kredit aufgenommen. Im Juli habe ich die Hütte gekauft.«

Koskinen zeigte auf den Pfad, der zum Fahrweg führte. »Und der Lieferwagen?«

»Der gehört meinem Vater. Er war Maler, ist aber jetzt in Rente und hat mir den Wagen Ende August überlassen.«

»Wir beschlagnahmen ihn, er muss untersucht werden.«

»Warum?«

Koskinen sah eine leise Beunruhigung in den Augen der Frau. Das hatte jedoch nicht unbedingt etwas zu bedeuten. Seinen Wagen an die Polizei abliefern zu müssen, konnte jeden aus der Fassung bringen. Die Frage beantwortete er jedoch nicht. Es war zu früh, den Verdacht auszusprechen, dass vor knapp einer Woche Raimo Taavitsainen in diesem Wagen transportiert worden sei. Lebend oder tot.

Pekki stellte die nächste Frage: »Wann war Hannu Ketterä das letzte Mal hier?«

Salonen dachte einen Moment nach, bevor sie antwortete.

»Vor drei Wochen. Wir haben seinen Geburtstag hier gefeiert. Er wurde dreiunddreißig.«

»Wie erklären Sie dann den Rollstuhl im Umkleideraum der Sauna?«

»Ach, der.« Salonen schüttelte den Kopf. »Das ist Hannus Zweitstuhl. Ich habe ihn am letzten Wochenende im Auto gelassen, nachdem ich Hannu zum Speedwayrennen nach Kaanaa gebracht hatte.«

Pekki krümmte die Schultern. Es war ihm anzusehen, dass er der Frau kein Wort glaubte. »Was macht er dann in der Sauna?«

»Die Räder waren an der Rennbahn dreckig geworden. Es hat an dem Tag geregnet, der Weg war schlammig.«

Sie antwortete ruhig und ohne mit der Wimper zu zucken. Das brachte Pekki zum Schweigen, und auch Kaatio und Ulla wussten nichts zu sagen. Alle drei sahen Koskinen fragend an, dem ebenfalls Zweifel kamen. Nichts, was die Frau gesagt hatte, stützte seine Theorie. Dass sie eine Sommerhütte gekauft und sich dabei von ihrem Freund hatte beraten lassen, war völlig normal. Auch die Erklärung für den Rollstuhl klang einleuchtend. Sie hatte Ketterä in seinen anderen Stuhl gesetzt und den schmutzigen in ihren Wagen gelegt. In der Sauna ließ er sich am leichtesten abwaschen.

Koskinen spürte, wie die Müdigkeit aus seinen Beinen in den ganzen Körper aufstieg und sich in Niedergeschlagenheit verwandelte. Waren sie wieder in eine Sackgasse geraten, war der Fall immer noch so ungelöst wie am Morgen vor dem Lauf?

Er betrachtete Salonens kräftiges Gesicht, die honigblonden Strähnen auf der Stirn und die Fichtennadeln auf dem Kopftuch. Und im selben Moment wusste er, wo sie Ketterä finden würden. Die Stelle konnte nicht weit weg sein.

28

Koskinen marschierte entschlossen los. Er suchte den Pfad, auf dem Anniina Salonen zum Haus gekommen war. Der Pfad führte zu einer niedrigen Anhöhe, auf der Kiefern wuchsen, und Koskinen entdeckte auf Anhieb einige gelbe, reife Pfifferlinge. Die Pilze vergrößerten seine Selbstsicherheit. Er vergaß den Schmerz in den Beinen, und auch die Angriffe der Hirschlausfliegen störten ihn nicht.

Hinter sich hörte er Zweige knacken. Anniina Salonen war ihm nachgerannt.

»Was suchen Sie?«

»Ich sehe mir nur die Pilze an«, antwortete Koskinen wohlwollend. »Wo haben Sie denn Ihren Eimer gelassen?«

»Hier ist nichts!«, schrie die Frau gellend. »Überhaupt nichts!«

Koskinen ging weiter, ohne auf ihre plötzliche Panik zu reagieren. Er blickte sich suchend um und achtete auf jeden Baumstumpf, Wacholderstrauch und Mooshöcker.

Es war leicht, die Stelle zu finden, wenn man wusste, was man suchte. Andernfalls wäre man daran vorbeigelaufen, ohne etwas zu bemerken. Der Pfad stieg die ganze Zeit leicht an und endete schließlich an einer steilen Hügelwand. Die Stelle war geschickt gewählt. Sie wurde teilweise von einem riesigen Felsen verdeckt. Nur ein dicker Holzstamm, der durch das Gestrüpp schimmerte, verriet sie. Viele hätten ihn für einen vor Jahren vom Sturm entwurzelten, von Nagetieren entrindeten Baumstamm gehalten. Doch Koskinen erkannte schnell, dass es sich um den Dachbalken einer versteckten Hütte handelte. Das Dach selbst war von Moos und Heidekraut bedeckt. Auch die Tür war hinter den dichten jungen Fichten kaum auszumachen.

Koskinen blieb stehen und hörte hinter sich Anniina Salonens schwere Atemzüge, die ihre Verzweiflung und Angst deutlich verrieten.

Davon durfte er sich jedoch nicht beirren lassen. Er wollte schon nach Ketterä rufen und ihm befehlen, mit erhobenen Händen herauszukommen, erkannte aber im letzten Moment, wie lächerlich dieser Befehl gewesen wäre.

Er drehte sich zu Salonen um und sagte streng: »Wir wissen beide, dass Hannu dadrin ist. Hole ich ihn heraus, oder wollen Sie es selbst tun?«

Anniina verlor die Fassung. Sie schüttelte heftig den Kopf und stöhnte gequält: »Da ist nichts, nichts, nichts …«

Koskinen ging entschlossen auf den Bunker zu, doch nach zwei Schritten drängte sich die Frau an ihm vorbei und warf ihn beinahe zu Boden.

»Lassen Sie mich reingehen!«

Eine der Fichten vor der Tür war wurzellos. Sie war erst vor Kurzem gefällt und vor die Öffnung getragen worden, ihre Nadeln hatten sich noch nicht gelb gefärbt. Salonen schleuderte sie beiseite und kroch in den Unterstand, aus dem bald darauf schluchzende Worte drangen, die jedoch draußen nicht zu verstehen waren.

Ulla war zu Koskinen getreten, ihre Arme streiften sich.

»Woher wusstest du es?«

»Ketteräs Vater hat mir gestern einiges erzählt. Zum Beispiel, dass Hannu sich in dem Sommerhaus sehr wohl gefühlt und sich schon mit fünfzehn ein Versteck gebaut hat.«

»Aber wieso ist dir das auf einmal wieder eingefallen?«

»Wegen der Fichtennadeln an Salonens Kopftuch.«

Ulla stieß Koskinen den Ellbogen in die Rippen und lachte: »Du bist mir vielleicht ein Hexenmeister.«

Sie sahen zu, wie Anniina Salonen mit dem Hintern voran

aus dem Unterstand kroch. Sie kniete sich wartend neben die Türöffnung und sah trotz ihrer Klobigkeit verletzlicher aus als ein in die Falle getriebenes Tier.

Hannu Ketterä tauchte aus dem Moos auf. Er wirkte mit seinen roten Haaren und dem Spitzbart wie eine Märchengestalt, wie ein Kobold aus dem Zauberwald. Er hievte sich auf den Ellbogen aus dem Unterstand und blieb auf der Erde liegen. Über seine blaue Trainingsjacke lief eine vom Licht verstörte Spinne.

Anniina Salonen drehte Ketterä auf den Rücken, schob den linken Arm unter seine Schultern und den rechten unter sein Hinterteil. Sie stemmte sich in die Höhe, und Ketterä legte beide Arme um ihren Hals.

Koskinen hörte Ulla entgeistert aufstöhnen. Pekki und Kaatio, die gerade herankamen, waren ebenso verblüfft, und Koskinen wusste, dass der Anblick auch ihn noch lange verfolgen würde. Diesen Moment würde keiner von ihnen vergessen.

Salonen stand ein paar Sekunden stumm da, funkelte die Polizisten an und schnaufte schließlich: »Gehen wir?«

Koskinen nickte. Pekki und Kaatio gingen voran, Koskinen und Ulla übernahmen die Nachhut, und zwischen ihnen schritt Salonen mit ihrer Last. Es waren fast hundert Meter zum Haus, und Koskinen fragte, ob sie Hilfe brauche. Sie schüttelte nur den Kopf und machte noch längere Schritte.

Koskinen überlegte, wie sich alles abgespielt haben mochte. Offenbar hatte Salonen das Motorengeräusch gehört und Ketterä schnell in das Versteck getragen, als sie angekommen waren. Mit dem Rollstuhl war der Pfad unpassierbar. Vielleicht hatten sie den Rückzug im Voraus geplant. Es war gut möglich, dass sich im Unterstand Decken und Proviant für mehrere Tage befanden. Wenn der Vater ihn nicht zufällig erwähnt hätte, wäre das Schicksal seines Sohnes vielleicht für immer ein Rätsel geblieben.

Zwischen zwei Birken war eine Hängematte gespannt, in die Salonen Ketterä legte. Das Tragen schien sie doch angestrengt zu haben. Sie schwankte einige Schritte zur Seite und fiel auf die Knie, ihre Schultern zitterten haltlos. Ulla beeilte sich, sie zu trösten. Sie hockte sich zu ihr und legte ihr den Arm um die Schulter.

Koskinen, Kaatio und Pekki umringten den Mann in der Hängematte. Es war die seltsamste Verhaftung, die Koskinen je vorgenommen hatte.

»Du weißt sicher, was jetzt kommt.«

Ketterä starrte Koskinen aus schmalen Augen an und fragte: »Was denn?«

»Du wirst unter dem Verdacht des zweifachen Mordes verhaftet.«

»Wer verhaftet mich?« Ketterä sah sie der Reihe nach trotzig an.

Koskinen antwortete trocken und übertrieben förmlich: »Wie du weißt, bin ich Kommissar, ein zu Zwangsmaßnahmen berechtigter Beamter.«

»Ach, deshalb musst du dich von den anderen unterscheiden«, lachte Ketterä gezwungen. »Der Verhaftende trägt eine spezielle Uniform, ja?«

Koskinen verbot sich, Pekki und Kaatio anzublicken. Er wusste auch so, dass sie grinsten. Was ihn wunderte, war Ketteräs arrogantes Verhalten. Es musste ein Bluff sein, offenbar versuchte der Mann nur, seine Unterlegenheit zu übertünchen. Es musste demütigend sein, bewegungsunfähig in einer Hängematte zu liegen und von drei Männern neugierig angestarrt zu werden.

»Hol den Rollstuhl«, sagte Koskinen zu Kaatio und zeigte zur Hütte. »Er liegt unter dem Tisch im Vorraum der Sauna.«

»Ihr habt euch schon umgesehen!«, fauchte Ketterä wütend. »Habt ihr überhaupt das Recht dazu?«

»Ja«, antwortete Koskinen ruhig. »Wenn wir einen zweifachen Mörder suchen, haben wir das Recht, notfalls mit der Axt durch die Wand zu gehen.«

Koskinens Selbstsicherheit überwältigte Ketterä. Er hielt die Luft an, schloss die Augen und riss sie nach einer Weile wieder auf.

Wortlos starrte er in das gelbe Laub der Birken und auf die Schönwetterwolken am Himmel. Schließlich sagte er beinahe gleichgültig: »In meiner Lage hätte jeder Taavitsainen umgebracht.«

Koskinen und Pekki sahen sich bedeutsam an. Sie sagten nichts. Wenn ein Geständnis von selbst kam, war es besser, zu schweigen.

»Ihr hättet euch genauso gerächt.«

»Gerächt?«, flüsterte Pekki. »Wofür?«

»Für das hier!« Ketterä schlug mit beiden Fäusten auf seine fühllosen Beine. »Das hat er mir angetan – und er hat bekommen, was er verdient.«

Kaatio kam gerade in diesem Moment zurück. Er lehnte den Rollstuhl an die Birke und blickte Ketterä ungläubig an. Auch Pekki und Ulla wirkten völlig verblüfft.

Nur Koskinen war nicht überrascht. Er fragte sachlich: »Wann hast du es erfahren?«

»Anfang Juli«, antwortete Ketterä und begann zu erzählen: »Wir haben in Raimonds Käfig gehockt, Schnaps gesoffen und das EM-Finale geguckt. Italien hat das Spiel in den letzten Minuten verpatzt, und Raimond hat sich darüber irrsinnig aufgeregt. Er fing an zu toben, als hätte ich für die Italiener im Tor gestanden. Er hat den ganzen alten Kram wieder ausgegraben – angefangen damit, wie er seinen Unfall hatte und ich mit Sanni gegangen bin. Ich hätte ihm die Frau geraubt, hat er gesagt, und er hätte uns beide seitdem immer gehasst.«

»Merkwürdig«, warf Koskinen ein. »Er hat euch doch eine teure Reise zur Hochzeit geschenkt.«

»Er hat versucht, sich mit allem abzufinden. Anders kann ich es mir nicht erklären. Vielleicht hat er damals noch geglaubt, er käme am besten klar, indem er die Tatsachen akzeptiert. Für Sanni war es besser, dass sie einen gesunden und beweglichen Mann bekam.«

Ketterä drehte plötzlich den Kopf und verzog den Mund zu einem giftigen Grinsen. Erst jetzt fiel Koskinen auf, dass seine Vorderzähne schief gewachsen waren.

»Aber Raimond konnte sich nicht anpassen. In seinem Kopf hatte er die Geschichte jahrelang aufgebauscht und sich eingeredet, dass zwischen Sanni und mir schon vor seinem Sprung etwas gewesen war.«

»Und war da was?«

»Nein. Wir waren nur Kumpel. Außerdem hatte ich damals meine eigene Gürtelrose hinter mir auf dem Motorrad. Aber es war sinnlos, Raimond das zu erklären. Er hörte überhaupt nicht zu. Er hat die nächste Schnapsflasche entkorkt, und nach ein paar Schlucken fing er an, totalen Schwachsinn von sich zu geben.« Ketterä lachte gepresst und fuhr fort: »Angeblich war es meine Schuld, dass er gelähmt war. Ich hätte seinen Unfall arrangiert, um Sanni zu bekommen. Er hat schwadroniert, wie leicht ich alles hätte planen können. Ich hätte ja gewusst, dass Raimond wild aufs Schwimmen war und sofort ins Wasser hechten würde.«

Pekki hakte nach: »Wie hat er seine Behauptung denn begründet?«

»Weil ich nichts von dem Stein gesagt hatte. Raimond meinte, ich hätte ihn warnen müssen.«

»Hast du das denn nicht getan?«

»Dazu bin ich nicht mehr gekommen. Raimond hat sein Motorrad da am Pfad gelassen und ist ans Ufer gelaufen. Auf dem Weg hat er sich ausgezogen, und dann ist er sofort auf den Steg gerannt.«

Ketterä verstummte und starrte auf den Badesteg. Koskinen ahnte, dass er die Ereigniskette vor sich sah. Sicher hatte er sie in Gedanken immer wieder ablaufen lassen, vermutlich zog sie sich auch durch seine Träume.

»Raimond sagte, ich hätte das gleiche beschissene Schicksal verdient. Weil ich sein Leben vermurkst hätte. In dem Moment habe ich es kapiert. Raimond hatte jemanden angeheuert, die Schnur über die Loipe zu spannen. Da hat mich ein höllischer Hass gepackt. Ich weiß noch, wie im Fernsehen die Franzosen ihre Medaillen kriegten und die Marseillaise gespielt wurde. Genau in dem Moment habe ich beschlossen, Raimond zu töten.«

»Du hast aber drei Monate gewartet.«

»Ich wollte alles genau planen, damit ich nicht geschnappt werde. Es kam erst richtig in Gang, als Anniina erzählte, sie hätte von ihrem Vater einen Lieferwagen bekommen. Ich habe beschlossen, Raimond mit seinem eigenen Kissen zu ersticken, langsam und leise. Das war nicht schwierig. Raimond hatte bloß in den Kinnladen Kraft, seine Arme waren wie bei einem Dreijährigen. Ich wollte die Leiche mit Anniinas Hilfe nach Peltolammi bringen, in die Nähe von Pikes Wohnung. Alle wussten, was zwischen den beiden ablief. Für den Fall, dass die Polizei Pike doch nicht verdächtigte, hatte ich geplant, Raimonds Rollstuhl irgendwo weit weg von der Wolfsstube an den Straßenrand zu werfen, bloß zur Irreführung.«

Ketterä machte eine kurze Pause und setzte dann hinzu: »Und so habe ich es dann auch gemacht.«

Pekki fragte ungläubig: »Wie hast du es geschafft, Anniina für diesen wahnsinnigen Plan zu gewinnen?«

»Ich habe ihr vorher nichts davon gesagt. Erst nachdem ich

Raimond in seinem Zimmer umgebracht hatte, habe ich sie angerufen.«

»Du warst sicher, dass sie dir helfen würde?«

»Absolut. Natürlich war sie schockiert, als sie hörte, was ich getan hatte. Trotzdem ist sie sofort zur Wolfsstube gekommen und hat mich auch danach nicht im Stich gelassen.«

Etwas in Ketteräs Erzählung irritierte Koskinen. »Kehren wir noch mal zu Weihnachten vor fünf Jahren zurück. Woher konnte Taavitsainen wissen, wann du am Suolijärvisee Ski laufen würdest?«

»Das hatte ich ihm selbst erzählt«, antwortete Ketterä. »Wir haben Raimond am Tag vor Weihnachten besucht und ihm Geschenke gebracht. Sanni hatte einen gestreiften Schal für ihn gestrickt, und von mir bekam er eine Flasche Wodka. Wir haben uns über alles mögliche unterhalten, und Raimond hat gefragt, wie wir den Heiligabend verbringen. Ich habe erzählt, dass wir traditionell um halb sechs in die Sauna gehen und dass ich vorher am See Ski laufen würde. Auch das war eine Tradition, ohne die Weihnachten kein richtiges Weihnachten gewesen wäre.«

Ketterä umklammerte die Ränder der Hängematte. »Das war das letzte Mal, dass ich auf eigenen Beinen in die Wolfsstube gekommen bin.«

Koskinen beeilte sich, die Befragung fortzusetzen, bevor Ketterä vor Bitterkeit die Lust am Reden verlor. »Hat Taavitsainen jemals zugegeben, dass er bei deinem Unfall die Hände im Spiel hatte?«

»Nicht direkt.«

»Sondern?«

»Er hat wie ein Sektenprediger verkündet, es sei Gottes Hand gewesen, die mich gestraft habe. Mir hat das als Beweis gereicht.«

Pekki hatte sein Notizbuch gezückt. »Wen hatte er dazu angestiftet, die Leine über die Loipe zu spannen?«

»Keine Ahnung.« Ketterä schüttelte den Kopf. »Das Geheimnis hat Raimond mit ins Grab genommen. Und mir ist es auch scheißegal. Der wahre Schuldige ist Raimond.«

»Aber warum Rauha Salmensuu?«

Koskinens Frage brachte Ketterä aus der Fassung. Er biss sich auf die Lippe und legte den Arm über die Augen. Es tat ihm offensichtlich weh, an diese Tat zu denken.

»Das war ein entsetzlicher Fehler. Es war wohl zu einfach gewesen, Taavitsainen abzuservieren, das hat mich irgendwie durcheinandergebracht. Es lief einfach perfekt, vor allem, als irgendwer behauptete, er hätte am Montagabend Suokas' Invataxi vor der Wolfsstube gesehen. Das passte mir ja mehr als gut. Aber dann hörte ich von Anniina, dass Rauha versucht hatte, den Polizisten zu erklären, es wäre gar nicht Suokas' Wagen gewesen. Da wurde ich nervös. Mittwoch und Donnerstag waren eine einzige Qual, und schließlich habe ich es nicht mehr ausgehalten. Ich beschloss, Rauha ins Gebet zu nehmen, um zu erfahren, was sie wusste. Also bin ich nachts in ihr Zimmer gefahren. Sie war wach und fing sofort an, Beschuldigungen zu brabbeln. Sie wusste, dass ich Raimond abgemurkst hatte – sie hatte im Sommer gehört, wie wir uns gegenseitig mit dem Tod gedroht hatten. Dann sagte sie noch, am nächsten Morgen würde sie das alles dem großen Polizisten erzählen, also dir, nehme ich an. Und da ist bei mir die Sicherung durchgebrannt. Ich hab das Kissen genommen und es auf ihr Gesicht gedrückt.«

»Wie bist du in ihr Zimmer gekommen?«

»Die schusselige Pike hat ihre Schlüsselkarte andauernd irgendwo vergessen. Sie hat sie immer auf die Tischkante gelegt, wenn sie zum Waschen kam. Einmal habe ich sie mir unter den

Hintern geklemmt und ganz unschuldig getan, als tagelang danach gesucht wurde.«

Ketterä zog den Arm vor den Augen weg. Sie glänzten feucht, und das Sprechen fiel ihm schwer. »Rauhas Tod werde ich mir nie verzeihen. Obwohl ich weiß, dass ich ihr einen Dienst erwiesen habe. Keiner von uns hat so gelitten wie Rauha.«

Pekki neigte nicht zu Frömmelei, aber diesmal klang seine Stimme rauer als gewöhnlich: »Das macht deine Tat nicht weniger verdammenswert.«

»Stimmt«, gab Ketterä zu. »Das weiß ich, und deshalb hatte ich beschlossen, mich zu bestrafen. Ich wollte auch meinen Tod als Mord erscheinen lassen. Das Ganze sollte euch allen ein ewiges Rätsel bleiben.«

»Was hattest du geplant?«

»Ich wollte mich ertränken.«

Ketterä zeigte auf das Ufer und fügte hinzu: »Vom selben Steg, von dem Raimond vor vierzehn Jahren gesprungen ist. So hätte sich der Kreis endgültig geschlossen.«

Ein kaltes Lächeln flog über seine Lippen. »Zur Vorbereitung habe ich Tappi Harjus Angst eingejagt. Ich habe behauptet, ich wüsste, wer Raimond und Rauha umgebracht hat, würde aber nicht wagen, es zu verraten. Der geheimnisvolle Mörder hätte gedroht, als Nächstes mich zu töten und danach ihn. Egal, wie.«

Koskinen erinnerte sich an seinen Besuch im Krankenhaus und an Tapani Harjus' wahnsinnige Angst. »Harjus hat deine Worte ziemlich ernst genommen.«

»Anniina hat mir davon erzählt«, entgegnete Ketterä bedrückt. »So hatte es nicht laufen sollen.«

»Sondern?«

»Ich wollte, dass Tappi der Polizei erzählt, jemand hätte gedroht, mich umzubringen. Ich dachte, dann würde niemand einen Selbstmord vermuten.«

Koskinen überlegte, dass die ganze Ereigniskette im schlimmsten Fall ein Rätsel hätte bleiben können. Sie hätten drei ungeklärte Todesfälle gehabt – zwei durch Ersticken, und einen durch Ertrinken. Sie ungelöst zu den Akten legen zu müssen hätte sicher den Rest seines Lebens überschattet.

Gedankenverloren fragte er: »Du bist dann aber doch nicht ins Wasser gegangen?«

»Nein.« Ketterä versuchte den Oberkörper aufzurichten und sah sich nach Salonen um. »Anniina hat mich umgestimmt.«

Salonen stand mit hängendem Kopf neben Ulla. Ihr Gesicht war aschgrau, und man sah ihr an, dass sie endgültig aufgegeben hatte. Niemand wusste etwas zu sagen, und Koskinen hatte das Gefühl, die Zeit wäre stehen geblieben.

Anniina hob langsam den Kopf, sah jeden von ihnen einzeln an und brüllte plötzlich: »Glotzt ruhig! So sieht eine aus, die einen Krüppel liebt.«

Ulla fasste sie beruhigend am Arm, und das Schreien wurde zu leisem Klagen: »Ich habe noch nie solche Zärtlichkeit erlebt, wie sie mir Hannu in diesem Sommer geschenkt hat. Wer sonst will schon so ein Walross wie mich? Keiner!«

Salonens Ausbruch ließ Koskinen aktiv werden. Er bat Kaatio, den Rollstuhl bereit zu machen, und beugte sich vor, um Ketterä aus der Hängematte zu heben. Der Mann wehrte sich nicht, sondern hielt sich an seinen Schultern fest. Koskinens Muskeln waren immer noch verkrampft. Er wunderte sich, wie leicht Ketterä ihm dennoch vorkam.

Salonen verschwand mit Ulla im Haus, um das Notwendigste einzupacken und die Türen abzuschließen. Dann gingen sie langsam zum Fahrweg. Kaatio schob Ketteräs Rollstuhl, und Pekki folgte ihnen.

Koskinen blieb noch ein paar Minuten und blickte auf den See. Der Mann und der Junge waren zur Flussmündung zurückgekehrt. Plötzlich platschte es im Schilf. Der Junge hatte einen Fisch am Haken. Er holte eifrig die Leine ein, und der Mann schob einen Kescher unter die Beute. Das Boot legte sich bedrohlich schräg und richtete sich erst wieder auf, als der Mann den Kescher aus dem Wasser hob. Darin zappelte ein zweipfündiger Hecht.

Koskinen wandte sich wehmütig ab und ging. Wind kam auf. Er ließ die Blätter wirbeln, als wolle er dem Sommer Ade sagen. Zwei Elstern zankten sich am Grill um ein verkohltes Stück Wurst, am anderen Ufer des Sees bellte wütend ein Hund, und noch weiter weg ratterte eine Motorsäge.

Die Frauen saßen bereits auf der Rückbank des Corolla. Pekki winkte Koskinen zu und fuhr los. Ketterä saß wie versteinert in seinem Rollstuhl und starrte dem Wagen nach, bis er nicht mehr zu sehen war. Dann drehte er sich zu Koskinen und Kaatio um.

»Steckt mich ruhig ins Gefängnis«, sagte er mit bebender Stimme. »Das ist mir schnurz. Schlimmer als jetzt kann es nicht mehr werden.« Er schlug mit der Faust auf das rechte Rad. Es musste ihm wehtun. »Ich bin schon vor fünf Jahren zu ›lebenslänglich‹ verurteilt worden.«

Ketterä schloss die Augen und umklammerte die Räder so fest, dass der ganze Stuhl zitterte. Koskinen wartete, bis er sich beruhigt hatte, bevor er ihn auf die Rückbank setzte.

Kaatio faltete den Rollstuhl zusammen und legte ihn in den Kofferraum. Im Vorbeigehen flüsterte er Koskinen zu: »Diesmal brauchen wir wenigstens nicht zu befürchten, dass uns der Gauner wegrennt.«

»Zum Glück«, lächelte Koskinen. »Ich könnte ihm jedenfalls nicht nachlaufen.«

Er ging um den Wagen herum und setzte sich neben Ketterä. Nachdenklich betrachtete er die vorbeiziehende Landschaft und sprach erst, als Kaatio auf die Landstraße von Ruovesi nach Tampere abbog.

»Wir beginnen morgen früh mit der offiziellen Vernehmung, aber eins möchte ich dich jetzt schon fragen.«

»Dann frag«, brummte Ketterä. »Lass hören.«

»Es fällt mir schwer, zu verstehen, warum du deine Frau und deine Kinder verlassen hast. Wären sie nach dem Unfall nicht erst recht wichtig für dich gewesen?«

»Das kann auch keiner verstehen. Jedenfalls keiner, der nicht für den Rest seines Lebens auf die Gnade anderer angewiesen ist. Sanni hat es versucht, das muss ich zugeben, aber ich habe auch begriffen, wie schwer das Leben mit einem Krüppel für sie war. Ich wusste, dass ich sie eines Tages verlieren würde, und je abhängiger ich von ihr wurde, desto schmerzhafter war der Verlust.«

»Und die Kinder?«, fragte Kaatio von vorn. »Hast du gar nicht an die gedacht?«

»Gerade an die habe ich gedacht«, seufzte Ketterä. »Das Mädchen war damals drei, und der Junge erst ein Jahr alt. Ich wusste, dass ihnen in dem Alter keine klare Erinnerung an ihren Vater bleiben würde, also würden sie mich auch nicht vermissen. Ich hatte alle möglichen Zukunftsbilder im Kopf. Wie sie sich eines Tages vor ihren Freunden für ihren behinderten Vater schämen würden. Und das hätte ich nicht ertragen.«

Sie waren bereits in Kämmenniemi. Ketterä betrachtete die alte Brücke auf der rechten Seite, und seine brüchige Stimme verriet, wie schwer ihm das Sprechen fiel. »Es tat irrsinnig weh, aber ich habe trotzdem beschlossen, sie nie wiederzusehen. Ich wollte nur das Beste für Sanni und die Kinder. Und es dauerte auch nicht lange, bis ich hörte, dass irgendein Mann sie unter die Fittiche genommen hat …«

Ketterä verstummte. Koskinen begriff, welchen Gefühlsaufruhr der Mann durchgemacht hatte. In den letzten Jahren hatten Liebe, Hass und Eifersucht in ihm getobt.

Kaatio lenkte den Wagen bereits durch die Rautatienkatu an der orthodoxen Kirche vorbei, als Ketterä weitersprach.

»Ich sage schon jetzt, dass ich keinen Anwalt brauche. Ich bereue nicht, dass ich Raimond umgebracht habe. Kein bisschen! Irgendwann hätte ich es in jedem Fall getan, selbst wenn ich nie erfahren hätte, wer die Schuld an meinem Unfall trägt.«

Koskinen erinnerte sich an Jari Honkanens Worte über die Verbitterung, die seine Behinderung ausgelöst hatte. Sie sei wie eine Vergiftung im Anschluss an eine Krankheit gewesen. Dennoch fiel es ihm schwer, Ketterä zu verstehen. »Warum gerade Raimond?«

»Ist das nicht völlig klar?« Ketterä sah Koskinen überrascht an. »Wir waren aneinandergefesselt, wir hatten die gleichen Erinnerungen und das gleiche Schicksal, wir waren wie siamesische Zwillinge. Gemeinsam konnten wir nicht mehr atmen, einer musste sich losreißen.«

Kaatio hielt vor dem Haupteingang, stieg aus und holte den Rollstuhl aus dem Kofferraum. Koskinen stelzte steifbeinig zu ihm und sagte: »Liefer du ihn ab.«

»Wo?«

»Erst mal im Polizeigefängnis. Was sie da mit ihm machen, ist deren Problem. Von mir aus sollen sie eine Pflegekraft bestellen. Nach der Vernehmung kommt er sowieso nach Hämeenlinna in die Gefängnisklinik.«

Kaatio murmelte etwas vor sich hin, begann aber, den Rollstuhl bereit zu machen. Koskinen blickte sich nicht mehr um. Er betrat die Eingangshalle des Polizeigebäudes und hatte noch nicht einmal die Tür hinter sich geschlossen, als eine tiefe Stimme rief: »Koskinen, du Teufelskerl!«

Tiikko schob mit einem jungen, borstenköpfigen Kollegen

Sonntagsdienst. Sie streckten die Arme hoch und machten zu zweit eine La Ola. Koskinen nickte kurz und ging zum Aufzug. Die Treppe lockte ihn nicht, und selbst in der Kabine musste er sich anlehnen. Aus dem Spiegel blickte ihm ein erschöpftes Gesicht entgegen. Die grauen Bartstoppeln ließen die Wangen eingefallener wirken, als sie waren. Die blauen Augen blickten müde, und die sprungschanzenförmige Nase war vor Anstrengung rot. Die dünnen Haare hätten dringend einen Kamm gebraucht.

Im dritten Stock schwankte er aus dem Aufzug und hätte die kleine Frau, die auf dem Flur stand, fast nicht erkannt. Ihre hellblonden Haare waren kurz geschnitten, ihr Kopf sah aus wie ein Weißkohl. Es war Milla – ohne Antennenmütze.

Milla ging Koskinen entgegen und schwenkte Geldscheine in der Hand. »Weißt du was?«

»Na?«

»Ich hab dreihundert gewonnen! Ist das nicht geil?«

»Herzlichen Glückwunsch!«, lachte Koskinen. Er rechnete sich die Gewinnquote aus. Sie betrug eins zu zehn. Nicht gerade schmeichelhaft.

»Das hab ich nur dir zu verdanken!«, jubelte Milla, und ihr rundes Gesicht strahlte wie der Mond im Märchenbuch. Gleich darauf wurde sie ernst. »Darf ich für den Abend was vorschlagen?«

»Für den Abend?« Koskinen war auf der Hut. »Worum geht es denn?«

»Ich geh mit meinem Freund essen. Du könntest mitkommen.«

»Aha.« Koskinen lachte erleichtert auf. »Das schaffe ich leider nicht. Vielleicht ein andermal.«

»Auf meine Kosten.«

»Trotzdem nicht.«

Milla wirkte enttäuscht. »Na gut. Dann eben ohne dich.«

Koskinen ging schnurstracks in Pekkis Zimmer. Ulla saß auch dort. Sie hatte sich bereits eine Tasse Kaffee und ein paar Kekse geholt.

»Jetzt ist es also vorbei«, lächelte sie und biss in einen Keks.

»Ja«, nickte Koskinen. »Aber es bleibt noch viel zu tun. Ketteräs Unfall muss noch einmal untersucht werden. Wir haben ja jetzt einen ganz neuen Ausgangspunkt.«

Pekki sah ihn skeptisch an. »Bist du sicher, dass Ketterä sich das Ganze nicht bloß eingebildet hat?«

»Kann natürlich sein, aber wir müssen es abklären. Alle Bekannten und Saufkumpane, die Taavitsainen im Herbst fünfundneunzig hatte, müssen ausgegraben werden.«

»Da brauchen wir eine Menge Schaufeln«, flüsterte Pekki und versuchte sich einen Keks zu schnappen. Ulla klopfte ihm auf die Finger.

»Das ist eine ziemliche Arbeit«, meinte sie. »Fangen wir gleich an?«

»Das kann bis morgen warten«, antwortete Koskinen und wandte sich dann wieder an Pekki. »Schreib einen Bericht über den heutigen Tag, und am besten auch gleich eine Pressemitteilung. Tanse schneit bestimmt rein, sobald er von der Verhaftung erfährt. Ich will vorher verschwinden. Meine Trainingshose ist ein rotes Tuch für ihn.«

»Mach ich«, versprach Pekki. »Aber wo hast du Ketterä gelassen?«

»Kaatio hat ihn direkt ins Polizeigefängnis gebracht.«

Pekki stand besorgt auf. »Ich sag ihnen, dass sie ihn nicht allein an eine Treppe lassen dürfen.«

Er ging hinaus. Ulla reichte Koskinen einen Keks.

»Hast du heute überhaupt schon was gegessen?«

»Das tu ich gleich.« Koskinen schlang den Keks herunter.

»Vorher muss ich unten noch duschen.«

An der Tür blieb er stehen und überlegte, wie er seine Frage formulieren sollte. *Willst du dir den Umzug nach Hämeenlinna nicht noch mal überlegen? Lass Lundelin doch allein hinziehen, wenn er unbedingt möchte.* Doch die passenden Worte fielen ihm nicht ein. Stattdessen holte er seine Medaille aus der Tasche und gab sie Ulla. »Schenk sie deinen Kindern. Ich brauche sie nicht.«

Ulla leckte sich einen Krümel von den Lippen und drehte die Medaille verwundert in den Fingern. Sie merkte nicht einmal, dass Koskinen aus dem Zimmer schlüpfte.

Der Fitnessraum im Erdgeschoss war überraschenderweise völlig leer. Meistens trainierten gerade am Wochenende besonders viele. Offenbar hatte das ungewöhnlich schöne Herbstwetter alle, die nicht im Dienst waren, ins Freie gelockt.

Koskinen hatte sich gerade ausgezogen, als sein Handy klingelte.

»Kangas hier«, hörte er. »Wo zum Teufel bleibst du denn? Havakainen und ich haben schon längst angefangen.«

»Ich komme gleich.«

»Beeil dich! Wir haben vor, dich unter den Tisch zu trinken.«

Koskinen versprach es. Er legte das Handy auf die Bank und drehte die Dusche auf. Das heiße Wasser lockerte die verkrampften Muskeln, und auch sein Gehirn schien sich im gleichen Takt zu beleben. Seine Gedanken galoppierten, er überlegte, was er tun sollte. Allein wollte er heute jedenfalls nicht sein.

Plötzlich packte ihn eine unbändige Lust. Der Gedanke an eine sündhaft fettige Bratwurst, Knoblauchkartoffeln und ein paar Gläser kaltes Bier ließ ihm das Wasser im Mund zusammenlaufen. Er beschloss, ein Taxi zu nehmen, obwohl die Kneipe, in der Kangas und Havakainen ihn erwarteten, höchstens einen Kilometer entfernt lag.

Den ganzen Abend wollte er allerdings auch nicht mit den beiden verbringen. Er merkte plötzlich, dass er sich nach weiblicher Gesellschaft sehnte. Er drehte das Wasser kühler und stand noch lange unter der Dusche, während er überlegte, wen er anrufen sollte. Riitta Makkonen oder Ursula Katajisto? Andererseits interessierte ihn, ob Lea Kalenius' Einladung noch galt. Oder sollte er auf Tiikkos Blind Date zurückgreifen – oder diese Laila inspizieren, die Pekki ihm angepriesen hatte?

Er hatte viele Frauen, und doch keine.

Koskinen drehte die Dusche ab, setzte sich, ein Handtuch um den Leib geschlagen, auf die Bank und traf seine Wahl. Daraufhin hob sich seine Stimmung merklich, und er streckte zufrieden die Beine aus. Sie hatten heute kräftig gearbeitet. Die langen, behaarten Unterschenkel schimmerten feucht. Plötzlich merkte er, dass er sie anstarrte und überlegte, ob sie tatsächlich ihm gehörten. Manches hielt man einfach für selbstverständlich. Er krümmte die Zehen und wunderte sich schon wieder: Das Gehirn schickte eine Botschaft, die Zehen gehorchten.

Darüber dachte man selten nach.